Sarah Harvey
Rendezvous zu dritt

PIPER

Zu diesem Buch

Jude und Lucy sind seit College-Tagen unzertrennlich: Die beiden Freundinnen teilen eine Wohnung, Freud und Leid, jedes Geheimnis. Man könnte sie für Schwestern halten. So verwundert es nicht, dass Lucy eines Tages Jude bittet, bei einem lästigen Rendezvous für sie einzuspringen. Ihre Mutter hat nämlich ausgerechnet eine Verabredung mit dem nervigen Haydn Morland arrangiert, den Lucy seit ihrer Kindheit nicht mehr gesehen hat und schon damals nicht leiden konnte. Zum Glück willigt Jude ein, sich mit ihm zu treffen und sich als Lucy auszugeben. Ihre Mission ist es, Haydn den schrecklichsten Abend seines Lebens zu bescheren und ihn damit ein für alle Mal zu vergraulen. Fatalerweise sind Haydn und Jude sich aber überaus sympathisch, und Jude steht vor einem Problem: Denn sie ist auf dem besten Wege, sich in einen Mann zu verlieben, der sie für ihre beste Freundin hält.

Sarah Harvey, geboren 1969, arbeitete als Journalistin, bis sie mit ihrem ersten Roman »Wachgeküsst« den Durchbruch als Autorin feierte. Seither waren all ihre großen Unterhaltungsromane internationale Erfolge. Die Autorin lebte viele Jahre auf einem alten Herrensitz in Cornwall und ist vor Kurzem wieder in ihre Heimat Northampton gezogen, wo sie gemeinsam mit ihren Hunden in einem Cottage wohnt.

Sarah Harvey

Rendezvous zu dritt

Roman

Aus dem Englischen von
Bärbel und Velten Arnold

Piper München Zürich

Mehr über unsere Autoren und Bücher:
www.piper.de

Von Sarah Harvey liegen im Piper Verlag vor:
Kann ich den umtauschen?
Das Rosenhaus
Der Apfel fällt nicht weit vom Mann
Wiedersehen in Stormy Meadows
Bitte nicht füttern
Die Hochzeit meiner besten Freundin
Kannst du mir verzeihen?
Eine Braut zu viel
Gib Pfötchen!
Rendezvous zu dritt

FSC
www.fsc.org
MIX
Papier aus verantwortungsvollen Quellen
FSC® C083411

Ungekürzte Taschenbuchausgabe
März 2015

Titel der englischen Originalausgabe:
»Lip Service«

Deutsche Erstausgabe: Wilhelm Goldmann Verlag, München, in der Verlagsgruppe Random House GmbH, 2004
Die Rechte an der deutschen Übersetzung von Bärbel Arnold und Velten Arnold liegen beim Wilhelm Goldmann Verlag, München, in der Verlagsgruppe Random House GmbH
Umschlaggestaltung und Artwork: Martina Eisele/Eisele Grafik-Design, unter Verwendung der Fotos von Ingret (Katzen) und Elya Vatel (Hamster)/beide Shutterstock
Satz: Uhl + Massopust, Aalen
Gesetzt aus der Goudy
Papier: Munken Print von Arctic Paper Munkedals AB, Schweden
Druck und Bindung: CPI books GmbH, Leck
Printed in Germany ISBN 978-3-492-30604-1

Kapitel 1

»O Emmeline, Liebste, von jetzt an werden wir nie wieder voneinander getrennt sein. Ich schwöre es!« Emmeline spürte ihr Herz flattern wie einen kleinen Vogel in einem vergoldeten Käfig, als Brett sie an seine kräftige Brust zog und sie in seine muskulösen Arme schloss. Dann berührten seine warmen Lippen ihren Mund, um ihr den ersten, lang ersehnten Kuss zu geben. In ihr wallten überwältigende Gefühle auf, und sie glaubte… sie glaubte…«

»Mist!«

Der dramatische Höhepunkt hat mich so aufgekratzt, dass ich vor lauter Rührung auf meine Tastatur sinke und verzweifelt die Worte auf meinem Bildschirm anstarre.

Das passiert mir jedes Mal.

Ich quäle mich jetzt schon seit zwei Wochen damit herum, das letzte Kapitel meines Buches zu Ende zu bringen, und immer wenn ich zum großen emotionsgeladenen Finale komme, klingelt das verdammte Telefon. Dieses schrille, nervtötende, hartnäckige Gebimmel, das mich jedes Mal an meinen furchtbaren Wecker erinnert, der mich allmorgendlich aus meinen süßen Träumen und meinem kuscheligen Bett reißt.

Wenn du zu Hause arbeitest, hast du es verdammt schwer – erst recht, wenn du einer Arbeit nachgehst, die weder von deinen Freunden noch von deiner Familie besonders ernst genommen wird. Alle nehmen an, dass ich nach Belieben jederzeit alles stehen und liegen lassen kann, um ein bisschen zu plaudern, mich mit ihnen zu treffen oder kleine Besorgungen für sie zu erledigen. Abgesehen von den unzähligen anderen Dingen, deren einziger Sinn darin besteht, mich abzulenken, wie zum Beispiel der Kühlschrank oder der Fernseher, die mich in schöner

Regelmäßigkeit verführen wie die Sirenen die liebeshungrigen Seeleute mit ihrem betörenden Gesang.

Daher meine wachsende Wut auf das Kommunikationsmittel, das angeblich der beste Freund der meisten meiner Artgenossinnen ist: das verdammte Telefon.

Ich recke trotzig das Kinn vor, ziehe meine Augenbrauen missbilligend zusammen und weigere mich, meinen Stuhl zu verlassen. Stattdessen warte ich, bis der Anrufbeantworter im Wohnzimmer anspringt. Drei Sekunden später schallt die schwachsinnige Ansage durch unsere große Wohnung. Wir haben sie während unseres letzten gemeinsamen Trinkgelages in der WG aufgenommen.

»Hallooo! Du bist bei Lucy (Mitbewohnerin Nummer eins), Jude (meine Wenigkeit) und Callum gelandet (Mitbewohner Nummer zwei, der seinen Namen aus einiger Entfernung brüllt und, wenn ich mich recht erinnere, zu dem Zeitpunkt gerade mit seinem Lockenkopf kopfüber über der Balkonbrüstung hing und dem trüben Wasser der darunter fließenden Themse gefährlich nah war).«

Dann übernimmt wieder Lucy. »Tut mir Leid, aber wir können zurzeit nicht ans Telefon gehen, weil wir alle so voll sind wie Quartalsäufer bei einer Weinprobe und unsere Beine und Köpfe ihren Geist aufgegeben haben. Also hinterlass uns bitte nach dem Signalton eine Nachricht.«

Anstelle eines Pieptons ertönt nach der Ansage ein langer, Ekel erregender, aus Callums Tiefen hervorgewürgter Rülpser, der ihm herausrutscht ist, als er sich zurück über die Brüstung geschwungen hat und ins Wohnzimmer zurückgetorkelt ist. Nach unserer Sauferei hatte er den Gesetzen der Schwerkraft trotzen wollen, weil es ihm angeblich den Magen umgedreht hatte.

Nach dem Rülpser meldet sich eine vertraute fröhliche Stimme.

»Hallo, Jude! Ich bin's, Lucy Lästig. Könntest du vielleicht so lieb sein und meine Unterwäsche aus der Waschmaschine nehmen? Schmeiß sie einfach in den Trockenschrank, Darling, sonst vergesse ich sie noch und gehe heute Abend ohne Höschen weg, und das wäre ziemlich unangebracht, weil ich mit meiner Mutter zu Abend esse, findest du nicht? Tausend Dank! Bis später dann. Ach, was ich noch sagen wollte – ich hoffe, du kommst mit deinem Buch voran.«

Nein, komme ich nicht.

Das heißt doch, aber nur, bis Lucy mich unterbrochen hat. Aber sie ist eine der wenigen, die das dürfen, ohne mich zur Weißglut zu bringen.

Lucy ist nicht nur meine Mitbewohnerin, sondern auch meine beste Freundin und Mitinsassin dieser Irrenanstalt, die sich mein Leben nennt. Wir sind seit der sechsten Klasse Freundinnen, und zwar die dicksten Freundinnen, die man sich vorstellen kann, und das, obwohl ich meinen Wirtschaftsleistungskurs in der Oberstufe nach dem zweiten Trimester geschmissen habe und stattdessen meinem unerschütterlichen Drang gefolgt bin, Schriftstellerin zu werden. Lucy hingegen ist standhaft geblieben, hat einen beneidenswerten Abschluss hingelegt und danach an der City University Wirtschaft studiert, während ich mich mit unzähligen Nullachtfünfzehn-Jobs über Wasser gehalten und mich bemüht habe, die nächste große Neuentdeckung in der literarischen Welt zu werden.

Die Schlussszene meines Buches deutet vermutlich schon darauf hin – ich trete zurzeit eher in die Fußstapfen von Barbara Cartland als in die Barbara Taylor-Bradfords, allerdings habe ich nicht auch nur annähernd den gleichen monumentalen Erfolg. Na ja, *so* schlecht bin ich auch nicht. Gerade schreibe ich an meinem Kitschroman Nummer drei, der den viel versprechenden Titel *Flammende Herzen* trägt. Wie ich gehört habe, finden meine Herz- und Schmerzgeschichten vor allem bei der Grauhaarbrigade und den Teekränzchendamen reißenden Absatz. Dafür bin ich den alten Ladys auf immer und ewig dankbar, denn ich verdiene genug, um einigermaßen über die Runden zu kommen – mit etwas, das mir am meisten Spaß macht.

Wenn ich ganz ehrlich bin, muss ich natürlich zugeben, dass ich mich eigentlich nie als Romanzenschreiberin gesehen habe. Eigentlich hatte ich es eher auf Booker- und Pulitzerpreise abgesehen – und das sollte erst der Anfang sein; Kingsley Amis statt Kitsch und Amour, aber was soll ich dagegen machen, ich habe nun mal ein natürliches Talent für etwas, was Callum liebenswürdigerweise »Gefühlsduselei« nennt. Das kann ich doch nicht einfach ignorieren, oder? Ich meine, ich sollte mich darauf einlassen und mir dieses Talent zunutze machen. Und genau das tue ich. Zumindest dann, wenn ich nicht permanent von irgendwelchen Störenfrieden unterbrochen werde.

So bin ich wieder einmal abrupt aus meinen Gedanken gerissen worden und fühle mich jetzt wie eine umgeschossene alte Blechdose in einer Schießbude. Einigermaßen verärgert trotte ich in unsere silberne Weltraumküche und versuche, die Waschmaschine zu lokalisieren, die sich, genauso wie der Kühlschrank und der Geschirrspüler, hinter einer glänzenden Wand aus Aluminiumtüren verbirgt.

Lucy, Callum und ich leben im Erdgeschoss einer großen alten Fischfabrik auf der Isle of Dogs, direkt am Ufer der Themse. Das alte Fabrikgebäude gehört Edwin, Lucys älterem Bruder. Es war in den Siebzigerjahren von einem fortschrittlich denkenden, Kaftan und Jesuslatschen tragenden Hippie umgebaut worden, der daraufhin in den Achtzigern zu einem der reichsten Immobilienmakler Londons wurde und als der inoffizielle Erfinder des »Loft-Apartments« glücklich und zufrieden seine bunten Perlenschnüre gegen Bossanzüge eintauschte. Gott sei Dank erinnert heute nur noch der Name des Gebäudes, »Peace House«, an die glücklichen Hippiezeiten.

Der ultratrendige Edwin jedenfalls hat die türkisch gemusterten Tapeten und die lila und gelb karierten Teppiche sofort entfernen lassen, und jetzt ist unser Peace House der Inbegriff minimalistischer Eleganz.

Das Haus ist riesig. Drei Etagen weiß getünchte Backsteinwände, sichtbare Deckenträger und dicke, von oben bis unten durchgehende Stützpfeiler aus Stahl, die dir höllische Kopfschmerzen bescheren, wenn du in trunkenem Zustand mit einem von ihnen kollidierst – ein Zustand, in dem sich die Bewohner unseres Haushalts relativ häufig befinden, wie ich leider zugeben muss.

Die mittlere und obere Etage bewohnt Edwin.

In einem Angeberpalast, der einiges über den Bewohner aussagt: jung, begabt und stinkreich. Außer ein paar eher modernistischen Stücken stehen keine weiteren Möbel in der Wohnung. Dafür hängen an den Wänden jede Menge Fotos und moderne Kunstwerke, und natürlich ist sein Reich mit der teuersten Lautsprecheranlage von Bang & Olufsen ausgestattet, mit der jeder Raum beschallt werden kann.

In der unteren Etage wohnen Lucy, Callum und ich.

Wir stehen definitiv nicht auf die spartanische Masche. Unsere Wohnung zeichnet sich eher durch eine behagliche, gemütliche Unordnung aus. Unsere Möbel sind bunt zusammengewürfelt, die meisten Stücke haben uns irgendwelche netten Verwandten großzügig überlassen, und die vielen kleinen Accessoires sind die Beute unserer sonntäglichen Streifzüge über die eher unbekannten Flohmärkte Londons.

Edwin nennt uns die Ratten im Keller.

Edwin ist kein besonders netter Typ. Unser Teil des Hauses ist in eine Wohnung mit drei Schlafzimmern umgewandelt worden. Die Miete liegt knapp unter dem Durchschnitt, wofür wir im Gegenzug das Haus verwalten, wenn Edwin, der hypererfolgreiche Jetset-Fotograf, der seine Models vögelt, außer Landes ist. Glücklicherweise kommt das ziemlich häufig vor, er ist wirklich kein angenehmer Zeitgenosse.

Wenn man bedenkt, dass zu dem inoffiziellen Hausmeister-Job auch noch die Pflege von dreißig vampirähnlichen tropischen Fischen gehört, die vornehmlich auf rohes Fleisch stehen, und dass wir auch noch für eine manisch-depressive englische Bulldogge namens Victor Meldrew den Babysitter spielen müssen, die alles vertilgt, das auch nur im Entferntesten nach Essen aussieht, dann hätten wir eigentlich eine großzügigere Mieterermäßigung verdient als läppische zehn Prozent.

Leider müssen wir uns darüber hinaus auch noch um Edwins spindeldürre, unter Wahnvorstellungen leidende Model-Freundin Katrina kümmern, die zwischendurch immer wieder angesagt ist, um gleich darauf wieder abgeschossen zu werden. Wir nennen sie die Zauberin, weil sie, obwohl sie behauptet, nie etwas zu essen, in Wahrheit nicht mit einer Schokoladentorte im Raum zurückgelassen werden kann, ohne dass die komplette Torte innerhalb von zehn Sekunden verschwindet.

Unterm Strich würde ich aber sagen, dass die Vorteile die Nachteile überwiegen. Trotz Edwins Unausstehlichkeit und seiner lästigen Angewohnheit, ständig irgendwelche unerwünschten Nervensägen bei uns abzuladen, ist diese Wohnung die schönste, in der Lucy, Callum und ich gelebt haben, seit wir von zu Hause ausgezogen sind, und wir haben es noch nie so lange irgendwo ausgehalten wie hier. Wir haben sogar unseren eigenen Balkon, von dem Callum sich gelegentlich herabhängen lässt, mit Blick auf die Themse.

Schließlich gelange ich zur Waschmaschine, befördere aus ihrem dunklen Inneren einen großen Klumpen nasser Unterwäsche zu Tage und bringe ihn in unser palastartiges Badezimmer. Dort klatsche ich das nasse Knäuel ziemlich ungnädig auf das einzige Brett im Trockenschrank, auf dem noch ein bisschen Platz ist, ein bunter Haufen Spitzen- und Satinslips in den exotischsten Farben, die Lucy ihre Abschlepphöschen nennt. Ich schließe die Tür, doch ein paar Sekunden später gehe ich mit schlechtem Gewissen zurück und drapiere alles ordentlich zum Trocknen über die Stäbe.

Wir leben jetzt seit gut eineinhalb Jahren in dieser schicken Hightech-Luxusbude, aber seitdem Lucy und ich mit achtzehn von zu Hause ausgezogen sind, haben wir uns schon etliche, gelinde gesagt »ästhetisch nicht ganz so ansprechende« Wohnungen geteilt.

Die ersten vier Jahre nach meinem Abgang vom College habe ich mich mit allen möglichen miserablen Jobs durchgeschlagen, aber ich hatte immer Geld (wenn auch nicht viel), wohingegen Lucy als arme Studentin nie welches hatte. Jetzt ist es andersrum.

Die hübsche Lucy bezeichnet sich immer als das Stiefkind ihrer Familie. Ihre Familie ist stinkreich, aber die silbernen Löffel hat sie nicht etwa einer üppigen Erbschaft zu verdanken, sondern sie musste sich ganz schön die sauer verdienten Kaschmirsocken abwetzen, um dahin zu gelangen, wo sie heute ist. Lucys Vater war Geschäftsmann und ist gestorben, als sie fünf war, woraufhin ihre herrische, äußerst kompetente Mutter die Leitung des familiären Textilunternehmens übernommen hat und dabei erfolgreicher war als ihr verstorbener Ehemann es je für möglich gehalten hätte, geschweige denn er es selbst war. Und ihr Bruder ist auf bestem Wege, in die Fußstapfen eines Rankin, Helmut Lang oder Mario Testino zu treten und zu einem der am meisten gefragten Fotografen des Jahrhunderts aufzusteigen. Edwin ist absolut angesagt.

Natürlich will Lucy nichts davon hören, aber sie ist genau auf dieser Erfolgsschiene, die für ihre Familie so typisch ist. Angefangen hat sie als Werbetexterin, doch inzwischen ist sie in der Werbeagentur, in der sie arbeitet, das unbestrittene Ass. Sie könnte dem Papst Haschisch andrehen, dem Londoner Zoo Elefantenkacke unterjubeln und dem glatzköpfigen Duncan Goodhew Shampoo verkaufen. Dementsprechend streicht sie inzwischen ein fettes Gehalt ein, eins, das angemessen ist, wenn man sich acht Jahre lang für eine Firma den Arsch aufgerissen hat.

Ich hingegen erfreue mich nur dann des vorübergehenden Gefühls, reich zu sein, wenn mein Verlag mir einen Vorschuss überwiesen hat. Dann verprasse ich mein Geld und muss mich schließlich über die Runden quälen, bis die nächste Rate kommt. Das ist auch der Grund, weshalb ich unbedingt mein Buch zu Ende bringen muss.

Nachdem ich Lucys Unterwäsche aus der Maschine geholt und aufgehängt habe, widerstehe ich der Versuchung, mich durch das nachmittägliche Fernsehprogramm zu zappen, und steuere mein Zimmer an, um mich wieder in meine Arbeit zu vertiefen. Ich lasse mich an meinem Schreibtisch nieder, der in der hintersten Ecke meines Zimmers, in »meinem Büro« sozusagen, steht … »Mein Büro« besteht aus einem Schreibtisch, einem Computer, einem Ständer für Stifte, in dem sich zwei Kugelschreiber und eine einzelne Büroklammer befinden, die mir jemand zugeschickt hat, sowie einer Topfpflanze namens Cyril, mit der wahrscheinlich noch mehr gesprochen wird als mit den königlichen Bewohnern des Gewächshauses von Prince Charles in Highgrove.

Über meinem Schreibtisch befindet sich ein Regal, das aussieht wie das einer »richtigen Romanschriftstellerin«; es beinhaltet ein paar Exemplare meiner ersten beiden Romanzen *Lust in der Morgendämmerung* und *Lügen und Begierde*, mein persönlicher Favorit; außerdem ein Thesauruslexikon, ein Wörterbuch, ein drei Jahre altes Schriftsteller- und Künstlerjahrbuch sowie etliche Kisten mit Briefen und Vertragskopien. Der Inbegriff literarischer Effizienz.

Doch der Schein trügt, dieser Tempel der Schaffenskraft wird als Attrappe entlarvt, sobald jemand eine der Schubladen öffnet. Denn statt Manuskripten, Büroklammern, Tintenkartuschen, Briefumschlägen oder Druckerpapier enthält die erste Schublade meine Unterwäsche und die zweite das, was ich als das wichtigste Utensil einer Schriftstellerin erachte: einen großen Vorrat an Schokolade.

Ich lange in die Schokoladenschublade und hole eine frische Packung Jaffa Cakes hervor, für mich in etwa das Äquivalent zu Fisch, der ja bekanntlich hervorragendes Hirnfutter sein soll.

Dann wende ich mich wieder meinem Bildschirm zu, auf dem sich im Augenblick ebenfalls bunte Fische tummeln, und passend dazu blubbert es leise aus den Lautsprechern. Unterwasser-Bildschirmschoner. Ich bewege die Maus, um die Datei wieder auf den Bildschirm zu holen, und starre angestrengt auf die Textzeilen.

Wo war ich bloß?

Ach ja! Romantischer Held, sinnliche Heldin, eine herzzerreißende Knutschszene. Das turbulente Finale. Ich falte die Hände ineinander und strecke sie nach außen, überdehne meine Knöchel, bis sie knacken, dann hämmere ich erneut auf die Tastatur ein. Im Nu befinde ich mich wieder am Rand der Klippe, auf der mein Held und meine Heldin in der stürmischen Schlussszene endlich ihren Speichel austauschen werden. Es ist mein drittes Manuskript für die glorreiche Red-Rose-Romantic-Fiction-Reihe.

Eng anliegender Samt, bebende Brüste, Reiterhosen und vor Begierde rasende Herzen.

»Oh, Emmeline!«

»Oh, Brett!«

OH, VERDAMMT! Schon wieder das Telefon.

Mordlustig starre ich es an, als ob es ein böser Dämon wäre, der gerade aus der Unterwelt aufgestiegen ist, um mir mit furchtbaren, sadistischen Foltermethoden den Nachmittag zu zerstören. Für einen Augenblick spiele ich mit dem Gedanken, den Apparat in unserer geräumigen Mülltonne in der Küche zu versenken.

Ich zerdrücke die Packung Jaffa Cakes mit der rechten Hand wie eine Antistresskugel und spule, hin- und hergerissen, ob ich drangehen soll oder nicht, mein gewohntes Mantra ab. »Verdammt, verdammt, verdammt, verdammt, verdammt …

Bei meinem sechsten Fluch springt der Anrufbeantworter an. Es ist Callum, und er klingt so aufgekratzt, als hätte er vor seinem Anruf einen Heliumballon verschluckt.

»Hi, Jude. Ich bin's, Cal. Es ist Mittag, es regnet, und ich sterbe vor Hunger. Außerdem langweile ich mich zu Tode. Mein Boss, der ja eigentlich immer nett ist, stresst heute ziemlich rum und zeigt mir die Arschkarte. Er lässt mich nicht essen gehen. Und du bist auch nicht gerade nett. Warum gehst du nicht dran, wenn ich UNBEDINGT mit dir reden muss? Aber ich mag dich trotzdem, vor allem, wenn du heute Abend was Schönes kochst, denn sonst krieg ich heute gar nichts mehr zwischen die Zähne …«

Callum hält sich offenbar den Hörer an den Bauch, um sein Magenknurren zu demonstrieren.

»Und ich muss heute unbedingt noch etwas in den Magen bekommen. Weißt du, warum?«

Eine dramatische Pause, und dann dröhnt Callums Stimme plötzlich in voller Lautstärke aus dem kleinen Telefonlautsprecher. »Ich habe ein Date! Ich habe ein Date!«

Schockiert lasse ich meine Packung Jaffa Cakes fallen.

»Jude, Honey, du bist doch nicht etwa in Ohnmacht gefallen, oder? Also, ehrlich, Jude, es stimmt, was ich dir sage. Oh, sieh da, gerade ist ein Schwein an meinem Fenster vorbeigeflogen … Hättest du es je für möglich gehalten, dass ich das noch erleben würde?«

Idiotisches Gekicher.

»Wenn du eine von deinen großartigen Shepherd's Pies machen könntest, wäre das WUNDERBAR. Ein paar dicke Knutscher, du bist die Beste … Nein, die Knutscher nehme ich lieber zurück, die brauche ich ja vielleicht noch für später, man kann ja nie wissen, und eine Dreierpackung Pariser nehme ich auch mit … drei Jahre sexuelle Frustration, die endlich abgebaut werden muss. Ich bin zu allem bereit …«

Plötzlich flüstert er weiter.

»Oje! Mein stressiger Boss – ich muss aufhören. Ach, noch etwas. Könntest du vielleicht so lieb sein und mein bestes blaues Hemd für mich in die Waschmaschine stecken? Ein bisschen dreist, ich weiß, aber es ist wirklich ziemlich zerknittert und mit

Ketchup bekleckert, seitdem du letztes Wochenende auf der Kirmes einen Hot Dog nach mir geworfen hast … Ich liebe dich. Ciao, und danke schon mal!«

Der Anrufbeantworter schaltet sich gerade in dem Moment aus, als ich abnehmen will.

Was für eine sagenhafte Neuigkeit! Endlich mal ein Anruf, für den es sich glatt gelohnt hätte, meinen hektischen – ha ha! – Arbeitstag zu unterbrechen.

Dass Callum ein Date hat, kommt so selten vor wie ich einen Jaffa Cake ablehne. Und Callum ist kein trotteliger Schwächling, im Gegenteil: Er sieht super aus, ist sportlich und lustig und absolut liebenswert. Das Problem ist nur, dass er so tuntenhaft ist, dass ihn jeder für schwul hält. Das kommt nicht von ungefähr: Seine Augenwimpern sind deutlich länger als meine, seine Wangenknochen so ausgeprägt, dass man Käse darauf rösten könnte, und mit seinem Schmollmund könnte er mühelos Brigitte Bardot den Rang ablaufen. Er geht noch lieber shoppen als Lucy, er ist ein noch schlimmeres Klatschmaul als ich, und, als ob das noch nicht ausreichen würde, er ist einer dieser Menschen, die beim Reden auf Körperkontakt stehen. Sein Lieblingsfilm ist *Magnolien aus Stahl* und sein Lieblingssänger George Michael. Kein Wunder also, dass viele Leute glauben, er sei vom anderen Ufer. Dabei ist er in Wahrheit ein hundertprozentiger Hetero.

Lucy und ich haben uns anfangs auch geirrt. Deshalb waren wir regelrecht schockiert, als eines Morgens, kurz nach seinem Einzug in unsere Wohnung, eine hübsche Blondine aus seinem Schlafzimmer spaziert kam, die bis auf ein kleines Handtuch, in das sie sich notdürftig gehüllt hatte, völlig nackt war, worauf sich Lucy prompt beschwerte, warum sie nicht von Anfang an gewusst habe, dass er hetero sei.

Leider hatte Callum seitdem kaum noch nächtliche Besucherinnen, was seinem armen angeschlagenen Ego nicht gerade gut getan hat.

Lucy und ich kennen Cal jetzt seit ungefähr acht Jahren. Bei unserer ersten Begegnung arbeitete er als Kellner in einem der angesagten Cafés in Soho, ganz in der Nähe des Groucho Clubs.

Als wir jünger und noch leichter zu beeindrucken waren, haben Lucy und ich unsere hart verdienten Kröten bevorzugt in diesem Café verprasst, weil es von Pressefritzen, Pornostars und sexy Großstädtern in teuren Anzügen nur so wimmelte, die wir während unserer Mittagspause anhimmeln konnten. Und wenn sich tatsächlich mal ein halbwegs bekannter Pop- oder Filmstar sehen ließ, hatten wir guten Stoff für den normalerweise ziemlich langweiligen Nachmittagsklatsch im Büro. Für einen Mochachino muss man dort fast einen Fünfer auf den Tisch legen – das ist eben der Preis fürs Posieren und Sehen und Gesehenwerden. Ich habe noch nie Leute so lange an einer Tasse Kaffee herumnippen sehen wie dort; jeder hebt den letzten Schluck auf, so lange es geht, als ob es sich inmitten einer schlimmen Ölkrise um den letzten Tropfen Benzin im Tank handelte.

Während der zahllosen Stunden, die wir dort an unserem Lieblingsplatz herumlungerten, lernten wir Callum unweigerlich ziemlich gut kennen; schließlich war er der schnuckeligste Kellner, den das Café Culture je beschäftigt hat. Nach einer Weile konnten wir uns darauf verlassen, dass er uns informierte, sobald irgendjemand Interessantes der Versuchung des Koffeins erlegen war. Außerdem schenkte er uns, immer wenn sein Chef gerade nicht hinsah, gratis Kaffee nach, was wir besonders zu schätzen wussten, wenn Lucy auf den letzten Pennys ihres Gehalts herumrutschte und ich inständig auf den nächsten Zahltag wartete.

Nach gut einem Jahr war Cal für uns mehr ein Freund als der Kellner unseres Stammcafés. Als er uns einmal steckte, dass Hugh Grant erwartet würde, und wir daraufhin bei ihm einkehrten, begegneten wir zwar keinem Hugh, dafür aber war unser sonst immer so glücklicher Freund ein Häufchen Elend, weil sein Vermieter ihn vor die Tür gesetzt hatte und er sich schon in einem Karton unter einer Brücke schlafen sah.

An die Einzelheiten erinnere ich mich nicht mehr, aber schließlich nahmen wir ihn mit zu uns nach Hause, und seitdem wohnt er bei uns. Das Badezimmer und die Fernbedienung des Fernsehers beansprucht er so gut wie für sich allein, was Lucy und mich regelmäßig in den Wahnsinn treibt, und auch die Küche hat er mehr oder weniger zu seinem Privatreich erklärt, worüber wir uns allerdings nicht im Geringsten beklagen, da er ein hervorragender Koch ist. Außerdem hat er die seltene Eigenschaft, gerne zu putzen, womit er meine und Lucys Aversion gegen jegliche Hausarbeit auf angenehme Weise ausgleicht.

Manchmal jobbt er auch heute noch stundenweise im Café und verdient sich dort ein kleines Zubrot, aber ich habe es tatsächlich geschafft, ihn an meinem ehemaligen Arbeitsplatz unterzubringen, nachdem ich endlich gekündigt hatte, um mich ganz dem Schreiben zu widmen. Er macht seinen Job als persönlicher Assistent des Chefs unglaublich gut – des besten Chefs übrigens, mit dem ich während meiner zahlreichen öden Büro-Jobs zu tun hatte. Rodney Bell, der durch und durch sexistische und doch irgendwie ganz süße Managing Director von Magnum Records (klingt großartig, sie produzieren in Wahrheit aber nur Werbe-Jingles fürs Radio), war alles andere als leicht zu überreden, einem männlichen Assistenten eine Chance zu geben.

Aber inzwischen nennt er Cal seinen »kleinen Schatz« und schwört Stein und Bein, ohne ihn nicht mehr leben zu können. Auch das ist natürlich im Hinblick auf Cals Sexualleben beziehungsweise seinen Ruf nicht gerade förderlich.

Cal ist in seinem Job wirklich exzellent, allerdings wäre nach meiner Inkompetenz wahrscheinlich jeder x-beliebige Nachfolger eine Bereicherung für meinen Ex-Chef gewesen. Wenn ich ehrlich bin, habe ich die Stelle wohl eher wegen meines Sinns für Humor und vielleicht auch wegen meiner langen Beine bekommen, aber bestimmt nicht wegen meines Organisationstalents.

Nicht dass ich vollkommen ineffizient wäre, so ist es nicht.

Wenn ich mir etwas in den Kopf setze, arbeite ich sehr konzentriert daran, aber alles, was auch nur im Entferntesten mit Zahlen und Wirtschaft zu tun hat, interessiert mich einfach nicht. Wenn Rodney mir zufällig über die Schulter gesehen hat, hat er mich eher beim heimlichen Skizzieren einer Idee für meine nächste Romanze oder beim Schreiben einer ausgedehnten Liebesszene ertappt als beim Tippen irgendwelcher Sitzungsprotokolle oder Memos. Ich weiß zwar, dass er mein endloses Repertoire an schmutzigen Witzen und unsere stundenlangen Gespräche über das Leben, das Universum und all solche Dinge schmerzlich vermisst, aber seitdem Cal für ihn arbeitet und ich meine Bücher zu Hause statt auf Kosten der Firma schreibe, kommt er mit der Arbeit definitiv schneller voran.

Mein drittes Buch ist fast fertig.

Mein Held und meine Heldin haben ihre Dramen, Traumata und Missverständnisse hinter sich, haben die unvermeidlichen Hindernisse glorreich überwunden und sind jetzt bereit für das Finale, bei dem Miss Zauberbraut und Mr. Lustmolch es endlich miteinander treiben. Auf sehr vornehme und ritterliche Art natürlich, in meinen Büchern gibt es weder raketenartige Ständer noch feuchte Fummelei im Schritt, sondern allenfalls leidenschaftlich dahinschmelzende Blicke, pochende Herzen, Andeutungen und Anspielungen. So ähnlich wie im richtigen Leben, nur dass in meinem die leidenschaftlich dahinschmelzenden Blicke und die pochenden Herzen fehlen. So viel zu meinem Liebesleben.

Wenn ich überhaupt erwäge, es zu beschreiben, muss ich mir eine Menge dichterischer Freiheit gestatten.

Seit zwei Jahren habe ich einen Typen: Jonathan. Stimmt nicht ganz, genau genommen hat Jonathan mich. Aber nur, wenn ihm danach ist. Was nicht besonders häufig vorkommt. Lucy nennt es Telefonsex. Jonathan ruft an, wir treffen uns und gehen ins Bett. Inzwischen kommt es gelegentlich sogar vor, dass wir gemeinsam einen Kaffee trinken, und ich glaube, er ist sogar einmal zum Frühstück geblieben, aber das war auch an einem langen Wochenende.

Eigentlich kann man unser Verhältnis gar keine Beziehung nennen. Wenn ich ihm vorschlage, doch mal gemeinsam etwas zu unternehmen, wie man das in einer Beziehung so macht, etwa ins Theater gehen, durch den Park spazieren oder ins Kino gehen, ist er nie um eine Entschuldigung verlegen, auch nicht, wenn *ich* mal *ihn* anrufe, um mich mit ihm zu verabreden.

Deshalb rufe ich ihn gar nicht mehr an.

Aber wenn er mich anruft, springe ich. Ich weiß, das ist idiotisch, aber ich kann nicht anders. Wahrscheinlich ist etwas dran an diesem alten Spruch, dass man immer das haben will, was man nicht kriegen kann.

Angefangen hat das Ganze mit Jonathan, als ich mich als Teenie in ihn verknallt habe. Er war ein Freund meines älteren Bruders, und ich hatte ihn schon jahrelang angehimmelt. Als wir dann irgendwann in einer größeren Gruppe unterwegs waren, bemerkte er endlich, dass ich nicht mehr elf war und keine Zahnklammer mehr trug. Da beschloss er, mich mit seinem Charme zu umgarnen und mir an die Wäsche zu gehen.

Das war der Beginn unserer gelegentlichen sexuellen Begegnungen – und an der Art unserer Beziehung hat sich bis heute nichts geändert. Vielleicht fühle ich mich auch ein bisschen zu ihm hingezogen, weil mir imponiert, was er macht.

Jonathan ist Dramatiker. Ein obskurer Denker, Channel-Four-Gucker, ein Intellektueller. Für ihn sind meine Romanzen vom Grabbeltisch Fish and Chips verglichen mit seiner Haute Cuisine, aber genau genommen hat er damit sogar Recht. Auch wenn er mir das nicht ständig auf so herablassende Art zeigen müsste, bin ich, was das schreiberische Talent angeht, nun mal ein Yugo und er ein Jaguar.

Vielleicht bin ich in gewisser Weise sein Groupie.

Er hat es in literarischen Kreisen zu einem Ansehen gebracht, für das ich mir ein Bein ausreißen würde. Aber wenn ich ehrlich bin, lechze ich zwar nach dieser Art von Bestätigung, bin aber andererseits glücklich und zufrieden mit dem, was ich tue. Ich schreibe gerne über ewige Liebe, Romantik und Leidenschaft.

Ich liebe die Liebe. Sie verheißt romantische Augenblicke und kann einem unglaubliches Glück bereiten, davon bin ich fest überzeugt.

Das Beste an meinem Job ist, dass ich in meiner Fantasie den perfekten Mann kreieren kann. Jede Frau würde sich doch gerne ihren eigenen Mann erschaffen, wenn sie könnte, oder etwa nicht?

Eigentlich tun wir das ja bereits als kleine Mädchen. Wir stellen uns irgendeinen Traumtypen vor und himmeln ihn an.

Unseren ganz persönlichen Märchenprinzen.

Wir wissen, welche Augen- und Haarfarbe er haben muss, womit er seinen Lebensunterhalt verdienen soll, was er mag und was nicht, ob er groß sein soll oder klein, stämmig, sexy, ein Muskelmann oder eine Memme, ein Athlet oder ein Faultier, ein Dickschädel oder ein Kerl mit dickem Schwanz oder ein Elternschreck. In unserer Fantasie entsteht eine Blaupause, auf deren Grundlage wir als Erwachsene unsere Auswahl treffen. Am liebsten wäre es uns natürlich, einen exakten Abzug unserer Blaupause zu finden.

Ich für meinen Teil habe meinen Märchenprinzen noch nicht gefunden, dabei suche ich ihn schon seit fünfzehn Jahren. Angefangen hat meine Jagd, als ich dreizehn war und meinen ersten BH bekam.

Früher habe ich mir immer vorgestellt, dass ich mit achtundzwanzig verheiratet sein und längst ein paar süße kleine Kinder haben würde. Ich kenne viele in meinem Alter, die schon unter der Haube und Mütter sind. Wenn ich meine Ex-Mitschülerinnen aus der Grundschule in ihren Großraumlimousinen mit einer Horde ausgewachsener Kinder auf den Rücksitzen durch die Stadt gondeln sehe, könnte ich manchmal durchdrehen.

Und was habe ich? Ich gehe auf die dreißig zu und bin immer

noch allein. Vor gerade mal hundert Jahren hätte ich komplett zum alten Eisen gehört, mit abgelaufenem Verfallsdatum, eine alte Jungfer.

Andererseits ist sogar die hübsche blonde Lucy trotz ihrer großen blauen Augen und ihrer schlanken Figur immer noch standhaft Single. Dabei ist sie der liebenswürdigste Mensch, den man sich vorstellen kann.

Dabei ist es keineswegs mein ultimatives Lebensziel, jemanden zu finden, mit dem ich mein Leben teilen kann, aber es wäre doch ganz schön, zur Abwechslung mal einen richtigen Menschen zu lieben, als immer nur die Liebe als solche toll zu finden.

Natürlich funktioniert die romantische Liebe im richtigen Leben oft nicht so, wie sie meiner Meinung nach funktionieren sollte. Wahrscheinlich ist das der Grund, weshalb ich meine eigenen Romanzen erfinde. Die haben nämlich immer ein Happy End. Und außerdem kriegen meine Heldinnen immer genau den Mann, den sie wollen.

Es läuft alles perfekt.

Sie meinen jedenfalls nicht, den Richtigen gefunden zu haben, nur um dann plötzlich jede Menge abstoßende Angewohnheiten an ihm zu entdecken. Es passiert ihnen nicht, dass selbst der Knackarsch und der intelligente Humor, auf den sie anfangs so abgefahren sind, sie plötzlich nicht mehr im Geringsten beeindrucken.

Die Helden in meinen Romanzen tragen weder drei Tage die gleiche Unterhose, noch glotzen sie hinter anderen Frauen her oder rennen nach jedem Streit zu ihrer Mutter (jawohl, auch die Männer in meinen Romanzen streiten, aber nur aus Spannungsgründen und als Vorspiel für geradezu atemberaubenden Sex). Die Helden in meinen Romanzen sind zu fünfundneunzig Prozent perfekt (ein paar Fehler müssen sie haben, das macht sie erst interessant), sie sind stark und sexy, fröhlich und einfach fantastisch – Männer, von denen Frauen eben träumen.

Ach, existierten sie doch nicht nur auf dem Papier!

Als Lucy und Callum zweieinhalb Stunden später nach Hause kommen, starre ich immer noch die letzten Zeilen auf meinem Bildschirm an. Selbst eine Monsterdosis Jaffa Cakes hat nicht ausgereicht, um meine komplette Hirnstarre zu lösen. Emmeline schmilzt immer noch in Bretts starken Armen dahin, und die letzte Szene steht immer noch aus.

Allerdings war ich nicht untätig: Ich habe in der Zwischenzeit die größte Shepherd's Pie zubereitet, die die Welt je gesehen hat, und Cals bestes blaues Hemd nicht nur gewaschen, sondern auch gebügelt.

Die schwere Wohnungstür knallt zu, und ich höre ein im Chor gesungenes »Hey, Jude«, der immer währende Running-Gag, mit dem ich lebe, seit ich denken kann. Das hast du davon, wenn deine Mutter ein eingeschworener Beatles-Fan ist.

Lucy kommt in mein Zimmer gerauscht, mit rosigen Wangen und wippendem Pferdeschwanz und wie immer über das ganze Gesicht strahlend. Als sie meinen stumpfen Blick sieht, betätigt sie an meinem Computer die Speicherfunktion, schaltet ihn aus, zieht mich mitsamt meinem Stuhl vom Schreibtisch weg und kippt mich aufs Bett. Dann wirft sie sich neben mich und öffnet die Riemchen ihrer Sandaletten.

Im Badezimmer läuft das Wasser. Cal scheint bereits zu duschen.

Lucy sieht mich an, als sie die Dusche hört, und grinst wohlwollend.

»Hast du schon gehört? Unser Cal hat heute Abend ein Date.«

»Ich weiß, er hat mich angerufen. Aber ich hab nicht abgenommen, weil ich eigentlich arbeiten wollte. Danach konnte ich mir kein einziges Wort mehr aus dem Hirn quetschen. Wahrscheinlich habe ich durch den Schock ein Brett vorm Kopf.«

»Kann ich verstehen«, mischt sich Callum ein. »Ich kann es ja selbst noch gar nicht fassen.«

Er kommt nach einer Blitzdusche, noch während er versucht

sich anzuziehen, aus seinem Zimmer in meins gehüpft, das linke Bein im rechten Hosenbein seiner verdrehten Levi's und sein Haar ein einziger feuchter Wirrwarr. »Aber ich würde sagen, nachdem sie schon mit jedem aus dem Büro ausgegangen ist, bin ich jetzt wohl endlich an der Reihe.«

Lucy zieht erstaunt eine Augenbraue hoch.

»Sadie«, weiht Cal mich ein.

»Er hat Recht«, erkläre ich Lucy und grinse. »Sie ist wirklich äußerst beliebt. Der Flur, der zu ihrem Büro führt, gleicht dem Ärmelkanaltunnel; es herrscht ein einziges Kommen und Gehen, die Marketing-Vertreter rennen ihr förmlich die Bude ein. Ein Wunder, dass der Flur noch nicht von französischen Lastwagenfahrern blockiert wurde.«

»Und mit der willst du ausgehen?«, fragt Lucy und tut so, als wäre sie entsetzt.

»Das macht sie reizvoller«, entgegnet Cal grinsend. »Vergiss nicht, wie lange ich nicht gevögelt habe.«

»Stimmt«, zwinkere ich ihm zu. »Du schlägst sogar meinen Rekord, und das will schon was heißen.«

»Mmm ...« Bei der Erwähnung meiner nicht existenten Bettaktivitäten rümpft Lucy missbilligend die Nase. »Wann genau hast du Jonathan das letzte Mal gesehen?«

»Äh ... vor genau drei Wochen, zwei Stunden und ...« Ich tue so, als sähe ich auf die Uhr, »sechzehn Sekunden.«

Lucy schnauft empört, erhebt sich von meinem Bett und geht ans Fenster.

»Ich verstehe wirklich nicht, warum du ihn nicht endlich auf den Mond schießt.«

»Weil er intelligent ist«, erwiderte ich und eröffne unser übliches Wortgefecht.

»Das ist Ansichtssache«, kontert sie. »Du stehst mit deiner Ansicht ziemlich allein auf weiter Flur.«

»Sexy ist er auch.«

»Er sieht aus wie ein großer Schuljunge. Was ist daran sexy?«

»Und erfolgreich.«

»Ich würde sagen, er trägt etwas zu dick auf.«

»Kann es sein, dass du ihn nicht magst?«

»Da fragst du noch?« Sie dreht sich wieder zu mir um. »Nächstes Mal nehme ich lieber gleich den Holzhammer.«

Lucy und ich führen diese Diskussion nicht zum ersten Mal. Das Thema ist sozusagen ein Dauerbrenner. Eigentlich kommt die reizende Lucy mit jedem klar, nur nicht mit Jonathan.

»Ich kann ihn einfach nicht ausstehen«, fährt sie fort. »Und das weißt du ganz genau. Er ist ein aufgeblasenes Arschloch, das – wenn du Glück hast – einmal im Monat anruft, um mit dir zu vögeln und sein Ego ein bisschen aufzupeppen.«

»Er meldet sich öfter als einmal im Monat.«

»Ach wirklich?«

»Ja, jedenfalls wenn man alle Male zusammennimmt und den Durchschnitt ausrechnet…«

»Er ist ja nicht mal gut im Bett«, fällt sie mir ins Wort.

»Woher willst du denn das wissen?«, fordere ich sie heraus.

»Das hast du mir selbst erzählt.«

Was soll ich darauf erwidern?

»Okay, okay, ist ja gut«, gebe ich mich geschlagen.

»Ist schlechter Sex besser als gar kein Sex?«, fragt Callum.

»Nein.« »Ja«, antworten Lucy und ich gleichzeitig.

Der Küchenwecker verkündet, dass meine Shepherd's Pie fertig ist.

»Gerettet«, nuschele ich vor mich hin, rolle vom Bett und flüchte zum Herd, um die Küchenchefin zu spielen und dem anklagenden und etwas herablassenden Blick meiner besten Freundin zu entgehen. Ich rede nicht gern mit Lucy über Jonathan, und zwar aus einem einfachen Grund: Ich weiß, dass sie Recht hat.

Jonathan ist ein Arschloch.

Dummerweise ist Jonathan gleichzeitig eine Art nordischer Robert Redford, nur jünger.

Er hat goldblondes Haar, das immer irgendwie perfekt und zugleich zerzaust aussieht. Wie er diesen bewussten Stilbruch hinkriegt, ist und bleibt mir ein Rätsel. Seine eisblauen Augen passen perfekt zu seiner Art: Mal ist er unterkühlt und dann wieder geradezu rührend. Ich finde diese Distanziertheit auf seltsame Weise anziehend, auch wenn sie mich gleichzeitig total einschüchtert. Irgendwie verfügt er über die außergewöhnliche Fähigkeit, mich zu erregen und gleichzeitig dafür zu sorgen, dass ich mich unbehaglich fühle. Für Freud wäre es sicher eine Riesenherausforderung gewesen, die Gefühle zu analysieren, die Jonathan bei mir auslöst.

»Du hast etwas viel, viel Besseres verdient!«

Lucys Predigt nimmt kein Ende. Sie folgt mir in die Küche.

»Wieso darf Cal eigentlich mit Sadie ausgehen, ohne sich Vorhaltungen anhören zu müssen? Er hat doch auch nichts anderes im Sinn als Sex.«

»Das stimmt nicht ganz«, protestiert Cal, der Lucy gefolgt ist und anfängt, den Tisch zu decken. »Ich finde sie auch ganz hübsch und clever und witzig, und überhaupt – ich mag sie, wirklich.«

»Aha«, entgegne ich.

Lucy grinst selbstgefällig, aber das »Siehst du?«, das ihr auf den Lippen liegt, verkneift sie sich.

»Versteht ihr mich denn nicht?«, versuche ich mich noch einmal zu rechtfertigen. »Es ist Freitagabend, Cal hat ein Date, du, Lucy, ebenfalls, und ich hocke wie immer allein zu Hause, sehe mir die x-ten Wiederholungen von *Friends* und *Frasier* an, und wenn der Abend vorbei ist, erwartet mich mein kaltes leeres Bett…«

Cal tut so, als würde er auf einer Geige fiedeln.

»Falls Jonathan mich also anrufen sollte«, beende ich meinen Satz und werfe Cal einen missbilligenden Blick zu, »werde ich also sicher nicht so dumm sein und ihn abblitzen lassen.«

»Die Betonung liegt auf *falls*«, wirft Lucy ein, »und vor allem auf *dumm*. Und was mich anbelangt, würde ich meine heutige Verabredung nicht gerade als Date bezeichnen. Mit der Mutter essen zu gehen, ist doch wohl kein Date, oder?«

»Erst recht nicht mit *deiner* Mutter«, stellt Cal fest und schüttelt sich angewidert, während er sich am Tisch niederlässt.

»Du kannst mich gern begleiten«, bietet Lucy mir allzu bereitwillig an. Nach meinem wehleidigen Gejammer über den mir bevorstehenden Singleabend hat sie die Chance gewittert, mich rumzukriegen. Meine Augen weiten sich erschrocken, und Cal wirft mir einen verständnisvollen Blick zu.

Klar könnte ich sie begleiten, aber das werde ich ganz bestimmt nicht tun.

Lucys Mutter ist furchtbar. Sie raubt mir den letzten Nerv. Nicht dass sie gemein wäre oder etwas in der Richtung. Jedenfalls nicht im eigentlichen Sinne des Wortes. Sie ist eine dieser schrecklichen, immer fröhlichen Frauen, die man von den Ansagen auf dem Kinderkanal kennt. Diese dauergrinsenden Moderatorinnen, die aussehen, als hätten sie eine Hand voll Glückspillen geschluckt und als hätte man ihnen die Botox-Spritzen ein bisschen zu tief reingejagt. Sie grinsen so breit, dass es einen regelrecht gruselt.

Lucys Mutter gehört zu jener Sorte, die immer steif und fest behaupten, alles sei bestens, selbst dann noch, wenn die Stimmung längst im Keller ist; bei ihr musst du auch dann noch die Ohren steif halten, wenn du gerade von einem Bus überrollt wurdest – »es kann schließlich Schlimmeres passieren«. Zu allem Überfluss strotzt sie dermaßen vor Selbstzufriedenheit, dass sie ein Nein – falls du einmal allen Mut zusammengenommen und etwas abgelehnt hast – gar nicht erst akzeptiert, weil sie davon ausginge, dass du es nicht so gemeint hast. Und wenn sie doch einmal die Fassung verliert, rastet sie, wie alle überglücklichen Menschen, völlig aus.

Ich ignoriere Lucys Vorschlag und konzentriere mich darauf, heiße Shepherd's Pie in meinen Mund zu schaufeln. Es ist immer noch besser, den ganzen Abend frustriert das Telefon anzustarren und darauf zu warten, dass Jonathan wieder einmal *nicht* anruft, als auch nur eine einzige Minute in der Gesellschaft von Marjory O'Neill zu verbringen.

Zum Glück versteht Lucy mein viel sagendes Schweigen, und wir beenden unser Essen ziemlich schweigsam, jeder in seine eigenen Gedanken an den bevorstehenden Abend vertieft.

Ein Abend allein zu Hause schreit bei mir nach einer Unmenge Junkfood und einem guten Film. Kaum fällt die Tür hinter Lucy ins Schloss, die nach Cal das Haus verlässt, steuere ich schnurstracks die Küche an. Da mir der Sinn nach etwas Pikantem steht, entscheide ich mich für eine Rolle Paprika-Pringles und hole mir einen Rest kalten Hühnchensalat und einen Becher Gorgonzola-Dip aus dem Kühlschrank.

Während ich es mir auf dem Sofa gemütlich mache und durch die Sky-Kanäle zappe, verraten mir die dumpfen Bassschläge der Dance-Musik in der Wohnung über mir, dass Edwin, unser selten anwesender Vermieter, der seine Zeit normalerweise, wie nicht anders zu erwarten, lieber an exotischeren Orten verbringt als auf der Isle of Dogs, den Abend ebenfalls zu Hause verbringt.

Nicht dass es ihm an Gesellschaft mangelte, wenn ihm der Sinn danach stünde.

Edwin ist mit dem gleichen honigsüßen Aussehen gesegnet wie Lucy: Pfirsichhaut, goldblondes Haar und Augen so blau wie das Mittelmeer an einem perfekten Sommertag. Leider ist er nicht mit dem sonnigen Wesen seiner Schwester gesegnet, was die Horden schöner junger Frauen jedoch nicht davon abhält, ihn zu umschwärmen wie summende Bienen eine mit Nektar gefüllte Blume – sehr zum Leidwesen von Katrina, die ebenso Besitz ergreifend wie paranoid ist.

Eigentlich hätte ich heute Abend auch gern ein heißes Date.

Der Wunschknochen ist noch im Hähnchen. Als Kinder haben mein Bruder und ich uns immer um den Knochen gestritten.

George – er wurde natürlich nach George Harrison benannt – versuchte immer zu mogeln. Bevor wir uns daranmachten, den Knochen auseinander zu reißen, bog er ihn zuerst allein und versuchte herauszufinden, welche Seite die stabilere war. Zu seiner Entschuldigung behauptete er, er versuche nur, ihn ein wenig auszubalancieren. Wenn man bedenkt, dass er heute als Bilanzprüfer arbeitet, entbehrt das nicht einer gewissen Ironie.

Die Musik über mir verstummt, und auf einmal kommt mir die Wohnung merkwürdig still und verlassen vor. In einem Anfall von Nostalgie lange ich nach dem Wunschknochen, und da niemand zum Mitreißen da ist, gegen den ich verlieren könnte, wünsche ich mir etwas.

»Ich wünsche mir einen Mann zum Verlieben«, flüstere ich und kneife die Augen zu wie früher als kleines Mädchen, »und wenn das nichts wird, ein heißes Date für heute Abend.«

Ein kurzes kräftiges Klopfen an der Wohnungstür lässt mich zusammenfahren, und ich reiße erschrocken die Augen auf.

»Wow! Das ging aber schnell«, sage ich im Scherz zu mir selbst.

Natürlich mache ich mir nicht wirklich Hoffnungen, einen gut aussehenden Mann vor meiner Tür stehen zu sehen, doch als ich die Tür öffne, staune ich Bauklötze, als *tatsächlich* ein gut aussehender Mann auf meiner Schwelle steht.

Leider handelt es sich bei dem gut aussehenden Mann um Edwin, dessen hübsches Gesicht aufgrund der Leidensmiene, die er immer aufsetzt, wenn er mit mir reden muss, ein bisschen angeschlagen wirkt. In der einen Hand hält er einen Louis-Vuitton-Koffer, in der anderen die Leine des missmutig dreinschauenden Victor Meldrew. Hinter ihm auf der Straße tuckert der Dieselmotor eines wartenden Taxis.

»Ist Lucy da?«, fragt Edwin in seinem nüchternen Tonfall und blickt geradewegs über mich hinweg in unsere Wohnung.

Ich schüttele den Kopf, doch er sieht mich immer noch nicht an.

»Ist mit eurer Mutter aus.«

»Sag ihr, dass ich nächsten Samstag zurück bin.«

Mit diesen Worten drückt er mir die Leine in die Hand, dreht sich um und geht zur Straße hinauf. Kein Dankeschön, kein Tschüss. Er steigt ins Taxi und braust davon, ohne sich auch nur noch einmal umzusehen.

»Nett, dich gesehen zu haben, Edwin«, murmele ich.

Ich sehe auf Victor hinab, der einmal heftig schnauft und dann vor mir her ins Wohnzimmer trottet.

»Dann bist du also mein heißes Date für den heutigen Abend.«

Unter großer Anstrengung hievt der Köter seinen schweren Körper aufs Sofa und lässt sich mit einem Seufzer nieder, der so klingt wie: »Da bin ich also wieder.«

Armer alter Victor. Wenn ich mit Edwin leben müsste, würde ich mich auch elend fühlen. Ich versuche ihn aufzuheitern, indem ich ihm den Löwenanteil meines Hühnersalats überlasse und ihm Callums DVD über Katzen und Hunde in den Recorder schiebe.

Um elf Uhr kommt Lucy zurück.

»Hey, Jude.«

»Hey.«

Noch im Mantel und den Riemen ihrer Handtasche fest mit der rechten Hand umklammernd lässt sie sich neben mich aufs Sofa plumpsen.

»Ist Edwin wieder abgehauen?«, fragt sie, als sie Victor auf der anderen Seite neben mir sitzen sieht.

»Yep.«

»Oh, nein!« Der Seufzer kommt aus tiefstem Herzen.

»Dann können wir uns ja darauf gefasst machen, dass bald Katrina bei uns aufkreuzt.«

»Darauf kannst du Gift nehmen.«

»Und ich muss schon wieder diese furchtbaren Fische füttern.«

»Ich habe die Salatzange schon aus der Küchenschublade gekramt.«

Erneutes Seufzen. Besonders glücklich sieht Lucy nicht gerade aus, und ich ahne, dass es nichts mit dem bevorstehenden Eintreffen von Edwins selbstmitleidiger Freundin zu tun hat oder damit, dass sie seine durchtriebene Piranha-Gang mit rohem Fleisch versorgen muss. Vielleicht hat es eher mit der Tatsache zu tun, dass sie gerade einen Abend mit ihrer durchtriebenen piranhaartigen Mutter verbracht hat.

»Hattet ihr einen netten Abend?«, frage ich sie herausfordernd.

»Frag mich bitte nicht.«

»Das heißt wohl Nein.«

Lucy verdreht die Augen.

»Ich verstehe nicht, warum ich mich immer noch von ihr bevormunden lasse«, wettert sie los, ohne mich anzusehen.

»Schließlich bin ich kein sechsjähriges Mädchen mehr, und sie kann mir weder mit Hausarrest noch mit Taschengeldentzug drohen, wenn ich mich ihrem Willen widersetze.«

»Was hat sie denn diesmal wieder von dir gewollt?«

Endlich sieht Lucy mich an und verzieht das Gesicht.

»Diesmal habe *ich* es eher verbockt. Ich habe da in etwas eingewilligt, und ich kann es immer noch nicht fassen…« Ihre Stimme versagt, und sie schüttelt ungläubig den Kopf, fassungslos darüber, dass sie sich von ihrer Mutter wozu auch immer hat breitschlagen lassen.

»Los, erzähl weiter!«, dränge ich sie.

»Ich habe ihr versprochen, eine Einladung zum Dinner anzunehmen.«

»Ach, du Ärmste«, sage ich übertrieben mitleidig und bin in Wahrheit ein bisschen neidisch, weil ich meine eigenen derartigen Dates der vergangenen Jahre an einer Hand abzählen kann.

»Es ist eine *aufgezwungene* Verabredung«, fährt sie fort, »und zwar mit dem furchtbar begehrten Haydn Morland.« Ihrem Gesicht nach zu urteilen, hält sie den Genannten eher für furchtbar als begehrt.

»Wer ist das?«

»Erinnerst du dich nicht? Ich habe dir bestimmt schon von ihm erzählt. Haydn Morland«, wiederholt sie und seufzt.

»Er ist der Sohn der besten Freundin meiner Mutter und entspricht so ziemlich genau ihrer Vorstellung von einem idealen Mann. Sie plant unsere Hochzeit, seit ich im Kindergarten war. Ich hatte noch nicht einmal bestellt, da fing sie schon wieder an, ihn wie üblich über den grünen Klee zu loben. ›Ich habe ein paar schöne Fotos von Haydn, Darling, du musst sie dir unbedingt ansehen. Er hat sich zu einem sooo gut aussehenden Mann gemausert.‹«

Lucy äfft sie den Tonfall ihrer Mutter so exakt nach, dass es beinahe unheimlich ist.

»Und? Sieht er wirklich gut aus?«

»Keine Ahnung. Sie hat mir ein paar schlechte Schnappschüsse von irgendeiner Hochzeit unter die Nase gehalten, auf denen er mit einer griesgrämigen Miene irgendwo im Hintergrund herumlungert. Normalerweise mache ich mich sofort aus dem Staub, wenn sie seinen Namen auch nur erwähnt. Aber heute Abend hat sie mich offenbar in einem schwachen Moment erwischt.«

»Du solltest es nicht gleich so schwarz sehen! Wer weiß – vielleicht versteht ihr euch ja blendend. Es könnte doch sein, dass deine Mutter ausnahmsweise mal Recht hat. Vielleicht ist er wirklich ein toller Hecht.«

»Vollkommen ausgeschlossen!« Lucy schüttelt vehement den Kopf.

»Soweit ich mich erinnere, ist er ein pickeliger schleimiger Streber.«

»Ughh«.

»Wobei ich sagen muss, dass ich ihn zum letzten Mal als Siebenjährige gesehen habe. Er war damals zwölf.«

»Du hast ihn zum letzten Mal als Zwölfjährigen gesehen? Jetzt aber mal ehrlich, Lucy, glaubst du nicht, er könnte sich seitdem ein bisschen verändert haben?«

»Ich bezweifle sehr, dass er sich nennenswert verändert hat.«

»Das weiß man nie. Hast du schon mal Promis auf Fotos aus Zeiten gesehen, in denen sie noch nicht berühmt waren? Manchmal graben doch Reporter solche Bilder aus. Russell Crowe zum Beispiel war bestimmt nicht gerade ein Traummann. Und Tom Cruise hatte Hasenzähne und sah ziemlich minderbemittelt aus, und jetzt sieh dir an, was aus ihm geworden ist! Ein wahrer Adonis. Menschen ändern sich. Erst recht, wenn man sie zwanzig Jahre lang nicht gesehen hat.«

»Mag ja sein«, murmelt sie, ohne wirklich überzeugt zu sein.

»Was macht er denn beruflich?«, frage ich aufmunternd.

»Irgendetwas Wichtiges in der City. Meine Mutter hat es mir schon mindestens zwanzigmal erzählt, aber ich schalte immer auf Durchzug...«

»Dann lebt er also in London?«

»Meistens. Er hat ein Penthouse in Canary Wharf.«

»Na, da habt ihr ja schon mal was gemeinsam. Ihr lebt beide direkt am Fluss.«

»Es ist Wohnung Nummer fünfzig im Cavendish House, achtzehnter Stock, Telefonnummer 2756834...«, leiert sie los. Offensichtlich hat Marjory ihr diese Details so lange eingebläut, bis sie sie auswendig aufsagen konnte. »Außerdem hat er noch ein Haus am Meer, irgendwo in der Nähe von Brighton.«

»Die genaue Adresse weißt du nicht mehr?«, ziehe ich sie auf.

»Nein«, kontert sie mürrisch.

»Aber ich weiß, wie viele Schlafzimmer es hat. Und wie viele Bäder.«

Ich ziehe eine Augenbraue hoch.

»Fünf«, erklärt sie knapp.

»Schlafzimmer?«

»Nein, Schlafzimmer gibt es sieben.«

»Der Typ hat fünf Bäder in einem Haus?«

»Ja. Wir können der Liste seiner negativen Eigenschaften also auch noch Habgier hinzufügen.«

Sie seufzt und nimmt sich das letzte Stück Hühnchen, zur sichtlichen Enttäuschung des plattgesichtigen Victor.

»Dafür, dass du angeblich kein Interesse an ihm hast, weißt du aber ganz schön gut über ihn Bescheid.«

»Weil meine Mutter über nichts anderes redet, wann immer ich mich mit ihr treffe!«

»Vielleicht aus gutem Grund, Luce. Deine Mutter mag ja ein ziemlicher Drachen sein, aber in den meisten Dingen hat sie einen ziemlich guten Geschmack, das muss ich ihr lassen. Könnte dieser Haydn vielleicht doch so toll sein, wie sie behauptet?«

»Wenn du das glaubst, kannst du ja das verdammte Date für mich wahrnehmen«, murrt sie. Plötzlich hält sie inne, und ihr Gesicht hellt sich auf.

»He, das ist doch gar keine schlechte Idee! Du jammerst uns doch immer die Ohren voll, dass nie jemand mit dir ausgeht. Geh du doch einfach an meiner Stelle mit ihm essen!«

»Lucy, jetzt mach aber mal einen Punkt! In der letzten Viertelstunde hast du mich mit allen Mitteln zu überzeugen versucht, dass einer Frau nichts Schlimmeres widerfahren kann als mit diesem Haydn Morland auszugehen. Warum um alles in der Welt sollte ich also einen Abend mit ihm verbringen wollen?«

»Weil du meine beste Freundin bist…«

Sie grinst mich hoffnungsvoll an.

»Lass dir etwas Besseres einfallen!«

»Na ja, vielleicht war das mit dem pickeligen, schleimigen Streber ein bisschen übertrieben. Damals war ich über beide Ohren in John Taylor verknallt, und an den kam nun mal keiner ran.«

»Warum sagst du deiner Mutter nicht einfach klipp und klar, dass du nicht mit ihm ausgehen willst?«

»Was meinst du, was ich tue, seitdem ich sechzehn bin? Du

kennst doch meine Mutter! Wenn sie sich einmal etwas in den Kopf gesetzt hat, akzeptiert sie einfach kein Nein. Im Grunde ist sie wie ein kleines ungezogenes Kind, das sich, wenn du ihm etwas befiehlst, wozu es keine Lust hat, einfach die Finger in die Ohren steckt und irgendwelchen Unsinn brüllt – im übertragenen Sinn, meine ich. Aber sobald ich ihr nahelege, ihre Verkupplungsversuche endlich zu vergessen, schaltet sie auf Durchzug. Im Grunde staune ich, dass ich überhaupt so lange standhaft geblieben bin.«

»Und warum bist du diesmal schwach geworden?«

»Na ja, wie ich bereits sagte, sie hat mich in einem schwachen Moment erwischt. Sie fing plötzlich davon an, dass sie ja nicht ewig lebe und sich so sehr ein Enkelkind wünsche. Diese Tour, du weißt schon.«

Ich kann mir die Szene lebhaft vorstellen.

Meine eigene, auf wunderbare Weise leicht verrückte Mutter kommt mir auch gelegentlich damit, allerdings nur, wenn sie ein paar Gin-Tonics zu viel intus hat und ihr plötzlich in den Sinn kommt, dass sie eigentlich alt genug ist, um »Oma« zu werden.

»Vielleicht wird dieser Haydn ja auch von seiner Mutter bedrängt«, spekuliere ich.

»Womöglich nervt ihn das Ganze genauso wie dich. Dann müsstet ihr es nur eine einzige Stunde miteinander aushalten, um eure jeweiligen Mütter zufrieden zu stellen, und danach geht ihr eurer Wege und begegnet euch vielleicht in sechzehn oder zwanzig Jahren noch einmal wieder.«

»Das klingt plausibel«, stimmt Lucy mir widerwillig zu. »Sehr plausibel sogar.«

»Du solltest dich natürlich auf keinen Fall besonders für ihn zurechtmachen. Du weißt schon, zieh dir den letzten Fummel an, und mach dem Klischee ›blond und blöd‹ alle Ehre!«

»Du meinst, ich soll zu spät kommen, zu viel trinken, ihn mit Essen bekleckern und ihm auf die Nerven gehen?«, greift Lucy meinen Faden auf.

»Genau. Du machst einfach nur genau das, was mir normalerweise immer bei einem ersten Date passiert.«

Lucy muss lachen. »Oh, Jude, du schaffst es wirklich immer, mich aufzuheitern.«

»Dafür sind beste Freundinnen schließlich da.«

»Was für ein Glück, dass ich dich habe ... bei der Mutter, die mir der liebe Gott beschert hat.«

Ihr Lächeln erstarrt, als sie sich noch einmal vor Augen hält, in was für eine unangenehme Situation Marjory sie diesmal gezwungen hat.

»Man kann nie wissen«, wiederhole ich, um sie wieder fröhlich zu stimmen, »vielleicht ist er ja doch ganz sympathisch.«

Sie schüttelt vehement den Kopf. »Kennst du einen Jungen, bis er zwölf ist, weißt du genau, was für ein Kerl daraus wird«, verkündet sie ernst.

»Ich dachte, es wäre schon mit sieben alles klar.«

»Stimmt«, entgegnet sie weise und nickt. »Mit zwölf war das Kind bei ihm schon lange in den Brunnen gefallen.«

Cal kommt um ein Uhr nachts nach Hause.

Lucy und ich sind extra aufgeblieben, um für ihn da zu sein, falls der Abend sich wieder einmal als klassisches Callum-McKenzie-Desaster entpuppt haben sollte. Aber natürlich zeigen wir ihm nicht, dass wir nur seinetwegen aufgeblieben sind. Dass er so spät nach Hause kommt, deuten wir als gutes Zeichen; eine totale Katastrophe kann der Abend nicht gewesen sein.

Wir können der Versuchung gerade so widerstehen, ihn schon beim Reinkommen auszuquetschen, und lassen ihm noch ein wenig Zeit.

Zuerst kocht er sich einen Kaffee. Mit der Tasse in der Hand gesellt er sich zu uns aufs Sofa, und die Fragestunde beginnt.

»Na?«, platzt Lucy heraus. »Wie ist es gelaufen?«

»Ganz okay.« Eine sehr knappe Antwort. Kein gutes Zeichen.

»Was ist passiert, Cal?«, frage ich ihn mit sinkender Hoffnung.

Er sieht erst mich an und dann Lucy, nimmt hastig einen Schluck Kaffee, als ob er seine Blockade damit wegspülen könnte, und dann legt er los.

»Ich war wie verabredet um acht im Bertie's in der Tottenham Court Road.«

»Und sie war hoffentlich auch da«, drängt Lucy.

»Pünktlich auf die Minute«, bestätigt Callum.

Lucy und ich seufzen vor Erleichterung.

»Und? Hattet ihr einen schönen Abend?«

»Ja, kann man sagen.« Keinerlei Begeisterung in seiner Stimme.

»Was ist passiert?«, will ich wissen. »Was ist schief gelaufen?«

»Woher willst du wissen, dass etwas schief gelaufen ist?«, entgegnet er ausweichend. »Ich hatte einen wirklich netten Abend, wie ich schon sagte.«

»Aber …?«

Callum seufzt, wohl wissend, dass wir ihn durchschaut haben, und rückt endlich mit der Sprache heraus.

»Ich hatte das Gefühl, dass alles prima läuft, erst recht, als sie mich auch noch ihrem Bruder vorstellen wollte. Da bahnt sich eine dicke Sache an, dachte ich. Warum sollte sie mich sonst gleich beim ersten Date mit ihrer Familie bekannt machen?«

»Und was ist dann passiert?«

»Wir sind weitergezogen in einen anderen Laden, scheinbar wahnsinnig angesagt. Der Schuppen heißt Metro, glaube ich, ich bin noch nie da gewesen, er liegt in einer Seitenstraße, die vom Portland Place abgeht. Jedenfalls haben wir da ihren Bruder getroffen. Ein großer Glatzkopf namens Bruce. Sadie hat mich ihm vorgestellt …«

»Und?«, fällt Lucy ihm ins Wort.

»Und dann hat sie uns allein gelassen. Da hatte ich also mein Date, nur nicht mit Sadie … Sie wollte mich mit ihrem *Bruder* zusammenbringen!«

»O nein!«, rufe ich entsetzt und sehe meinen Mitbewohner und Freund an, der ganz rot geworden ist.

»Dachte sie etwa, du bist …«

»Genau.« Er nickt traurig.

»Und? Triffst du dich bald wieder mit ihm?«, zieht Lucy ihn auf und presst sich ein Kissen vors Gesicht, um nicht laut loszuprusten. »Diesem Bruce …«

»Ja, auf jeden Fall.« Callum bedenkt Lucy mit einem geringschätzigen Blick. »Er ist ein absolut netter Typ, der das Ganze zum Glück von der komischen Seite gesehen hat. Am Ende sind wir noch auf ein Curry und ein Bier in ein Restaurant gegangen und haben so viel Spaß miteinander gehabt, dass wir uns gleich für das nächste Wochenende wieder verabredet haben.«

»Willst du damit etwa sagen, dass du endgültig mit den Frauen abgeschlossen hast und aufs andere Ufer gewechselt bist?«

»Bei dem, was ich bisher erlebt habe, würde ich mir das Leben damit sicher einfacher machen«, meint er. »Aber ganz so weit bin ich noch nicht. Nein, Bruce und ich haben einen Deal geschlossen. Sein Liebesleben ist auch ein ziemliches Desaster, deshalb wollte Sadie ihn ja mit mir verkuppeln. Wir sind übereingekommen, dass ich ihn mit meinen sympathischen schwulen Freunden bekannt mache und er mir im Gegenzug seine Heterofreundinnen vorstellt. Man kann ja nie wissen, vielleicht zieht ja einer von uns eines Tages das große Los …«

»Armer Cal.«

Lucy schlingt ihre Arme um ihn, während ich ihm zum Trost einen Kuss auf die Wange drücke. Dann kuscheln wir uns an ihn, eine rechts, eine links, und er lässt sich mit einem tiefen Seufzer zurücksinken.

»Wahrscheinlich sind es meine Locken«, jammert er. »Ich werde mir sofort morgen früh einen Bürstenschnitt verpassen lassen. Einmal mit der Schneidemaschine drüber und Feierabend.«

»Das darfst du nicht tun!«, protestiere ich und unterdrücke einen Lachanfall.

»Ach ja? Und warum nicht?«

»Damit machst du es doch nur noch schlimmer«, stellt Lucy klar und schüttelt vehement den Kopf.

»Dann kannst du dir auch gleich die Brust rasieren und dir eine Lederweste zulegen«, stimme ich ihr zu.

»Dann sollte ich mir vielleicht die Ohren piercen…«

»Nein!«, schreien Lucy und ich im Chor.

»Oder die Brustwarzen…«

Kapitel 2

Es ist Samstagabend.

Lucy, Callum und ich wollen uns ein bisschen vergnügen und machen uns fertig, um gemeinsam ins Kino zu gehen. Wir wollen uns den neusten Film von M. Knight-Shyamalan ansehen, Callum ist ein ziemlicher Fan von ihm. Wir sind alle in unseren Zimmern und ziehen uns um. Die Türen stehen offen, damit wir miteinander quatschen können. Cal und Lucy jammern herum, dass Samstagabend ist und keiner von uns ein Date hat. Nur wir hängen wieder zusammen rum. Ich bin so gut wie fertig und föhne nur noch schnell meine Haare, als Lucy mit dem schnurlosen Telefon in der Hand auf meiner Türschwelle erscheint. Sie hält mir den Hörer hin und zieht eine ziemliche Schnute, was bedeutet, dass nur eine Person am Apparat sein kann. Endlich. Ich lasse beinahe den Föhn fallen, so schnell stürze ich zu Lucy, um ihr das Telefon aus der Hand zu reißen.

»Er ist in zehn Minuten da. Zieh dir also schon mal die Klamotten aus, leg dich aufs Bett, und erwarte ihn schön feucht und mit gespreizten Beinen«, raunt sie mir bissig zu, als ich mit zittriger Hand nach dem Hörer greife. Ich drücke den Zeigefinger auf meine Lippen und bedeute ihr wütend, ihr verdammtes Lästermaul zu halten.

»Hallo«, säusele ich so verführerisch wie möglich in den Hörer.

»Hallo, Jude.«

Endlich. Der wohlige Klang von Jonathans Stimme. Diese eigentümliche Weise, wie er die Silben dehnt, jagt mir einen prickelnden Schauer über den Rücken, und ich vibriere vor Vorfreude. Allerdings funkt Lucy ein bisschen dazwischen. Sie steht immer noch in der Tür und runzelt die Stirn derart missbilligend, dass sich in ihrer makellosen Haut tiefe Furchen abzeichnen.

»Hast du Lust auf einen Drink?«

Das ist Jonathans Art zu sagen, dass er bei mir vorbeikommt. Aus dem Drink wird nie etwas, jedenfalls gehen wir nie zusammen in den Pub.

»Klar, gern«, erwidere ich.

Ich gebe mir alle Mühe, Lucys missbilligende Miene zu ignorieren und überlege, ob wir noch eine Flasche guten Weißwein im Kühlschrank haben. Lucy schüttelt energisch den Kopf und verdreht die Augen, als sie meine Antwort hört. Sie ist entsetzt, dass ich mich schon wieder so schnell breitschlagen lasse, obwohl Jonathan es einen ganzen Monat nicht für nötig gehalten hat, mich auch nur ein einziges Mal anzurufen.

»Ich komme dann gegen acht vorbei.«

Lucy starrt mich immer noch finster an. Ich zögere.

»Jude?«, fragt Jonathan erstaunt; er ist es nicht gewohnt, dass ich nicht gleich einwillige.

»Ich habe eine Idee«, platze ich heraus, bevor ich es mir anders überlege. »Was hältst du davon, heute Abend zur Abwechslung mal mit mir essen zu gehen?«

Lucy lässt sich nicht beeindrucken. Ihr normalerweise so hübsches Gesicht verzieht sich ungläubig und verrät Hohn.

Und Jonathan ist so baff, dass ich seine Verwunderung förmlich durchs Telefon spüre. Ich habe schon lange aufgehört, ihm irgendwas vorzuschlagen.

Ich nutze den Augenblick seiner vorübergehenden Fassungslosigkeit und verwandele die Vorlage in einen Treffer.

»Also dann um acht im Audrey's, ja? Bis gleich, ich freue mich!«

Bevor er etwas erwidern kann, lege ich auf.

Lucy glotzt mich erstaunt an. »Habe ich richtig gehört, dass du tatsächlich mit ihm *aus*gehst?«, fragt sie ungläubig.

Ich nicke kurz, bin mir aber nicht sicher, ob es tatsächlich dazu kommen wird. Zum Jasagen habe ich ihm schließlich gar keine Gelegenheit gelassen, aber Nein hat er auch nicht gesagt. Und bis jetzt hat er ja noch nicht zurückgerufen, um mich mit irgendwelchen fadenscheinigen Entschuldigungen voll zu schwallen.

Es scheint also tatsächlich der Tag gekommen zu sein, an dem Jonathan und ich gemeinsam auswärts essen. Und ich habe es geschafft, Lucy gegen ihren Willen zu beeindrucken. Sie stürmt aus meinem Zimmer und verkündet dem ebenfalls ungläubigen Callum, dass Jonathan und ich an diesem Abend ein richtiges Date haben.

Nach einer weiteren Dusche, bei der ich meine wuchernden Beinhaare rasiere, rufe ich halbwegs panisch bei Audrey's an, einem verträumten kleinen Bistro in Battersea, und versuche einen Tisch zu reservieren. Ich säusele dem Eigentümer, einem verflossenen Liebhaber meiner Mutter, eine Menge Schmeicheleien ins Ohr und kann tatsächlich einen romantischen kleinen Zweiertisch reservieren. Spontan und unüberlegt lasse ich sogar noch eine Flasche Champagner kalt stellen.

Was soll's? Wir haben schließlich etwas zu feiern. Endlich einmal mit Jonathan auszugehen, ist ein bisschen wie ein Sechser im Lotto – na ja, wenigstens wie drei Richtige, was mir etwa alle zwei Jahre einmal passiert. Allerdings wird meine Euphorie ein bisschen durch den ernüchternden Gedanken getrübt, dass Jonathan mich vielleicht versetzen wird. Es war ja ziemlich cool, ihn gar nicht erst zu Wort kommen zu lassen, damit er mir nicht direkt eine Abfuhr erteilen konnte, aber das heißt natürlich noch lange nicht, dass er mir seine Unlust nicht einfach durch sein Nichterscheinen kundtun wird.

Offenbar haben Cal und Lucy die gleichen Bedenken. Denn als wir schließlich aus dem Haus gehen und unsere Wege sich trennen, versichern sie mir betont fürsorglich, dass Cal sein Handy eingeschaltet lassen wird für den Fall, dass ich zu ihnen stoßen möchte.

Leider muss ich zugeben, dass ihr mangelnder Glaube an Jonathans Zuverlässigkeit absolut gerechtfertigt ist. Ich frage mich wieder und wieder, wie ich es immer noch mit ihm aushalte, und finde nie eine befriedigende Antwort. Vielleicht liegt es an seinem extrem guten Aussehen, dafür kann man schon mal über ein paar lästige Angewohnheiten großzügig hinwegsehen.

Zum Beispiel über sein ewiges Zuspätkommen.

Halb neun. Ich sitze seit Viertel vor acht bei Audrey's, und keine Spur von Jonathan. Inzwischen habe ich den ganzen Brotkorb leer gefuttert und komme zu dem Schluss, dass ich mich demnächst am Champagner gütlich tun werde, wenn Jonathan mich so lange schmoren lässt.

Falls er überhaupt kommt.

Ein Blick auf den Champagnerkühler und die beiden Gläser, und er legt wahrscheinlich sowieso sofort den Rückwärtsgang ein. Genauso gut könnte ich ihm, dem jede Art von Verpflichtung zuwider ist, mit einem Verlobungsring vor der Nase herumwedeln. Jonathan fühlt sich einzig und allein seinem Single-Dasein verpflichtet, und das standhaft. Er würde eher seine eigene Leber verspeisen als zuzugeben, dass wir ein Paar sind.

Ich hingegen will eine Beziehung – mit allem, was dazugehört. Hochzeit, Kinder, Hypothek. Wenn es sein müsste, würde ich sogar mit meinen Schwiegereltern unter einem Dach leben. Und Jonathan flippt schon aus, wenn ich nur ein gemeinsames Essen vorschlage.

Warum hocke ich also hier wie bestellt und nicht abgeholt?

Genauer gesagt, warum hocke ich hier und warte auf ihn? Ich schenke mir ein wenig Champagner ein, finde die Situation aber zu unpassend, um ihn aus den dafür vorgesehenen Flöten zu trinken, also gieße ich ihn um in mein Wasserglas, das ich mir dafür aber bis zum Rand auffülle. Als die Flasche halb leer ist, kommt der Restaurantbesitzer aus der Küche, ein wahres Energiebündel von einem Mann.

Bernie Steinberg hatte eine leidenschaftliche Affäre mit meiner Mutter, als beide noch keine zwanzig waren, und meine Mutter war gerade mit Leidenschaft auf dem Hippie-, Aussteiger- und Bohemientrip war. Auf den Fotos von damals sieht sie aus wie ich – allerdings mit rotem, bis zur Taille reichendem Haar, nackten Füßen und einem gut aussehenden Mann an ihrer Seite, mit römischer Nase und einem langen braunen Rauschebart. Mum und Bernie sind auch heute noch gute Freunde, und Bernie hat immer noch eine römische Nase, nur der Bart ist inzwischen ergraut und ordentlich gestutzt.

»Du sitzt ja immer noch alleine hier.«

Er schnappt sich mit einer Hand den Stuhl mir gegenüber, dreht ihn um, so dass er die Lehne vor dem Bauch hat, und schwingt sich rittlings darauf wie John Wayne auf sein Pferd.

Ich nicke.

»Trinkst du ein Gläschen mit mir?« Ich zeige auf den Champagnerkühler.

Er grinst breit und zeigt eine gerade weiße Zahnreihe. »Es wäre mir eine Ehre.«

Ich schenke ihm ein Glas ein und proste ihm unglücklich zu. »Auf die Liebe!« Ich leere mein Glas in einem Zug.

»Du wartest auf Jonathan, habe ich Recht?«

»Ist das so offensichtlich?«

»Wer wäre sonst so dumm, eine Frau wie dich zu versetzen?«

Ich zucke mit den Schultern.

»Warum gibst du dich immer noch mit dem Mistkerl ab, Jude?«

»Er hat Potenzial.«

»Du redest über ihn, als wäre er eine leer stehende Immobilie, wobei das die Sache vielleicht sogar trifft. In moralischer Hinsicht ist er jedenfalls ein absoluter Versager, und um bei dem Vergleich zu bleiben, führt er dich allenfalls den Gartenpfad entlang, aber nie ins Haus. Er sollte dich wirklich ein bisschen respektvoller behandeln.«

»Klingt ganz so, als hättest du kürzlich mit meiner Mutter telefoniert.«

»Alice macht sich einfach Sorgen um dich, Jude. Du neigst dazu, dein Licht unter den Scheffel zu stellen. Du hast etwas Besseres verdient. Etwas viel Besseres.«

»Und warum habe ich den Richtigen dann noch nicht an der Angel?«

»Weil du, solange du stur an diesem Mistkerl festhältst, nicht mit offenen Augen durch die Welt gehst. So lernst du nie jemanden kennen.« Bernie sieht auf seine Uhr. »Fahr doch nach Hause, Jude. Du wartest jetzt schon fast eine Stunde auf ihn. Weißt du was? Ich packe dir eine Portion von meinem speziellen Nachtisch zum Mitnehmen ein und rufe dir ein Taxi.«

»Meinst du deinen Schokoladen-Kirsch-Pudding mit Brandy?« Die Nachfrage kann ich mir nicht verkneifen und muss sogar lächeln.

»Genau den. Ich packe dir eine doppelte Portion ein und gebe dir noch einen ordentlichen Schlag Sahne obendrauf.«

Ich zögere einen Augenblick, lasse meinen Blick noch einmal zur Tür schweifen, und gestehe mir dann zähneknirschend ein, dass ich an diesem Abend wohl kaum ein besseres Angebot bekommen werde.

»Okay«, sage ich, lange über den Tisch nach seiner Hand und drücke sie. »Danke, Bernie, du bist wirklich ein Schatz.«

»Du auch, Jude«, entgegnet er und nickt traurig. »Das meine ich genau, wie ich es sage. Ich wünschte nur, das würde dir endlich selber bewusst.« Er steht auf und winkt einen der Kellner heran. »Würdest du der Dame bitte den Mantel holen, Edward? Der Champagner geht aufs Haus.«

Ich fülle mein Glas mit dem Rest aus der Flasche, proste Bernie noch einmal Richtung Küche zu und leere es in einem Zug.

Bernie hat Recht.

Verdammt, sie haben alle Recht. Lucy, Callum, alle. Ich vergeude meine Zeit. Und Jonathan ist es einfach nicht wert. Warum, um Himmels willen, will ich eigentlich unbedingt mit jemandem essen gehen, der nicht mit mir essen gehen will?

Es ist kurz vor neun, und er glänzt immer noch durch Abwesenheit.

Idiot.

Während ich eine Stunde hier gesessen und gewartet habe, hat mein zunehmend benebeltes Hirn eine bunte Palette der Gefühle durchlebt; Freude, Hoffnung, Enttäuschung, peinliche Betroffenheit, Resignation. Doch ein Gedanke hat mich immer wieder durchzuckt: Jonathan ist bei dem Ganzen nicht der einzige Idiot.

Es ist an der Zeit, einen Schlusspunkt zu setzen, und damit meine ich nicht nur diesen Abend.

Leicht schwankend bücke ich mich nach meiner Handtasche neben meinem Stuhlbein und will gehen, doch als ich mich wieder aufrichte, befindet sich mein Blick auf gleicher Höhe mit einem mir sehr vertrauten Körperteil. Mein Herz rutscht mir in meinen Champagner gefüllten Magen, genehmigt sich einen großen Schluck, hickst laut und flutscht wieder zurück in meinen Brustkasten.

Sachte, Jude, warne ich mich selbst, als seine Anziehungskraft auf mich zu wirken beginnt und mir die Zehen warm werden. Lass dich nicht von seinem guten Aussehen und deiner Libido ins Bockshorn jagen! Der Kerl ist so flach wie der Pegel des zentralen Londoner Wasserreservoirs in einer Dürreperiode.

»Ich bin spät dran«, sagt Jonathan, denkt aber gar nicht daran, sich zu entschuldigen. Im Grunde klingt es eher wie ein Vorwurf, als ob es mein Fehler wäre. Schließlich hatte ich ihm durch den aufdiktierten Termin überhaupt erst die Gelegenheit gegeben, sich zu verspäten.

»Ja, zu spät«, entgegne ich kryptisch, doch er hört mir gar nicht zu.

»Ich weiß ehrlich gesagt überhaupt nicht, warum du ausgerechnet in dieses Restaurant gehen wolltest«, grummelt er, zieht sich das Jackett aus, hängt es über seine Stuhllehne, nimmt Platz und fährt sich nervös mit der Hand durch sein zersaustes blondes Haar.

Das weiß ich auch nicht, Jonathan, beim besten Willen nicht, sagt mir meine innere Stimme zum wiederholten Mal.

»Weil es ein nettes Lokal ist«, erwidere ich laut und ärgere mich, dass er nicht nur, ohne sich zu entschuldigen, eine Stunde zu spät hereinspaziert kommt, sondern sich auch noch berechtigt fühlt, an meiner hervorragenden Restaurantwahl herumzumäkeln.

»Das ist deine Meinung«, kontert er.

»Die ja sowieso nicht zählt.« Der Alkohol und meine Wut haben mich mutig gemacht.

Jonathan sieht mich überrascht an. »Red doch keinen Unsinn!«, fährt er mich an, aber er klingt ein bisschen hohl. Ich glaube, Neugier in seinem Blick aufflackern zu sehen, dann sieht er die leere Champagnerflasche, die ich gerade in den Kühler zurückstelle, und seine strengen blauen Augen verengen sich misstrauisch.

»Warum wolltest du heute Abend hierher kommen, Jude?«

Ich gebe einen tiefen Seufzer von mir. »Ich dachte, es wäre eine nette Abwechslung, wenn wir endlich mal in Ruhe reden würden, dazu eine Flasche Wein trinken, gut essen …«

»Essen?«, wiederholt er, als ob ich gerade von einem ihm unbekannten Vorgang gesprochen hätte.

»Ja, essen. Ich esse gelegentlich, weißt du, obwohl ich bezweifle, dass du mich je hast etwas zu mir nehmen sehen …« Ich starre auffällig zwischen seine Beine. »Abgesehen von deinem Ding da unten natürlich.«

Jonathan ist bestürzt. »Jetzt reicht es aber, Jude!«, fährt er mich an, es ist ihm peinlich. »Was ist heute Abend nur in dich gefahren?«

»Was heute Abend in mich gefahren ist?«, fauche ich zurück, während ich mir meine Tasche schnappe und aufstehe. Bernies warme Seelenmassage und sein gekühlter Champagner haben mir jede Illusion genommen. »Eins kann ich dir jedenfalls versichern, Jonathan Edwards, du kannst es dir abschminken, heute Abend in mich zu fahren!«

In diesem Moment kommt Bernie aus der Küche, in der einen Hand eine weiße Schachtel und in der anderen eine weiße Rose, die er aus einer der Tischvasen entwendet hat. Ich bin gerührt.

Als er Jonathan sieht, bleibt er ruckartig stehen und will unauffällig kehrtmachen, doch ich schüttele energisch den Kopf und bedeute ihm, zu mir zu kommen. Mit einem Kloß in der Kehle nehme ich die Rose entgegen, drücke ihm einen flüchtigen Kuss auf die Wange und verlasse zielstrebig das Restaurant, ohne mich noch einmal umzusehen. Draußen schwinge ich mich in das bereits wartende Taxi und lasse mich nach Hause bringen.

Am nächsten Morgen erwache ich in trüber Stimmung und mit einem Brummschädel. Es ist ein herrlicher Frühlingstag, und es ist noch früh, erst kurz nach halb acht. Meine Mitbewohner stehen sonntags selten vor zehn auf.

Ich bekämpfe meinen Kater mit einer ganz speziellen Therapie – ich setzte mich hinaus auf den Balkon in die Morgensonne und verspeise zum Frühstück Bernies köstlichen Pudding, eine Riesenportion. Dabei beobachte ich das Lichtspiel auf der schmutzig-grauen Wasseroberfläche der träge dahintreibenden Themse. Irgendwo tiriliert ein Vogel. Sein Gesang ist durchdringend, aber so süß, dass er meine Kopfschmerzen nicht verschlimmert, sondern sogar ein bisschen mildert.

Stocknüchtern und bei helllichtem Tage fange ich an, das Ergebnis des vergangenen Abends zu bereuen.

Ich war betrunken und wütend, und eigentlich bin ich im Laufe der vergangenen Jahre zu dem Schluss gekommen, dass dies nicht unbedingt der beste Zustand ist, eine Beziehung auf den Prüfstand zu stellen. Natürlich habe ich Jonathan nur gesagt, was ich ihm schon vor einer Ewigkeit hätte sagen sollen, und gestern Abend war ich mir auch absolut sicher, dass es aus und vorbei ist, doch jetzt kommen mir schon wieder erste Zweifel.

Ich tröste mich mit dem Gedanken, dass er mir sowieso nie zuhört. Wie ich Jonathan kenne, führt er meinen Wutausbruch auf PMS zurück und meldet sich das nächste Mal erst in sechs, statt in vier Wochen, damit er mich in einer anderen Zyklusphase erwischt.

Die Frage ist nur, ob ich überhaupt mit ihm reden oder ihn abblitzen lassen soll?

Am Montagabend kommt Lucy erschreckend gut gelaunt von der Arbeit.

»Du glaubst nicht, wer mich heute im Büro angerufen hat!«, trällert sie, wirft ihre Tasche auf den Boden und lässt sich neben mich aufs Sofa plumpsen, wo ich seit Stunden mürrisch vor der Glotze klebe.

»Äh … die Lotteriegesellschaft, um dir zu verkünden, dass du zehn Millionen gewonnen hast?«

»So ähnlich. Layton.«

»Layton?«

»Layton Berrick … erinnerst du dich denn nicht?«

Ich sollte wissen, wer dieser Layton Berrick ist, aber es ist mir tatsächlich entfallen, obwohl der Name ja ziemlich einprägsam ist.

»Layton«, wiederholt sie, »von Spicer Booth.«

»Ach, ja. Dieser Typ aus dem Pharmakonzern, auf den du seit einem Jahr so scharf bist …«

»Genau der.«

»Und was wollte er? Ging es ums Geschäft oder ums Vergnügen?«

»Um beides.« Ihr Grinsen wird noch breiter.

»Erst haben wir über einen großen Auftrag geredet, den seine Firma mir eventuell zuspielen wird …« Sie hält inne und befeuchtet sich aufgeregt die Lippen. »Und dann hat er mich zum

Dinner eingeladen!« Die letzten Worte schreit sie vor Freude regelrecht heraus.

»Toll«, entgegne ich, weil es die Antwort ist, die sie erwartet. »Finde ich auch.« Sie strahlt wie ein Honigkuchenpferd. »Wenn doch bloß schon Freitagabend wäre!«

»Freitagabend? Da bist du doch schon verabredet …!«

»Mit Haydn Morland kann ich am Freitag unmöglich essen gehen!«, fällt sie mir mit leuchtenden Augen ins Wort.

»Ich denke, deine Mutter bringt dich um, wenn du dieses Date absagst.«

»Das tut sie auch. Niemals kann ich absagen … Du kennst doch meine Mutter. Sie würde toben, wenn ich die Verabredung mit Haydn platzen ließe. Und verschieben geht auch nicht, denn dann wird sie befürchten, dass es wieder elf Jahre dauern wird. Und Layton sage ich ganz bestimmt nicht ab! Er ist Amerikaner.« Die letzten Worte sagt sie, als ob dies eine Entschuldigung dafür wäre, dass seine Eltern ihn so genannt haben, dass man bei seinem Namen unweigerlich an einen Bezirk in Essex denkt. »Und ein wahnsinnig toller Typ.«

»Und wie willst du dich aus der Affäre ziehen?«

»Ich habe gehofft, dass du mir vielleicht dieses eine Mal aus der Patsche helfen kannst.«

»Wie schön«, entgegne ich misstrauisch. »Und wie stellst du dir das vor?«

»Ich hätte da eine Idee …«

Sie zögert einen Moment, was in mir die Überzeugung nährt, dass mir ihr Vorschlag ganz und gar nicht gefallen wird.

»Ich habe doch neulich vorgeschlagen, dass du einfach mein Date mit Haydn für mich wahrnehmen könntest …

»Ja, aber das war nur ein Scherz«, stelle ich klar. »Tut mir Leid, Lucy. Das kann ich unmöglich tun.«

Sie sackt in sich zusammen.

»Warum nicht?«

»Deine Mutter würde mich umbringen, wenn sie das herausfände. Sie hat sich ein Bein ausgerissen, um dieses Date für dich und Haydn zu arrangieren. Sie fände es sicher großartig, wenn ich dort aufkreuzen würde!«

Lucy schüttelt den Kopf, rückt ein Stück näher an mich heran und umklammert flehend mein Handgelenk.

»Du verstehst mich falsch. Du sollst so tun, als seiest du *ich.*«

»Du spinnst ja total.«

»Das funktioniert, Jude, glaub mir!«

Ich starre sie ungläubig an, aber sie meint es absolut ernst.

»Ein neuer Haarschnitt, ein paar Strähnchen und vielleicht blaue Kontaktlinsen…«

»Und du meinst, das würde nicht sofort auffliegen?«, frage ich. Irgendwie fasziniert mich die Idee plötzlich.

»Ein bisschen ähnlich sehen wir uns doch. Immerhin hat man uns schon oft für Schwestern gehalten.«

»Stimmt«, gebe ich zu. »Aber das habe ich nie auf äußerliche Ähnlichkeit zurückgeführt, sondern darauf, dass wir uns vom Charakter her ähneln.«

»Außerdem haben Haydn und ich uns seit einer Ewigkeit nicht gesehen«, setzt Lucy ihre Überredungstaktik fort. »In der Pubertät passieren manchmal die seltsamsten Dinge mit einem; ich könnte doch inzwischen hundertzwanzig Kilo auf die Waage bringen und mehr Haare im Gesicht haben als ein Gorillaweibchen… Bitte, Jude, es ist doch nur für einen Abend! Danach musst du ihn nie wieder sehen. Und ich hätte meine Schuldigkeit als gute und Pflicht ergebene Tochter getan…«

»Aber deine Mutter setzt große Hoffnungen in diesen Abend, Lucy.«

»Ich erzähle ihr einfach, dass es ganz okay mit ihm war, aber dass wir uns leider nicht viel zu sagen haben… Mir fällt schon eine gute Entschuldigung ein, warum ich ihn nicht wieder sehen will. Das war ja sowieso der ursprüngliche Plan…«

»Kannst du dir nicht etwas einfallen lassen, warum du ihn gar nicht erst sehen willst?«, quengele ich.

Lucy schüttelt den Kopf. »Meine Mutter würde keine Ruhe geben, bevor ich mich mit ihm getroffen hätte. Aber so hat sie wenigstens den Eindruck, dass ich mich ernsthaft bemüht habe. Bitte tu es für mich, Jude! Es ist die ideale Lösung! Meine Mutter wäre zufrieden, und ich wäre frei. Frei!«, kreischt sie wie eine Wahnsinnige, steht auf und springt, sehr zu Victors Entrüstung, mit ausgebreiteten Armen auf dem Sofa herum.

Sie landet mit einem lauten Krachen auf dem Boden, krabbelt hysterisch kichernd zurück aufs Sofa und setzt sich wieder neben mich.

»Bitte, Jude!«, fleht sie mich an. »Ich würde es für dich auch tun, das weißt du genau.« Sie klimpert mich mit ihren endlos langen Augenwimpern an, um mich zu erweichen.

Das Ärgerliche ist, dass es funktioniert. Ich spüre, wie meine Entschlossenheit mit jedem ihrer Maybelline-WonderCurl-Augenaufschläge dahinschwindet. Warum will ich ihr bloß immer alles recht machen?

»Du bist verrückt«, stelle ich fest, doch meine Entschlossenheit, Nein zu sagen, verflüchtigt sich so schnell wie Lucy mit den Augen klimpert. »Na gut, ich überlege es mir«, murmele ich und bereue diesen kurzen, aber folgenschweren Satz im gleichen Augenblick, in dem er mir nahezu unbeabsichtigt herausrutscht.

»Oh, du bist ein Engel«, jubelt Lucy, die genau weiß, dass ein ›Ich überlege es mir‹ aus meinem Mund so viel bedeutet wie eine klare Zusage.

Sie nimmt mein Gesicht in beide Hände und drückt mir einen dicken Kuss auf den Mund. »Ich wusste doch, dass du mich nicht hängen lässt.«

»Ich habe noch nicht Ja gesagt, Lucy. Ich bin nämlich keine Schauspielerin, sondern Schriftstellerin.«

»Ich weiß. Aber du kennst mich in- und auswendig und kannst mich problemlos imitieren.«

»Bist du sicher?«

»Na ja, Passivität und Antriebslosigkeit sind vermutlich Charaktereigenschaften, die man nicht imitieren kann, damit muss man geboren sein«, zieht sie mich auf.

»Wenn du mir deinen wahnsinnigen Plan wieder ausreden willst, bist du auf dem bestem Weg«, entgegne ich schmollend und bereue meinen vorübergehenden Anfall von Altruismus auf der Stelle.

»War doch nur ein Witz.« Lucy umarmt mich, doch ich spiele weiter die Beleidigte und ziehe einen Schmollmund.

»Ich leihe dir auch mein neues Karen-Millen-Kleid…«, versucht sie mich weiter zu überreden, wohl wissend, wie sehr mir das kostbare Stück gefällt.

»Aber du hast es doch noch nicht einmal selber getragen.«

»Manche Opfer sind es eben wert, erbracht zu werden«, entgegnet sie und seufzt melodramatisch.

»Und was ist, wenn mich jemand sieht? Was ist, wenn mir Jonathan über den Weg läuft?«

»Das wird schon nicht passieren. Der wird dich vermutlich frühestens in einem Monat wieder anrufen«, stellt Lucy verächtlich klar.

Wahrscheinlich hat sie Recht.

Ich weiß gar nicht, warum er mir in diesem Zusammenhang überhaupt in den Sinn kommt. Einerseits weiß ich, dass unsere katastrophale Beziehung seit Samstag wirklich beendet sein sollte, andererseits habe ich so eine Ahnung, dass das vermutlich nicht der Fall sein wird. Jonathan wird aus reiner Gewohnheit wieder anrufen, und ich werde, masochistisch, wie ich bin, wieder nach seiner Pfeife tanzen, so hartnäckig ich mir auch einrede, dass ich ihn nie wieder sehen will.

Was er wohl sagen würde, wenn er wüsste, dass ich mit einem anderen Mann essen gehe? Ich fürchte, es wäre ihm völlig egal. Vermutlich könnte ich einen ganzen Monat als Muskelkneterin und Masseuse mit den New Zealand All Blacks auf Tour gehen, und Jonathan würde meine Abwesenheit nicht einmal bemerken.

Aus irgendeinem Grund hilft mir diese Erkenntnis bei meiner Entscheidung. Ich sehe Lucy an, sehe die Hoffnung auf ihrem Gesicht, und denke, was für eine wunderbare Freundin sie mir während der vergangenen Jahre immer gewesen ist. Außerdem fühle ich mich geschmeichelt. Wie kann sie es auch nur für einen Augenblick für möglich halten, dass ich mich mit ein bisschen Styling in sie verwandle und tatsächlich mit ihrer strahlenden Schönheit mithalten könnte? Schließlich fällt mir auch noch der arme Callum ein, der für ein Date mit einem Hetero anderen Geschlechts alles geben würde, ganz egal, wie es zu diesem Date käme.

Und so treffe ich meine Entscheidung.

»Also gut«, sage ich, greife nach Lucys zarter Hand mit den langen Fingern und drücke sie kräftig. »Ich mache es.«

Kapitel 3

Als ich am Freitagmorgen aufwache, ist mein erster Gedanke, wie ich, um Himmels willen, einen Rückzieher von diesem Date mit Haydn Morland machen kann, ohne es mir mit Lucy zu verderben. Ihn für einen Abend an der Nase herumzuführen und ihm vorzuspielen, ich sei Lucy, mag uns ja beim Aushecken des Plans als die ideale Lösung für ihr Problem erschienen sein, doch im kalten Licht eines kühlen, aber klaren Novembermorgens betrachtet, kommt mir unser Vorhaben völlig absurd vor. Absolut *un-durch-führ-bar*.

Er mag Lucy zwar ziemlich lange nicht gesehen haben, aber ich kann mir beim besten Willen nicht vorstellen, wie ich mit meinem hellbraunen Haar, meinen braunen Augen und der Attraktivität eines Mädchens von nebenan jemals für die blonde attraktive Lucy durchgehen soll, die ganz klar in die Kategorie »bildhübsch« gehört.

Während unseres gemeinsamen Frühstücks mit zuckerfreiem Müsli bitte ich sie vorsichtig, ihn einfach anzurufen und das Dinnerdate abzusagen, doch mein Anliegen stößt auf taube Ohren. Nicht dass Lucy komplett unsensibel wäre – sie ist schließlich meine beste Freundin und merkt sehr wohl, dass meine Begeisterung für die bevorstehende Aufgabe, die sich ja von Anfang an in Grenzen gehalten hat, auf den Nullpunkt gesunken ist. Aber sie fiebert dem Abend mit Layton Berrick so entgegen, dass ihr der Blick für alles andere versperrt ist – eben auch der Blick auf unser groß angelegtes Täuschungsmanöver. Außerdem genießt sie es regelrecht, sich durch unseren Schwindel an Haydn Morland dafür rächen zu können, dass er sie als Kind so schäbig behandelt hat. Und zu allem Übel scheint Lucy auch noch auf irgendeine obskure Weise davon auszugehen, dass ich einen netten Abend haben werde. Die Tatsache, dass ich seit Jahren kein richtiges Date mehr hatte, gab ihr offenbar Anlass zu glauben, dass ich mich auf den Abend freuen sollte und dass ich trotz all der widrigen Umstände meinen Spaß haben würde.

Um alles perfekt einzufädeln, hat Lucy sich den Tag frei genommen. Schließlich galt es, eine Mission zu erfüllen. Lucy hat die Absicht, für den glücklichen Layton so umwerfend wie möglich auszusehen, und mir ist offenbar die Aufgabe zugedacht, ihr wie ein Double bei den Dreharbeiten für einen Film zu folgen und an jedem einzelnen Schauplatz zu sagen: »Alles wie bei ihr, bitte«. Im St.-Tropez-Salon, wo die Kosmetikerin uns radikal die Augenbrauen zupft; im Nagelstudio, wo meine Finger- und Fußnägel in jenem perlmutt-pinken Ton lackiert werden, wie ihn Lucy bevorzugt; und dann – völlig überflüssigerweise, denn schließlich wird heute Abend wohl kaum jemand meine Bikinizone sehen – im Enthaarungsstudio, wo wir uns mit heißem Wachs foltern lassen.

Unser letzter Anlaufpunkt ist Lucys unglaublich hipper Friseur in der Nähe des Berkeley Square. Meine anfänglichen Bedenken, mein widerspenstiges Haar so radikal kürzen zu lassen, waren vollkommen grundlos. Ich bin mit dem Ergebnis absolut zufrieden – eine hübsche schulterlange Bobfrisur mit Seitenscheitel und einem Pony, der mir über das linke Auge fällt. Außerdem zieren jetzt unzählige blonde Strähnchen mein ursprünglich hellbraunes Haar. Zumindest auf dem Kopf sehe ich jetzt aus wie Lucy. Es kommt mir geradezu vor, als ob ihr Haarschopf eine Perücke wäre, die ich mir nur mal eben ausgeliehen habe.

Es ist die beste Frisur, die ich hatte, seitdem meine Mutter mir, noch zu High-School-Zeiten, regelmäßig einen Pagenkopf schneiden ließ. Die neue Farbe und der Schnitt stehen mir viel besser als ich gedacht hätte. Ich hatte befürchtet, mit blondem Haar verlebt und ausgelaugt auszusehen, aber in Wirklichkeit bringt es mein Gesicht regelrecht zum Strahlen, und der Wahrheitsgehalt des bekannten Sprichworts, nach dem Blondinen mehr Spaß haben, wird auf der Stelle bestätigt, als ich den Salon verlasse und von der Baustelle gegenüber mit einem wahren Konzert von Jubelpfiffen begrüßt werde, und zwar von den gleichen behaarten Affen, die mich auf dem Hinweg zum Friseur ignoriert haben, beim Anblick von Lucy jedoch fast vom Gerüst gefallen wären.

Lucy strahlt vor Freude.

»Du siehst super aus, Jude! Wenn ich geahnt hätte, wie gut dir meine Frisur steht, hätte ich dich schon vor einer Ewigkeit zu Leo geschickt.«

»Findest du es nicht ein bisschen komisch, dass ich so herumlaufe wie du?«, frage ich sie, während ich mein Spiegelbild in einem Schaufenster betrachte. Sie überlegt einen Augenblick und zwinkert mir verschmitzt zu.

»Wenn du mich aus eigenem Antrieb einfach nachäffen würdest, fände ich das vermutlich nicht so toll. Aber du machst es ja, um mir einen Gefallen zu tun, und schließlich habe ich dich selber darum gebeten.« Sie grinst mich breit an und drückt mir zum Dank ein Küsschen auf die Wange. »Außerdem habe ich ja kein Copyright an meinem Haarschnitt. Hauptsache Cal lässt sich nicht auch noch die gleiche Frisur verpassen …«

Während Lucy einen Blick auf ihre Uhr wirft, stelle ich mir Cal in einem von Lucys Ausgehkleidchen und mit unserem derzeitigen Blondschopf vor, und schüttele mich. Eine furchtbare Vorstellung.

»Ich muss schnell noch etwas erledigen. Wollen wir uns in einer Viertelstunde an der U-Bahn-Station treffen?«

Ich schlendere Richtung Green Park, bleibe an einem mit Souvenirs voll gestopften Zeitungskiosk stehen und kaufe eine Ansichtskarte mit einem schönen roten Londoner Doppeldeckerbus drauf. Ich werde sie meiner Mutter schicken, die es vom West End nach Somerset verschlagen hat, um »Ruhe und Frieden« zu finden, die aber immer noch in alles vernarrt ist, was auch nur im Entferntesten mit London zu tun hat. Ich versuche, so oft wie möglich mit ihr in Kontakt zu bleiben.

Mum und ich hatten schon immer ein enges Verhältnis, aber seit vor sechs Jahren mein Vater gestorben ist, ist sie mir noch wichtiger geworden.

Im Gegensatz zu Lucy und ihrer Mutter Marjory haben Mum und ich eine gesunde, ziemlich enge Beziehung zueinander, ohne dass wir einander auf die Pelle rücken. Wir wissen einfach, dass wir füreinander da sind.

Ihr würde nicht im Traum einfallen, mir vorzuschreiben, mit wem ich ihrer Meinung nach ausgehen sollte und mit wem nicht. Eher nehme ich mir *sie* gelegentlich zur Brust und rede ihr wegen ihrer häufig wechselnden Partner ins Gewissen.

Mum ist Künstlerin, sie malt vor allem Aquarelle. Und sie ist richtig gut. Zum Glück muss sie sich nicht davon ernähren. Mein kluger Vater hat in weiser Voraussicht dafür gesorgt, dass sie gut abgesichert ist, falls ihm etwas zustoßen sollte. Aber wenn es sein müsste, könnte sie sogar von dem leben, was sie durch den Verkauf ihrer Bilder einnimmt.

Mein Dad war etliche Jahre älter als Mum, und während sie in jeder Hinsicht ein unbekümmertes Bohemienleben führte, war er ein spießiger Banker. Sie waren wirklich ein sehr ungleiches Paar.

Bis meine Mum Dad kennen lernte, hat sie ein ziemlich bewegtes Leben geführt. Als Teenie war sie ein richtiges Hippiemädchen, ihren ungebändigten, unkonventionellen Lebensstil gab sie auch als Zwanzig- oder Dreißigjährige nicht auf, und dann hat sie mit vierzig auf ziemlich spektakuläre Weise noch einmal ganz neu angefangen. Jetzt geht sie mit schnellen Schritten auf ihr wildes Rentnerdasein zu.

Mein armer alter Dad konnte nie mit ihr mithalten, und meine Oma sagt immer: »Deine Mum hat ihn ins Grab gebracht, aber wenigstens ist er als glücklicher Mann gestorben.« Ich werde immer ein bisschen traurig, wenn ich an Dad denke.

Lucy hat auch schon ihren Vater verloren, eine weitere Gemeinsamkeit, eine gemeinsame Hypothek sozusagen.

Der Gedanke an Lucy lässt mich erneut an den bevorstehenden Abend denken.

Der heutige Tag war zwar auf eine seltsame Weise ganz amüsant, aber auf den Abend freue ich mich trotzdem nicht. Nicht im Geringsten. Ich habe das dumme Gefühl, dass ich mich zur absoluten Idiotin mache. Das ist sowieso eine Art Spezialität von mir.

Außerdem muss ich mich erst einmal an mein neues Aussehen gewöhnen. Jedes Mal, wenn ich mich in einem Schaufenster sehe, frage ich mich, ob diese Unbekannte, die mich da anstarrt, wirklich ich selber bin. Zum Glück heitert mich ein vorbeirauschender Taxifahrer, der mir ein Kompliment zuruft auf, gefolgt von einem Fahrradkurier, der mir einen Heiratsantrag zubrüllt.

Während ich an der U-Bahn-Station Green Park auf Lucy warte, durchwühle ich meine Handtasche nach einem Kugelschreiber. Schnell noch die Karte an Mum.

»Liebe Mum«, beginne ich. »Stell dir vor – ich habe heute Abend ein richtiges Date. Was sagst du dazu? Die Umstände, wie ich dazu gekommen bin, sind zwar ziemlich ungewöhnlich …« Ich halte inne und kaue nachdenklich auf dem Stift herum.

Was Mum wohl von all dem halten würde? Wahrscheinlich würde sie das Ganze brüllend komisch finden. Und wenn ich den Schwanz einziehen und kneifen würde, würde sie vermutlich anbieten, für mich einzuspringen und die Sache souverän durchziehen, obwohl sie genau doppelt so alt ist wie Lucy.

Aus der Viertelstunde werden zwanzig Minuten.

Nach einer halben Stunde taucht Lucy endlich auf, außer Atem, aber immer noch strahlend. Sie hat eine kleine weiße Tüte bei sich.

»Tut mir Leid, dass ich mich verspätet habe«, keucht sie und wedelt mit der Tüte herum.

»Hier, etwas ganz Wichtiges.«

»Was ist das?« frage ich. Sie sieht die Tüte an und dann wieder mich.

»Deine ultimative Waffe – ein Paar blaue Kontaktlinsen.«

»Du machst wohl Witze, oder?« Ich starre nervös die Tüte in ihrer Hand an, als ob sie sie als Waffe gegen mich verwenden könnte.

»Wenn deine Augen eine andere Farbe haben als er sie in Erinnerung hat, würde er doch sofort Lunte riechen.«

»Kann ich ihm nicht einfach erzählen, dass ich braune Kontaktlinsen trage?«, scherze ich matt. »Wenn ich dich richtig verstanden habe, sieht er seinem Gegenüber doch sowieso nicht in die Augen.«

»Mache dir keine Sorgen, Jude«, versucht Lucy mich zu beruhigen und hakt sich bei mir unter. »Es wird schon alles super klappen. Wollen wir nach Hause fahren? Ich weiß nicht, wie es dir geht, aber ich sterbe beinahe vor Hunger und habe uns bei Pret-à-mangé ein Sandwich geholt. Wollen wir teilen? Es ist mit Garnelen und Avocado. Ich weiß, Avocados machen dick, aber sie sind wunderbar für die Haut…

Lucy gibt einen letzten Tupfer von dem warmen, pinkfarbenen Rouge auf meine Wangen, das sie immer benutzt, tritt zurück und begutachtet ihr Werk.

»Geradezu unheimlich!«, staunt sie. Ich weiß ihr Lächeln nicht recht zu deuten.

»Meinst du, ich sehe so unheimlich aus, dass ich ohne Maske zu einer Halloween-Party gehen könnte?«, witzele ich ein bisschen nervös. »Bring doch noch ein paar Schraubbolzen an meinem Hals an, dann kann ich als Frankenstein gehen.«

»Nein«, entgegnet sie und schüttelt bedächtig den Kopf. »Du siehst sagenhaft aus. Mit ›unheimlich‹ meine ich, dass ich das Gefühl habe, in den Spiegel zu sehen.«

»Diese Dinger fühlen sich verdammt komisch an«, stelle ich

fest und rolle vorsichtig mit den Augen, um zu testen, ob die Kontaktlinsen an Ort und Stelle bleiben.

»Stell dich nicht so an! Sobald sie drin sind, spürt man sie doch gar nicht mehr.«

»Erzähl das mal meinen Augäpfeln«, entgegne ich und versuche zu blinzeln.

Lucy dreht mich auf meinem Bürostuhl um, damit ich in den Spiegel sehen kann.

Die flüchtigen Blicke, die ich von meinem Äußeren in den Schaufenstern erhascht habe, waren ja schon ziemlich befremdlich, aber jetzt, direkt neben Lucy und nachdem sie ihr magisches Werk an meinem Gesicht vollendet hat, ist die Ähnlichkeit wirklich frappierend.

»Wow!«, flüstere ich.

»Habe ich es dir nicht gesagt? Wir könnten als Zwillinge durchgehen… Na ja, zumindest im Halbdunkel. Wollen wir hoffen, dass er kurzsichtig ist.« Sie lacht, als sie sieht, dass sich auf meiner Stirn sofort ein paar Sorgenfalten bilden. »Vergiss es, war nur ein Witz! Du siehst großartig aus, ehrlich, er wird den Braten niemals riechen.«

»Hältst du das Ganze immer noch für eine gute Idee, Luce?«

»Wahrscheinlich ist es keine.« Sie grinst wieder, beugt sich zu mir herunter und tupft mir noch ein bisschen Rouge auf die Wangen, die ohne ihre Schminkkunst kreideweiß wären.

»Ich komme mir irgendwie fies und schäbig vor«, gestehe ich.

»Warum denn?« Sie legt den Rougepinsel zurück in die kleine Dose und schließt energisch den Deckel. »Er verdient es, betrogen zu werden. Vergiss nicht, wie er mich als Kind behandelt hat. Habe ich dir schon erzählt, wie er einmal meine Lieblingspuppe in einen Skinhead verwandelt hat?«

»Nein, wirklich?«

»O ja. Sie hatte herrliches langes blondes Haar, und er hat sie komplett kahl geschoren, ihr die Nase mit einem Ohrring seiner

Mutter gepierct und dann mit blauem Kugelschreiber ›Liebe‹ und ›Hass‹ auf ihre Hände geschmiert.«

Ich muss lachen.

»Das findest du lustig, was?« Sie seufzt und verdreht die Augen.

Die Wohnungstür fällt krachend ins Schloss. Cal ist von der Arbeit zurück.

»Hallo?«, ruft er.

»Wir sind hier!«, ruft Lucy zurück.

Ich höre, wie er sich die Schuhe abstreift und sie wie üblich gegen den Heizkörper schleudert, sein bevorzugter Abstellplatz für seine Schuhe. Dann steuert er fröhlich pfeifend Lucys Zimmer an. Plötzlich bricht sein Pfeifen jäh ab, und er bleibt verdutzt mit noch gespitzten Lippen auf der Türschwelle stehen.

»Oh, mein Gott! Ich sehe doppelt, dabei habe ich noch keinen Tropfen getrunken.«

»Komm näher!«, fordert Lucy ihn strahlend auf. Sie geht einen Schritt auf ihn zu, nimmt ihn bei der Hand und zieht ihn ins Zimmer. »Was fällt dir außerdem auf?«

Er braucht ein paar Sekunden, bis er die Kontaktlinsen bemerkt und vor Staunen die Augen aufreißt. »Das ist ja der Wahnsinn! Ihr könntet glatt als Zwillinge durchgehen!« Er hält inne und grinst noch breiter. »Warum cancelt ihr nicht einfach eure Dates für heute Abend und geht stattdessen mit mir aus? Ich treffe mich später mit ein paar Arbeitskollegen im Cricketer's Arms. Wenn ich da mit euch beiden im Arm hereinscharwenzelt käme, würden sie endlich aufhören, mich ständig mit meinem traurigen Liebensleben aufzuziehen.«

»Wir würden dir ja wirklich gerne helfen, dein Image als Don Juan aufzupolieren, Cal, aber du weißt doch, dass es heute wirklich nicht geht«, erinnert ihn Lucy.

»Also gut, wie wär's dann mit einem flotten Dreier, bevor ihr geht?«, schäkert er. »Davon habe ich schon immer geträumt.«

Lucy kreischt vor Vergnügen, als Cal so tut, als wolle er sie schnappen und aufs Bett werfen, doch als er sich umdreht und auf mich losstürmt, bittet sie ihn flehentlich, sofort damit aufzuhören.

»Bitte nicht! Sie ist ein Kunstwerk! Wenn du ihre Haare und ihr Make-up in Unordnung bringst, kriege ich sie nie und nimmer noch mal so hin.«

»Kriege ich wenigstens einen Kuss?«, bettelt Cal. Ich drücke ihm einen dicken Schmatzer auf die Stirn, und jetzt prangt ein korallenroter Lippenstiftabdruck über seiner Nase.

»Danke, Schatz. Dann mache ich mich jetzt auch ein bisschen zurecht für meinen romantischen Abend mit den Kumpels von Bow. Den Abdruck da behalte ich – als Beweis sozusagen. Einen schönen Abend euch beiden. Und Lucy – ich hoffe, dieser Layton ist den immensen Aufwand auch wert!« Er beugt sich zu mir und drückt mir einen freundschaftlichen Kuss auf die Wange. »Und du, Jude, pass auf dich auf! Falls ich dich retten soll, ruf mich an. Ich bin gegen halb zwölf zu Hause.« Er schnieft übertrieben. »Wie immer einsam, traurig und allein im Bett.«

Im Taxi auf dem Weg zum Restaurant versuche ich mich darauf einzustellen, dass ich ab jetzt Lucy bin.

»Hallo, ich bin Lucy. Ja, ich bin's, Lucy«, wiederhole ich, sehr zur Erheiterung des Taxifahrers, wieder und immer wieder. Das Problem ist, dass meine Zunge nicht immer so will wie ich und mir immer wieder Jude herausrutscht, wenn ich eigentlich Lucy sagen will.

Am meisten graut mir davor, vor lauter Aufregung eine Kombination beider Namen hervorzubringen und mich Lude zu nennen oder irgend etwas anderes Lächerliches von mir zu geben.

Der Limehouse Link ist völlig verstopft, weshalb es nur im Schneckentempo vorwärts geht. Als wir das Restaurant nach einer halben Stunde erreichen, bin ich bereits zehn Minuten zu spät, was mich noch nervöser macht. »Vergiss nicht, gelangweilt zu tun und ihn von oben herab zu behandeln!«, erinnere ich mich, während ich dem Fahrer das Geld gebe und hektisch aussteige.

Ich versuche, ein arrogantes Gesicht aufzusetzen, worauf ich mich aber nicht lange konzentrieren kann, weil ich in der Hektik stolpere, meine Tasche verliere und auf den Knien herumrutschen muss, um den gesamten Inhalt meiner Handtasche im Rinnstein zusammenzusuchen. Peinlich.

»Der Name lautet O'Neill, Lucy O'Neill«, brabbele ich vor mich hin, während ich aufstehe und mir die Steinchen von den Knien klopfe.

»Ist alles in Ordnung, junge Frau?«, fragt mich der Taxifahrer und lehnt sich besorgt aus dem Fenster.

»Geschüttelt«, scherze ich, »nicht gerührt.«

Oje, jetzt gehen die Nerven komplett mit mir durch. Wie immer, wenn ich Angst habe, fange ich an, albern zu werden. Ich versuche noch einmal, eine arrogante Miene aufzusetzen, doch es will mir einfach nicht gelingen. Es ist gar nicht so einfach, einen versteinerten, hochnäsigen Gesichtsausdruck hinzukriegen, wenn man vor Nervosität am ganzen Körper bibbert wie Wackelpudding.

Aber was soll's, wenn ich so zappelig bin, wirkt das bestimmt genauso abtörnend wie wenn ich die Hochnäsige mime. Erst recht, wenn ich mein kontinuierliches Zittern noch mit gelegentlichen unkontrollierten krampfartigen Gesichtszuckungen betone.

Plötzlich sehe ich mich zuckend und zwinkernd wie eine der Irrenanstalt Entlaufene dem unbekannten Haydn Morland gegenübersitzen und muss unvermittelt lachen. Mit einem fröhlichen Gesicht fühle ich mich sofort besser, als wenn ich krampfhaft versuche, mürrisch auszusehen.

Vielleicht ist das die Lösung.

Wie hat sich Lucy wohl Haydns Meinung nach entwickelt? Nach dem, was sie mir über ihre eher schwierige Beziehung aus Kindertagen erzählt hat, könnte ich mir vorstellen, dass er alle möglichen schrecklichen Eigenschaften an ihr erwartet und jetzt in dem Restaurant sitzt und dem Abend mit der gleichen Begeisterung entgegensieht wie Lucy beziehungsweise ich. Aller Wahrscheinlichkeit nach erwartet er eine grässliche Erwachsenenversion jenes Mädchens, das er so inständig verabscheut hat, die ihm gründlich den Abend verdirbt. Also macht er sich auf das Schlimmste gefasst.

Vielleicht fände er es abstoßender, wenn ich nett zu ihm wäre. Übertrieben nett. Zum Beispiel total überdreht und so flirtfreudig, dass es ihm regelrecht auf den Geist ginge. Ich kenne eine Menge Männer, die so ein Verhalten extrem anödet. Jonathan zum Beispiel.

Mit meinen Flirtversuchen habe ich es bisher noch immer geschafft, jeden Mann zu vergraulen. Vielleicht ist das also die beste Taktik? Was Turtelei und Liebesdinge angeht, bin ich auf dem Papier nun mal leider besser als im richtigen Leben.

Ich weiß, dass ich an diesem Abend Lucy spielen soll, aber wenn ich Haydn erfolgreich vergraulen soll, kann ich sie eigentlich nicht wirklich imitieren, denn sie ist viel zu liebenswert, als dass er sie nicht mögen würde. Selbst wenn sie sich damals nicht ausstehen konnten.

Vielleicht sollte ich also einfach sein wie immer und nach dem Motto verfahren: Bagger ihn so lange an, bis er das Weite sucht.

Aus Angst, das Ganze zu sehr zu verkomplizieren, entscheide ich mich schließlich für die erste Variante. Ich muss mir also nur vor Augen führen, wie er sie als Siebenjährige gefunden hat und diese kindliche Horrorvision um ein Vielfaches verschlimmern.

Lucy meint, er habe sie für ein verwöhntes Balg gehalten. Also könnte ich doch den ganzen Abend die arrogante Primadonna spielen. Die teuersten Gerichte von der Speisekarte bestellen, mich über den Service beschweren und auf ihn herabsehen, als wäre er die erbärmlichste männliche Kreatur auf der ganzen Welt, ungeachtet der Realität.

Wenn er immer noch so furchtbar ist, wie Lucy ihn geschildert hat, müsste es eigentlich ein Leichtes sein, den Abend zu einem kompletten Desaster zu machen. Ich komme schließlich zu dem Schluss, *jeden* nur erdenklichen Fehler zu machen, den man bei einem Blind Date überhaupt begehen kann.

»Langweilig und hochnäsig, unverschämt und verzogen …«, wiederhole ich gebetsmühlenartig, während ich auf meinen sieben Zentimeter hohen Absätzen auf die Eingangtür zustöckele, »dann aufgedreht bis zum Gehtnichtmehr und …« An der Tür zögere ich. Ein richtig guter Start für einen richtig schlechten Start wäre doch, viel zu spät zu kommen und nicht nur ein paar Minuten …

Nachdem ich mich eine weitere Viertelstunde draußen herumgedrückt habe, sehe ich schließlich ein, dass ich für das Herumlungern an Straßenecken an einem derart kalten Novemberabend nicht adäquat gekleidet bin und gehe rein, um weitere zehn Minuten auf der Toilette zu verbringen.

Das Problem ist nur – als ich erst mal vor dem Spiegel stehe, kann ich unmöglich widerstehen, meine neue Frisur zurechtzuzupfen und meine Lippen nachzuziehen, die durch mein nervöses Herumkauen keine Spur von Lippenstift mehr aufweisen. Dabei soll ich doch eigentlich möglichst zersaust und unvorteilhaft aussehen.

Aber es widerstrebt nun einmal den Grundprinzipien einer Frau, sich hässlich statt schön zu machen.

Als ich allmählich befürchte, dass Haydn das Restaurant womöglich unverrichteter Dinge wieder verlässt, wenn ich seine Geduld noch länger strapaziere, verlasse ich die Toilette. Schließlich soll er mich als Person nicht mögen, und nicht dafür, dass ich ihn versetzt habe.

Übrigens kann es ja auch sein, dass Haydn gar nicht gekommen ist. Ich bin mir nämlich ziemlich sicher, dass ihm dieses Treffen genauso aufgezwungen wurde wie Lucy.

Aber wenn er wirklich so toll war, wie Marjory immer sagte,

warum sollte er dann auf die Hilfe seiner Mutter angewiesen sein? Vielleicht ist er also immer noch ein pickeliger bescheuerter Streber, und Marjory hat ihn die ganze Zeit durch eine extrem dicke rosa Brille gesehen.

Plötzlich muss ich wieder gegen die Versuchung ankämpfen, einfach auf dem Absatz kehrtzumachen und abzuhauen. »Lucy zuliebe«, sage ich mir. Also reiße ich mich zusammen und schreite entschlossen durch den Vorraum.

Das Hot House ist ein ziemlich nobles Restaurant in Whitechapel. Es befindet sich in der einstigen Orangerie einer sehr beeindruckenden viktorianischen Villa, die heute ein ebenso beeindruckendes Fünf-Sterne-Hotel beherbergt, und man fühlt sich dort, als würde man in einem Gewächshaus in Kew zu Abend speisen. Riesige exotische Pflanzen ragen über die Tische, als warteten sie nur darauf, dir in dem Moment, in dem du deine Aufmerksamkeit dem Streichquartett zuwendest, das dezent am anderen Ende des Raumes sein Repertoire zum Besten gibt, einen der Leckerbissen von deinem reich gefüllten Teller zu stibitzen.

Der Maître, der mich garantiert draußen hat herumlungern sehen, mustert mich und zieht eine Augenbraue hoch.

»Äh … guten Abend …«, stammle ich. Sein durchdringender Blick macht mich ganz verlegen. »Ich bin verabredet. Ein Tisch für zwei Personen, er war für acht Uhr bestellt.«

»Haydn Morland«, füge ich erwartungsvoll hinzu, als er mich weiterhin fragend anstarrt.

Bei der Erwähnung des Namens lockern sich seine verspannten Gesichtszüge sofort, und er blickt freundlich drein.

»Ah, ja, selbstverständlich Mademoiselle, wenn Sie mir bitte hier entlang folgen wollen. Mr. Morland erwartet Sie bereits.«

Ich folge dem distinguierten kleinen Mann durch das volle Restaurant. Plötzlich flattert ein ganzer Schwarm Schmetterlinge in meinem Magen auf, der sich lautstark beschwert darüber, dass ich ihn den ganzen Tag über nur mit einem halben Sandwich gefüttert habe. Noch dazu eines mit Avocado und Krabben, was bekanntlich selbst an guten Tagen und für einen ruhigen Magen nicht die bekömmlichste Kombination ist.

Der Maître führt mich an einen abgelegenen Tisch am äußersten Ende des lang gezogenen Raumes, von dem aus man einen herrlichen Blick auf den Garten hat.

Am Tisch sitzt ein Mann, dessen Gesicht teilweise hinter einer riesigen Weinkarte versteckt ist. Als der Maître die Wedel eines riesigen Drachenbaums zur Seite schiebt, um mich durchzulassen an den kleinen, kerzenbeschienenen Zufluchtsort aus weißem Leinen und zwei sorgfältig drapierten Silbergedecken, blickt der Mann auf, und im gleichen Moment verlässt mich der Mut.

Die Augen, die mich über den Lederrand der Karte hinweg anstarren, blicken alles andere als freundlich. Genauer gesagt blitzen sie mich so feindselig an, dass ich drauf und dran bin abzuhauen.

Kein Wunder, dass Lucy sich das nicht antun wollte. Er sieht stinksauer aus. Als ob er völlig vergessen hätte, wo er sich gerade befindet. Er lässt die Weinkarte sinken, und zum Vorschein kommt ein fest zusammengepresster, verkniffener, vor Ärger schmallippiger Mund.

Ich habe also richtig vermutet. Es sieht ganz so aus, als wäre er ebenfalls zu diesem Abend genötigt worden. Das kann ja heiter werden. Das ist die Hölle. Ich muss mich nicht nur durch vier Gänge hindurchlügen, sondern zu allem Überfluss auch noch jemandem etwas vorspielen, der sich ganz offensichtlich nichts sehnlicher wünscht, als irgendwo anders zu sein, nur nicht in diesem Restaurant.

Trotz allem hat Morland die Güte aufzustehen, als ich an den Tisch trete. Er zaubert sogar ein halbherziges Lächeln auf sein Gesicht und hält mir die Hand hin. Ich schüttle sie in dem Bewusstsein, dass meine Hände inzwischen schwitzen wie ein alter Camembert.

Sei's drum, für meine Zwecke ist das gar kein schlechter Anfang. Was gibt es schließlich Abschreckenderes, als eine Hand zu schütteln, die sich anfühlt, als hätte sie den ganzen Morgen in einem Eimer warmem Fett herumgerührt.

Er mustert mich mit einem distanzierten, etwas misstrauischen Blick.

Mir fällt auf, dass er mich trotz meiner hohen Absätze um einige Zentimeter überragt und ziemlich gut gebaut ist. Er hat kräftige Schultern und trägt einen elegant geschnittenen Hugo-Boss-Anzug.

»Lucy?« Ich brauche ein paar Sekunden, um mir bewusst zu machen, dass dies für den heutigen Abend tatsächlich mein Name ist.

»Haydn?«, entgegne ich unbehaglich. Aus irgendeinem Grund will mir das zu erwartende »Ja, ich bin's, Lucy« nicht über die Lippen kommen.

»Nett, dass du kommen konntest.«

Den sarkastischen Unterton in seiner Stimme bilde ich mir mit Sicherheit nicht ein.

Ich werfe einen Blick auf meine Uhr und stelle fest, dass ich über eine halbe Stunde zu spät bin, was ihn sichtlich zu ärgern scheint. Lucy wird mit mir zufrieden sein.

»Setz dich doch.« Er deutet hinter mich, und ich bemerke erstaunt, dass der Maître dort steht und höflich darauf wartet, mir den vergoldeten Stuhl unter den Hintern zu schieben. Mit seiner schwarzen Fliege, dem gegelten Haar und den makellosen weißen Zähnen sieht er ein bisschen aus wie Birtie Wooster. Sein breites Lächeln wirkt allerdings etwas gezwungen, da er so lange ausharren muss, bis ich ihn zur Kenntnis nehme und mich endlich parken kann.

Also setze ich mich, und der Maître zieht ab.

Haydn Morland sieht mich schweigend an. Vermutlich wartet er darauf, dass ich mich für meine Verspätung entschuldige. Unter normalen Umständen wäre das auch das Erste, was ich täte. Aber dies sind keine normalen Umstände.

Und so eindringlich und herausfordernd er mich auch mit seinen wütenden Augen anstarrt – Sinn und Zweck dieses Abends ist es schließlich, ihn so zu vergraulen, dass er Lucy O'Neill im Leben nie wieder sehen will. Also sitze ich da und sage gar nichts.

Das Schweigen zieht sich qualvoll in die Länge, doch dann entspannen sich seine verkniffenen, beinahe wütenden Gesichtszüge ein wenig, und er nickt ein paar Mal bedächtig, wobei er mich von oben bis unten taxiert.

»Du siehst ganz anders aus, als ich dich in Erinnerung habe«, sagt er schließlich und ersetzt sein aufgesetztes Begrüßungslächeln durch ein wärmeres Grinsen.

Worauf du dich verlassen kannst. »Äh, ja«, erwidere ich nervös. »Es ist ja auch ganz schön lange her.«

»Über zwanzig Jahre, um genau zu sein.«

»Du hast dich auch ganz schön verändert.« Mit dieser Feststellung fühle ich mich auf der sicheren Seite. Immerhin hat Lucy ihn das letzte Mal gesehen, als er zwölf war.

Erneut unbehagliches Schweigen.

Dann erscheint ein Kellner an unserem Tisch und reicht mir eine Speisekarte. Haydn hatte ja genügend Zeit, die seine ausgiebig zu studieren. Verlegen verstecke ich mich hinter der Karte, doch sein bohrender Blick brennt sich förmlich durch die dicken Seiten. Schließlich ergreift er erneut das Wort, und ich linse über die Karte und sehe ihn an.

»Wie geht es deiner Mutter?«

Oha. Höfliches Konversationsgeplänkel. Wie angenehm.

»Gut, danke der Nachfrage. Und wie geht es deiner Mutter, Olivia?« Den Namen hänge ich etwas zögernd an und hoffe inständig, dass ich damit richtig liege. Lucy hat mir in den vergangenen Tagen einen groben Abriss von Haydn Morlands Leben geliefert, doch ich bin nicht sicher, wie viel davon wirklich in meinem Hirn hängen geblieben ist. »Lebt sie immer noch in Marbella?«

»Auf Mallorca, um genau zu sein. Aber ja, sie lebt immer noch dort, und es gefällt ihr nach wie vor. Danke.«

Oh, Mist. Na, wenigstens stimmte der Name.

Erneutes Schweigen.

Am besten rede ich über irgendwelche zurückliegenden gemeinsamen Erlebnisse.

Beim Pläneschmieden hat Lucy es für sinnvoll gehalten, ihn möglichst oft daran zu erinnern, dass wir schon als Kinder nichts miteinander anfangen konnten und, in der Hoffnung, auf diese Weise unsere gegenseitige kindliche Abneigung möglichst lupenrein auf unser Erwachsenendasein zu übertragen, nach Herzenslust die alten Vorbehalte aufzuwärmen. Doch es scheint, als könne ich mir die Mühe schenken, wir empfinden auch ohne mein Zutun genügend Abneigung füreinander.

Der Kellner kommt an unseren Tisch und nimmt unsere Bestellungen entgegen, das rettet uns über einige Minuten hinweg. Danach wieder ausgedehntes Schweigen, es kommt mir vor wie eine Ewigkeit.

Ich spiele an meiner Serviette herum, er untersucht sein Besteck, und schließlich wird eine Flasche Wein aufgetragen, was uns ein paar erlösende Minuten lang beschäftigt – ihn, indem er den Wein verkostet und billigend nickt, und mich, indem ich zusehe, wie der Kellner mein Glas füllt, ihm dankend zulächle, einen Schluck trinke, mit einem zustimmenden Nicken zu erkennen gebe, dass es sich wirklich um einen erlesenen Tropfen handelt, meinem Gegenüber mit erhobenem Glas schweigend zuproste und mit seliger Erleichterung spüre, wie endlich etwas Alkohol in meine Blutbahn strömt und seine erlösende Wirkung entfaltet.

Wir haben unser erstes Glas fast zur Hälfte geleert, als er schließlich die Sprache wieder findet und mich fragt: »Und wie geht es Edwin?«

Diese Frage bringt mich ein bisschen ins Schleudern. Natürlich kennt er Edwin. Wenn er Lucy als Kind kannte, kennt er auch Edwin. Allerdings gehört Edwin noch zu meinen bevorzugten Gesprächsthemen.

»Soweit gut«, antworte ich ausweichend.

»Ich habe ihn schon länger nicht mehr gesehen. Wir haben uns ein bisschen aus den Augen verloren, schade eigentlich. Er ist ein toller Typ.«

So hätte ich ihn im Leben nicht beschrieben. Selbst Lucy pflegt zu ihrem Bruder eine Art Hassliebe.

»Er ist kein schlechter Kerl«, entgegne ich mit einem zögernden Lächeln. »Jedenfalls manchmal.«

»Ja, kommt vor, dass er ein bisschen ruppig ist, das stimmt schon.«

»Das ist ja wohl ziemlich untertrieben«, fauche ich empört und falle für einen Moment aus der Rolle.

»Seltsam. Ich dachte, ihr versteht euch?« Mein Ausbruch scheint ihn wirklich zu überraschen.

»Mal ja, mal nein«, ist die einzige Antwort, die mir einfällt.

Die servierte Vorspeise rettet mich fürs Erste. Während wir uns beide unseren Tellern widmen, zermartere ich mir das Hirn nach irgendeinem harmlosen, unverfänglichen Gesprächsthema. Unser Schweigen ist sicher als Zeichen dafür zu deuten, dass wir beide den Abend furchtbar finden, und das ist ja genau mein Ziel, doch um ehrlich zu sein, macht es mir ganz schön zu schaffen.

Ich halte das nicht noch ein paar Stunden aus. Was würde ich normalerweise bei einem ersten Treffen fragen? Kommst du oft hierher? Nein, zu abgedroschen. Ich mustere sein unbewegliches, gelangweiltes Gesicht.

»Bist du sehr gedrängt worden, bis du dich hast breitschlagen lassen, dich mit mir zu treffen?«, lautet schließlich die großartige Eröffnung, zu der ich mich durchringe. Er starrt mich mit großen Augen an und blinzelt etwas ungläubig.

»War es bei dir so?«, fragt er schließlich zurück.

Ich nicke mit Nachdruck und denke an die arme Lucy und das

Dauerbombardement ihrer erbarmungslosen Mutter. »O ja, das kann man wohl sagen. Gebetsmühlenartige Bearbeitung nach dem Motto ›Steter Tropfen höhlt den Stein‹, tropf, tropf, tropf – bis ich schließlich klein beigegeben habe. Nur deshalb bin ich hier.«

Er sieht ein bisschen beleidigt aus.

Nun bin ich doch betroffen, dass ich ihn offenbar verletzt habe, und beiße mir auf die Unterlippe, während ich nach einer passenden Bemerkung suche, um meine Entgleisung wieder gutzumachen. Doch dann mache ich mir klar, dass das doch genau das Erwünschte ist.

Perfekt.

Wenn ich ihn richtig beleidige, will er mich beziehungsweise Lucy mit Sicherheit nie wieder sehen. Deshalb setze ich, anstatt ihn zu beschwichtigen, schnell noch einen drauf. »Ich habe mich sogar so gegen dieses Treffen gesträubt, dass ich meine Mitbewohnerin dazu bringen wollte, an meiner Stelle zu erscheinen.«

»Tatsächlich?«

Ich nicke. »Tatsächlich. Aber nachdem ich ihr erzählt habe, wie furchtbar du bist, wollte sie nichts davon wissen.«

»Aha.«

»Ich habe ihr sogar Geld angeboten …«

»Und das hat auch nicht funktioniert?« Er klingt sehr nüchtern.

Ich schüttele den Kopf.

»Sie hat irgendwas gemurmelt wie ›nicht um alles in der Welt und nicht für Geld und gute Worte‹, wenn ich mich recht erinnere. Mein Fehler. Ich hätte dich eben ein bisschen besser verkaufen sollen, dann hätte sie sich vielleicht nicht so gesträubt …« Das wäre erledigt, denke ich, lehne mich zurück und grinse ihn unverfroren an. »Also, was hast du so getrieben, seit wir uns das letzte Mal gesehen haben?«

»Willst du einen kompletten Abriss der letzten zwanzig Jahre?«, fragt er unterkühlt zurück und verzieht seinen rechten Mundwinkel zu einem halbherzigen Lächeln. »Oder soll ich es lieber aufschreiben, damit du es mit nach Hause nehmen und deine Mitbewohnerin bitten kannst, es für dich zu lesen – gegen Bezahlung, versteht sich.«

Ich habe es nicht besser verdient, ich weiß, aber er sagt es derart herablassend, dass ich ungeachtet meiner eigenen Beleidigungen, mit denen ich ihn bedacht habe, innerlich hochkoche.

Lucy hatte Recht. Er ist absolut unverschämt. Unverschämt und arrogant. Ich lehne mich zurück und kneife die Augen zusammen. »Ich kann auch warten, bis die Autobiografie erscheint«, gebe ich zurück.

»Also hast du doch noch irgendwann lesen gelernt«, kontert er.

»Sonst hätte ich ja nicht jeden Tag die *Times* nach einer Todesanzeige von dir absuchen können.«

Wir starren einander einen Moment wütend an, und zu meiner Verwunderung sehe ich, wie Haydns Mundwinkel unkontrolliert zu zucken beginnen. Das Nächste, woran ich mich erinnere, ist, dass er von einem brüllenden Lachanfall geschüttelt wird und ich ebenfalls.

Ich war schon immer mit einem äußerst merkwürdigen Sinn für Humor geschlagen – oder sollte ich lieber sagen gesegnet? Die seltsamsten Dinge bringen mich zum Lachen, und unglücklicherweise ist genau dies einer jener Momente, in denen ich mich nicht zurückhalten kann.

Wir lachen beide, und zwar so heftig, dass mir Tränen in die Augen steigen und Haydn einen Hustenanfall bekommt, der gleich mehrere Kellner an unseren Tisch eilen lässt.

Schließlich schaffen wir es, uns so weit zu beherrschen, dass sie sich wieder zurückziehen und die anderen Gäste, die unseren Heiterkeitsausbruch, wie es scheint, allesamt mit verkniffenen Mündern und missbilligenden Blicken begleitet haben, sich wieder abwenden.

Ich sehe Haydn mit vor Lachtränen verschwommenem Blick an. Haydn hat einen Ellbogen auf den Tisch gelehnt, stützt sein Kinn mit der Hand und versucht seinen zuckenden Mund unter Kontrolle zu bringen.

Ich unterdrücke den Drang, mir mit der Stoffserviette die Nase zu putzen, grinse ihn stattdessen mit meinen tränenden Augen an und genehmige mir einen ordentlichen Schluck Wein, um wenigstens halbwegs die Fassung wieder zu erlangen. Er wartet, bis ich mein Glas abgestellt habe, langt dann zu meiner großen Überraschung über den Tisch und bietet mir zur Versöhnung seine Hand an.

»Sollen wir noch einmal von vorne anfangen?«

»Du meinst von Anfang an?«, frage ich zurück und betrachte seine Hand, ohne sie zu ergreifen.

»Na ja, die Vorstellerei können wir uns schenken, aber wir können es doch mit ›Nett, dich wieder zu sehen‹ versuchen und es diesmal ernst meinen.«

Ich zögere und denke an Lucy und die Instruktionen, die sie mir mit auf den Weg gegeben hat, doch dann betrachte ich den Mann, der mir gegenüber sitzt und sich trotz meines beleidigenden Verhaltens immer noch vor Lachen schüttelt, und bin entwaffnet.

»Okay.« Etwas schuldbewusst ergreife ich seine ausgestreckte Hand und schüttele sie kurz. »Einverstanden. Fangen wir noch mal von vorne an. Und jetzt?«

»Na ja, wir genießen unser Abendessen, gönnen uns vielleicht noch eine zweite Flasche Wein, denn diese haben wir ja erstaunlich schnell geschafft« – bei diesen Worten schwenkt er die halb leere Flasche vor meiner Nase –, »und unterhalten uns…«

»Warum tun wir nicht einfach so, als hätten wir ein richtiges Date? Eins, das nicht von unseren Müttern eingefädelt wurde.«

»Ich denke, zu dem Thema ist alles gesagt, oder?«

Ich grinse noch breiter. »Tut mir Leid, es war nicht so gemeint.« Jetzt habe ich also die Regeln gebrochen und mich entschuldigt, aber was soll's.

»Oh, ich denke, dir wird schon etwas einfallen, es wieder gutzumachen.«

»Ich weiß auch nicht, welcher Teufel mich gerade geritten hat«, lüge ich.

»Versuch einfach, dich zu benehmen«, zieht er mich auf, »und deine ungezügelte Zunge endlich mal im Zaum zu halten. Sonst denkt wirklich jeder, du wärst immer noch sieben…«

»…und nicht siebenundzwanzig, schon gut. Also, reden wir wie zwei Erwachsene miteinander…« Ich trommele mit den Fingern auf dem Tisch und denke nach. »Okay, wie wär's damit: Was treibst du so in deiner Freizeit? Was macht dir Spaß?«

»Du meinst, welche Hobbys ich habe?«

»Genau.« Ich nicke.

»Eine gute Frage, um unser Gespräch in Gang zu bringen. Bravo.« Er nimmt die fast leere Weinflasche, verteilt den Rest auf unsere Gläser und überlegt einen Moment. »Also, um ehrlich zu sein – ich habe gar nicht viel Freizeit. Ich komme kaum noch zu all den Dingen, die ich früher gerne gemacht habe. Während meines Studiums hatte ich alle möglichen Hobbys – Sport, ins Kino gehen und natürlich die gelegentlichen obligatorischen Besäufnisse bis zur Besinnungslosigkeit. Doch wenn ich näher darüber nachdenke, weiß ich gar nicht, wie ich damals überhaupt die Zeit dafür gefunden habe, denn als Student habe ich auch schon verdammt hart gearbeitet… Und heute? Na ja, ich habe ein Haus in Brighton, und immer wenn ich es irgendwie einrichten kann, fahre ich dorthin. Dann relaxe ich, höre Musik, gehe am Strand spazieren oder schwimme im Meer.«

»Aber nur, wenn es warm genug ist, oder?«

»Nicht ausschließlich«, entgegnet er und lacht. »Mein Haus liegt direkt am Strand, und manchmal ist die Versuchung einfach zu groß, sich auszuziehen und sich ins Wasser zu stürzen, selbst wenn das Wetter nicht, wie soll ich sagen… besonders einladend ist – vor allem wenn ich mir ein paar Gläser Wein gegönnt habe, was übrigens eine weitere Leidenschaft von mir ist.«

»Ein bisschen gefährlich, nicht?«

»Was? Meine Leidenschaft für Wein?«, fragt er zurück und überhört meine Anspielung. »Solange man bei Weinproben daran denkt, den Wein nicht herunterzuschlucken, sondern ihn auszuspucken, ist man auf der sicheren Seite. Ach, und man sollte nie selber zu einer Weinprobe fahren … Hinterher weiß man nämlich in aller Regel nicht mehr, wo man geparkt hat.«

»Betrunken ins Wasser zu gehen«, stelle ich klar und lächle ihn an.

»Kann schon sein, dass es gefährlich ist, aber das Wasser kommt einem dann nicht mehr so kalt vor … Tja, und wenn ich in der Stadt bleibe, entspanne ich mich gerne bei einem guten Film, schalte einfach ein bisschen ab, ach, und bevor ich's vergesse – ich lese gerne.«

Mein Gesicht hellt sich auf. Diesmal ist es ein ehrliches Lächeln. Er hat eines meiner Lieblingsthemen angesprochen. Bücher.

»Ich auch«, erzähle ich ihm begeistert. »Ich liebe es zu lesen. Ich liebe Bücher. Ich bin nämlich … ich meine Jude, meine Mitbewohnerin, ist Schriftstellerin. Autorin. Sie schreibt Bücher.«

»Ach ja? Was für Bücher schreibt sie denn?«

»Liebesromane.« Er winkt einen vorbeikommenden Kellner heran, bestellt uns eine neue Flasche Rotwein und wendet seine Aufmerksamkeit wieder mir zu. »Ist ihr eigenes Liebesleben denn so dürftig, dass sie sich in ihren Büchern ein Ersatz erfindet?«

»Wie scharfsinnig du bist.«

»Mhm, bedauernswert. Ich stelle mir diese Judith gerade vor, eine verbitterte, enttäuschte romantische Seele, mit farblos strähnigem Haar, einem runden Gesicht und einer dicken Brille …«

»Um Himmels willen, nein«, unterbreche ich ihn, alles andere als geschmeichelt von dem Bild, das er von mir hat. »Übrigens ist Jude kein Spitznahme, es ist m …« – ich verschlucke meinen Beinaheversprecher in einem kurzen Hustenanfall –, »… es ist ihr richtiger Name. Ihre Mutter war ein großer Beatles-Fan. Und auch wenn sie manchmal ein bisschen kurzsichtig ist, trägt sie definitiv keine Brille.«

»Wie sieht sie denn wirklich aus?«

Es ist ziemlich abgedreht, aus der Sicht einer anderen über mich selbst zu reden.

»In gewisser Weise ist sie mir sehr ähnlich«, erwidere ich schließlich nach einem Moment des Zögerns. »Nur dass sie braune Augen hat.«

»Ach ja?«, entgegnet er überrascht. »Womit wieder einmal bewiesen wäre, dass man sich nie eine vorgefasste Meinung über irgendjemanden machen sollte.«

Da hat er in der Tat Recht. Mit meiner vorgefassten Meinung über ihn lag ich auch voll daneben. Haydn ist ganz anders, als ich ihn mir nach Lucys Beschreibungen vorgestellt habe. Völlig anders. Vor allem, wenn ich ihn mir jetzt noch einmal ganz unvoreingenommen ansehe, so, als sähe ich ihn gerade zum ersten Mal. Ohne Scheuklappen sozusagen.

Ich sehe, dass das Haar des Mannes, der mir gegenübersitzt, die Farbe von dickem dunklem Sirup hat. Es ist von der Sonne ein wenig ausgebleicht und mit einzelnen goldblonden und silbergrauen Strähnen durchzogen. An den Seiten ist es kurz geschnitten, und da, wo es ein bisschen länger ist, beginnt es sich an den Haarspitzen leicht zu kräuseln. Die Augen, die mich auf einmal so interessiert anblicken, sind dunkelgraublau und wirken durch und durch intelligent. Er hat einen entschieden wirkenden, geraden Mund und eine große, leicht römisch geformte Nase, die seinem ohnehin schon hübschen, klassisch proportionierten Gesicht eine aufregende Strenge und Unnachgiebigkeit verleiht.

Haydn entspricht so ganz und gar nicht Lucys Beschreibung von diesem frechen Rotzbengel. Ich habe das Gefühl, dass er von dem Schreckensbild aus ihrer Erinnerung so meilenweit entfernt ist, dass sie diesem Date, wenn sie auch nur die leiseste Ahnung davon gehabt hätte, wie er wirklich ist, nie und nimmer mit solchem Abscheu entgegengesehen hätte. Im Gegenteil: Sie hätte es sich wahrscheinlich auf keinen Fall entgehen lassen.

»Und wie sieht es mit deinen Hobbys aus, Lucy?«, reißt er mich aus meinen Überlegungen. »Was machst du noch so außer zu lesen?«

»Ich? Also… äh… ich mag Kunst, wie meine Mutter…« O Mist! Jetzt hätte ich ihm um ein Haar erzählt, dass meine Mutter Künstlerin ist. Lügen ist anstrengend.

»Deine Mutter?«, hakt er nach.

»Ich meine, Mum hat seit jeher versucht, mich für Kunst zu begeistern«. Ich rutsche verlegen auf meinem Stuhl hin und her, als hätte ich im wahrsten Sinne des Wortes Feuer im Hintern. Dann sage ich gar nichts mehr und tue so, als ob ich mit äußerstem Interesse den Inhalt meines Weinglases studierte.

»Magst du immer noch so gerne Opern?«

»Opern?«

»Na, du warst doch ganz verrückt danach. Obwohl ich immer davon überzeugt war, dass dein Interesse nur vorgetäuscht war, damit du kultivierter erscheinst. Siebenjährige Mädchen stehen nun mal nicht auf Opern.«

Lucy ist tatsächlich ein kleiner Opernfreak und kennt durchaus den Unterschied zwischen *Turandot* und *Tosca.* Leider habe ich von all dem aber keinen blassen Schimmer. Und ich zermartere mir gerade das Hirn, wie ich galant das Thema wechseln kann, da erscheint ein Kellner an unserem Tisch.

»Entschuldigen Sie bitte, Mr. Morland. Ein Anruf für Sie. Ein Edward Diggory aus Ihrem Büro. Es klang dringend.«

Haydn sieht zu dem Maître auf, schaut mich dann an, denkt kurz nach und lächelt schließlich.

»Richten Sie Edward bitte aus, dass ich im Moment nicht gestört werden will und sicher bin, dass er mit dem Problem, was auch immer es sein mag, schon alleine fertig werden wird.«

»Sehr gern, Sir.«

Der Kellner zieht sich zurück.

»Solltest du dir nicht lieber anhören, worum es geht?«

Er schüttelt den Kopf.

»Aber wenn es etwas Dringendes ist? Es macht mir wirklich nichts aus zu warten, mach dir darüber bitte keine Gedanken. Du hast ja schließlich auch lange genug auf mich gewartet…«

Haydn sieht plötzlich aus, als ob ihm ein bisschen unbehaglich zu Mute wäre. »Nein, nein. Edward kommt auch ohne mich zurecht.«

»Wie du meinst…« Und in diesem Moment fällt bei mir der Groschen. Der bisher so direkt und selbstbewusst auftretende Haydn Morland hat plötzlich Schwierigkeiten, mir in die Augen zu sehen. Und dann konfrontiere ich ihn.

»Es gab gar keinen Anruf, habe ich Recht?«

»Wieso, nein…«, windet er sich und schüttelt den Kopf. »Ich weiß gar nicht, wie du darauf kommst.«

Ich ziehe eine Augenbraue hoch und gebe ihm zu verstehen, dass ich ihm nicht glaube.

»Natürlich gab es einen Anruf«, beeilt er sich zu versichern.

»Okay, dann hat vielleicht tatsächlich jemand angerufen, aber nicht wegen einer dringenden Angelegenheit…«

Er öffnet den Mund, um erneut zu widersprechen, doch dann grinst er nur verlegen. »Bin ich wirklich so einfach zu durchschauen?«

»Allerdings«, entgegne ich mit einem triumphierenden Lächeln und mustere ihn eingehend. »In diesem Fall jedenfalls ganz bestimmt.«

Er hebt, zum Zeichen, dass er sich geschlagen gibt, die Hände. »Okay. Du hast mich ertappt. Ich gebe es zu. Edwards Anruf sollte mir für den Fall eines Falles ein Schlupfloch verschaffen.«

»Du hast also jemanden gebeten, dich anzurufen, damit du im

Notfall einen Vorwand gehabt hättest, dich aus dem Staub zu machen.«

Er nickt langsam, und im nächsten Moment verzieht er das Gesicht zu einem verlegenen, aber auch ein bisschen frechen Grinsen. »Du willst mir doch nicht erzählen, dass du für den Fall der Fälle nicht auch irgendetwas in der Art in der Hinterhand hast.«

Was soll ich darauf erwidern? Das Schlupfloch, das Lucy sich ausgedacht hat, war ja ich. Haydn hat ein Date mit einem Schlupfloch. Ich fühle mich auf einmal ganz elend. Mag ja sein, dass Haydn Morland als Kind ein arroganter furchtbarer Rotzbengel war, aber als erwachsener Mann ist er ziemlich nett und liebenswürdig.

»Aber ich habe mein Schlupfloch ja nicht benutzt«, stellt er klar. Offenbar missversteht er mein Schweigen als Missbilligung. »Was meinst du, was das zu bedeuten hat?«

»Dass du einen netten Abend verbringst?«, frage ich zögernd.

»Ich denke schon, ja«, erwidert er und nickt. »Wenn Edward allerdings eine halbe Stunde früher angerufen hätte …«

Er lächelt breit. Und ich erinnere mich daran, dass ich alles andere als zufrieden sein sollte. Schließlich bin ich hier, um ihm einen furchtbaren Abend zu bereiten, doch ich kann mir nicht helfen, ich genieße ihn selbst immer mehr.

Zum Glück drängt er mich nicht weiter, in Lucys Kindheitserinnerungen zu schwelgen, sondern fragt mich stattdessen nach meinem – also Lucys – heutigem Leben. Ich hätte nie gedacht, dass es sich einmal als so nützlich erweisen würde, dass ich Lucy wirklich in- und auswendig kenne. Bei Fragen, die mir zu heikel erscheinen, lenke ich ihn behutsam auf ein anderes Thema, bevor ich mich vergaloppiere. Ich versuche, vor allem über allgemeine Dinge zu reden. Natürlich auch über Persönliches, aber so, dass sich keine Widersprüche auftun könnten. Doch überwiegend reden wir über unsere Vorlieben und Abneigungen, darüber, was uns zum Lachen bringt oder wütend macht, und dabei wage ich, ihm ohne größere Bedenken meine eigenen Sichtweisen und Gefühle zu beschreiben, und achte nicht ständig darauf, wie Lucy wohl dieses oder jenes vermutlich sehen würde.

Zwar rufe mir ab und zu in Erinnerung, dass wir uns eigentlich abstoßend finden sollen, aber es ist bereits zu spät. Wir verstehen uns bestens. In Wahrheit amüsieren wir uns so gut wie begeisterte Zuschauer in einem mitreißenden Theaterstück.

Das und die Tatsache, dass mir der Wein allmählich zu Kopfe steigt, verwandeln den Abend, von dem ich anfangs befürchtet hatte, dass er der furchtbarste meines Lebens werden würde, in Windeseile in einen der schönsten Abende meines Lebens.

Inzwischen sind wir in eine lebhafte Non-Stop-Unterhaltung vertieft, die nur von unseren gelegentlichen Heiterkeitsausbrüchen und Lachanfällen unterbrochen wird. Und ohne dass wir es gemerkt haben, ist es beinahe Mitternacht geworden.

Wir haben uns bereits ewig an unserem Espresso und einem vorzüglichen Brandy aufgehalten, und der Abend nähert sich unweigerlich seinem natürlichen Ende, doch keiner von uns beiden macht auch nur die leisesten Anstalten zu gehen. Wir brechen erst auf, als die übrigen Gäste das Restaurant längst verlassen haben und ein mürrischer Kellner uns mehr oder weniger höflich herauskomplimentiert.

Draußen ist es kalt, und über uns breitet sich ein schwarzer Himmel aus, an dem tausende heller Sterne funkeln. Beim Reden hauchen wir dampfende Wölkchen aus.

»Also dann …«, bringe ich zögernd hervor. »Vielen Dank für den großartigen Abend.«

Zum Glück mildert die benebelnde Wirkung des Weins die Last meiner Schuld. Schließlich sollte es alles andere als ein großartiger Abend werden.

»Ich habe den Abend auch sehr genossen.« Er sieht mich ein paar Sekunden nachdenklich an und wendet seinen Blick dann einem kleinen Nachtclub auf der anderen Straßenseite zu, direkt gegenüber dem Restaurant.

»Hast du vielleicht noch Lust auf einen Drink?«, fragt er und weist mit einem Kopfnicken auf den Nachtclub.

»Eigentlich wollte ich das nächste Taxi anhalten«, erwidere ich zögerlich und denke schlechten Gewissens an Lucy. »Außerdem habe ich, glaube ich, schon ein bisschen viel intus.«

»Oh, ja«, entgegnet er. »Ich auch. Eigentlich sollte ich auch nichts mehr trinken …«

Wir stehen da und sehen einander an. Keiner von uns macht Anstalten zu gehen.

»Na ja, vielleicht noch einen …«, willige ich schließlich ein. »Einen schnellen Absacker.«

»Wir müssen ja nicht lange bleiben«, stimmt er lächelnd zu.

Als wir die Straße überqueren, fällt mir kaum auf, dass wir uns bei der Hand nehmen, als wäre es ganz normal.

Der Club ist klein und exklusiv. In der Mitte gibt es eine kleine Tanzfläche, umgeben von Tischen, die in kleinen dunklen Nischen verborgen sind, und eine lange Wand, die von der Theke dominiert wird. Wir steuern direkt auf die Theke zu und finden am äußersten Ende zwei freie Barhocker.

»Was willst du trinken?«

Ich lasse meinen Blick über die scheinbar endlose Reihe unterschiedlicher Flaschen schweifen, die auf dem Regal hinter der Theke aufgebaut sind.

»Tequila.«

»Im Ernst?«

Ich nicke langsam. »Slammer.«

Er lacht und grinst über das ganze Gesicht. »Ich hätte nie und nimmer gedacht, dass aus der verklemmten Miss Lucy O'Neill eines Tages eine hartgesottene Tequilatrinkerin werden würde.«

»Oh, sie kann sich so eine Flasche schneller einverleiben, als irgendjemand sonst, den ich kenne«, entgegne ich, ohne nachzudenken. Zum Glück scheint Haydn es keineswegs merkwürdig zu finden, dass ich von mir selbst in der dritten Person spreche.

»Tatsächlich?«, fragt er lächelnd. »Das kann sie?«

»Also, um ehrlich zu sein – normalerweise trinke ich nicht so viel wie heute Abend«, entgegne ich ein wenig verlegen.

»Ach, nein?«

»Nein, bestimmt nicht«, stelle ich klar und schüttele den Kopf. »Ich kann mit Alkohol nicht umgehen. Wenn ich zu viel trinke, tue ich verrückte, völlig unüberlegte Dinge, ich verliere jegliche Hemmungen …«

»Du hast auch schon als Siebenjährige verrückte, völlig unüberlegte Dinge getan, und damals hast du bestimmt keinen Tequila getrunken. Warum also heute Nacht?«

»Willst du es wirklich wissen?«

»Ja.«

Zumindest, was das angeht, kann ich ehrlich zu ihm sein.

»Um meine Nerven zu beruhigen«, verrate ich ihm und kippe mein Glas wie zum Beweis in einem Zug herunter.

»Du warst aufgeregt wegen unserer Verabredung?«

»Das kannst du wohl sagen.« Wenn er wüsste! »Aber ich bin froh, dass ich gekommen bin«, füge ich schnell hinzu.

Er sieht mich ernst an. »Weißt du, ich hätte nie gedacht, dass du dich so entwickeln würdest.«

»Was meinst du damit?«, frage ich und fummle an meinem Glas herum. Vorübergehend vergesse ich, dass er ja gar nicht über mich redet, sondern über die Frau, für die er mich hält.

»Na ja«, beginnt er, hält dann aber für einen Moment inne und sieht mich mit seinen schönen Augen und durch die langen Wimpern hindurch an, wobei ein angedeutetes, spitzbübisches Lächeln seine Lippen umspielt. »Ich habe dich immer für eine verzogene Göre gehalten, für eine kleine Miss Altklug.«

Ich will gerade an Lucys Stelle die Entrüstete spielen, als sich sein angedeutetes Lächeln in ein breites Strahlen verwandelt und er mir mit der Feststellung zuvorkommt, dass aus mir ja offenbar doch noch »eine ganz nette Frau« geworden sei. »Für eine verzogene Göre also«, wiederhole ich trocken.

»Für eine verzogene Göre«, bestätigt er. »Aber ich erwarte nicht, dass du diese Einschätzung teilst!«

Beinahe hätte ich mit dem pickeligen, schleimigen Streber gekontert, der er damals gewesen sein soll, doch ich will mich nicht auf ein so gefährliches Terrain begeben, schließlich könnte Lucys Meinung über Haydn ein bisschen voreingenommen gewesen sein.

Stattdessen antworte ich etwas vorsichtiger: »Es ist ganz normal, dass Menschen sich ändern, wenn sie älter werden. Ich bin bestimmt nicht mehr die Gleiche wie vor zehn Jahren.« Und auch nicht mehr die Gleiche wie vor zehn Stunden, denke ich, und kann nur mit Mühe ein nervöses Lachen unterdrücken.

Plötzlich kommt mir eine der Geschichten in den Sinn, die Lucy mir früher an diesem Abend erzählt hat, und ich frage ihn: »Erinnerst du dich noch daran, wie du meine Puppe in einen Skinhead verwandelt hast?«

»Das war einzig und allein deine Schuld. Schließlich hast du diesen ganz speziellen Streit damals angefangen.«

»Ich?« Lucy hat mir offenbar nicht die ganze Geschichte erzählt.

»Weißt du denn nicht mehr? Du hast angefangen, indem du meinen guten alten Goldfisch ins Klo gekippt und einfach runtergespült hast.«

»Wirklich?«, frage ich entsetzt. »War ich so grausam?«

»Wie schön, dass du das heute auch so siehst. Damals fandest du es urkomisch.«

Kein Wunder, dass Lucy mir nicht die ganze Geschichte erzählt hat. Ich muss wohl ziemlich entsetzt aussehen, denn seine Gesichtszüge werden weicher.

»Keine Angst, ich war ja genauso furchtbar wie du.«

»Ich weiß«, erwidere ich und denke an Lucys Erzählungen.

»Ich staune sogar darüber, dass du heute Abend überhaupt gekommen bist. Wir haben uns regelrecht verabscheut.«

»Hmm.« Ich nicke zustimmend, wohl wissend, wie sehr Lucy ihn gehasst hat.

»Warum bist du trotzdem gekommen?«

»Die gleiche Frage kann ich dir stellen.«

»Deine Mutter hat dich ordentlich unter Druck gesetzt, stimmt's? Du kannst es mir ruhig sagen.«

»Ein bisschen«, gebe ich zu.

»Aha. Ich muss sagen – ich war *wirklich* baff, dass du dich zu einem Date mit mir hast überreden lassen, einem Blind Date sozusagen. Ich meine, ich kann mir nicht vorstellen, dass du Schwierigkeiten hast, einen Mann zu … Du brauchst sicher nicht die Hilfe deiner Mutter, um ein Date zu arrangieren.«

»Du wirst es nicht glauben, aber ich lerne nie nette Männer kennen. Das liegt wohl an meiner Arbeit. Ich arbeite nämlich zu H… äh, ich arbeite in der Werbung, da laufen so viele falsche Typen herum, dass man nie weiß, wer es ehrlich meint.«

»Das kann ich mir vorstellen. Viele versuchen sich so zu verkaufen, wie sie in Wirklichkeit gar nicht sind. Aber du machst bei diesem Spielchen nicht mit, oder?«

»Nein«, entgegne ich mit einem angespannten Lächeln. »Ich bin eigentlich immer, wie ich wirklich bin.« Nur gerade jetzt bin ich ein verlogenes kleines Miststück.

Er schenkt uns einen weiteren Tequila ein. Obwohl ich schon fast vom Hocker falle, kippe ich ihn in einem Rutsch runter und hoffe verzweifelt, endlich diese nervende Stimme in meinem Kopf zum Schweigen zu bringen, die mich pausenlos eine scheinheilige Schlampe schimpft, weil ich ihn so schamlos anlüge.

»Zum Wohl!« Haydn prostet mir zu und kippt seinen Tequila ebenfalls in einem Zug runter.

»Wenn ich jetzt versuche aufzustehen«, bringe ich grinsend hervor und werfe einen Blick auf den harten Fliesenboden, »dann lande ich wahrscheinlich da unten.«

»Hoffentlich erwartest du nicht von mir, dass ich dir wieder auf die Beine helfe. Ich glaube, das schaffe ich nicht mehr…«

»Ich würde zumindest erwarten, dass du mir auf dem Boden Gesellschaft leistet. Du würdest eine Lady in diesem Zustand doch nicht alleine weitertrinken lassen, oder?«

Er platzt lachend heraus. »Du hast dich so verändert, Lucy. Wir haben uns nie auch nur halbwegs verstanden, und jetzt sieh uns an!«

»Menschen verändern sich eben.«

Er zuckt mit den Schultern. »Kann schon sein… Aber nein, das ist es nicht. Manche Leute finden einen Draht zueinander, manche nicht. Wir haben uns nie verstanden. Und jetzt ist es plötzlich anders. Auf einmal verstehen wir uns.«

»Vielleicht liegt es daran, dass ich mir eine ordentliche Portion Sinn für Humor habe transplantieren lassen.«

»Das ist es nicht, du wirkst irgendwie verdorbener als früher.«

»Na, vielen Dank.«

»Es war als Kompliment gemeint. Früher warst du so…«, er sucht nach dem richtigen Wort, »so verkrampft, jedenfalls in meiner Gesellschaft. Ganz die etepetete Prinzessin Lucy.«

»Wir sind uns schlicht und ergreifend gegenseitig auf die Nerven gegangen. Zwölfjährige Jungen mögen nun mal keine siebenjährigen Mädchen.«

»Mag sein.«

»Glaub mir, das ist alles.«

Er schüttelt den Kopf. »Ich weiß, was du meinst, aber ich glaube trotzdem, dass da noch mehr ist.«

Ich grinse in meinen Tequila.

»Ganz ehrlich«, lallt er und schielt fast bei dem Versuch, mir fest in die Augen zu sehen. »Ich habe das Gefühl, als ob uns etwas verbindet, das vorher nicht da war.«

Da hat er Recht. Ich spüre diese Verbindung auch, und sie war vorher tatsächlich nicht da, ganz einfach, weil wir uns heute Abend zum ersten Mal begegnet sind.

Plötzlich wallt eine Woge entsetzlicher Gewissensbisse in mir auf, die sich ins Unermessliche steigern, als er fortfährt und sagt, dass er den Abend mit mir großartig fand und es doch nett wäre, wenn wir uns bald wieder sehen würden.

Dabei sollte er mich doch hassen! Aber das Schlimmste ist, dass ich möchte, dass er mich mag. Und mehr noch – ich möchte, dass er mich als Jude mag und nicht als Lucy.

Warum bin ich nicht einfach an seinem Tisch aufgekreuzt und habe ihm gesagt, dass Lucy leider keine Zeit hat und er mit mir vorlieb nehmen muss? So, wie er mich jetzt ansieht, hätte er mich bestimmt als Ersatz akzeptiert. Vielleicht hätte er mich sogar mit Kusshand akzeptiert, er scheint mich ja wirklich zu mögen…

Und ich mag ihn.

Oje, ich mag ihn!

Und wenn man jemanden mag, sollte man ihn nicht wie einen Idioten behandeln. Das ist schäbig. Ich sollte ihm auf der Stelle die Wahrheit sagen. Ich nehme einen kräftigen Schluck aus meinem Glas, um mir Mut zu machen.

»Ich glaube, ich sollte dir noch etwas sagen…«

Ich will gerade mit der Wahrheit herausplatzen, als Haydn mir seinen Zeigefinger auf die Lippen legt und mich zum Schweigen bringt. Ohne ein weiteres Wort beugt er sich zu mir herüber, umfasst sanft meinen Nacken und küsst mich.

Es ist ein langer, elektrisierender Kuss, der sich anfühlt, als ob sich eine entzündete Lunte durch meinen Körper brennt.

»Wow!«, seufze ich leise, als er schließlich von mir ablässt.

Seine blauen Augen strahlen mich mit einer Intensität an, die alles erklärt. Er begehrt mich.

»Das meinst du also mit Verbindung.«

Kapitel 4

Die Vögel zwitschern, als ich aus dem Taxi falle und dem erstaunlich munteren Fahrer – es ist immerhin sechs Uhr morgens – sein Geld in die Hand drücke. Am Ende der Straße kommt gerade ein Milchwagen um die Ecke gerattert, und die zum Teil nicht ordentlich aufeinander gestapelten Kästen mit Flaschen voller schäumender weißer Milch neigen sich gefährlich zur Seite und klappern und scheppern so munter gegeneinander, dass es fast so melodisch klingt wie das Tirilieren der Vögel, die in den Bäumen am Straßenrand ihre ersten Lieder anstimmen.

Die Dämmerung bricht gerade an und taucht die Skyline der Stadt in ein trübes Rauchgrau, jenes typische Licht der Minuten zwischen Nacht und Tag. Ich drehe den Schlüssel im Schloss und husche so leise wie möglich in die Wohnung. Die Schuhe in der linken Hand steuere ich auf Zehenspitzen die Küche an und übersehe glatt meine über den Küchentisch gebeugte schlafende Mitbewohnerin. Aber jetzt habe ich sie geweckt.

»Was, zum Teufel… Jude! Wo, in Gottes Namen, bist du gewesen?«

Typisch Lucy. Mit verschlafenen Augen und fast verrückt vor Sorge erhebt sie sich wie ein Zombie in einem zweitklassigen Schwarzweißfilm vom Tisch.

Ich fasse mir an meinen pochenden verkaterten Kopf. »Schrei bitte nicht so laut, Lucy!«, flüstere ich heiser.

»Ich soll nicht schreien? Ich bin krank vor Sorge um dich!« Sie knipst das grelle blendende Küchenlicht an und mustert mich mit kritischem Blick. »Apropos krank – du siehst erbärmlich aus.« In dem Moment fällt ihr Blick auf die Küchenuhr. »Oje. Heißt das, du warst die ganze Nacht weg?«

»Äh, nein …«, lüge ich. »Ich bin gegen drei zurückgekommen und vor ein paar Minuten aus dem Bett gefallen.«

Aber Lucy mustert die Riemchensandalen, die ich immer noch in der linken Hand halte, und zieht vorwurfsvoll die Augenbrauen hoch. »Wag bloß nicht, mich anzulügen, Jude James. Um drei Uhr war ich noch auf und bin fast wahnsinnig geworden, weil ich nicht wusste, wo du dich herumtreibst. Ich hatte die schlimmsten Horrorvisionen und habe überall rumtelefoniert, um herauszufinden, wo du bist. Beinahe hätte ich sogar die Polizei angerufen, aber Cal hat mich zurückgehalten. Dann war ich drauf und dran, die Krankenhäuser abzutelefonieren, aber er hat mit Engelszungen auf mich eingeredet und mich überzeugt, dass du nicht hilflos auf einer Intensivstation an irgendwelchen Apparaten hängst. Mensch, Jude, warum hast du mich nicht angerufen? Ich dachte schon, du wärst entführt worden oder ermordet, oder dir wäre etwas noch Schlimmeres zugestoßen!«

»Kannst du dir etwas noch Schlimmeres vorstellen?«, frage ich matt.

Plötzlich ist ihre Sorge größer als ihre Wut, und sie stürmt auf mich zu und umarmt mich. »Mein Gott, bin ich froh, dass du wieder zu Hause bist! Ich hatte solche Angst um dich.«

Ihr Haar riecht nach Birnenshampoo und an der Stelle, an der ihr Kopf während ihres Schläfchens auf der Tischplatte gelegen hat, nach Küchenputzmittel.

»Tut mir Leid, Luce«, flüstere ich in ihr Haar. »Ich habe nicht daran gedacht anzurufen.«

»Wo warst du die ganze Nacht?«

Ich kann Lucy nicht anlügen.

»Mit Haydn zusammen …«, erwidere ich unwillig, löse mich aus ihren Armen und wende mich ab, damit sie mein Gesicht nicht sieht.

»Mit Haydn? Die *ganze* Nacht?«

»Ja, es war eine lange Nacht«, quassele ich unkonzentriert drauflos.

»Ich hoffe, du meinst damit, dass die Nacht sich so lang hingezogen hat wie Kaugummi.« Sie sieht mich mit großen sorgenvollen Augen an.

»Äh… nein, eigentlich nicht.« Ich versuche vergeblich, meine Verlegenheit zu kaschieren, indem ich mir einen Tee zubereite. Natürlich weiß ich, dass ich Lucy sagen muss, was passiert ist, aber es ist so schwer, einen Anfang zu finden. Ich hantiere ungeschickt mit den Teebeuteln herum und lasse schließlich auch noch die Milchflasche fallen.

Der Krach schreckt Callum aus dem Schlaf. Er kommt in seinem blauen Frotteebademantel aus seinem Zimmer geschlurft und reibt sich den Schlaf aus den Augen. Sein Haar ist zersaust wie ein Weizenfeld nach einem Wirbelsturm.

»Hey, Jude.« Ein breites schläfriges Grinsen erhellt sein Gesicht, als er mich sieht. »Unser Wandervogel ist heimgekehrt. Ich hab doch gesagt, dass ihr nichts zugestoßen ist«, sagt er an Lucy gewandt und umarmt sie zur Beruhigung. Dann nimmt er mich gründlicher ins Visier und bemerkt die Ringe unter meinen Augen und meinen gequälten Blick. »Du fühlst dich doch hoffentlich gut, Jude, oder? Du siehst ein bisschen angeschlagen aus.«

Ich nicke, um ihm zu bedeuten, dass alles in Ordnung ist, obwohl mein entsetzlicher Kater inzwischen jeden einzelnen Zentimeter meines Körpers erfasst hat.

»Erzähl mir nicht, dass du gerade erst nach Hause gekommen bist!«

»Genauso ist es«, grummelt Lucy. »Sie ist gerade zurückgekommen.«

»Wo bist du gewesen?«

»Genau das wollte ich gerade herausfinden.« Lucy verschränkt die Arme vor der Brust und sieht mich erwartungsvoll an.

Ich gebe meine Teezubereitungsversuche auf, wende mich den

beiden zu und stütze mich vorsichtshalber mit den Händen auf der Küchentheke ab. »Ich war bei Haydn«, platze ich heraus.

Sie starren mich stumm vor Erstaunen an.

»Na ja, sagen wir die paar Stunden, die von der Nacht noch übrig waren«, plappere ich weiter. »Nach dem Essen sind wir erst noch in einen Club gegangen, da haben sie uns um kurz nach zwei vor die Tür gesetzt, und bis wir ein Taxi gefunden und in Canary Wharf waren, war es schon fast drei. Um sechs war ich wieder hier, was wiederum bedeutet, dass ich gar nicht so lange bei ihm war, denn die zehnminütige Taxifahrt abgezogen, waren es also genau …«

»… drei Stunden«, wirft Cal ein, bevor mein angeschlagenes Hirn die Rechenoperation beendet hat.

»Du bist mit ihm in einen Club gegangen?«, hakt Lucy fassungslos nach, die noch dabei ist, den ersten Teil meines Gefasels zu verdauen.

»Ja, und dann hat sie ihn in seine Wohnung begleitet«, wiederholt Cal betont langsam an Lucy gerichtet.

»Was hattest du in seiner Wohnung zu suchen?« Die Frage kommt wie aus der Pistole geschossen.

»Dreimal darfst du raten«, antwortet Cal für mich, der mich mit seinen verschmitzt funkelnden blauen Augen mittlerweile ausgiebig von Kopf bis Fuß taxiert hat und alle Mühe hat, nicht laut loszuprusten.

Lucy sieht zuerst Cal an und dann mich, vor Entsetzen ist ihr die Kinnlade heruntergefallen. »Oh, Jude! Das hast du nicht getan, nicht wahr? Sag mir, dass du es nicht getan hast!«

Von dem verzweifelten Verlangen getrieben, meiner besten Freundin zu versichern, dass ich es nicht getan habe, lasse ich meine Augen zwischen Lucys entsetztem Gesicht und dem grinsenden Cal hin und her schnellen. Aber das Problem ist: Ich habe es getan.

»Nicht einmal ich bin gleich am ersten Abend mit meinem Date ins Bett gestiegen! Dabei bin ich seit Monaten scharf auf Layton.« Lucy ist erneut auf dem Küchentisch zusammengesackt.

Cal hat meinen vergeblichen Teekochversuch zu Ende gebracht und serviert Lucy einen großen Pott, wobei er laut darüber nachdenkt, ob sie statt Milch nicht lieber etwas Stärkeres hineinhaben möchte, damit sie den Schock überwinden kann.

Ich sitze am anderen Ende des Küchentischs, bis über beide Ohren rot vor Verlegenheit und schlechtem Gewissen. Außerdem habe ich das ungute Gefühl, die üppigen Speisen und das ganze Gesöff vom Vorabend jeden Moment wieder auszukotzen.

»Tut mir Leid, Luce«, jammere ich in meine Tasse, »ich bin eben auch mal schwach geworden, und du weißt ja, wie selten mir jemand begegnet, den ich mag… Außerdem war ich total betrunken. Ich weiß, das ist keine Entschuldigung… und zu behaupten, dass es *einfach passiert ist*, klingt ziemlich lahm, ich weiß, aber es ist nun mal so: Es ist *einfach passiert*…«

Plötzlich starrt Lucy uns mit so weit aufgerissenen und hervorquellenden Augen an, dass ich fürchte, sie jeden Augenblick aus ihren Höhlen springen zu sehen. »O mein Gott! Meine Mutter wird mich *umbringen*! Schließlich hatte sie vorgesehen, dass ich… ihr wisst schon… wie soll ich sagen…?«

»…dass du von ihm gevögelt würdest«, führt Callum den Satz unverblümt zu Ende.

»Danke, Callum«, murmele ich.

»Ja, danke, Callum«, wiederholt Lucy. »Und jetzt denkt jeder, dass *ich* mich gleich bei unserem ersten Date von Haydn Morland habe vögeln lassen.«

»Aber Lucy – heutzutage ist es absolut nichts Ungewöhnliches, dass Leute es bei ihrem ersten Date miteinander treiben, das ist das Normalste von der Welt.«

»Aber nicht, wenn es sich um ein Date handelt, das von meiner Mutter arrangiert wurde! Ich bin jetzt eine verrufene Frau!

O Jude, warum musstest du ausgerechnet mit Haydn deine moralischen Grundsätze vergessen! Warum, Jude, warum?«

»Ich weiß nicht«, flüstere ich und lasse verschämt den Kopf hängen. »Vielleicht war es der Alkohol oder die Atmosphäre, ich weiß es nicht…«

»Don't blame it on the moonlight…«, singt Callum ziemlich unmelodisch, während er durch den Raum wirbelt wie Michael Jackson in Bestform. *»Good times… Boogie!«*

»Du hast also mit ihm geschlafen!«, wiederholt Lucy zum zigsten Mal, als ob sie es immer noch nicht fassen könnte. »Du bist *mit ihm* ins Bett gegangen. Meine Jude, *meine Freundin Jude* mit Haydn Morland… O Gott, was wird bloß meine Mutter dazu sagen?«

»Deine Mutter ist wahrscheinlich entzückt, dass es so gut gelaufen ist«, zieht Cal sie auf, während ich mit weit aufgerissenem Mund gähne.

»Du verstehst mich nicht. Sie wünscht sich zwar, dass ich mich mit Haydn verstehe und dass wir ein Paar werden, aber wenn es nach ihr geht, soll ich mich bis zur Hochzeitsnacht in Enthaltsamkeit üben. Das mag altmodisch klingen, aber so ist sie nun mal.«

»Und wenn schon, wie soll sie denn herausfinden, was passiert ist?«

»Olivia und sie hängen bestimmt schon in dieser Minute an der Strippe«, stellt Lucy mit finsterer Miene fest.

»Na und?«, versuche ich sie zu beruhigen. »Haydn schien mir nicht gerade der Typ, der seine sexuellen Errungenschaften als Erstes brühwarm seiner Mutter auf die Nase bindet.«

»Keine Ahnung. O Jude, wie konntest du nur? Du solltest ihn mir vom Hals schaffen – und nicht mit ihm ins Bett gehen!«

»Man kann nie wissen. Vielleicht war es genau die richtige Methode, das Ganze ein und für alle Mal zu beenden. Vielleicht ist er einer von den Typen, die sich nie wieder bei einer Frau melden, sobald sie einmal bei ihr gelandet sind.«

»So einer ist er bestimmt nicht«, stelle ich ruhig fest.

»Nein?«, fragt Lucy enttäuscht.

Wie erwartet ruft Marjory in aller Herrgottsfrühe an und verlangt einen ausführlichen Bericht. Wir beugen uns unserer Feigheit und lassen immer den Anrufbeantworter angeschaltet, so lange es vertretbar ist. Inzwischen rufen Cal, Lucy und ich beim Brunch eine Krisenbesprechung ein, um zu beraten, was wir ihr anlässlich der dramatischen Ereignisse des vergangenen Abends erzählen wollen.

»Warum sagst du ihr nicht einfach die Wahrheit?«, fragt Cal schon zum fünften Mal, während er sein viertes Croissant verschlingt. Er kann Lucys Kuscherei gegenüber ihrer Mutter einfach nicht begreifen.

»Und wie soll ich ihr, bitte schön, erklären, dass ich Jude gebeten habe, sich für mich auszugeben?« Lucy schielt beinahe vor Aufregung.

»Na und? Wenn sie es krumm nimmt, hat sie eben Pech gehabt«, kommentiert Cal.

»Oder ich habe Pech gehabt«, entgegnet Lucy. »Vielleicht enterbt sie mich und redet bis an mein Lebensende kein Wort mehr mit mir.«

»Nach allem, was ich über sie höre, wäre das doch vielleicht ein Segen«, stellt Cal grinsend fest.

»Auch wenn Lucy ständig über ihre Mutter schimpft«, belehre ich ihn, »sehnt sie sich in Wahrheit nach ihrer Anerkennung. Es ist ein bisschen wie bei mir und meinem Liebesleben. So verkorkst es auch ist, ich würde es doch schmerzlich vermissen und muss wenigstens versuchen, aus den Rudimenten das Beste zu machen.«

»Und das hast du letzte Nacht versucht?«, zieht Cal mich auf. »Aus den Rudimenten das Beste zu machen? Oder doch eher aus seiner Rute?«

»Deine Kommentare sind nicht besonders hilfreich«, weise

ich ihn schroff zurecht und wende mich Lucy zu. »Und was machen wir jetzt?«, frage ich sie und kaue zerknirscht auf meiner Unterlippe herum.

»Ich weiß es nicht«, erwidert sie und verzieht ihr Gesicht zu einem angedeuteten Lächeln, das mir runtergeht wie Honig.

»Meinst du, er will dich wieder sehen, Jude?«

»Keine Ahnung«, antworte ich ehrlich.

»Hoffen wir einfach, dass er sich nicht meldet. Und wenn doch, musst du ihn abwimmeln, und danach lassen wir uns irgendeine gute Entschuldigung für meine Mutter einfallen, warum ich ihn nicht wieder sehen will.«

»Warum dichten wir ihm nicht eine furchtbare Angewohnheit an?«, schlägt Cal vor. »Etwas so Abstoßendes, dass Marjory dich drängt, ihn sofort auf den Mond zu schießen. Außerdem müsste es etwas so Peinliches sein, dass sie es unter keinen Umständen wagen würde, mit Olivia darüber zu sprechen.«

»Das könnte funktionieren.« Lucy greift den Vorschlag erleichtert auf.

»Zum Beispiel chronische Blähungen«, fährt Cal vergnügt fort.

»Die von unerträglichem Mundgeruch begleitet werden«, füge ich lachend hinzu und habe gleichzeitig ein schlechtes Gewissen. Zum Glück lacht auch Lucy, wie es unsere Absicht war, doch dann wird ihr Gesicht wieder ernst.

»Vergesst nicht, dass Mum ihn ziemlich gut kennt. Es muss etwas sein, das ihr noch nie an ihm aufgefallen ist.«

»Oh, stimmt, also eher eine ganz widerliche sexuelle Perversion«, meint Cal und strahlt bei dem Gedanken über das ganze Gesicht. »Wir könnten ihr auch erzählen, dass er schwul ist, sich aber nicht traut, es seiner Mutter zu sagen, weil er weiß, dass sie das nicht verkraften würde.«

Lucy geht über seinen Vorschlag hinweg. »Vielleicht sollte ich ihr einfach erzählen, dass er immer noch so furchtbar ist wie früher.«

»Aber er ist gar nicht mehr furchtbar, Lucy, im Gegenteil: Er ist sogar ziemlich nett. Und deine Mutter weiß das mit Sicherheit, sonst würde sie wohl kaum seit deinem sechzehnten Lebensjahr versuchen, dich mit ihm zu verkuppeln.«

»Kannst du ihr nicht einfach erzählen, dass er zwar ganz nett ist, es aber leider nicht zwischen euch gefunkt hat? Dass ihr euch gut miteinander verstanden habt, es aber nicht für eine Beziehung reicht, sondern allenfalls für eine flüchtige Bekanntschaft?«

»Das scheint mir auch die beste Lösung«, bestärke ich sie. »Schließlich war das auch der ursprüngliche Plan.«

»Aber nur, bis du bei ihm im Bett gelandet bist. Ich habe mich nicht besonders gut mit ihm verstanden, Mum«, äfft sie sich selbst nach, »deshalb dachte ich, am besten schlafe ich mit ihm, damit ich auch ganz sicher bin…«

»Du glaubst doch nicht im Ernst, dass er darüber mit seiner Mutter redet, oder?«, wendet Cal ein.

»Auf mich hat er jedenfalls nicht den Eindruck gemacht, als ob er seiner Mutter alles auf die Nase bindet«, wiederhole ich noch einmal.

Lucy sieht mich an, und zum ersten Mal seit meiner Rückkehr ist ihre Neugier größer als ihr Schock. »Wie *war* er denn, Jude?«

»Also, ich fand ihn sehr nett«, erwidere ich ausweichend.

»Das glauben wir dir gerne«, entgegnet Cal und zwinkert mir zu.

»Er war lust… lustig… Wir hatten einen netten Abend miteinander.« Ich durchbohre Cal mit Blicken und warne ihn unter Androhung der Todesstrafe, meinen letzten Satz für irgendeine Anspielung zu missbrauchen. Zu meiner Überraschung hält Cal ausnahmsweise den Mund, und es ist Lucy, die es sich nicht verkneifen kann, darauf anzuspringen.

»Einen *zu* netten Abend, wie es scheint.« Über ihr besorgtes Gesicht huscht ein Lächeln – ein Lächeln, in dem zu meiner Erleichterung den widrigen Umständen zum Trotz ein Hauch von Humor und Verständnis mitschwingt. »Das Problem ist nur«, fährt sie fort, wobei ihr Lächeln für meinen Geschmack ein bisschen zu schlagartig erlischt, »dass ich meine Mutter unter allen Umständen glauben machen muss, dass es ein völlig verkorkster Abend war.« Und dann lächelt sie doch wieder. »Vielleicht wäre es am allerbesten, wenn ich ihr erzähle, dass Haydn mir gebeichtet hat, unfruchtbar zu sein. Die Aussicht, keine Enkelkinder zu haben, die sie herumkommandieren und mit denen sie herumprahlen kann, würde sie umbringen.«

Am Ende einigen wir uns darauf, dass Lucy am besten erzählen soll, einen ganz *netten* Abend verbracht zu haben, dass jedoch alles Weitere offen sei und keiner wisse, was sich daraus entwickele.

Und als Marjory das nächste Mal anruft, holt Lucy tief Luft und nimmt ab. Cal und ich können Marjorys schrille Stimme sogar am anderen Ende des Zimmers klar und deutlich hören.

»Na, Liebes, wie war's? Hattet ihr einen schönen Abend?«

»Es war ... Lucy sieht Cal und mich mit erschrockenen Augen flehend an.

»Nett ...«, flüstert Cal ihr aufmunternd zu.

»Nett«, wiederholt Lucy gehorsam.

»Und? Gibt es ein Wiedersehen?«

»Äh ... das wäre ... nett«, stammelt Lucy verzweifelt.

Ich halte ihr einen hochgereckten Daumen hin.

»Wie schön.«

Zum Glück scheint Marjory damit zufrieden zu sein. Wahrscheinlich ist sie felsenfest davon ausgegangen, dass Lucy Haydn ohnehin verfallen würde, sobald sie ihn einmal träfe. Aber nachdem ich ihn nun selber kennen gelernt habe, glaube ich, dass sie da völlig falsch liegt. Dass ich seinem Charme so beschämend schnell erlegen bin, heißt nämlich noch lange nicht, dass es Lucy genauso gegangen wäre.

Was Männer angeht, haben wir einen völlig unterschiedlichen Geschmack.

Ich mag männliche Männer, wohingegen Lucy eine ausgesprochene Schwäche für hübsche Jüngelchen hat. Und Haydn Morland ist alles andere als ein hübsches Jüngelchen. Bestimmt hätte sie sich auch gut mit ihm verstanden. Aber sie hätte ihn überhaupt nicht attraktiv gefunden, da bin ich ganz sicher.

Das Problem ist nur, dass ich ihn so absolut unwiderstehlich fand. Warum bloß habe ich ihm gestern Nacht nicht reinen Wein eingeschenkt? Ich war ja kurz davor, doch dann hat er meine Entschlossenheit mit einem einzigen Kuss zunichte gemacht.

Ich schäme mich, und wie! Nicht, weil ich gleich bei unserem ersten Date mit ihm ins Bett gegangen bin. Ach was, ich schäme mich, dass ich überhaupt mit Haydn Morland geschlafen habe. Er hat mir wirklich gefallen, aber er hatte keine Chance, Gefallen an mir zu finden – an mir, Jude.

Ich habe mich als Lucy mit ihm getroffen. Ich habe ihn während des ganzen Abends angelogen. Und dann bin ich mit ihm ins Bett gegangen. Was für einen Menschen macht das aus mir? Und noch schlimmer, was würde Haydn von mir halten, falls er je die Wahrheit herausfinden sollte?

Ich sollte mir Haydn Morland am besten aus dem Kopf schlagen. Und ich hoffe, dass er umgekehrt genau das Gleiche tut.

Am Samstag drücken wir uns den ganzen Tag in der Wohnung herum, holen den versäumten Schlaf nach und ignorieren, für den Fall, dass es jemand ist, mit dem wir im Moment unter keinen Umständen reden wollen, hartnäckig das Telefon.

Am Sonntag fällt uns die Decke auf den Kopf, und gegen Mittag verlassen wir fluchtartig die Wohnung, steuern den nächstgelegenen Pub an und gönnen uns etwas zu Essen. Gestärkt von der fleischreichen Hausmannskost und diversen Drinks gehen wir in etwas besserer Verfassung wieder nach Hause. Wir ziehen gerade im Flur unsere Mäntel und Schuhe aus, als Lucy die Hand hebt und uns bedeutet, still zu sein.

»Pssst«, zischt sie. »Hört ihr das?« Aus dem Wohnzimmer ist ganz deutlich der eingeschaltete Fernseher zu hören.

»Haben wir den Fernseher angelassen?«, flüstere ich.

Lucy schüttelt den Kopf. »Wir haben ihn heute Morgen überhaupt nicht eingeschaltet.«

Wir lassen Cal den Vortritt und pirschen vorsichtig den schmalen Flur entlang zum Wohnzimmer. An der Türschwelle steigt uns der Gestank von Weihrauch und Räucherstäbchen in die Nase, und wir hören augenblicklich auf, wie Shaggy, Scooby und Velma auf Zehenspitzen zu schleichen, und sehen einander mit erleichterten und zugleich bestürzten Mienen an.

»Katrina!«, zischen wir im Chor.

Es handelt sich tatsächlich um Dauerfreundin Katrina, die unser Sofa in Beschlag genommen hat und unser ganzes Wohnzimmer riechen lässt wie eine Hippiekommune.

»Wie ist sie reingekommen?«, flüstert Lucy. Wir halten im Flur Kriegsrat.

»Wahrscheinlich hat sie sich selbst aus einem Hut gezaubert.«

»Oder sie ist durch den Briefkastenschlitz reingerutscht«, seufzt Cal und schüttelt bei ihrem Anblick ungläubig den Kopf. »Wie kann man nur so dünn sein?«

»Sie muss Edwins Schlüssel benutzt haben.«

»Das will ich nicht hoffen«, mokiert sich Lucy, während wir in die Küche schleichen und hoffen, dass sie uns nicht bemerkt hat. »Edwin scheint also wieder mal unterwegs zu sein.«

Auf dem Küchentisch liegt eine Nachricht für Lucy, die ihre Vermutung bestätigt. Er sei für ein paar Tage weg, sie solle doch daran denken, die Fische zu füttern, und er erwarte eine wichtige Zustellung, die sie bitte entgegennehmen solle, und Victor wirke ziemlich angeschlagen, vielleicht wäre ein Besuch beim Tierarzt nötig.

»Ob wir den Tierarzt vielleicht bitten können, sich auch Katrina mal anzusehen?«, fragt Cal besorgt. »Sie sieht noch kränklicher aus als Victor.«

»Also«, überlegt Lucy laut, »ich glaube nicht, dass Edwin ihr erzählt hat, dass er wegmusste.«

»Meinst du?«, frage ich überrascht. »Das wäre aber wirklich schäbig.«

»Er behauptet steif und fest, dass sie nicht mehr zusammen sind.«

»Und glaubst du, dass er auch Katrina davon unterrichtet hat?«

»Wenn ja, ist es ihr wahrscheinlich zum einen Ohr rein- und zum anderen wieder rausgegangen«, stellt Lucy mit einem verständnisvollen Lächeln fest. »Wie lange sie wohl diesmal bleibt?« Sie wirft noch einmal einen Blick auf Edwins Notiz. »Er kommt erst nächste Woche Freitag zurück.«

»Das sind ja fast zwei Wochen!«

»Ach, du meine Güte!«, stöhnt Cal bestürzt.

»Also muss Victor auch irgendwo sein«, stelle ich fest.

»Wahrscheinlich versteckt er sich vor ihr, weil er Angst hat, dass sie ihn im Wahn für einen Hot Dog hält, ihn kurzerhand in ein ausgehöhltes Brötchen schiebt und ihn aufisst«, witzelt Cal.

Schließlich entdecken wir Victor. Er hat sich in meinem Zimmer unter meinem Bett versteckt und ist offenbar eingeschnappt. Eigentlich liebt er uns ja heiß und innig, aber er mag es überhaupt nicht, wenn Edwin weggeht und ihn allein zurücklässt. Außerdem ist er, was seine Vorlieben und Abneigungen angeht, extrem pedantisch, und auf seiner persönlichen Hassliste steht Katrina ganz oben.

Um ihn ein wenig aufzumuntern, wollen wir versuchen, ihn mit irgendeiner Leckerei aus dem Kühlschrank zu verwöhnen, doch dummerweise sind die Leckereien, die sich an diesem Morgen vor unserem Pubbesuch noch im Kühlschrank befunden haben, allesamt verschwunden.

»Die Termite in Menschenform hat wieder zugeschlagen«, seufzt Callum und knallt die Kühlschranktür zu.

»Warum plündern wir nicht einfach Edwins Kühlschrank? Immerhin ist es seine Freundin, die uns immer alles wegputzt. Wenn es mit rechten Dinge zuginge, müsste sie eigentlich eine Figur wie ein ausgewachsenes Gorillamännchen haben.«

»Können wir schon«, entgegnet Lucy. »Aber willst du derjenige sein, der Edwin bei seiner Rückkehr beichtet, dass wir uns über seinen Kühlschrank hergemacht haben?«

Cal schüttelt den Kopf. »Nein, danke.« In flehendem Ton fährt er fort: »Kannst du sie nicht einfach auffordern, nach Hause zu gehen, Luce?«

»Glaubst du denn, sie hat ein Zuhause, wohin sie gehen könnte?«, frage ich teilnahmsvoll.

»Hör auf, Jude!«, weist Cal mich zurecht.

»Womit denn?«

»Sie zu bemitleiden. Wir können uns doch nicht jedes herumstreunende Kätzchen auf den Hals laden, oder?«

»Aber auf die Straße können wir sie auch nicht einfach setzen.«

»Da hast du Recht, aber wenn Edwin da ist, wohnt sie ja auch nicht bei ihm, also muss sie irgendein Zuhause haben.«

Wir sehen beide Lucy an, die aber nur mit den Achseln zuckt. »Was weiß ich denn?«

»Ein paar Tage werden wir es doch mit ihr aushalten, oder?«, werfe ich ein. Die Vorstellung, dass Katrina auf dem harten Boden irgendeines Türeingangs ihr Lager aufschlagen muss, nagt an meinem Gewissen.

»Aber natürlich«, entgegnet Cal sarkastisch. »Wenn wir es aushalten können, nie mehr etwas zu Essen im Haus zu haben, ständig den abgestandenen Gestank von abgebrannten Räucherstäbchen in der Nase zu haben, ganz zu schweigen von diesen merkwürdig aussehenden Zigaretten, die sie sich unentwegt dreht und mit denen sie alles so verpestet, dass man schon high wird, wenn man nur die gleiche Luft einatmet wie sie, und wenn wir es aushalten können, drei Stunden anzustehen, bloß um mal eben in unserem eigenen Badezimmer pinkeln zu gehen, und nie mehr nach unserem Geschmack fernsehen zu können …«

»Wir haben verstanden, was du meinst, Cal«, fällt Lucy ihm ins Wort.

»Aber ich finde, Jude hat Recht. Du weißt selbst, wie Edwin ist. Sie braucht jemanden, der ihr hilft.«

»Ich weiß, ich weiß, aber warum müssen immer wir die Dummen sein? Ich dachte, das letzte Mal wäre uns eine Lehre gewesen, du weißt schon, ich meine, als du die Geburtstagstorte für Jude gebacken und sie ganz hinten in deinem Schrank in einer Hutschachtel versteckt hast und Katrina sie trotzdem gefunden und komplett aufgegessen hat …«

»Ich weiß, dass sie eine entsetzliche Nervensäge ist, aber wir können sie trotzdem nicht einfach rausschmeißen …«

Keine Ahnung, warum, aber irgendwie bringt Katrina bei mir sämtliche Mitleidssaiten zum schwingen. Es stimmt ja, sie ist eine schamlose Schnorrerin, aber sie hat etwas Rührendes an sich. Sie ist wie ein kleines Mädchen, das sich verlaufen hat, ein bisschen wie ein ausgesetztes Kind. Sie ist so zerbrechlich und schön, dass man sich geradezu gezwungen fühlt, sich um sie zu kümmern. Wahrscheinlich fällt es Edwin aus genau diesem Grund so schwer, ihr ein für alle Mal den Laufpass zu geben, und wenn sie es sogar einem herzlosen Widerling wie ihm angetan hat, ist es um mich weichherzige hoffnungslose Romantikerin erst recht geschehen.

Ich sehe Cal flehend an.

»Okay, okay, dann spielen wir eben wieder einmal die guten Samariter. Aber sagt später nicht, ich hätte euch nicht gewarnt.«

Cals Vorhersagen erweisen sich wie immer als zutreffend.

In den kommenden Tagen nimmt Katrina in wechselnder Reihenfolge unbeirrt das Sofa, die Fernbedienung des Fernsehers, den Kühlschrank und das Badezimmer in Beschlag, und ich brauche wohl nicht zu erwähnen, dass dies unser Zusammenleben eher schwierig gestaltet. Trotz unserer guten Absichten und unseres aufrichtigen Bemühens, gutherzig zu sein, ziehen wir über sie her, sobald wir einmal unter uns sind. Aber sie scheint nie irgendwohin zu gehen. Weiß der Teufel, womit sie ihren Lebensunterhalt verdient. Im Moment ist der einzige Ort, an dem sie als Model posiert, jedenfalls unser Sofa. Sie scheint dort regelrecht Wurzeln geschlagen zu haben. Wie eine Treibhauspflanze, die ihre wuchernden Ranken um die kuschelig weichen Sofakissen schlingt und sich dort für den Rest ihres Lebens festklammert, nur um manchmal zum Zwecke der Selbstbewässerung für eine Stunde oder auch länger im Bad zu verschwinden und danach wieder zurückzuschleichen. Von ihrer Dauerpräsenz auf dem Sofa zeichnet sich bereits ein katrinaförmiger Abdruck ab. Wenn wir ins Bett gehen, hockt sie immer noch da, und wenn wir uns morgens aus den Federn zur Arbeit quälen auch. Wenn sie überhaupt schläft, dann entweder aufrecht auf dem Sofa sitzend oder im Badezimmer, denn ich habe sie noch nie ins Bett gehen sehen. Nicht dass wir überhaupt ein Bett übrig hätten, aber Cal hat ihr im Scherz schon mehrfach angeboten, dass sie jederzeit bei ihm unter die Decke schlüpfen könnte, wenn ihr nach einem Nickerchen zu Mute wäre. Obwohl sie unaufhörlich isst, kommt sie nie auf die Idee, ihr schmutziges Geschirr abzuwaschen; die ganze Wohnung ist mit herumstehenden und -liegenden Kaffeetassen übersät, die zwischen Küche, Wohnzimmer und Badezimmer eine Spur bilden wie die Markierungen an einem Wanderweg. Das Badezimmer selbst ist unbeschreiblich, ein einziger Hort von Schaum und Schmutz, wobei die schaumige Schmutzschicht in der Badewanne inzwischen so dick ist wie die ausgefurchte Fahrspur nach einem Motocross-Rennen.

Aber trotz allem tut Katrina mir Leid. In gewisser Weise ist sie sogar treuherziger als Victor. Da Edwin ihr nie und nimmer einen Schlüssel zu seiner Wohnung überlassen würde, zieht sie, um ihm, wenn er weg ist, möglichst nahe zu sein, eben bei seiner Schwester ein, also bei uns. Cal wundert sich immer wieder, warum sie statt unseren Schlüsseln nicht einfach die von Edwin stibitzt, wahrscheinlich, weil sie sich da oben ganz allein einsam fühlen würde. Zwar spricht sie nicht viel mit uns, aber ich glaube, allein die Anwesenheit anderer Menschen spendet ihr Trost. Cal hingegen, dessen wohltätige Ader Katrina gegenüber deutlich weniger ausgeprägt ist als meine, behauptet steif und fest, dass sie nur deshalb zu uns kommt, weil unser Kühlschrank mehr hergibt als der von Edwin.

Allerdings hat es dieses Mal auch ein Gutes, dass sie uneingeladen bei uns wohnt. Immer wenn das Telefon klingelt, stürzt sie sich, in der Hoffnung, dass es Edwin ist, auf den Apparat. Nicht, dass Edwin je bei uns anrufen würde. Aber so stellt sie auf unglaublich effektive Weise sicher, dass Marjory nur höchst selten zu Lucy durchdringt, da sie die armen Anrufer jedes Mal extrem unfreundlich abfertigt und dann einfach auflegt. Für uns ist das eine echte Erleichterung.

Tja, und da wäre noch einer, der sich – zu Lucys großer Freude – dadurch auszeichnet, dass er nicht anruft. Ich hingegen weiß überhaupt nicht, was ich davon halten soll, dass er sich bisher noch nicht gemeldet hat. Es ist jetzt eine Woche vergangen, und es ist, als ob Haydn Morland nie existiert hätte.

»Hab ich dir nicht gesagt, wie furchtbar er ist?« Lucy reibt es mir immer wieder unter die Nase. »*Wham bam thank you Ma'am.* Er hat seinen Spaß gehabt, und damit ist die Sache für ihn gegessen.«

Meine Gefühle fahren Achterbahn mit mir. Einerseits bin ich wahnsinnig erleichtert, andererseits aber auch enttäuscht.

Ich bin eigentlich nicht der Typ für One-Night-Stands.

Erst recht nicht unter diesen Umständen. Natürlich hat der Alkohol seinen Teil dazu beigetragen, dass es so weit gekommen ist, aber er hat mir zweifellos auch gefallen, und ich habe mich zu ihm hingezogen gefühlt. Wenn doch bloß die Umstände andere wären! In einer idealen Welt könnte Haydn Morland mein Traummann sein. Und deshalb, ja, ich muss es mir eingestehen … Ich bin zutiefst enttäuscht, dass er sich nicht gemeldet hat.

Mein Traummann hätte mich gleich am nächsten Tag angerufen.

Wenigstens habe ich mein Buch endlich beendet. Das ist im Augenblick der einzige Lichtblick am Horizont.

Ein netter Abend mit einem attraktiven Mann – unter was für widrigen Umständen auch immer – scheint ausgereicht zu haben, meine Schreibblockade schlagartig zu lösen.

Na ja, wahrscheinlich war es eher der wilde Sex, der nach dem netten Abend folgte, wobei ich diesen Teil des Abends konsequent zu verdrängen versuche. Aber wie auch immer – jedenfalls funktionierte der kreative Schreibfluss seitdem wie der Nil, wenn er Hochwasser führt, und das letzte Kapitel meines Buches ist endlich fertig.

»O Emmeline!«

»O Brett!«

Er nahm sie in die Arme und küsste sie. Der Augenblick, auf den sie dieses ganze lange und turbulente Jahr so sehnsüchtig gewartet hatte, war endlich gekommen. Seine Lippen auf ihrem Mund. Er wollte sie, wollte ihre drängenden Wünsche endlich befriedigen, sie erobern und das Feuer der Leidenschaft in ihr entzünden. Und mit diesem brennenden, berauschenden, verzweifelten Kuss spürte sie, wie in ihrem Herzen eine Woge der Liebe und Hingabe aufstieg wie ein Springbrunnen der Gefühle, und sie wusste, ja, sie war sich endlich sicher, dass er die Liebe ihres Lebens war und immer bleiben würde.

Ich weiß, wie kitschig das klingt, aber in meiner Welt, der Welt der Red-Rose-Romanzen und der schlüpfrigen Schürzenjäger, ist Kitsch genau das Richtige.

Die beste Nachricht ist, dass mein Verleger von meinem neuen Werk absolut angetan ist. Heute treffe ich mich zum Mittagessen mit meinem Agenten Julian Duffy. Nach dem erfolgreichen Abschluss meines dritten Buches wollen wir über den Beginn meiner unmittelbar bevorstehenden Reise reden, die mich während der folgenden zehn Monate erneut in die Tiefen meiner überbordenden Fantasie führen und an deren Ende mein viertes Buch vorliegen soll.

Zum Glück sind die bei Red Rose ganz scharf darauf, einen weiteren Vertrag mit mir abzuschließen. Jetzt muss ich nur noch eine Bahn brechende Idee haben, mit der ich sie überzeugen kann. Bei einem Mittagessen mit Julian stehen die Chancen nicht schlecht, eine zündende Idee hervorzubringen. Wir werden, beflügelt von einem köstlichen Essen und exzellentem Wein, ein kreatives Brainstorming veranstalten. Dabei kommt fast immer etwas heraus, denn Julian ist ein sehr angenehmer und inspirierender Berater.

Ich mag Julian. Er ist das uneheliche Kind von Christopher Biggins und Rula Lenska, ein pummeliger, wahnsinnig lustiger Typ mit dicken tizianroten Kringellocken, die seinen Kopf umgeben wie ein Heiligenschein. Er hat ein Faible für guten Wein, gutes Essen, moderne Kunst, antike Möbel und Frauen, bei denen er nicht landen kann. Immer wenn wir uns treffen, reden wir erst mal zehn Minuten über meine Zukunft als Schriftstellerin und dann zwei Stunden über Julians Liebesleben, das eine einzige Aneinanderreihung trauriger Geschichten über unerwiderte Liebe und genug Schreibstoff für ein ganzes Bataillon von Kitschroman-Autoren darstellt.

Julian ist seit fünf Jahren mein Agent und inzwischen einer meiner besten Freunde. Er baut mich auf, wann immer mein Ego am Boden ist, und er hilft mir, Ideen zu finden. Außerdem bringt er mich zum Lachen, wenn mir zum Heulen zu Mute ist.

Ich treffe Julian im Chroma Roma an der Charlotte Street, seinem Lieblingsitaliener, einem trendigen Bistro mit ockergelben Wänden, die mit Postern von Filmstars aus den Fünfzigerjahren zugepflastert sind, und Holztischen, auf denen Glasvasen stehen, die mit Lilien bestückt sind. Und es gibt eine Menge hübscher junger Kellner und Kellnerinnen in schicken, eng anliegenden schwarzen Livreen. Als ich ankomme, steht Julian gerade vor der Tafel mit den Tagesgerichten – er verwischt mit der Nasenspitze beinahe die Kreide bei dem Versuch, das Angebot zu entziffern. Er sieht aus wie ein Kind, das gerade lesen lernt.

Julian ist extrem kurzsichtig, sozusagen blind. Mit seiner gedrungenen massigen Figur und seiner langen Nase, auf deren Ende eine Brille mit runden, milchflaschendicken Gläsern sitzt, erinnert er mich an den Maulwurf Mole aus *Wind in the Willows*.

Ich muss ganz dicht an ihn herangehen und mich über seine Schulter beugen, bis er mich endlich wahrnimmt und vor Schreck beinahe aus seinem Tom-Ford-Anzug springt.

»Jude, Darling!«, begrüßt er mich überschwänglich. »Wie schön, dich zu sehen!« Er wirbelt herum, legt mir eine seiner fleischigen warmen Hände auf die Schulter und drückt mir auf jede Wange einen Kuss. »Wie geht es dir? Blendend vermutlich, denn du sendest positive Wellen aus.«

»Findest du?«

»Ja, du siehst beinahe so verführerisch aus wie …« Sein gieriger Blick folgt einem dampfenden Teller Pflaumenauflauf mit einem großzügigen Schlag heißer Rahmsoße, die in zischenden kleinen Rinnsalen zu den Tellerrändern hin verläuft. »Diesen köstlichen Auflauf habe ich gar nicht auf der Karte gesehen«, stellt er verwirrt fest und dreht sich erneut zur Tafel um. »Kannst du ihn entdecken?«

Ich deute mit meinem ausgestreckten Zeigefinger auf das fragliche Gericht, das fünf Zentimeter vor seiner Nase deutlich sichtbar angeschlagen steht.

»Ah ja, da steht es ja, danke, Jude. Das muss ich zum Nachtisch haben, obwohl ich es mir eigentlich verkneifen sollte« – bei diesen Worten zieht er seinen Hosenbund ein wenig nach vorne –, »denn mein Umfang wächst leider schneller als der Virgin-Konzern. Andererseits machen sie hier den besten Schokoladenkuchen der Welt, ach, immer diese schwierigen Entscheidungen …«

Widerwillig reißt er sich schließlich von der Tafel los. »Unser Tisch ist da drüben, den Wein habe ich schon bestellt.«

Er führt mich durch das volle Restaurant an einen Holztisch für zwei Personen, hält mir den Stuhl hin, nimmt dann mir gegenüber Platz und mustert mich einen Moment lang aufmerksam durch seine dicke Brille. »Du siehst anders aus, Jude, irgendetwas an dir ist anders als sonst… nein, nein, ich will selbst darauf kommen.« Er bedeutet mir zu schweigen, als ich zu einer Erklärung ansetzen will, und dann erhellt sich seine Grübelmiene, und er strahlt. »Deine Haare! Du hast eine neue Frisur, habe ich Recht? Das ist es, deine Haare sind fünf Zentimeter kürzer und zwei Nuancen heller, wenn ich mich nicht täusche.«

»Und? Gefällt's dir?«

Er beugt sich mit tief gerunzelter Stirn zu mir herüber, wobei seine Seidenkrawatte in einem zwischen uns stehenden Schälchen mit Oliven landet, und schielt fast vor Anstrengung, um mich richtig sehen zu können.

»Schön. Sehr … glamourös.«

»Soll das ein Kompliment sein?«

»Aber ja, natürlich.« Er lächelt. »Es wurde höchste Zeit, dass du deine Erscheinung ein bisschen aufpeppst.«

In diesem Moment kommt die Kellnerin an unseren Tisch, um unsere Bestellungen aufzunehmen. Julian braucht geschlagene fünf Minuten, bis er sich entschieden hat.

»Als Vorspeise hätte ich gerne die Hummerravioli, nein, warten Sie einen Augenblick, das hier habe ich gar nicht gesehen. Streichen Sie die Hummerravioli, stattdessen nehme ich Languste in Knoblauch, du hast doch nichts dagegen, wenn ich nach Knoblauch stinke, oder, Jude? Und danach hätte ich gerne den Risotto mit Seefisch, das heißt, nein, wenn ich schon als Vorspeise Fisch esse, nehme ich lieber die vegetarischen Cannelloni. Andererseits ist der Risotto hier vorzüglich. Ich glaube, ich verzichte lieber auf die Languste und nehme doch den Risotto, was natürlich heißt, dass ich mir eine neue Vorspeise aussuchen muss…«

Ich selber bin nicht besonders hungrig und bestelle mir als Vorspeise einen Grapefruit-Avocado-Salat und als Hauptgang die vegetarischen Cannelloni, von denen ich weiß, dass Julian sie aufessen wird, falls ich sie nicht schaffen sollte. Julian entscheidet sich schließlich für Steak in Parmesansauce, genehmigt sich einen weiteren großzügigen Schluck Wein und sieht mich über seine Brillengläser hinweg aufmerksam an.

»Also, Jude, was für Ideen hast du mir mitgebracht? Wie sieht dein neuer Roman aus, die nächste Jude James? Komm schon, Jude, erzähl's mir, hau mich um!«

»Ähm…« Warum habe ich jedes Mal, wenn er mir diese Frage stellt, einen totalen Blackout? Natürlich bin ich nicht mit ganz leeren Händen gekommen, aber all meine Ideen scheinen mich im Stich gelassen zu haben. In der Hoffnung auf irgendeine Inspiration lasse ich meinen Blick durch das Restaurant schweifen. »Also, ich dachte, in meinem nächsten Roman könnte es um eine… um eine… Kellnerin gehen, genau, um eine Kellnerin. Sie arbeitet natürlich in einem Restaurant… aber eigentlich will sie lieber… äh… äh…« Hinter Julians Kopf hängt ein Marilyn-Monroe-Poster. »…Schauspielerin sein, ja, sie will Schauspielerin sein.«

»Hm, ja.« Julian nickt. »Gefällt mir ganz gut. Erzähl weiter!«

Das würde ich ja, wenn ich könnte, aber ich sprühe heute nicht gerade vor Ideen. Also erfinde ich, während ich weiterrede, irgendeinen Mist und zermartere mir das Hirn, damit mir endlich die Geschichte wieder einfällt, die ich neulich morgens um drei plötzlich so glasklar vor Augen hatte.

Es wird höchste Zeit, dass ich mir einen Block neben mein Kopfkissen lege, damit ich die Ergebnisse meiner Drei-Uhr-morgens-solo-Brainstorming-Sessions sofort zu Papier bringen kann.

»Hm, hm«, kommentiert Julian mein Gefasel, und als ich schleppend zum Ende komme, rückt er seinen Schlips zurecht, der schon wieder in der Olivenschale gelandet war, pickt sich eine dicke schwarze Olive heraus und kaut nachdenklich darauf herum.

»Die Geschichte ist nicht schlecht, Jude, aber sie haut mich nicht um, verstehst du. Sie muss mich fesseln, sie muss mir vor

Rührung die Kehle zuschnüren.« Zur Verdeutlichung seiner Worte greift er sich an den Hals.

Da mir meine ursprüngliche Idee immer noch nicht wieder eingefallen ist, leite ich einen Themenwechsel ein, indem ich unser Gespräch auf Julian lenke. Diese Taktik funktioniert immer. »Wie ist es dir denn in letzter Zeit ergangen? Was macht dein Liebesleben?«

»Ach, frag lieber nicht«, jammert er, und ich wünschte, ich hätte ihn wirklich nicht darauf angesprochen, denn er legt sofort los und beglückt mich mit den neuesten Leidensgeschichten aus der schicksalhaften und schönen Welt des Julian Duffy.

»... Es stellte sich jedenfalls heraus, dass meine Mutter mir das falsche Restaurant genannt hatte. Irgendwann bin ich dann endlich im richtigen gelandet, nachdem ich fünfzig Pfund für die Taxifahrt berappen musste. Kannst du dir das vorstellen, Jude, fünfzig Pfund? Und was glaubst du, wen ich dort vorfinde? Ein Ungeheuer! Sie hat mich an eine Kuh erinnert, Jude, die hat ja bekanntlich drei Mägen. Sie hat während einer einzigen Mahlzeit mehr verschlungen als eine ganze American-Football-Mannschaft. Da ihr Mund andauernd voll war, hatte ich immer, wenn sie etwas gesagt hat, einen ausgezeichneten Ausblick auf das, was sie gerade kaute – wie wenn du in eine sich drehende Waschmaschinentrommel guckst. Diese Frau hat mich so angewidert, dass ich selbst keinen Bissen heruntergebracht habe, und das ist mir wirklich noch nie passiert ...« Er hält inne und nimmt mit unverhohlenem Wohlgefallen die Kellnerin zur Kenntnis, die unsere Vorspeisen serviert. »Das sieht aber gut aus. Darf ich mal probieren?« Er beugt sich zu mir herüber und pickt an meinem Salat. »Trink noch ein Gläschen Wein, Jude! Du weißt doch, das geht alles auf Spesen.« Er schenkt mir den Rest Wein ein. »Der geht so herrlich leicht runter wie Traubensaft. Könnten Sie uns bitte noch eine Flasche von dem Grenache bringen, Darling?«, ruft er einer vorbeihuschenden Kellnerin zu. »Jetzt aber zurück zu meinem traurigen Erlebnis. Es beweist wieder einmal, dass man nie auf seine Eltern hören sollte, wenn es darum geht, einen Partner fürs Leben zu finden.« Oder auf die Eltern von jemand anderem.

»Wem sagst du das!«, werfe ich mitfühlend und so tief seufzend ein, dass Julian innehält und mich neugierig ansieht.

»Das kam aber von Herzen«, stellt er fest. »Erzähl mir nicht, dass die liebenswürdige Alice versucht hat, dich zu verkuppeln! Das ist doch eigentlich ganz und gar nicht ihr Stil.«

»Nein, da hast du Recht. So etwas würde meine Mutter nie und nimmer tun.«

»Aber es gibt einen neuen Mann in deinem Leben, stimmt's?«

Ich versuche es abzustreiten, doch Julian schüttelt energisch seinen wilden Lockenkopf.

»Du kannst mir keinen Bären aufbinden, Jude James. Du hast jemanden kennen gelernt, das sehe ich dir an der Nasenspitze an! Du hast so ein Glühen im Gesicht, und dann die neue Frisur … Und deine Augen sehen auch irgendwie anders aus.«

»Wahrscheinlich vertrage ich diese verdammten Kontaktlinsen nicht«, nuschele ich in mich hinein und zu ihm gewandt: »Wow! Sieh dir das mal an!« Ich zeige auf einen gigantischen Eisbecher, der gerade an unserem Nachbartisch serviert wird. »Super, oder?«

Doch Julian lässt sich nicht ablenken. »Es gibt einen neuen Mann in deinem Leben, Jude, nun gib es schon zu! Und mir scheint, ihr habt auch schon der Fleischeslust gefrönt …«

Ich kann mir die Antwort sparen, mein knallrot angelaufenes Gesicht spricht Bände.

Julian klatscht entzückt in die Hände. »Wie schön! Das wurde ja auch mal Zeit! Ich habe mich sowieso schon gefragt, was da eigentlich falsch läuft, dass ausgerechnet du immer noch als Single herumläufst. Jonathan zählt ja nicht«, fügt er schnell hinzu, als ich protestieren will. »Den kann man wohl wirklich komplett unterschlagen. Komm schon, erzähl mir von ihm!«

»Ehrlich, Julian, es gibt nichts zu erzählen.«

»Jetzt zier dich nicht so!«

»Ich sage die Wahrheit, Julian. Es gibt keinen neuen Mann in meinem Leben.«

»Aber du hast jemanden kennen gelernt, der dir gefällt.«

»Schon eher.«

»Ich wusste es!«, ruft er. »Erzähl mir alles über ihn! Sieht er gut aus?«

»Ich glaube schon«, antworte ich ausweichend.

»Dynamisch?«

»Kann man wohl sagen.«

»Gut im Bett?«

»Julian!«

»Also ›Ja‹, nach deiner roten Birne zu schließen. Wann siehst du ihn wieder?«

»Gar nicht.«

»Warum nicht?«

Ich suche nach einer Erklärung, die simpler ist als diese ganze vertrackte Geschichte. »Äh… weil er mich nicht angerufen hat«, bringe ich schließlich hervor.

»Dann ruf du ihn doch an!«, drängt mich Julian.

»So einfach ist das nicht.«

»Aber warum denn nicht? Wir leben im einundzwanzigsten Jahrhundert, Jude, da erwartet doch wohl niemand mehr, dass immer nur der Mann den ersten Schritt tut!«

»Natürlich hast du Recht, aber…«

»Dann ruf ihn an! Du magst ihn doch, oder?«

»Das ist die Frage. Erst war ich mir absolut sicher, dass ich ihn auf keinen Fall mögen würde, dann hat er mir doch gefallen – viel besser sogar, als ich es je für möglich gehalten hätte – und jetzt bin ich wieder unsicher.«

»Weil er dich nicht angerufen hat?«

Ich nicke.

»Aber irgendwie scheint es dir auch ganz recht zu sein, dass er sich nicht gemeldet hat.« Julian runzelt die Stirn. »Frauen sind mir ja generell ein Buch mit sieben Siegeln, Jude, manchmal verstehe ich die Welt nicht mehr. Aber du und ich – wir verstehen uns doch normalerweise, oder?«

Ich nicke zustimmend.

»Also heute verstehe ich dich ausnahmsweise einmal überhaupt nicht … Kann es sein, dass der arme Kerl tun und lassen kann, was er will, es aber in jedem Fall das Falsche ist?«

»Ich glaube, ich muss dir die Vorgeschichte erzählen.«

»Das glaube ich auch«, entgegnet er. Er stützt die Ellbogen auf den Tisch, faltet die Hände unter seinem Kinn und sieht mich erwartungsvoll an. Den Rest seiner Vorspeise scheint er vergessen zu haben.

»… Da habe ich eine Riesenpanik gehabt, wie ich mich bloß verhalten soll, wenn er anruft, und nun hat er gar nicht angerufen, und das macht mich erst recht total fertig.«

Mit diesem Eingeständnis beende ich ein bisschen verlegen meinen stellenweise etwas holprigen, atemlosen Bericht, doch als ich Julian ansehe, staune ich. Anstatt die Stirn in tiefe Mitleidsfalten gelegt zu haben, strahlt er vor Begeisterung über das ganze Gesicht.

»Wie schön! Wie wunderbar!«, platzt er heraus und klatscht vergnügt in die Hände.

»Findest du wirklich?« Er nickt mit Nachdruck.

»Das ist doch ein perfekter Plot.«

»Findest du wirklich?«, wiederhole ich.

»Aber ja! Siehst du das denn nicht? Das ist deine Geschichte für den nächsten Roman.«

»Du machst Witze, oder?«

»Aber nein, überhaupt nicht! Warum solltest du diesen tollen Stoff nicht benutzen, Jude? Schriftsteller sollen über Dinge schreiben, von denen sie etwas verstehen, außer Science-Fiction-Autoren natürlich, es sei denn, sie sind tatsächlich von Außerirdischen entführt worden, die ihnen ihr Hirn entfernt und es nach einer entsprechenden Umprogrammierung durchs linke Nasenloch wieder eingepflanzt haben. Red Rose würde sich jedenfalls nach deiner Geschichte die Finger lecken.«

»Glaubst du das wirklich?«

»Absolut.«

»Aber ich kann doch unmöglich …«

»Du musst. Siehst du denn nicht, was für ein köstlicher Stoff das ist! Liebe, Lust, Täuschung, Seelenschmerz, Herzensleid – alle Ingredienzien, die man für eine schöne Schmonzette braucht. Und was für eine schöne Erfahrung für dich! Wir wissen doch alle, dass die meisten Schriftsteller die besten Bücher schreiben, wenn sie eigene Erfahrungen und Erlebnisse verarbeiten.«

»Mag ja sein, aber was den Part mit dem Seelenschmerz und dem Herzensleid angeht … auf diese Erfahrungen kann ich eigentlich gut verzichten.«

»Wem sagst du das! Davon musst du mir nichts erzählen. Wenn du etwas von Seelenschmerz wissen willst, brauchst du dir nur meine Wenigkeit anzusehen …«

Auf dem Nachhauseweg in der U-Bahn denke ich noch einmal über meine Unterhaltung mit Julian nach. Ich kann all das doch nicht wirklich in meinem nächsten Buch ausschlachten, oder? Aber es ist wirklich eine ziemlich gute Geschichte, da hat Julian schon Recht. Und ich sehe ein, dass es unglaublich hilfreich ist, wenn eine Liebesromanautorin hin und wieder auch mal eine eigene Liebesaffäre hat.

War mein Abend mit Haydn denn überhaupt eine Liebesaffäre?

Jetzt, da ich mir endlich gestatte, einmal in Ruhe darüber nachzudenken, bricht die Antwort mit aller Klarheit aus mir hervor.

Ja.

Ja, ja, JA.

Allen widrigen Umständen zum Trotz war es eine der romantischsten Nächte meines bisherigen Lebens. Wenn ich ehrlich bin, kann man »eine der« streichen und durch »die« ersetzen. Und »bisherig« wahrscheinlich auch. Es war die romantischste Nacht meines Lebens.

Es war wie *Pretty Woman*, *Love Story*, *Schlaflos in Seattle* – alles auf einmal! Und, was die groteske Seite des Ganzen angeht, nicht zu vergessen natürlich Monthy Pythons *Das Leben des Brian*.

Ich bin nicht der Messias.

Ich bin nicht Lucy.

Aber dank meines Rollentauschs hatte ich auch eine Art Wiedergeburt.

Zum ersten Mal seit einer Woche kann ich über die ganze Geschichte lächeln, und das Lächeln weicht mir während der ganzen Fahrt nach Hause nicht aus dem Gesicht.

In unserer Wohnung angekommen, gönne ich mir erst einmal ein ausgiebiges, duftendes Schaumbad und gestatte mir zum ersten Mal, mich voller Hingabe und Genuss an die herrlichen Stunden in Haydn Morlands Bett zu erinnern.

Ja, ich gebe es unumwunden zu, sie waren wirklich herrlich und darüber hinaus mit jedem weiteren Adjektiv der Köstlichkeit, Großartigkeit und Wonne zu beschreiben, das mir in den Sinn kommt. Es stimmt, ich war tatsächlich betrunken, ich habe es Lucy nicht nur erzählt, um mein Verhalten zu rechtfertigen, aber ich war nicht zu betrunken, um nicht mehr zu wissen, was ich erlebt habe, und im Grunde bringt Alkohol dich sowieso nicht dazu, Dinge zu tun, die du eigentlich nicht tun willst, sondern er bringt nur auf magische Weise diese inneren Stimmen zum Schweigen, die dich in nüchternem Zustand ermahnen, sofort aufzuhören und dich gefälligst zu benehmen. Ich bin überzeugt, es war nicht nur eine Kollision unserer Körper, sondern mindestens genauso sehr eine mentale Verschmelzung. Und Haydn hat auf mich eine Anziehungskraft ausgeübt, der ich beim besten Willen nicht widerstehen konnte.

Ich höre meine beiden Mitbewohner nach Hause kommen, die mich mit ihrem üblichen »Hey Jude« begrüßen, und zucke schuldbewusst zusammen. Schließlich ist eigentlich nicht vorgesehen, dass ich mich, statt zu arbeiten, derart gehen lasse. Ich schrubbe mich energisch mit dem Luffaschwamm ab, wie um das schlechte Gewissen abzuwaschen, das mich plötzlich befällt.

Callum fragt mich durchs Schlüsselloch, ob ich auch eine Tasse Tee möchte.

»Gerne, danke.«

»Ich bitte Lucy, sie dir reinzubringen.«

Ich hieve mich gerade aus der Badewanne, als es an der Tür klopft.

»Moment, bin sofort da!« Ich binde meinen Bademantelgürtel zu und schließe die Tür auf. Es ist Lucy, aber sie hat keine Tasse Tee in der Hand. Als ich ihre Grabesmiene sehe, vergeht mir mein Lächeln, mit dem ich sie begrüßen wollte. Sie wirkt irgendwie blass und aufgewühlt, hat das Telefon in der einen Hand und presst die andere mit aller Kraft auf die Sprechmuschel.

»Was ist los, Lucy?«

»Ein Anruf für dich.«

Wenn Lucy so aussieht, kann es nur ein Anrufer sein.

»Sag nicht, es ist Jonathan!«, zische ich und setze die gleiche Leichenbittermiene auf wie sie.

»Nein.« Sie schüttelt den Kopf und verzieht mitleidsvoll den Mund.

»Schlimmer.«

»Mhm?«

»Es ist Haydn.«

»Ha, ha, du hast die Grippe!«, ruft Lucy, als ich aufgelegt habe.

»Etwas Besseres ist mir auf die Schnelle nicht eingefallen, um ihn abzuwimmeln. War doch ganz gut, dafür dass ich es mir aus dem Stand überlegen musste.«

»Apropos Stand«, meldet sich Cal zu Wort auf und zieht eine

Augenbraue hoch. »Wärst du am vergangenen Wochenende mal lieber auch stehen geblieben, anstatt dich flachlegen zu lassen.«

Ich werfe ein Kissen nach ihm, und er zieht den Kopf zurück in die Küche, wo er gerade das Abendessen zubereitet.

»Es war die erstbeste Ausrede, die mir in den Sinn gekommen ist.«

»Im Gegensatz zu deinem Mund, in den am vergangenen Wochenende vermutlich ganz andere Dinge gekommen sind…« Cals vorwitziges Gesicht erscheint erneut in der Tür.

»Und was hat er gesagt?«, drängt Lucy, während ich ein weiteres Kissen auf Cal abfeuere.

»Ich habe ihn eigentlich gar nicht zu Wort kommen lassen. Wie du ja mit eigenen Ohren gehört hast, habe ich nur laut und röchelnd in den Hörer gehustet, ihm gesagt, dass ich mich hundeelend fühle, ihm vorgeschlagen, ein andermal weiterzureden, und ihm versprochen, ihn zurückzurufen, sobald ich mich ein bisschen besser fühle.«

»Also weißt du gar nicht, was er wollte?«

»Mit ziemlicher Sicherheit eine Wiederholung der Performance.« Cal riskiert einen weiteren Blick durch die Tür. »Ich meine ›Performance‹ im Sinne von schauspielern«, protestiert er, als ich drohe, ein weiteres Kissen nach ihm zu schleudern, »ich meine wirklich wie beim Schauspielern, schließlich hast du ihm etwas vorgespielt.«

»Schon gut, schon gut«, entgegne ich.

»Wirklich«, beteuert er und spielt den Unschuldigen. »Das liegt doch auf der Hand, oder? Er hat angerufen, weil er dich wieder sehen will. Und warum will er dich wieder sehen? Weil du ihm gefallen hast.«

»Was ganz und gar nicht im Sinne des Erfinders ist«, jammert Lucy melodramatisch. Sie schüttelt seufzend den Kopf, lässt sich resigniert aufs Sofa plumpsen und genehmigt sich einen großen Schluck aus meiner Teetasse. »Dabei hatte ich meine Mutter gerade überzeugt, dass er ein Miststück ist, weil er noch nicht angerufen hat, und nicht wert, dass wir unsere Zeit und Mühe für ihn vergeuden. Verdammt!« Sie sieht mich vorwurfsvoll an.

»Woher hat er überhaupt unsere Nummer? Du hast sie ihm doch nicht etwa gegeben, oder?«

»Natürlich nicht. Aber an unsere Nummer zu kommen, dürfte ihm wohl keine größeren Schwierigkeiten bereiten.«

Lucy seufzt erneut. »Nein, du hast Recht. Eine der beiden Mütter hat sie ihm mit Sicherheit mit Freude gegeben.«

»Im Gegensatz zu Jude ...«

»Callum!«, fahren Lucy und ich ihn wie aus einem Mund an.

»Du erweist dich nicht gerade als besonders hilfreich«, grummele ich.

»Tut mir Leid, Jude. War nicht so gemeint. Kann ich dich vielleicht damit aufheitern, dass das Abendessen fertig ist?«

»Nicht wirklich.« Ich lasse mich neben Lucy auf dem Sofa der Verzweifelten niedersinken. »Irgendwie ist mir der Appetit vergangen.«

Lucy gibt sich sichtlich einen Ruck, nimmt meine Hand und drückt sie liebevoll. »Entschuldige, Jude. Ich bin wirklich ein Miststück. Ich bereite dir nichts als Schwierigkeiten. Es ist alles meine Schuld, ich weiß.«

»Immerhin warst nicht du diejenige, die mit ihm geschlafen hat. Auch wenn er das glaubt.«

»Mach dir doch darum keinen Kopf, Jude. Es ist einfach passiert und basta. Gut, vielleicht war es nicht die beste Idee, mit ihm ins Bett zu steigen, aber ändern kannst du es jetzt sowieso nicht mehr. Wir sollten uns lieber überlegen, wie es weitergehen soll.«

»Du meinst, wie wir Schadensbegrenzung betreiben?«

»Genau.«

»Also gut, was tun wir? Rufen wir ihn zurück? Wenn wir seinen Anruf einfach auf sich beruhen lassen, würde das Ganze vielleicht ...«

»Was würde es vielleicht?«, fällt sie mir hoffnungsvoll ins Wort.

»Keine Ahnung – einfach so einschlafen. Er kam mir vor, als hätte er durchaus seinen Stolz. Ich kann mir kaum vorstellen, dass er einer Frau hinterherläuft, die keinerlei Interesse an ihm zeigt. Wenn ich ihn also einfach nicht zurückrufe …«

»… vergisst er die ganze Geschichte vielleicht«, führt Lucy den Satz für mich zu Ende.

»Schon möglich.«

»Und das wäre für alle Beteiligten das Beste …« Lucy runzelt die Stirn und sieht mich fragend an. »Oder?«

Wäre es wirklich das Beste, wenn ich mir Haydn Morland komplett aus dem Kopf schlage? Leicht wäre es bestimmt nicht. Aber das Richtige zu tun, ist nie leicht.

»Ja«, antworte ich schließlich nach einem Moment des Zögerns. »Ich glaube, es wäre wirklich für alle Beteiligten das Beste.«

Kapitel 5

Als die Überweisung für *Flammende Herzen* auf meinem Konto eingegangen ist, lasse ich am späten Vormittag den Griffel fallen und fahre nach Covent Garden, um mich einer kleinen Shopping-Therapie zu unterziehen. Ich habe keine Ahnung, warum ich mich so ausgelaugt fühle, aber etwas Besseres, als meine müden Lebensgeister mit einem Kleiderkauf in Schwung zu bringen, kann mir auch der Arzt nicht verschreiben.

Das Ziel meiner morgendlichen Spritztour ist eine kleine Boutique in der Southampton Street, wo seit einiger Zeit das schönste Kleid der Welt im Schaufenster hängt: ein Traum aus zuckerwatterosafarbener Seide und so raffiniert geschnitten, dass dir, wenn du dieses göttliche Stück trägst, Komplimente und Schmeicheleien von allen Seiten garantiert sind.

Ich hatte mir geschworen, dass es beim nächsten Honorareingang meines sein würde. Und wie der glückliche Zufall es will, ist die Überweisung genau heute eingegangen, als Lucy mich darüber informiert hat – sie arbeitet in der Shaftsbury Avenue und sollte das Kleid für mich im Auge behalten –, dass es zum Beginn des Schlussverkaufs kräftig herabgesetzt wurde.

Die magischen Worte »bis zu fünfzig Prozent Preisnachlass« und mein Honorareingang beflügeln mich, und ich bin wild entschlossen. Gerade habe ich den U-Bahnhof verlassen und bin ein paar Schritte gegangen, als mir mein vorfreudiges Lächeln schlagartig vergeht.

»Lucy … Lucy!«

Wenn man jemanden einen Namen rufen hört, der nicht der eigene Name ist, bleibt man in der Regel nicht stehen, um sich nach dem Rufenden umzusehen. Natürlich. Aber plötzlich packt mich jemand am Arm, und in diesem Moment wird mir schlagartig bewusst, dass es nur einen Menschen gibt, der mich für »Lucy« hält. Haydn Morland.

»Oh, Sch… ich meine, schön dich zu sehen.«

Zum Glück scheint er meinen Beinaheversprecher überhört zu haben und merkt auch nicht, dass mich die Begegnung mit ihm total durcheinander bringt. Am liebsten würde ich im Erdboden versinken. Verzweifelt zermartere ich mir das Hirn nach irgendeiner Ausrede, mit der ich ihn abschütteln und mich so schnell wie möglich aus dem Staub machen kann.

Er ist leicht außer Atem, wie nach einem kurzen Sprint, und trägt einen unglaublich schicken, wenn auch für meine Begriffe etwas zu dunklen Anzug und darüber einen eigenartigen Umhang, wie sie mitunter von College-Professoren getragen werden.

Anstatt meinem Fluchtinstinkt nachzugeben, hole ich tief Luft und zwinge mich zu einem breiten, strahlenden Lächeln.

Sein eigenes Lächeln wirkt gleichermaßen erfreut wie gezwungen. »Du bist es also doch«, bringt er keuchend hervor. »Es hätte mich auch schwer gewundert, aber du hast gar nicht reagiert… Ich bin die ganze Straße hinter dir hergelaufen und habe dich unzählige Male gerufen.« Es klingt beinahe wie eine Zurechtweisung.

»Tut mir Leid«, stammele ich verwirrt. »Ich war in Gedanken woanders.«

»Das habe ich gemerkt.« Seine Gesichtszüge entspannen sich. »Wie geht es dir? Besser?«

Ich sehe ihn verständnislos an.

»Wegen der Grippe, meine ich.«

»Grippe?«

Ach ja, natürlich, eine weitere Lüge, die ich ihm aufgetischt habe. Zum Glück war ich so scharf darauf gewesen, mich in den Ausverkauf zu stürzen, dass ich keinerlei Make-up aufgetragen habe und daher etwas blass wirke. Und – ein noch glücklicherer Zufall – ist heute einer jener Wintertage, an denen zwar ein entsetzlicher Wind bläst, die Sonne aber intensiver scheint als an den heißesten Sommertagen, so dass ich zufällig eine Sonnenbrille trage. Ich danke dem Himmel, dass Haydn meine Augen nicht sehen kann, die heute aussehen wie immer: schlammfarben braun, denn natürlich trage ich keine getönten Kontaktlinsen. Wie um alles in der Welt hätte ich ihm den plötzlichen Farbwechsel meiner Augen erklären sollen?

Ich blinzle verlegen hinter meiner schwarzen Brille. »Ach so, die Grippe … Na vielleicht war das ein bisschen übertrieben. Du weißt ja, wie das ist, man niest ein paar Mal, kriegt leichte Halsschmerzen und ein wenig Fieber, und schon bildet man sich ein, die schlimmste Lungenzündung zu haben, die einen Menschen heimsuchen kann. Wahrscheinlich war es einfach nur eine gewöhnliche Erkältung. Gott sei Dank hat sie nicht lange gedauert, und ja, es geht mir schon wieder besser, obwohl ich weiß, dass ich immer noch furchtbar aussehe, andererseits bin ich ja auch sonst nicht gerade eine Schönheit …«

Plötzlich wird mir bewusst, dass ich wie eine Vollidiotin daherfasele, und in mir macht sich eine leichte Panik breit. Ich weiß nicht, ob sein Blick eher nachsichtig ist, oder ob er es einfach nur bedauert, diese durchgeknallte Frau angesprochen zu haben. Ich nehme ein Tempotaschentuch aus meiner Tasche, tue so, als ob ich mir die Nase schnäuze, verberge mein Gesicht für einen Augenblick hinter dem Taschentuch, fasse mich, dränge die vorübergehend aufgestiegene Panikattacke zurück in meinen Magen und erinnere mich wieder daran zu atmen.

»Also mir geht es schon deutlich besser, danke der Nachfrage«, beantworte ich seine ursprüngliche Frage schließlich etwas klarer und verständlicher und lasse das unbenutzte Tempo in meiner Manteltasche verschwinden.

»Freut mich zu hören.« Er grinst immer noch.

Ich habe keine Ahnung, ob das ein gutes oder ein schlechtes Zeichen ist, aber er atmet wieder normal, sein Lächeln ist jetzt echt, die leichte Spur von Verärgerung aus seinem Gesicht verschwunden, und überhaupt scheint er sich gefasst zu haben. »Schön, dich wieder zu sehen.«

»Meinst du das ernst?«

Seine Augen verengen sich. »Aber ja, absolut. Hast du zehn Minuten Zeit auf einen Kaffee?«

»Na ja, eigentlich bin ich ein bisschen in Eile …«

»Dann eben fünf Minuten. Ich habe auch nicht viel Zeit, ich verspreche dir, dich bestimmt nicht aufzuhalten …«

Und bevor ich mir eine Ausrede einfallen lassen kann, hat er auch schon meinen Arm gegriffen und führt mich durch die bunte Menschenmenge. Zwei Straßen weiter finden wir ein Café, das jetzt zur Mittagszeit wegen der Kälte draußen ziemlich überfüllt ist. Es ist voll gestopft mit Tischen, an denen ein reges Kommen und Gehen herrscht. Die Luft ist erfüllt vom schweren, köstlichen Duft nach Bohnenkaffee. Gedämpftes Stimmengewirr. Haydn steuert auf einen kleinen Zweiertisch in einer Ecke zu, von dem sich gerade ein älteres Paar erhebt, bedeutet mir, mich zu setzen, und geht uns etwas zu trinken holen.

Ich bin völlig verspannt und warte nervös, bis er wiederkommt. Nach der Kälte draußen erschlägt einen die Hitze im Café. Ich ziehe meinen Mantel aus und nehme das Tuch ab, das ich mir schützend um den Hals gebunden habe. Die Sonnbrille muss ich unter allen Umständen aufbehalten, so idiotisch ich mich hier drinnen damit auch fühle. Ich weiß natürlich, dass ich damit aussehe wie eine arrogante Schnepfe, aber ich kann sie unmöglich abnehmen. Wenn er mich darauf anspricht, werde ich es einfach auf die Erkältung und meine tränenden Augen schieben.

Das mit den fünf Minuten wird wohl nichts, so lange braucht Haydn allein, um an dem überfüllten Tresen überhaupt bedient zu werden.

Schließlich kommt er mit zwei Tassen schwarzem Kaffee, einem großen Teller mit diversen Sandwiches und einem entschuldigenden Lächeln auf den Lippen zurück.

»Tut mir Leid, dass du so lange warten musstest, aber hier herrscht das reinste Chaos.«

»Kein Wunder, es ist Mittagszeit.«

»Ich weiß, ich bin auch in der Mittagspause, oder besser gesagt, die Verhandlung wurde kurz unterbrochen, deshalb dieser Aufzug und die Sandwiches.« Er schiebt mir den Teller hin. »Bedien dich!«

»Nein, danke, ich habe schon gegessen.« Schon wieder eine Lüge. Offenbar muss ich nur den Mund aufmachen und schon lüge ich ihn an. Aber mein Magen krampft sich dermaßen zusammen, dass es mich sogar Überwindung kostet, meinen Kaffee herunterzubringen.

Haydn nimmt sich ein Sandwich und beißt hinein. Er kaut einen Moment schweigend.

Auch ich sage nichts.

Er beendet in aller Ruhe sein halbes Schinkenroggen-Sandwich, nippt an seinem Kaffee und sieht mich über den Rand seiner Tasse hinweg nachdenklich an.

»Du hast mich angelogen«, stellt er plötzlich fest und stellt seine Tasse zurück auf die Untertasse.

Ich nehme einen größeren Schluck als beabsichtigt und verbrenne mir wie zur Strafe höllisch die Zunge. Vor Schmerz rollt sie sich bis zum Gaumen ein, und mir rutscht das Herz nicht nur in die Hose, sondern sogar noch tiefer bis in meine kniehohen Stiefel. O Gott! Er weiß Bescheid! O bitte, Erdboden, öffne dich und verschluck mich! Ich spüre, wie sich auf meiner Brust und meinen Wangen ein grell leuchtender Ausschlag ausbreitet, und könnte Haydn jetzt vermutlich sogar überzeugen, dass ich die Pest habe und nicht nur unter den Nachwehen einer eingebildeten Grippe leide. Ich fühle mich zutiefst unwohl in meiner Haut und wünsche mir, irgendwo anders zu sein, egal wo, bloß nicht hier.

Er sieht mich immer noch aufmerksam an und wartet offensichtlich auf eine Erklärung oder eine Entschuldigung, irgendein Wort des Bedauerns.

»Es tut mir wirklich Leid«, stammele ich schließlich, »versteh es bitte nicht falsch … aber wie solltest du es sonst verstehen …«

Er umfasst meine Hand, und die überraschende, herzliche Berührung beruhigt mich auf der Stelle.

»Ist doch nicht so schlimm. Du hast versprochen, mich zurückzurufen, und hast es nicht getan. Davon geht die Welt nicht unter.«

Ich stoße einen Seufzer der Erleichterung aus. Er meint nicht unser Täuschungsmanöver, er hält mich immer noch für Lucy. Es geht nur um den Rückruf.

»Das Ganze ist dir peinlich«, fährt er fort. »Habe ich Recht? Du weißt schon, ich meine, was an dem Abend neulich passiert ist.«

Ich sehe ihn an. »Du redest doch sonst nicht so um den heißen Brei herum, oder?«

Er lächelt mich entschuldigend an. »Nein, eigentlich nicht, und heute habe ich erst recht keine Zeit dafür, denn meine fünf Minuten sind längst um. Aber ich habe trotzdem Recht, oder?«

Endlich kann ich mal absolut ehrlich sein, ich bin richtig dankbar, dass ich nicht schon wieder lügen muss. Es ist ein merkwürdiges Gefühl. Einerseits sollte es mir ja völlig egal sein, was er von mir denkt, denn es geht ja um Lucy und nicht um mich, aber es ist eben definitiv nicht meine Art, gleich beim ersten Date mit jemandem ins Bett zu gehen, und ich will, dass er das weiß.

»Na ja, normalerweise tue ich so was nicht. Du weißt schon, mit jemandem ins Bett gehen, den ich so gut wie gar nicht kenne.« Den letzten Satz flüstere ich, als ob das ganze Café unsere Unterhaltung belauschen würde.

»Fühlst du dich besser, wenn ich dir sage, dass es sich bei mir genauso verhält?«

»Ein bisschen schon, aber es ist …«, ich ringe nach dem passenden Wort, »trotzdem sehr unschön.«

»Also wünschst du dir, es wäre nicht passiert?« Ich sehe ihn einen Moment an.

»Nein«, erwidere ich schließlich. »Nein, ich wünschte nur, dass es nicht so passiert wäre.«

»So schnell, meinst du?«

»Das auch, ja. Aber nicht nur, denn ich habe … Also, weißt du … Nun, ich hatte, um ehrlich zu sein, noch nicht besonders viele Männer, und jedenfalls nie, bevor ich sie nicht besser kannte.«

Ich merke, wie ich in diesem Moment rot werde wie eine Tomate und vor lauter Verlegenheit vom Kopf bis zu den Zehenspitzen dunkelrosa anlaufe, aber Haydn lächelt mich nur an. »Dann lern mich doch einfach besser kennen. Zum Beispiel, indem wir noch mal zusammen ausgehen.«

Als ich aus nahe liegenden Gründen zögere, zieht er mich auf. »Zumindest deiner Mutter würdest du damit einen Riesengefallen tun. Wie sieht es denn am Wochenende aus, hast du dann Zeit?«

»Ich … ich weiß nicht …«, stammele ich.

»Kannst du es vielleicht herausfinden?«

»Ich rufe dich an.«

»Das hast du beim letzten Mal auch gesagt.«

»Ich weiß.«

Er nickt nachdenklich.

»Es tut mir Leid, dass ich nicht zurückgerufen habe.«

»Und diesmal wirst du es wirklich tun?«

»Ich verspreche es«, erwidere ich und kreuze unter dem Tisch die Finger.

»Auch das hast du beim letzten Mal gesagt«, stellt er mit einem gedehnten Grinsen fest.

Als Haydn außer Sicht ist, rufe ich sofort panisch bei Lucy an, doch man teilt mir mit, dass sie zurzeit nicht in ihrem Büro sei. Ihr Handy ist ebenfalls ausgeschaltet. Ich hinterlasse ihr eine kryptische Nachricht auf ihrer Mailbox und gehe Richtung Westminster, um nach Hause zu fahren. Das Kleid habe ich längst vergessen.

Zu meiner Überraschung ist Lucy schon zu Hause. Sie hängt mit Sorgenmiene am Telefon.

»Nein, Mum, ich habe dir doch schon gesagt, dass ich ihn seit unserem Treffen nicht wieder gesehen habe.«

Dann eine Pause, in der ich Marjorys scharfe Kommandotonstimme abgehackt durch die Leitung auf meine arme bedrängte Freundin einreden höre. »Nein, er hat mich auch nicht angerufen.«

Eine erneute Pause, das unüberhörbare Geblaffe von Marjory.

»Es ist mir egal, was Olivia sagt. Und wenn sie behauptet, dass er eine Million Mal versucht hat, mich zu erreichen – er hat nicht angerufen und basta.«

Ich sehe, wie sie die Finger kreuzt.

»Wie ich dir bereits sagte, wir hatten einen netten Abend, und das war's. Nichts Besonderes. Wahrscheinlich sieht er die Sache genauso wie ich – dass wir Freunde sein können, aber eben auf keinen Fall mehr.«

Wieder eine Pause.

»Ja, ich weiß, dass du enttäuscht bist, aber so liegen die Dinge nun einmal. Und nein, ich werde ihn bestimmt nicht anrufen, wenn er irgendetwas von mir will, soll er sich gefälligst bei mir melden.«

Als ich das Zimmer betrete, lächelt sie mich verkniffen an und verdreht die Augen, um mir zu zeigen, wie sehr ihr dieses Telefonat auf die Nerven geht. Ihre Mutter sagt irgendetwas, das ich nicht verstehe, woraufhin Lucy sich jedoch zu einem Lächeln durchringt und ihren ungehaltenen Tonfall etwas mildert.

»Aber Mum, du hast mir doch selber beigebracht, dass es sich für eine Frau nicht schickt, den Männern hinterherzulaufen. Wenn er mich wieder sehen will, wird er schon anrufen … Und jetzt klingelt es gerade an der Tür, ich muss auflegen. Wir reden dann demnächst weiter. Tschüss.«

Bevor Marjory protestieren kann, legt Lucy auf.

Sie schüttelt verzweifelt den Kopf. »In der Agentur herrscht das reinste Chaos«, platzt sie verärgert heraus. »Alle laufen herum wie aufgescheuchte Hühner, um den Spicer-Booth-Deal unter Dach und Fach zu bringen. Ich bin extra früher nach Hause gefahren, um endlich mal in Ruhe unsere Präsentation auszuarbeiten, doch stattdessen bin ich seit geschlagenen drei Stunden dem Telefonterror meiner Mutter ausgesetzt. Sie hat schon achtmal angerufen – ja, du hast richtig gehört, acht Mal! Ich habe wohl mächtig danebengelegen mit meinem Glauben, dass sie endlich Ruhe gibt, wenn ich mich dieses eine Mal mit ihm treffe. Jetzt dreht sie nämlich völlig durch! Aber jetzt habe ich sie wohl endlich überzeugt, dass Haydn und ich uns zwar gut verstanden haben, aber nicht gut genug, um uns noch einmal zu treffen… es hat mich einige Anstrengung gekostet, das kann ich dir sagen, und ich bin immer noch nicht ganz sicher, ob sie es wirklich geschluckt hat und endlich Frieden gibt.«

Das Telefon klingelt erneut.

Lucy seufzt und reißt verzweifelt die Arme hoch.

»Siehst du! Das ist mit Sicherheit schon wieder meine Mutter. Jetzt muss der Anrufbeantworter herhalten. Ich brauche erst mal einen Kaffee, willst du auch einen?« Ohne eine Antwort abzuwarten, geht sie aus dem Zimmer.

Der Anrufbeantworter springt an, und Lucy bleibt auf halbem Wege in die Küche stehen, denn statt dem bellenden Befehlston ihrer Mutter ertönt eine Männerstimme.

»Hi, dies ist eine Nachricht für Lucy. Ich bin's, Haydn. Ich dachte, es würde dir vielleicht leichter fallen, dein Versprechen diesmal zu halten, wenn du meine Telefonnummer hättest, sie lautet 020…«

Entsetzt sehe ich Lucy an, der die Kinnlade heruntergefallen ist. »Ich wollte es dir gerade erzählen«, sprudele ich verlegen los. »Ich bin ihm heute Mittag buchstäblich in die Arme gelaufen. Er ist hinter mir hergerannt und hat darauf bestanden, dass wir zusammen einen Kaffee trinken. Ich habe ihm erzählt, dass ich in Eile bin, aber das hat ihn nicht die Bohne interessiert. Danach habe ich sofort bei dir angerufen, aber dein Handy war ausgeschaltet. Wenn du mir nicht glaubst, kannst du deine Mailbox abhören, ich habe dir eine Nachricht hinterlassen. Bitte sei mir nicht böse, Lucy.«

Sie nickt langsam. »Ich habe es ausgeschaltet, weil Mum mich auch auf dem Handy mit Anrufen bombardiert hat. Natürlich glaube ich dir, Jude, und natürlich bin ich nicht böse. Jedenfalls nicht auf dich, höchstens auf mich selbst. Ich mache dir auch keine Vorwürfe, es macht nur alles noch schlimmer, als es ohnehin schon ist.«

»Tut mir Leid.«

Lucy stößt einen tiefen Seufzer aus, lässt sich resigniert aufs Sofa plumpsen und fährt sich mit den Fingern durchs Haar, das sowieso schon völlig zerzaust ist und nach allen Seiten absteht, als ob sie sich den ganzen Morgen vor lauter Frust im wahrsten Sinne des Wortes die Haare gerauft hätte. Den Kaffee hat sie fürs Erste vergessen.

»Es muss dir nicht Leid tun. Schließlich ist das alles nicht dein Fehler. Na ja, es wäre zwar einfacher, wenn alles nach Plan verlaufen wäre… Also, was wollte er?«

Ich sehe sie mit einem verlegenen Lächeln an. »Äh… er möchte noch einmal mit mir ausgehen.«

»Er will noch einmal mit dir ausgehen!« Lucy legt sich die Hand auf die Stirn und lässt sich verzweifelt zurückfallen. »O Jude! Er sollte dich nach eurem Date hassen wie die Pest! Stattdessen will er dich wieder sehen! Was hast du ihm gesagt?«

»Ich habe ihm keine klare Antwort gegeben und ihm versprochen, dass ich ihn anrufe. Allerdings habe ich das neulich auch schon getan, du weißt schon… nach diesem Abend, und natürlich habe ich nicht angerufen. Und als er sich neulich gemeldet hat, habe ich ihm wieder versprochen, ihn anzurufen, ohne es dann wirklich zu tun…«

»Das meinte er also eben.«

In diesem Moment fliegt die Wohnungstür auf, und Callum

kommt mit Fett verschmierten Papiertüten in der Hand hereingestürmt.

»Hallo, Mädels, holt Teller, ich habe uns etwas zu Essen mitgebracht. Es gibt was zu feiern. Ich hatte heute mein zweites Beurteilungsgespräch, und mein Chef hat mich geradezu in den Himmel gelobt. Er hat mir eine saftige Gehaltserhöhung zugesagt, und außerdem kriege ich als Ersatz für diesen ausrangierten alten Schrotthaufen auf meinem Schreibtisch, den die Firma allen Ernstes Computer nennt, einen nagelneuen Laptop, so dass ich in Zukunft jederzeit auch zu Hause arbeiten kann …« Er hält mitten im Satz inne und mustert unsere bedrückten Gesichter. »He, ihr scheint euch ja riesig für mich zu freuen.«

Lucy erhebt sich aus dem Sofa und umarmt ihn. »Entschuldige, Cal, das sind ja wirklich tolle Neuigkeiten.«

»Das stimmt, wir sind überglücklich für dich«, stimme ich mit einem matten Lächeln zu. »Wurde aber auch höchste Zeit, dass Rodney dich angemessen bezahlt.«

Cal sieht erst mich an und dann Lucy und dann wieder mich. »Okay«, sagt er schließlich und stellt seine scharf und würzig duftenden Tüten auf dem Beistelltischchen ab. »Was ist euch über die Leber gelaufen? Wer hat euch etwas getan? Ihr braucht es mir nur zu sagen, dann knöpfe ich mir den Übeltäter vor.« Er versucht uns zum Lachen zu bringen, indem er wie eine überdrehte Ballerina schattenboxend durch den Raum tänzelt. »Ich nehme es mit jedem Herausforderer auf. Außer mit deiner Mutter natürlich, Luce. Eher würde ich gegen Godzilla kämpfen.«

»Danke, Cal, aber dann musst du diesen Kampf wohl auslassen.«

»Du hast also tatsächlich schon wieder Ärger mit deiner Mutter.«

»Ja. Aber ich bin selbst schuld, ich sollte eben nicht ständig versuchen, es mir und allen anderen in meiner Familie recht zu machen. Da jeder etwas komplett anderes will, kann das ja gar nicht funktionieren …«

Beim Essen setzt Lucy Cal über die morgendlichen Ereignisse in Kenntnis.

»Und?« fragt Cal schließlich, während er den Rest Chop Suey aufteilt. »Was habt ihr jetzt vor?«

»Keine Ahnung«, erwidert Lucy.

»Eigentlich habe ich im Moment überhaupt keine Zeit, darüber nachzudenken. Ich wünschte, dieser ganze Schlamassel würde sich einfach in Luft auflösen. Wenigstens bis wir diesen verdammten Auftrag unter Dach und Fach haben, danach kann ich vielleicht wieder etwas klarer denken.« Sie legt ihre Gabel hin und reibt sich nervös die Schläfen, als ob sie ihre Sorgen auf diese Weise einfach mit den Fingerspitzen wegmassieren könnte. »Im Moment kann ich diesen Mist jedenfalls wirklich nicht gebrauchen.« Sie verstummt und kaut einen Moment schweigend auf ihrer Unterlippe herum. Cal und ich werfen uns besorgte Blicke zu. »Und deshalb gibt es nur eine Lösung.« Sie hört auf, sich die Schläfen zu reiben und springt auf. »Ich muss ihr die Wahrheit sagen. Es ist die einzige Möglichkeit, diesen ganzen Schlamassel ein für alle Mal zu beenden. Ich muss endlich aufhören, mich meiner Mutter gegenüber wie ein Waschlappen zu benehmen. Ich werde ihr klipp und klar sagen, was Sache ist.«

Ich habe Lucy noch nie so gestresst gesehen. Vor Schlafmangel hat sie dunkle Ringe unter den Augen, und sie ist kreidebleich, obwohl sie normalerweise immer eine gesunde Hautfarbe hat. Auf ihrem Kinn prangt ein entzündeter Pickel.

»Es gibt auch noch eine andere Lösung«, sage ich entschlossener als ich mich fühle.

Lucy hört auf, den Teppich anzustarren, und sieht mich mit ihren müden Augen fragend an.

»Ich könnte noch einmal mit ihm ausgehen.« Sie blinzelt mich ungläubig an. »Wieder als Lucy.«

»Das geht nicht, Jude. Das kann sie doch nicht tun, Cal, oder?« Sie wendet sich Cal zu.

Der schluckt ein Stück Hühnchen herunter und legt seine

Gabel hin. »Na ja, möglicherweise ist es gar keine schlechte Idee.«

»Ist das dein Ernst?«

»Also, Haydn scheint ja ganz scharf darauf, Jude, ähm Lucy, wieder zu sehen, und Jude ist ja auch nicht gerade abgeneigt, schließlich ist es ihr beim letzten Mal nicht so schlecht ergangen, und Marjory ist nicht nur scharf darauf, sie lechzt förmlich danach. Und dir würde es ein Riesentheater ersparen und ein wenig Luft verschaffen.«

Lucy wendet sich verblüfft an mich. »Und du? Siehst du das auch so?«

Ich überlege und überlege und fange beinahe an zu schielen vor Anstrengung. »Cal könnte Recht haben«, stelle ich schließlich fest. »Es würde dir tatsächlich fürs Erste die Konfrontation mit deiner Mutter ersparen, jetzt, wo du im Büro so viel zu tun hast.«

»Und du glaubst wirklich, es würde funktionieren?«

»Wenn du ihr erzählst, dass ich, ich meine, dass du dich noch einmal mit ihm triffst, wird sie dich bestimmt erst mal eine Weile in Ruhe lassen. Wann ist denn die Präsentation?«

»In zwei bis drei Wochen.«

»Am besten rufst du deine Mutter gleich an und erzählst ihr, dass Haydn sich gerade bei dir gemeldet hat und ihr euch demnächst noch einmal treffen wollt, irgendwann vor der Präsentation. Wenn du ihr versprichst, sie sofort nach eurem Date anzurufen und ihr alles brühwarm zu berichten, lässt sie dich bestimmt ein paar Tage in Ruhe, an denen du ungestört arbeiten kannst.«

»Wir müssen den Auftrag unbedingt an Land ziehen«, grübelt Lucy. »Wenn ich es vermassele, könnte sogar mein Job auf dem Spiel stehen.«

»Ich dachte, du hättest gegenüber euren Mitbewerbern einen entscheidenden Vorteil?«, fragt Cal nach.

»Du meinst Layton? Der rührt zwar für mich die Werbetrommel, aber ich will den Auftrag auch ohne Vitamin B gewinnen. Ich habe verdammt hart daran gearbeitet, und wir haben den Auftrag wirklich verdient.«

»Also?«, drängt Cal. »Soll Jude sich noch einmal als Lucy ausgeben?«

Sie kaut an einem ihrer wenigen noch vorhandenen Fingernagel. »Es wäre nicht fair«, murmelt sie mehr zu sich selbst als an uns gewandt. »Es wäre wirklich nicht fair.«

»Wem gegenüber?«, will Cal wissen.

»Beiden«, erwidert sie gequält.

»Aber es würde dir helfen?«

»Ja, ich denke schon.«

Sie sieht mich mit diesen großen treuherzigen blauen Augen an und fragt ehrlich besorgt: »Wäre es denn so furchtbar, dich noch einmal mit ihm zu treffen? Ich weiß, dass ich dir ganz schön etwas zumute, aber du hast Recht, es wäre mir wirklich eine Riesenhilfe.«

Ich zwinge mich, sie anzulächeln. Dabei weiß ich genau, dass meine zögerliche Haltung allein der Tatsache entspringt, dass mein Angebot nicht ganz selbstlos ist, und dass ich es, genau betrachtet, in der Tat furchtbar finde, Haydn noch einmal als Lucy zu treffen, aber eben nicht aus den Gründen, die sie vermutet.

Ich will Haydn wieder sehen. Aber ich will ihn als Jude wieder sehen.

Es ist Samstag.

Edwin kam gestern müde und missmutig aus Mailand zurückgejettet, so dass Katrina zu unserer großen Erleichterung nicht länger unsere Wohnung belagert. Mit ihr ist auch unser süßer kleiner Freund Victor verschwunden.

Gerade versuchen wird, die Spuren der Verwüstung wenigstens einigermaßen zu beseitigen. Ich wische die Küche und rücke Victors hartnäckigen Pfotenabdrücken zu Leibe. Lucy saugt schwungvoll im Takt zu einem Song von Kajagoogoo. *»You're* *too shy shiiiiiiiii!*«, jammert sie, während sie energisch mit dem Staubsauger über den Flickenteppich im Wohnzimmer fährt, den Victor als Liegematte benutzt hat.

Callum, der für das Bad zuständig ist, hantiert gerade in pinkfarbenen Gummihandschuhen mit einem Saugnapf und einer Flasche Toilettenreiniger herum.

Wir brauchen drei Stunden, bis wir die Wohnung wieder in ihren Normalzustand zurückversetzt haben – unordentlich, aber wenigstens sauber.

Ich tausche Mr. Muscle gegen meinen Computer und versuche vor meinem zweiten Abend-Date mit Haydn noch ein bisschen zu arbeiten, doch wie immer fängt das verdammte Telefon an zu bimmeln, als ich gerade loslegen will.

Cal und Jucy haben es sich nach unserer Putzorgie im Wohnzimmer vor dem Fernseher gemütlich gemacht. Sie haben die Vorhänge zugezogen, eine große Schale Popcorn zwischen sich gestellt und sehen sich einen alten Schwarzweißfilm mit Clark Gable und Claudette Colbert und dem passenden Titel *Es geschah in einer Nacht* an. So versunken, wie die beiden sich dem Film hingeben, bezweifle ich, dass einer von ihnen seinen Hintern erhebt, um ans Telefon zu gehen. Also stürme ich ins Wohnzimmer und nehme ab, während ich sie mit einem wütenden Blick bedenke, der ihnen klarmachen soll, dass ich wieder einmal aus meiner Arbeit gerissen worden bin.

»Hallo?«

»Hi, Jude.«

Ich lasse beinahe den Hörer fallen, so schockiert bin ich. »Jonathan?«

Als Cal und Luce den Namen hören, schießen ihre Köpfe herum.

»Der Unvergleichliche«, murmelt Cal bewusst affektiert.

Es ist drei Wochen her, seit ich aus dem Restaurant gestürmt bin und ihn dort habe sitzen lassen. Wenn ich ehrlich bin, war ich mir gar nicht so sicher, ob er mich je wieder anrufen würde.

Und wenn ich noch ehrlicher bin, wäre ich vermutlich ziemlich gekränkt, wenn er es nicht getan hätte.

»Ich habe heute Abend Zeit«, sagt er gütig. »Ich dachte, ich komme so gegen acht vorbei.«

Cal und Lucy sind auf einmal gar nicht mehr in ihren Film versunken. Lucy macht sogar den Ton leiser.

Ich grinse, als ich ihre gequälten Gesichter sehe.

Ich habe mir schon reichlich Gedanken gemacht, wie ich reagieren sollte, wenn Jonathan anruft. Jetzt ist es passiert, und ich bin mir auf einmal ganz genau über meine Gefühle im Klaren.

Jonathan und ich sind nicht füreinander bestimmt. Es ist so klar, dass ich mich frage, warum ich das erst jetzt erkenne.

»Ich kann heute Abend nicht.«

Meine Mitbewohner machen verblüffte Gesichter, und am anderen Ende der Leitung herrscht fassungsloses Schweigen.

Schließlich kommt eine dahingestammelte Antwort. »Oh, ach so, okay. Dann treffen wir uns eben ein anderes Mal.«

»Nein, Jonathan, ich glaube nicht.«

»Was soll das heißen?«

»Ganz einfach – es wird kein anderes Mal geben.« Ich hole tief Luft. »Was auch immer zwischen uns gewesen ist – eine Beziehung kann man es ja wohl kaum nennen – gibt es nicht mehr. Es ist aus und vorbei. Siehst du das etwa anders?«

»Aber …«

»Es war ja zeitweise ganz nett mit dir, na ja, sagen wir, es war akzeptabel, richtig nett war es nie. Du hast mich ganz schön ausgenutzt, Jonathan, aber ich war dumm genug, dass ich das Spielchen mitgespielt habe, ich kann dir nicht an allem die Schuld geben, gerechterweise muss ich mir einen Teil wohl selber zuschreiben, obwohl ich bezweifle, dass du die Bedeutung des Wörtchens ›gerecht‹ überhaupt kennst, aber wie auch immer – ich denke, wir sollten Schluss machen. Tschüss und gute Nacht.«

Ich lege auf und bekomme von Cal und Lucy Szenenapplaus. Ich grinse sie ein bisschen unsicher an.

»Bravo!«, ruft Lucy. »Das hast du super gemacht!« Sie stürzt sich auf mich und umarmt mich aufgeregt. »Spitzenklasse! Ich kann es gar nicht fassen, dass du ihn endlich auf den Mond geschossen hast!«

»Ich auch nicht«, entgegne ich und sinke aufs Sofa.

»Wie fühlst du dich?«, fragt Cal besorgt.

Gute Frage. Ich horche in mich hinein und versuche zu spüren, ob mir das Herz schmerzt. Nein, nicht die Spur von Reue.

»Ich fühle mich gut«, erwidere ich strahlend. »Richtig gut.«

»Das ist gut«, grinst Lucy. »Nicht wahr, Cal?«

»Richtig gut«, stimmt Cal ihr zu und nickt mit Nachdruck. Im Drunter und Drüber des allgemeinen Glücksgefühls bemerken wir beinahe gar nicht, dass das Telefon schon wieder klingelt.

»Es ist bestimmt nicht noch mal Jonathan«, sage ich, als ich die bestürzten Mienen der beiden sehe.

»Aber ich gehe sicherheitshalber lieber dran, ja?«, bietet Lucy an. »Okay, von mir aus.« Ich bedeute ihr, den Hörer abzunehmen. Lucys grinst spitzbübisch. Sie grapscht so übermütig nach dem Hörer wie ein Kind, das sich auf einem Kindergeburtstag das letzte Stück Schokoladenkuchen schnappt. Und dann, nach der üblichen Pause, legt Lucy los. »Sie will nicht mit dir reden, Jonathan.« Ihre Stimme klingt ernst, doch die Schadenfreude steht ihr ins Gesicht geschrieben. »Ich würde vorschlagen, du belästigst sie nicht mit weiteren Anrufen.« Sie legt auf und klatscht vor Vergnügen beinahe in die Hände.

»So. Das wollte ich dem Arschloch schon seit Jahren sagen. Ich denke, die Botschaft müsste bei ihm angekommen sein.«

Doch zwei Sekunden später klingelt das Telefon schon wieder.

»Jetzt bin ich dran!«, ruft Cal.

Jetzt fühle ich mich doch ein bisschen unwohl, gleichzeitig empfinde ich aber auch Genugtuung.

Cal schnappt sich den Hörer. »Verpiss dich, Arschwichser!«, brüllt er und legt auf.

»Cal!«, ruft Lucy freudig schockiert und schnappt nach Luft. »So etwas hätte ich dir gar nicht zugetraut.«

»Ich mir auch nicht. Deine Mutter war am Apparat.«

»Oh, Cal!«

»War nur ein Scherz.«

»Beim nächsten Mal sollten wir den Anrufbeantworter anspringen lassen«, schlage ich schuldbewusst vor. »Falls er sich noch einmal meldet.«

Meine Mitbewohner sehen mich an wie zwei Kinder, denen man gerade die Smarties weggenommen hat.

»Wahrscheinlich ruft er ja gar nicht noch mal an«, versuche ich zu beschwichtigen.

Jonathan ruft noch achtzehnmal an.

Ich weiß es so genau, weil wir ab dem fünften Klingeln mitzählen, nicht einmal Cal und Lucy wollen noch drangehen. Das ständige Gebimmel ist so nervtötend, dass wir schließlich das Telefonkabel ausstecken. Cal bereitet uns einen Nachmittagssnack zu, und wir sind einstimmig der Meinung, dass wir nach dem stressigen Tag eine Flasche Wein verdient haben.

»Prost!« Cal erhebt sein Glas, als wir alle am Tisch sitzen. »Verabschieden wir uns hiermit herzlich von Judes lebendigem Beweis für ihren schlechten Männergeschmack. Möge der einzige Arsch, dem sie von heute an noch begegnen wird, der sein, auf dem sie im Augenblick sitzt.«

»Darauf trinken wir!«, ruft Lucy und stößt mit Cal an.

»Prost!«, falle ich ebenfalls ein.

»Schade nur, dass ich nicht schon früher wusste, was eine Zurückweisung bei ihm so alles bewirken kann – ist ja ein regelrechtes Aphrodisiakum.«

Nach dem gemütlichen Herumgeknabber und einer zweiten Flasche Wein fühle ich mich angenehm satt und leicht beschwipst. In einer guten Stunde muss ich mich schon für den Abend fertig machen. Ich habe mich kaum niedergelassen, um noch ein paar Zeilen zu schreiben, als schon wieder das Telefon losbimmelt, Cal hat es gerade erst wieder eingestöpselt.

Ich warte, ob Cal oder Lucy drangehen. Offenbar hat Lucy abgenommen, denn sie ruft nach mir.

»Jude! Komm, Telefon für dich!«

»Du weißt doch, dass ich nicht mir ihm reden will!«, rufe ich zurück. »Ich bin gerade in eine Liebesszene vertieft.«

»Jude!«, schreit sie noch lauter und nachdrücklicher.

»Sag ihm, dass ich nicht da bin, okay?«

Lucy kommt in mein Zimmer gestürmt. »Es ist nicht Jonathan! Glaubst du vielleicht, dann würde ich dich rufen? Es ist deine Mutter!«

»Ach so. Entschuldige.« Ich grinse sie an und nehme das schnurlose Telefon entgegen. »Hallo? Mum?«

»Jude! Da bist du ja endlich! Das hat aber lange gedauert. Was ist los? Willst du nicht mit mir sprechen?«

»Doch, natürlich. Ich dachte nur, dass es Jonathan ist.«

»Jonathan? Ach komm schon, Jude, ich hoffe doch sehr, du triffst dich nicht mehr mit diesem furchtbaren Kerl. Auch wenn er der beste Freund deines Bruders ist – ich konnte ihn noch nie ausstehen. Wie er dich behandelt, ist unter aller Sau, ehrlich, Jude. Bernie hat mir erzählt, wie er dich im Audrey's über eine Stunde hat schmoren lassen. Allein dafür könnte ich ihm den Hals umdrehen. Was für ein selbstsüchtiger Egoist! Ich weiß ja, wie schwer es dir fällt und dass er dir offenbar immer noch etwas bedeutet, aber ich glaube wirklich, dass es an der Zeit ist, diesem furchtbaren Kerl den Laufpass zu geben, Jude.«

»Ist bereits geschehen. Deshalb wollte ich vorhin nicht ans Telefon gehen, weil ich dachte, es wäre Jonathan. Ich wollte auf keinen Fall mit ihm reden.«

»Gott sei Dank«, seufzt meine Mum erleichtert. »Was für eine wunderbare Nachricht! Eddie, Darling, sei doch so lieb, und mix uns zwei große Gin Tonic, wir haben etwas zu feiern. Ja, ich weiß, es ist erst fünf Uhr nachmittags, aber anderswo auf der Welt gibt es definitiv auch um diese Zeit schon geöffnete Bars, es geht ja nicht überall so zu wie auf unserer Insel.« Sie macht eine kurze Pause. »Männer! Allmählich komme ich zu der Ansicht, dass sie einem mehr Frust als Freude bereiten. Findest du nicht auch?«

»Ja, Mum, manchmal schon, aber wer ist eigentlich …«

»Dein Vater war natürlich eine Ausnahme. Er war wirklich ein Heiliger, und er hatte eine Engelsgeduld, aber wie hätte er es auch sonst mit mir aushalten sollen, nicht wahr?«

»Ja, Mum, er war wunderbar, aber jetzt sag doch mal, wer …«

»Warum ich eigentlich anrufe, Darling – es bleibt doch dabei, dass du mich besuchen kommst, oder?«

»Ja, natürlich.«

»Schön, ich freue mich.«

»Mum, darf ich jetzt auch mal eine einzige Frage stellen?« Endlich. »Natürlich, Darling, nur zu!«

»Wer ist Eddie?«

»Meine Mutter hat einen neuen Freund.«

»Die Glückliche. Und, ist er nett?«

»Keine Ahnung, ich will es hoffen. Vielleicht lerne ich ihn ja bald kennen. Ich habe ihr versprochen, sie irgendwann in den nächsten Wochen zu besuchen. Aber vielleicht ist Eddie dann auch schon gar nicht mehr angesagt.«

Nach dem Tod meines Vaters hatte meine Mutter nie wieder eine feste Beziehung zu einem Mann. Dabei kann sie sich vor Verehrern kaum retten, an Gelegenheiten mangelt es ihr gewiss nicht, aber auf etwas Festes, Langfristiges scheint sie es nicht angelegt zu haben. »Er konnte Dad nicht im Geringsten das Wasser reichen.« Das ist der typische Satz, den ich immer zu hören bekomme, wenn ich mich nach ihrem letzten Freund erkundige.

Ich glaube, niemand wird meinem Dad je das Wasser reichen

können. Er war so durch und durch ehrlich, einem solchen Menschen begegnet man nur einmal im Leben.

Ich bin nicht die Einzige in unserer WG, die heute Abend ausgeht. Lucy ist wieder mit Layton verabredet und ist schon den ganzen Tag im siebten Himmel. Sie lächelt versonnen in sich hinein, wodurch ihr sowieso schon strahlendes Gesicht noch hübscher wirkt.

Wenn ich sie so glücklich sehe, scheint sich doch das ganze Durcheinander zu lohnen, denn immerhin war es ihre Schwäche für ebendiesen Mann, den Marketing-Leiter von Spicer Booth Pharmaceuticals, die uns das ganze Chaos mit dem Rollentausch überhaupt eingebrockt hat.

Und Cal ist mit Sadies Bruder Bruce verabredet. Die beiden sind seit ihrem ersten Treffen dicke Freunde und wollen heute Abend die Pubs unsicher machen und danach bis zum Platzen scharfe Curries in sich hineinstopfen. Zum Glück übernachtet er heute Abend bei Bruce, Cal und ich teilen uns nämlich ein Bad …

Lucy kommt in mein Zimmer gerauscht, um sich zu verabschieden, bevor sie mit Layton rumzieht.

»Du siehst super aus«, stellt sie fest, als sie mich sieht. Dann runzelt sie die Stirn. »Viel zu gut. Hast du nicht noch irgendwas Unattraktives in der hintersten Schrankecke?«

Unten hupt das Taxi.

»Danke, dass du das für mich tust.« In ihrer Eile hat sie mein Outfit schon wieder vergessen und drückt mir einen Kuss auf die Wange. »Man kann nie wissen – vielleicht schaffst du es ja heute Abend, ihn zu vergraulen.« In der Tür dreht sie sich noch einmal zu mir um. »Ach, und Jude – bitte versuch doch, diesmal nicht wieder mit ihm zu schlafen.«

Haydn führt mich nach guter alter Tradition erst ins Kino, wobei ich mir den Film aussuchen darf, und danach zum Essen in eine alte, zu einem Restaurant umfunktionierte Kapelle in Bermondsey, von der aus man einen herrlichen Blick auf die Tower Bridge hat.

In Vorfreude auf diesen Abend habe ich gestern meinen geplanten Trip nach Covent Garden nachgeholt und bin schnurstracks zu der kleinen Boutique geeilt, um zu sehen, ob mein Traumkleid noch zu haben ist. Es war nur noch ein einziges Kleid da, aber zu meiner großen Freude zufällig genau in meiner Größe. Und um dem Ganzen das i-Tüpfelchen aufzusetzen – es war sogar ein weiteres Mal herabgesetzt worden. Abergläubisch, wie ich manchmal bin, deute ich diese beiden Umstände als gutes Omen für den bevorstehenden Abend. Hadyn hat zwar, ganz der galante Gentleman, darauf bestanden, mich zu Hause abzuholen, aber ich konnte ihn gerade noch davon abbringen und treffe ihn stattdessen direkt vor dem Kino.

Natürlich weiß ich, dass Lucy und Cal darauf brennen, ihn zu sehen, aber das Risiko ist entschieden zu groß. Außerdem wäre es reichlich unangemessen.

Genauso unangemessen wie meine Vorfreude auf diesen Abend, der gut und gerne unser letzter sein kann. Ich freue mich einfach, ihn zu sehen, obwohl ich mich gleichzeitig etwas beklommen fühle wegen unseres gigantischen Täuschungsmanövers. Aber ich habe all diese Schmetterlinge und jene hoffnungsvolle Aufgeregtheit im Bauch, mit der man normalerweise einem Date entgegensieht, von dem man sich mehr verspricht, vielleicht sogar eine Beziehung. Letztendlich hätte ich viel zu viel Angst, dass meine Mitbewohner mir sofort ansehen würden, wie sehr ich Haydn tatsächlich mag.

Ich bin wieder zu spät, doch diesmal unbeabsichtigt. Er wartet wie verabredet vor dem Kino, eingehüllt in einen dunkelblauen, bis zu den Knien reichenden Kashmirmantel, dessen Kragen er zum Schutz vor dem eisigen Wind hochgeschlagen hat. Mein Herz, das wegen meiner Eile sowieso schon ziemlich schnell schlägt, legt bei seinem Anblick noch einen Takt zu. Er sieht gerade auf seine Uhr, als ich mit einer Entschuldigung für meine Verspätung auf den Lippen auf ihn zustürme. Als er mich sieht, begrüßt er mich sichtlich erfreut und ohne jeden Anflug eines Vorwurfs.

»Hi, Lucy, wie schön, dass du da bist.«

»Tut mir Leid, dass ich so spät bin.«

»Kein Problem. Wir haben bestimmt nur die Werbung verpasst, wobei du sie vermutlich ganz gerne siehst – als Marktforschung sozusagen.«

»Nein, die Werbung interessiert mich überhaupt nicht«, entgegne ich wahrheitsgemäß. »Was ich ungern verpasse, ist die Musik, du weißt schon, das Pearl-and-Dean-Intro, das immer direkt vor dem Hauptfilm kommt. Wahrscheinlich rührt es noch aus meiner Kindheit, aber ich freue mich immer noch jedes Mal, es zu hören.«

»Ja stimmt, aber ich selbst fand immer die kurze Pause am tollsten, in der die Lichter noch mal angingen und die Frau mit dem Eis herumging.«

»Ja, schade, dass sie es abgeschafft haben.«

»Sie haben es abgeschafft?«, fragt er übertrieben verwundert. Sein Lächeln verrät mir, dass er mich auf den Arm nimmt. »So lange ist es nun auch nicht her, dass ich das letzte Mal im Kino war, auch wenn mein letzter Kinobesuch bestimmt schon fünf Jahre zurückliegt.«

»Fünf Jahre! Im Ernst? Wir gehen ganz oft ins Kino. Cal, mein anderer Mitbewohner, ist ein regelrechter Filmfreak.«

»Ich würde auch gerne öfter gehen, aber irgendwie finde ich nie die Zeit. Also warte ich immer, bis die Filme auf Video rauskommen.«

»Dann müssen wir uns heute natürlich einen Kinobesuch mit allem Drum und Dran gönnen.«

»Mit allem Drum und Dran?«

»Du weißt schon, mit einem Riesenbecher Popcorn, mindestens so groß wie ein Eimer, und mit Hot Dogs, so lang, dass man sie als Zugluftsperre vor seine Haustür legen könnte.«

»Du hast das Knabberzeug vergessen.«

»Genau, du weißt es also doch noch.«

»Natürlich, es ist wie Fahrradfahren – man verlernt es nie.«

Da Haydn darauf besteht, die Kinokarten zu kaufen, kümmere ich mich um den Rest und reihe mich in die Schlange vor dem Hot-Dogs- und Popcornstand ein. Dabei lächele ich in mich hinein. Ich hatte ganz vergessen, was für ein angenehmer Begleiter er ist. Nein, das ist gelogen, ich hatte es überhaupt nicht vergessen, ich habe höchstens versucht, es zu verdrängen.

Ich habe das, was passiert ist, einzig und allein auf den Alkohol geschoben. Ich habe mir eingeredet, dass ich deswegen mit ihm ins Bett gegangen bin.

Aber es wäre albern, mir länger etwas vorzumachen. Seine Anwesenheit bereitet mir ein aufgeregtes Kribbeln in der Magengegend und jagt mir die gleichen wohligen Schauer über den Rücken wie beim letzten Mal. Und ich bin stocknüchtern.

Als er im dunklen Kinosaal nach meiner Hand greift, werden die fliegenden Schmetterlinge in meinem Bauch leider durch eine gewaltige Welle in mir aufwallender Schuldgefühle zum Abstürzen gebracht.

Der Film, letztendlich habe ich ihn doch auswählen lassen, ist wirklich gut, ein rasanter Actionthriller, fesselnd von der ersten bis zur letzten Szene. Doch er handelt, wie könnte es anders sein, von einem Riesenbetrug, einem gewaltigen Täuschungsmanöver, was mich natürlich umgehend daran erinnert, dass ich mich, was das Auftischen von Lügenmärchen angeht, selber gerade in die Spitzenliga katapultiert habe. Ich fühle mich wirklich unbehaglich. Aber nicht nur, weil ich ihn belüge, sondern eher wegen mir. Es ist typisch für mich, Jude James: Wenn ich einen Mann treffe, der mir gefällt, der mir wirklich gefällt, möchte ich am liebsten davonrennen.

Was Männer angeht, war ich schon immer ein ziemlicher Waschlappen, wie könnte ich sonst so lange die Zumutungen meiner so genannten Beziehung mit Jonathan ertragen haben.

Außerdem bin ich ein wandelnder Widerspruch. Einerseits weiß ich genau, was ich will, andererseits rede ich mir ein, dass ich es mir nicht leisten kann, besonders wählerisch zu sein. Meine Figur ist alles andere als perfekt, mein Gesicht, na ja … Filmstars sehen anders aus. Dazu fehlt mir allein schon das wallende Haar, und mit meinen Beinen kann ich auch keinen großen Start machen.

Ich bin einfach nur ich.

Miss Durchschnitt.

Ein anständiger Job, ein akzeptables Gesicht, eine passable Figur, ein annehmbarer Mensch – so zumindest habe ich mich bisher immer gesehen. Und nun fühle ich mich schrecklich dafür, dass ich diesen Mann, der wie es scheint ein durch und durch großartiger Mensch ist, so schamlos hinters Licht führe.

All diese gegensätzlichen Gefühle kann ich nur schwer ertragen. Deshalb werde ich im Laufe des Abends immer stiller, was zwar im dunklen Kino kein Problem ist aber später im Restaurant an unserem mit Kerzen beschienenen Zweiertisch macht sich mein introvertiertes Schweigen peinlich bemerkbar. Es ist ein fantastisches Restaurant, eine umfunktionierte ehemalige Kapelle mit mehreren Ebenen und etlichen verborgenen Nischen und Winkeln. Überall stehen Kerzen, so dass die reich verzierten Buntglasfenster erleuchtet sind, und ihm Hintergrund plätschert gedämpfte Jazzmusik vor sich hin, die gerade laut genug ist, um das allgemeine Stimmengewirr zu übertönen. Ich glaube, es ist das netteste Restaurant, in dem ich je gewesen bin, abgesehen vom Audrey's natürlich. Und trotzdem sitze ich hier wie eine Vegetarierin, die bei McDonald's mit Hamburgern zwangsernährt wird. Wenn heute mein erstes Date mit Haydn wäre, hätte ich ihn mit Sicherheit schon vergrault. Aber ich bin so hin- und hergerissen.

Eigentlich habe ich die Nase voll von Lucys Plänen und aufdiktierten Verhaltensweisen. Ich mag diesen Mann.

»Hat dir der Film gefallen?« Seine Stimme reißt mich aus meinen Gedanken.

»Hm, ja, er war gut«, murmele ich zerstreut.

»Ist alles in Ordnung, Lucy?«

Nein, überhaupt nicht. Doch ich lächele ihn beruhigend an. »Ja, danke, alles okay. Tut mir Leid, wenn ich ein bisschen still wirke, aber ich bin einfach müde, um ehrlich zu sein. Ich hatte einen ziemlich harten Tag.«

»Wie, du musstest tatsächlich am Samstag arbeiten?«

Diesmal versuche ich nachzudenken, bevor ich den Mund aufmache. »Wir haben einen großen Auftrag in Aussicht. Im Moment arbeiten alle rund um die Uhr, sieben Tage die Woche.«

»Tatsächlich? Wen habt ihr denn an der Angel?« Ich zermartere mir das Hirn nach der richtigen Antwort. »Spicer Booth…« bringe ich vorsichtig hervor. »Ein großer Pharmakonzern mit Sitz in…«

»…Bishopsgate«, beendet er den Satz für mich.

»Du kennst die Firma?«

»Die Wirtschaftsabteilung meiner Anwaltskanzlei vertritt Spicer Booth.«

O Scheiße! »Oh, das ist ja großartig.«

»Also versuchst du, ihren Werbeetat an Land zu ziehen?«

Nicht ich, sondern Lucy, und trotz diverser endloser Diskussionen über einen gewissen Amerikaner mit zweifelhaftem Namen weiß ich absolut nichts über den Laden. Ich täusche ein Gähnen vor.

»O bitte, lass uns nicht über die Arbeit reden. Ich möchte lieber ein bisschen abschalten.«

Die Masche funktioniert zum Glück. Er lächelt mich mitfühlend an. »Entschuldige, du hast natürlich vollkommen Recht. Von jetzt an ist das Thema Arbeit tabu. Also, was hältst du von dem Film?«

Ich weiß nicht genau, wie es dazu kommt, dass wir wieder bei ihm landen. Ich weiß nur, dass wir auch diesmal wieder einen Abend haben, den keiner von uns beiden enden lassen will. Einen wunderschönen Abend voller Spaß und heiterem Gelächter, ernsthaften Diskussionen und erhitzten Debatten, köstlichem Essen und ausreichend Wein, um mich die ganze Situation etwas gelassener betrachten zu lassen. Wenn auch nicht mit so viel Wein, dass ich wieder die Kontrolle über mich verliere.

Es ist ein merkwürdiges Gefühl zu wissen, dass er ganz in unserer Nähe wohnt. Ich könnte schwören, dass ich unser Haus aus dem Fenster seines Penthouse-Apartments sehen kann. Ich winke einer unsichtbaren Lucy und einem unsichtbaren Cal zu. Was würden sie wohl davon halten, dass ich hier bin? Wahrscheinlich würden sie ausflippen. Und mich anflehen, mein Höschen anzubehalten und nicht mein Herz zu verlieren.

Ich wende mich gerade wieder vom Fenster des riesigen Wohnzimmers ab, als Haydn aus der Küche zurückkommt, mir ein Glas eiskalten Champagner reicht und mit mir anstößt.

»Auf einen weiteren wunderschönen Abend.«

»Also muss ich nicht damit rechnen, dass jeden Moment Edward Soundso anruft?«, ziehe ich ihn auf.

Er lacht kurz auf. »Das hängt ganz davon ab, wie du dich im weiteren Verlauf des Abends benimmst.«

»Keine Sorge, ich verspreche, mich nur von meiner besten Seite zu zeigen«, entgegne ich und denke an Lucy.

»Oh, bitte nicht«, fordert er mich auf und füllt mein Glas nach. »Dann müsste ich mich ja richtig anstrengen, dabei würde ich gern loslassen und mich einfach ein bisschen entspannen. Es ist herrlich, wenn man sich zusammen mit jemandem entspannen kann. Man muss so oft anderen Leuten gegenüber eine Fassade aufbauen, kennst du das? Wenn du nicht mehr du selbst sein kannst, weil du immer irgendwelche Erwartungen erfüllen musst. Bei dir ist es anders, Lucy. Bei dir habe ich das Gefühl, ich selbst sein zu können. So wie ich wirklich bin.«

»Das liegt wahrscheinlich daran, dass du mir so, wie du wirklich bist, ganz gut gefällst.«

Ob ich Haydn so, wie ich wirklich bin, wohl auch gefallen

würde? Wahrscheinlich werde ich es nie erfahren. Dieser Abend wird ja wohl unser letzter sein. Überrascht stelle ich fest, wie traurig mich das macht.

Haydn mustert mich. »Ist wirklich alles in Ordnung?«, fragt er noch einmal.

Ich sehe ihn nachdenklich an. Vielleicht sollte ich ihm einfach alles beichten und hoffen, dass er die ganze Geschichte von der lustigen Seite nimmt. Schließlich ist er verständnisvoll. Und er hat einen ausgeprägten Sinn für Humor. Vielleicht findet er das alles zum Brüllen komisch.

Quatsch! Was mache ich mir da vor? Ich habe diesen Mann angelogen, dass es nur so kracht. Er hält mich für eine andere Frau. Er würde mich hassen. Unfähig zu antworten, nicke ich nur. Dann hebe ich mein Glas. »Auf dich und dass du du selbst sein kannst!«

»Ich weiß noch etwas Besseres.« Er macht einen Schritt auf mich zu und nimmt mir das Glas aus der Hand.

»Auf uns«, sagt er, beugt sich vor und küsst mich.

Als unsere Münder sich berühren, legen sich meine Finger um seinen Nacken, als würden sie von irgendeiner geheimnisvollen unwiderstehlichen Kraft angezogen und ziehen ihn näher an mich heran. Die Lust, die meinen Bauch durchzuckt und sich blitzartig weiter nach unten fortpflanzt und jene Regionen meines Körpers erfasst, die in jüngster Zeit im tiefen Dornröschenschlaf vor sich hin geschlummert haben, bringt beinahe das Gummibändchen meines Schlüpfers zum Zerreißen.

Plötzlich ist mir, als ob Lucy wie ein kleiner Comic-Engel auf meiner Schulter sitzt und auf mich einschreit, es nicht zu tun, während eine mit kleinen Hörnern versehene Miniausgabe von mir selbst auf meiner anderen Schulter hockt, die dabei ist, eine abgesägte Schrotflinte aufzuladen, um den unerwünschten Appell an mein Gewissen umgehend zum Schweigen zu bringen.

Das Mini-Ich mit Hörnern verliert die Schlacht.

Schließlich kann ich Lucy nicht derart im Stich lassen.

Mit Mühe reiße ich mich von Haydn los.

»Wir wollten es doch etwas langsamer angehen lassen«, keuche ich und kann die Kraft, die es mich kostet, meine Erregung und meine Enttäuschung zu unterdrücken, kaum verbergen. »Wir wollten uns doch erst ein bisschen besser kennen lernen.«

Eigentlich stimmt das ja auch nicht. Ich sollte ihn ja vergraulen, statt ihn für mich einzunehmen, das war ja der Sinn dieses zweiten Treffens. Wir verstehen uns einfach viel zu gut. Ich kann seinem Charme nicht widerstehen. Er küsst mich noch einmal, diesmal aber nur ganz zaghaft, tritt dann zurück und lächelt mich sanft und liebevoll an.

»Tut mir Leid«, entschuldigt er sich mit einem Blick, der verrät, dass es ihm alles andere als Leid tut, »aber ich konnte nicht anders.«

»Wenn sich hier jemand entschuldigen muss, dann ich«, entgegne ich und meine es im Gegensatz zu ihm wirklich ernst.

»Das musst du nicht«, versichert er mir. »Wir haben alle Zeit der Welt. Außerdem sollst du deiner Mutter erzählen können, dass ich mich wie ein perfekter Gentleman verhalten habe.«

»Den gibt es doch überhaupt nicht.«

»Oh, das hat mich jetzt aber unter der Gürtellinie getroffen.«

»Wo bei den meisten nicht perfekten Gentlemen in der Regel das Problem sitzt.« Ich beuge mich zu ihm vor und küsse ihn noch einmal, weil ich ebenfalls nicht anders kann, lasse mich dann aber vorsichtshalber auf dem Sofa nieder.

Er sieht mir mit einem milden Lächeln zu und lässt sich schließlich auf der gegenüberliegenden Seite nieder.

»Und jetzt?«, fragt er nach einem Moment des Schweigens. »Was sagen die Regeln? Was schreibt die Etikette vor?«

»Keine Ahnung«, erwidere ich, streife mir meine Schuhe von den Füßen, strecke meine Zehen und lächele ihn an. »Hast du vielleicht Lust auf eine Runde Scrabble?«

Kapitel 6

Ich bin noch in meinem kurzen Nachtshirt und stelle die Milchflaschen vor die Tür, als mich eine raue Stimme zusammenfahren lässt. Ich sehe nach oben.

»Jude, ich muss dich kurz sprechen.«

Für einen Augenblick glaube ich, dass Gott mich ruft, um mich wegen meines jüngsten Sittenverfalls zu rügen.

Aber es ist nur die nächste Instanz darunter: Edwin, der auf den Stufen vor seiner Wohnungstür steht und sich über das Treppengeländer beugt.

Ich starre ihn verblüfft an.

Edwin redet nie mit mir. Na ja, sagen wir fast nie. Manchmal nickt er zum Zeichen des Danks oder hinterlässt mir Zettel, auf denen er mich um irgendwelche Gefallen bittet, aber das Wort richtet er nie an mich. Wenn ich ihn nicht schon öfter direkt über uns am Telefon irgendwelche Leute hätte zusammenstauchen hören, wäre ich sicher, dass er stumm ist.

Obwohl ich noch im Nachthemd bin, bleibt er stur in seiner Tür stehen und wartet darauf, dass ich zu ihm hochkomme.

»Ich bin noch nicht angezogen, Edwin«, zische ich verlegen und mit gedämpfter Stimme zu ihm hinauf.

Er sieht noch einmal zu mir hinunter, nimmt stirnrunzelnd mein Outfit zur Kenntnis und bequemt sich schließlich mit einem tiefen Seufzer die Treppe herunter. Aber er kommt nicht etwa bis an unsere Tür; er bleibt am Treppenabsatz stehen und wartet in Gutsherrenmanier darauf, dass *ich* zu *ihm* komme.

Ich schleiche unwillig die drei Stufen vor unserer Tür hinauf und versuche vergeblich, den Saum meines kurzen Nachtshirts weiter herunterzuziehen.

»Ich habe dich gestern Abend gesehen«, stellt er knapp und in vorwurfsvollem Ton fest.

»Wie bitte?«

»Ich war gestern Abend mit einem Kunden in der alten Kapelle zum Essen und habe dich dort mit Haydn gesehen. Aber nicht nur das – ich habe gesehen, wie du ihn draußen vor dem Restaurant geküsst hast, während ihr auf euer Taxi gewartet habt.« Er starrt mich an, und sein Blick verrät mir, dass er nicht auf eine Erklärung, sondern auf eine dahingestammelte Entschuldigung wartet.

Edwin hat uns also gesehen.

Das Einzige, was mir in den Sinn kommt, ist ein Schwall von Flüchen. O Scheiße, ist der Einzige, den ich hier wiederholen kann, ohne übermäßig vulgär zu werden. Was er sich wohl für einen Schwachsinn zusammengereimt hat? »Pass auf, Edwin«, beginne ich beinahe ein wenig zu schüchtern. Meine Knie zittern wie die von Scooby Doo und Shaggy, wenn sie einem Feind gegenüberstehen. »Du verstehst das alles nicht.«

»Nein, da hast du Recht. Ich verstehe es absolut nicht, wie du so hinterhältig und doppelzüngig sein kannst. Ich fasse es nicht, wie du Lucy das antun kannst, ihr seid doch so dicke Freundinnen. Wie du dich herausputzt, um auszusehen wie meine Schwester« – er starrt an seiner langen geraden Nase vorbei auf mein Haar –, »du bist wirklich eine armselige, bemitleidenswerte Kreatur. Hast du keine eigene Identität und kupferst deshalb gnadenlos den Geschmack deiner besten Freundin ab?«

Aua. Das hat gesessen. Tut ganz schön weh.

»Wenigstens weiß ich jetzt, welch miese Absicht hinter deinem Imitationsgehabe steckt.«

»Ach ja?«

»Du willst Lucy ihren neuen Freund ausspannen.«

Das ist es also, was er sich zusammengereimt hat.

»Es ist anders, als du denkst…«, versuche ich zu widersprechen, doch er will, dass ich *ihm* zuhöre und nicht umgekehrt.

»Ich erwarte von dir, dass du Lucy deinen Fehltritt beichtest.«

»Aber … Aber …«

»Entweder du redest mit ihr, oder ich kläre sie darüber auf, was du für eine falsche Schlange bist«, brüllt er mich an und macht auf dem Absatz kehrt.

»Keine Sorge, ich rede schon mit ihr«, nuschele ich in mich hinein, während er die Treppe hinaufstürmt.

An seiner Tür dreht er sich noch einmal zu mir um. »Und vielleicht solltest du darüber nachdenken, dir demnächst eine neue Bleibe zu suchen.«

Nach dieser Breitseite zum Abschied ist er verschwunden.

Lucy hat wegen des Spicer-Booth-Auftrags so viel zu tun, dass sie sogar am Sonntag ins Büro gegangen ist. Dummerweise ist die Telefonzentrale an Sonntagen nicht besetzt, so dass ich sie unter ihrer Dienstnummer nicht erreichen kann. Ihr Handy hat sie offenbar ausgeschaltet, um nicht ständig von Marjory belästigt zu werden, die mit Sicherheit nach Informationen lechzt, wie das zweite Treffen ihrer Tochter mit Haydn verlaufen ist.

Nicht einmal Cal ist zu Hause. Er ist mit Bruce bei einem Fußballspiel. Also renne ich fast den ganzen Tag nervös in unserer Wohnung auf und ab und warte, dass Lucy endlich aufkreuzt.

Sie kommt erst eine Stunde später als an normalen Wochentagen nach Hause. Zu dem Zeitpunkt bin ich so durch den Wind, dass ich das Gefühl habe, jeden Moment abzuheben und in die Luft zu gehen.

Die vertraute Begrüßung »Hey, Jude« treibt mich zur Wohnungstür.

»Luce, wir haben ein Problem! Und was für ein Problem!«

»He, he, beruhige dich!« Lucy sieht völlig erschöpft aus; ihr blondes Haar, das sie offenbar zu einem Knoten hochgesteckt hatte, hat sich gelöst. Sie stellt ihre Aktentasche ab und hebt abwehrend die Hände, damit ich sie in meiner Hektik nicht umstoße.

»Was ist denn los, Jude? Was ist passiert?«

»Edwin …«

»Edwin?«, schnaubt sie, während sie ihren Mantel abwesend auf einen Haken hängt. »Womit ist er dir denn nun schon wieder gekommen? Mein Bruder ist manchmal ein Mistkerl. Du solltest ihn einfach ignorieren, Jude, das habe ich dir schon hundertmal gesagt. Ich bin sicher, dass bei ihm irgendetwas falsch gelaufen ist; bestimmt hätte er eigentlich ein Mädchen werden sollen – wieso leidet er sonst permanent unter PMS?«

»Er hat mich beim Herumknutschen mit Haydn erwischt«, bringe ich halbherzig hervor. Lucy starrt mich verwirrt an.

»Wie bitte?«

»Edwin hat mich gesehen. Er hat mich mit Haydn erwischt.«

»O nein!« Lucys Kinnlade klappt herunter. Gleichzeitig geht ihre Handtasche auf, und der Inhalt ergießt sich über den Boden.

»Doch«, ereifere ich mich und bücke mich, um die Mascara aufzuheben, die auf meine Füße zurollt.

»Was hat er gesagt? Meinst du, er hat schon mit Haydn gesprochen?«

Ich schüttele den Kopf. »Nein, er hat lieber mich zur Schnecke gemacht. Er ist nämlich davon überzeugt, dass *ich dich* betrüge. Er glaubt, dass ich dir hinter deinem Rücken den Freund ausspanne, und hat mir deshalb gedroht, mich vor die Tür zu setzen. Außerdem hat er mich eine armselige, bemitleidenswerte Kreatur geschimpft, die dich schamlos imitiert, und gesagt, dass du es nicht verdienst, so mies behandelt zu werden …« Ich halte abrupt inne, als ich sehe, dass Lucy grinst, anstatt wie ich vor Sorge verrückt zu werden. »Warum bist du so fröhlich?«, fahre ich sie an. »Findest du das etwa lustig?«

»Ich finde es so süß«, meint sie.

»Was?«

»Na ja, von Edwin. Manchmal habe ich das Gefühl, dass wir auf völlig unterschiedlichen Wellenlängen liegen. Und es ist irgendwie schön zu wissen, wie sehr er sich um mich sorgt.«

Ich seufze tief. »Na toll! Was für ein überaus geeigneter Zeitpunkt für die Offenbarung einer Geschwisterliebe. Lucy – er hat mich quasi rausgeschmissen! Ich soll mir eine neue Bleibe suchen!«

Ihr sentimentaler Anfall verebbt, und sie runzelt die Stirn. »O Scheiße!«

»Eben. Du musst ihm sagen, was für ein Spiel wir getrieben haben.«

»Unmöglich.«

»Aber er will mich an die Luft setzen, Lucy!«

»Das werde ich auf keinen Fall zulassen, darauf gebe ich dir Brief und Siegel. Aber ich kann ihm unmöglich die Wahrheit sagen. Er bringt mich um.«

»Und sonst bringt er mich um! Ehrlich, Lucy, er war fuchsteufelswild.«

»Ich habe eine Idee«, grübelt sie laut. »Wir stellen einfach Haydn als den Bösen hin. Ich erzähle Edwin, dass ich ihn nicht mehr sehen will, weil er sich hinter meinem Rücken an dich herangemacht hat und dass er Mutter gegenüber nichts erwähnen soll, um sie nicht unnötig aufzuregen und ihre Freundschaft mit Olivia nicht aufs Spiel zu setzen.«

»Und was ist mit uns? Was würde es wohl für unsere Freundschaft bedeuten, wenn ich mich hinter deinem Rücken von deinem Typen anbaggern ließe? Jeder würde doch erwarten, dass du nicht nur Haydn, sondern auch mich auf den Mond schießt.«

»Hm, stimmt. Und wenn ich Edwin einfach erzähle, dass du gehört hast, dass Haydn ein kleiner Don Juan ist und du ihn für mich auf die Probe stellen wolltest und mir längst von deinem Date mit ihm erzählt hast – oder noch besser – dass wir es gemeinsam arrangiert haben, um ihn zu testen, und er mit Pauken und Trompeten durchgefallen ist? Dann denkt Edwin, was für eine tolle Freundin du bist, dass du so etwas für mich tust, und er ist zufrieden, und alles ist wieder in Ordnung …«

Als Lucy mein Gesicht sieht, hört sie auf. »Ich spinne, oder?«

»Könnte man so sagen.«

»Ich verstricke mich allmählich in meinem eigenen Lügennetz. Tut mir Leid, Jude, ich glaube, das liegt am Stress. Natürlich hast du Recht – ich muss ihm die Wahrheit sagen…« Sie schreitet entschlossen durch den Flur und steuert das Telefon im Wohnzimmer an. »Was du heute kannst besorgen, das verschiebe nicht auf morgen! Packen wir den Stier bei den Hörnern! Ich ruf ihn kurz an und vergewissere mich, dass er halbwegs bei Laune ist, und dann gehe ich hoch und bringe es hinter mich…« Ich trotte hinter ihr her. »Ehrlichkeit währt ja bekanntlich am längsten, wie es so schön heißt. Wir hätten von Anfang an bei der Wahrheit bleiben sollen, dann hätten wir uns eine Menge Ärger erspart…«

Sie nimmt all ihren Mut zusammen, doch ich sehe, wie ihre Hand zittert, als sie den Hörer abnimmt. Im Grunde meines Herzens will ich ja genauso wenig, dass sie Edwin anruft. Allerdings aus ganz anderen Gründen. Sobald nämlich Marjory von unserem Betrug erfährt, erfährt auch Haydn unweigerlich die Wahrheit.

»Lucy«, bremse ich sie, »wo wir gerade von Ehrlichkeit reden… ich glaube, es ist an der Zeit… Ich meine…«

»Was, Jude?«

»Setz dich einen Augenblick hin!«, bitte ich sie und lasse mich auf dem Sofa nieder.

»Oje«, stöhnt Lucy und lässt sich schwerfällig neben mich plumpsen.

»Keine Ahnung, ob ich jetzt auch noch Nachrichten gewachsen bin, für die ich mich hinsetzen muss.« Sie grinst mich müde an.

Ich hole tief Luft. »Ich muss ehrlich zu dir sein, Lucy.«

»Das haben wir doch gerade schon festgestellt. Von jetzt an gilt: Ehrlich währt am längsten«, trällert sie mit vorgetäuschter Heiterkeit.

»Ich mag ihn wirklich, Luce…«, bringe ich stammelnd hervor. »Ich meine Haydn. Ich weiß, dass das nicht der Plan war, aber wenn die Umstände andere gewesen wären, ich meine, wenn wir uns unter normalen Umständen kennen gelernt hätten, dann hätte es *vielleicht* zwischen uns gefunkt…« Ich stocke und halte inne.

Lucy sieht mich nachdenklich an. Ich warte auf den Sturm der Entrüstung, doch sie schüttelt nur den Kopf und lächelt mich an.

»Was für eine seltsame Weise, den Mann seiner Träume kennen zu lernen, nicht wahr!«

»Dann bist du mir gar nicht böse?«

»O Jude, warum sollte ich dir denn böse sein? Du bist meine beste Freundin. Es ist mir wichtig, dass du glücklich bist. Natürlich stecken wir ganz schön in der Bredouille, aber wir haben auch schon schlimmere Probleme gemeistert!«

»Na ja, dass wir schon mal in einem schlimmeren Schlamassel gesteckt haben, wage ich zu bezweifeln, aber wir haben in der Tat schon so manches Mal den Kopf aus der Schlinge gezogen. Also – was sollen wir jetzt tun?«

»Es ist Zeit, reinen Tisch zu machen«, erwidert sie und zuckt ratlos mit den Achseln. »Und zwar mit allen Beteiligten.«

Ich nicke langsam. »Okay, das schließt dann also auch Haydn ein.«

»Findest du?« Sie kneift die Augen zusammen.

»Ja, absolut. Das heißt, eigentlich nein, aber irgendwie doch, ja, es muss sein. Es ist ein Dilemma, aber wenn ich ihn wirklich wieder sehen will, kann ich nicht weiter so tun, als wäre ich du. Er wird es sowieso ziemlich bald herausfinden, aber kannst du mir einen Gefallen tun, Lucy? Kannst du, bevor du es deiner Mutter oder Edwin erzählst, so lange warten, bis ich es ihm gesagt habe? Ich möchte wirklich, dass er es von mir erfährt und nicht hinten herum.«

»Glaubst du, das könnte noch irgendetwas retten?«

»Keine Ahnung, aber es ist zumindest einen Versuch wert.«

»Wann seht ihr euch wieder?«

»Wir haben noch nichts fest ausgemacht – wie sollte ich das bei diesen chaotischen Verhältnissen? Aber er würde mich gerne am Freitag irgendwohin ausführen.«

»Dann ruf ihn an und mach es fest.«

»Und was ist mit Edwin?«

»Ich erzähle ihm, dass ich von deinem Treffen mit Haydn wusste und es ihm jetzt zwar noch nicht erklären kann, er mir aber glauben muss, dass du mich nicht hintergangen hast.«

»Und du glaubst, damit gibt er sich zufrieden?«

»Ihm wird fürs Erste nichts anderes übrig bleiben. Aber egal – vergiss Edwin einfach, um den kümmere ich mich«, stellt sie entschieden klar, nimmt meine Hand und drückt sie liebevoll.

»Wenn du Haydn wirklich so gerne magst, wie du sagst, hast du von uns allen den schwierigsten Part: ihm alles zu erklären.«

Ich rufe Haydn an, um unsere Verabredung klarzumachen. Er sagt, ich solle Jeans anziehen und vorsichtshalber auch einen warmen Pullover mitbringen. Ich glaube, dass er mich zum Schlittschuhlaufen einladen will. Er hat nämlich auch etwas von dicken Socken erwähnt. Ich laufe zwar gerne Schlittschuh, aber vielleicht würde ich doch lieber woandershin gehen, denn wenn ich daran denke, dass ich es ihm auf der Eisbahn erzähle, garrottiert er mich womöglich mit einer Ersatzkufe. Andererseits hätte er in einem Restaurant jede Menge Messer zur Hand, mit denen er mich erstechen könnte. Und in einem dunklen Kino wäre ich auch nicht viel sicherer. Schließlich würde kaum jemand merken, wenn auf einem der hinteren Ränge in der Dunkelheit jemand erdrosselt wird, oder? Zugegeben, meine Fantasie geht vielleicht ein bisschen mit mir durch, aber ich habe wirklich keine Ahnung, wie er auf meine Enthüllung reagieren wird. Wie soll ich es ihm bloß erzählen? Es wird eines der schwierigsten Unterfangen, die ich je zu bewältigen hatte.

Das Einzige, was es mir die ganze Qual und Mühe wert erscheinen lässt, ist zu sehen, wie glücklich Lucy ist. Trotz all dieses Schlamassels um sie herum. Sie geht heute Abend wieder mit Layton aus, und die Aussicht auf dieses Date hat sie in einen wahren Freudentaumel versetzt. Ich höre sie aus vollem Halse unter der Dusche singen. Selbst wenn es mir misslingen sollte, die Sache mit Haydn irgendwie gerade zu biegen, hat das ganze Theater wenigstens ein Gutes gehabt. Eine halbe Stunde später tänzelt sie perfekt zurechtgemacht und halb angezogen in mein Zimmer, um sich meinen braunen Lederrock auszuleihen.

»Und wann willst du ihn mir endlich einmal vorstellen?«, frage ich sie, während sie meinen Kleiderschrank durchwühlt.

»Gedulde dich noch ein Weilchen. Im Moment hängen wir das Ganze noch nicht an die große Glocke, denn er meint, wenn es sich herumsprechen würde, dass wir zusammen ausgehen, könnte das meine Chancen schmälern, den Spicer-Booth-Auftrag an Land zu ziehen. Du weißt ja, wie die Leute sind. Und ich habe wirklich keine Lust auf irgendwelches Gerede, dass ich beim Kampf um den Auftrag statt meines Verstands meine Libido eingesetzt habe.«

»Und? Wie ist es wirklich?«

»Wie meinst du das?«, fragt sie mit gespielter Unschuld zurück.

»Du weißt genau, was ich meine.«

»Du meinst die Libido?«

»Genau.«

»Bisher habe ich ihn noch nicht berührt. Du kennst mich doch, in Herzensdingen bin ich ein altmodisches Mädchen. Obwohl wir uns heute Abend schon zum, äh, lass mich mal nachrechnen«, sie nimmt ihre Finger zu Hilfe und zählt, »zum fünften, nein sogar zum sechsten Mal treffen, wenn ich die reinen Arbeitsessen nicht mitzähle. Und du? Wie war es beim letzten Mal mit Haydn?«

»Ich habe die Finger von ihm gelassen«, entgegne ich ein bisschen wehmütig. »Genau wie ich es dir versprochen habe.« Sie zieht ungläubig die Augenbrauen hoch. »Na gut, vielleicht haben wir uns ein- oder zweimal geküsst, aber ich habe mir geschworen, es nicht noch einmal zum Äußersten kommen zu lassen, solange er nicht Bescheid weiß. Es wäre ihm gegenüber unfair.«

»Wann holt er dich ab?«

»Um halb acht.« Lucy wirft einen Blick auf ihre Uhr. »Dann beeilst du dich besser mal ein bisschen, Jude. Es ist schon viertel nach sieben.«

Diesmal hatte ich Haydn nicht ausreden können, mich zu Hause abzuholen. Ich schicke ein Dankgebet zum Himmel, dass Edwin wegen eines Modeshootings für die *Vogue* über das Wochenende nach Berlin gejettet ist, als ich genau in dem Moment, als Haydn mit seinem dunkelblauen BMW bei uns vorfährt, aus der Tür schieße – wohl wissend, dass Lucy und Cal mit einem Fernglas bewaffnet am Wohnzimmerfenster hängen und sich vor Neugier die Augen aus dem Kopf gucken.

»Hi«, keuche ich außer Atem, stürze mich ins Auto und bin froh, dass er nicht versucht, mich zu küssen, sondern keine Zeit verschwendet und sofort losfährt.

»Hi.« Er sieht mich von der Seite an und lächelt herzlich. »Wie ich sehe, hältst du dich manchmal doch an das, was man dir sagt.«

Ich sehe ihn mit hochgezogenen Augenbrauen an.

»Ich meine dein Outfit.«

»Ach so. Also, wo fahren wir hin?«

»Schlittschuhlaufen.«

»Ich wusste es!«

»Wirklich?«

»Es ist die einzige Aktivität für die man sich in dieser Stadt so kleidet.«

»O nein, da fällt mir eine Menge ein. Ein Spaziergang im Park, Bowling, ein Kinobesuch, wenn man nicht vorhat, anschließend noch nett essen zu gehen, Reiten im Hyde Park, Segeln auf dem

Serpentine-See … Ich glaube eher, wir können gegenseitig unsere Gedanken lesen«, witzelt er.

»Das will ich nicht hoffen!«, rufe ich, ohne nachzudenken.

»Hast du so viele Geheimnisse?«

»Ein paar schon.«

»Ist eins dabei, das ich kennen sollte?«

»Vielleicht weihe ich dich heute Abend in eins ein«, erwidere ich kryptisch.

An der nächsten roten Ampel sieht er mich von der Seite an. Sein Blick wirkt neugierig, aber auch ein bisschen besorgt. »Da bin ich aber gespannt …«

Das ist mein Startschuss. Im Moment sind wir noch so nah an meiner Wohnung, dass ich notfalls zu Fuß nach Hause gehen kann, falls er mich achtkantig aus dem Auto schmeißt.

»Also …«, beginne ich und nehme all meinen Mut zusammen, aber genau in diesem Moment werde ich, wie immer, wenn es in meinem Leben um etwas wirklich Wichtiges geht, von meiner persönlichen Rachegöttin unterbrochen. Das Telefon klingelt. Genauer gesagt, sein Autotelefon.

»Tut mir Leid«, entschuldigt er sich.

»Normalerweise werde ich auf dieser Nummer nur aus meiner Kanzlei angerufen. »Schlimm, wenn ich drangehe?«

Ich schüttele den Kopf.

»Haydn Morland … Hi … Ja, gute … besten Dank für die Information. Ich weiß. Das ist ja mal eine gute Nachricht.« Er lächelt zu mir herüber. »Vielen Dank, Juliette. Und gehen Sie endlich nach Hause. Es ist Freitagabend, acht Uhr.« Er legt auf und wendet sich wieder mir zu. Er sieht sehr zufrieden aus. »Eine gute Nachricht. Mein für morgen früh angesetztes Meeting ist abgesagt. Weißt du, dass ich damit seit acht Monaten zum ersten Mal ein freies Wochenende habe? Ich hatte in letzter Zeit so viel zu tun, dass ich heute Nachmittag sogar einen Termin absagen musste, um vor sieben wegzukommen …« Er scheint kurz nachzudenken, bringt den Wagen dann plötzlich zum Stehen und macht mitten in dem dichten Freitagabendverkehr einen eigentlich unmöglichen U-Turn.

»Was machst du da?«

»Die Fahrspur wechseln.«

»Das sehe ich, aber ich dachte, wir wollten Schlittschuhlaufen.«

»Ich habe den Plan geändert.«

»Aha. Und jetzt?«

»Ich entführe dich.«

»Du machst was?«

»Ich entführe dich übers Wochenende.«

»Aber du kannst doch nicht…«, bringe ich panisch hervor, »das ist unmöglich, ich meine, ich habe weder etwas anzuziehen dabei noch eine Zahnbürste oder überhaupt irgendetwas.«

»Ich kann sicher eine Ersatzzahnbürste für dich auftreiben. Und falls dir sonst noch etwas fehlt – keine Sorge, Brighton ist ein wahres Einkaufsparadies.«

»Wir fahren nach Brighton?« Er nickt.

»Jawohl. Und was immer du brauchst, kaufe ich dir morgen.«

»Auf gar keinen Fall.«

»Warum nicht? Schließlich ist es meine Schuld, dass du keine Sachen dabeihast, also ist es meine Aufgabe, dir welche zu besorgen. Es sei denn natürlich, du verbringst das ganze Wochenende nackt.« Er bemerkt meinen bestürzten Gesichtsausdruck. »Keine Sorge, war nur einen Witz. Die Vorstellung hat zwar durchaus ihren Reiz… aber es wird alles sittlich zugehen, ich habe sogar ein Gästezimmer.«

Ich weiß. Nach dem, was Lucy mir erzählt hat, hat er sogar sechs zusätzliche Schlafzimmer.

»Ich dachte, es wäre ganz nett, wenn wir ein bisschen Zeit miteinander verbringen«, redet er auf mich ein, »nur wir beide, weit weg von allem anderen, um endlich mal Gelegenheit zu haben, uns etwas besser kennen zu lernen. Was hältst du davon?«

Was ich davon halte? Normalerweise würde ich Feuer und Flamme sein, aber die Situation ist ja alles andere als normal.

»Ich weiß nicht.«

»Hast du irgendetwas Wichtiges vor, das du auf keinen Fall verschieben kannst?«

»Eigentlich nicht …«

»Komm, lass uns spontan sein. Lucy, gibt dir einen Ruck, wage das Abenteuer! Wir haben bestimmt eine Menge Spaß. Wenn du willst, kann ich auch einen kleinen Umweg machen und noch mal bei dir zu Hause vorbeifahren, damit du ein paar Sachen einpacken kannst …«

Völlig ausgeschlossen. Schließlich sind Lucy und Cal zu Hause. Mir stehen die Nackenhaare zu Berge, wenn ich mir vorstelle, wie die drei nebeneinander auf dem Sofa hocken und höfliche Konversation betreiben, während ich meine Tasche packe.

»Das ist nicht nötig, aber ich muss zumindest …«, mir liegt auf der Zunge, »Lucy« zu sagen, aber ich kann es mir gerade noch verkneifen, »meine Mitbewohner informieren, weil sie sich sonst Sorgen machen, wenn ich einfach wegbleibe.«

»Kein Problem«, entgegnet er und zeigt auf das Telefon zwischen uns. »Du kannst es jederzeit benutzen.«

Ich bin erleichtert, als der Anrufbeantworter anspringt, und hinterlasse die obskure Nachricht, dass ich übers Wochenende wegfahre, sie sich keine Sorgen machen müssen und dass ich erst am Montagmorgen zurück sein werde.

Panik steigt in mir auf, die durch Haydns zufriedenes, vorfreudiges Lächeln noch verschlimmert wird, aber dann beschließe ich, mich einfach zurückzulehnen und zu entspannen. Ich werde versuchen, mich so gut wie möglich zu amüsieren, basta. Der richtige Zeitpunkt für meine Enthüllungen ist jedenfalls fürs Erste verstrichen. Wieder einmal hat sich das Schicksal eingeschaltet, und jetzt fahren Haydn und ich für ein Wochenende weg. Zusammen. Nur er und ich. Ein ganzes Wochenende. Man kann nie wissen, rede ich mir ein, als wir London verlassen, vielleicht hat dieser Trip auch sein Gutes und bietet mir, wenn er völlig entspannt und von allem losgelöst ist, die ideale Gelegenheit, meine Beichte loszuwerden.

Ich schrecke aus dem Schlaf hoch, als der Wagen abrupt abbremst und nach rechts in eine gewundene Auffahrt biegt. Es ist einer dieser Momente, in denen man keine Ahnung hat, wo man sich eigentlich befindet, geschweige denn, wie man dorthin gekommen ist, und dann wallt plötzlich eine Woge der Verlegenheit in mir auf, als mir bewusst wird, dass ich den letzten Teil der Reise komplett verschlafen habe. Meine übliche Panik, dass ich geschnarcht oder gesabbert oder etwas noch Schlimmeres getan habe, verfliegt zum Glück, als Haydn mich ohne jedes süffisante Grinsen anlächelt und ich mich vergewissert habe, dass der Lederbezug meines Sitzes unversehrt ist.

»Du scheinst wirklich ziemlich erledigt zu sein«, stellt er fest und schaltet einen Gang herunter, um das letzte Stück des Hügels zu erklimmen.

»Ja, ich habe in letzter Zeit oft bis in die frühen Morgenstunden über meiner Arbeit gebrütet«, gebe ich zu, richte mich auf und denke an meine Nachtsitzungen, während derer ich unermüdlich meinen neuen Roman in die Tasten gehackt habe.

»So, wir sind da.«

Das Hightech-Haus auf dem Hügel mit den sieben Schlafzimmern und den fünf Bädern entpuppt sich als ein ehemaliger Leuchtturm, der auf einer tief gelegenen Klippe thront und an einer Seite von einer umwerfenden Architektur aus Stützpfeilern und gläsernen Wänden erweitert wurde, die das Herzstück des Gebäudes ausmacht. Es steht allein, ganz am äußersten östlichen Rand von Brighton, zwischen Brighton und Rottingdean, und erhebt sich vor uns wie ein wohltuender Schatten vor der drohenden Kulisse des endlosen schwarzen Ozeans und des ebenso endlosen dunkelgrauen Himmels.

»Wow«, staune ich. »Was für tolles Fleckchen Erde.«

Er lächelt mich sichtlich geschmeichelt an.

»Ich liebe diesen Ort und bin wirklich froh, dass du mitgekommen bist. Ich bin sowieso viel zu selten hier.«

Er steigt aus dem Wagen, kommt an meine Seite und öffnet mir die Tür. Der letzte Mann, der mir die Tür aufgehalten hat, war mein Vater. Jonathan hat mir nie die Autotür aufgehalten – vor allem natürlich, weil er mich nie irgendwohin gefahren hat.

Haydn hält mir die Hand hin, hilft mir aus dem Wagen, kramt, immer noch meine Hand haltend, einen Schlüsselbund aus der Jackentasche hervor, öffnet die Haustür und führt mich in einen breiten, mit Holzboden ausgelegten Flur. Von beiden Seiten des Flurs gehen Türen ab, und direkt vor uns führt eine breite, ausladende Treppe hinauf in die nächste Etage. Ich folge ihm die Treppe hinauf, wobei Haydn gelegentlich stehen bleibt und die Lichter und die Heizungen anmacht.

»Möchtest du eine Tasse Tee, oder wollen wir erst einen Rundgang durchs Haus machen?«, ruft er mir über die Schulter zu.

»Erst einen Rundgang«, erwidere ich und sehe mich mit vor Bewunderung weit aufgerissenen Augen in dem riesigen Wohnzimmer mit dem honigfarbenen Holzfußboden und den farblich dazu passenden Wänden um. An den Wänden hängen wunderschöne Gemälde von Meereslandschaften, das ganze Zimmer ist mit etlichen interessant geformten Treibholzstücken dekoriert, von denen ich vermute, dass er sie am Strand aufgelesen hat, der direkt hinter dem Haus liegt. Auf niedrigen Holztischen stehen avantgardistische, pilzförmige Leuchten aus Chrom und Buchenholz, die ein abgedämmtes, warmes Licht verbreiten. Eine Wand des Zimmers ist vollständig für Bücher und Familienfotos reserviert. Die Mitte des Raums wird von zwei großen, cremefarbenen Sofas dominiert, zwischen denen ein in Blau- und Cremetönen gehaltener Perserteppich liegt.

Es ist ein wunderschönes Zimmer, und auch der Rest des Hauses ist ein Traum. Haydn führt mich mit sichtlichem Stolz herum, und zwar nicht prahlerisch, sondern mit jener ruhigen Selbstzufriedenheit, die einen befällt, wenn man etwas gut gemacht hat.

Marjorys überschwängliche Schwärmereien erweisen sich in mehrfacher Hinsicht als übertrieben. So entpuppen sich die angeblich sieben Schlafzimmer als lediglich vier, die allesamt in dem runden Teil des Leuchtturms liegen, und zu jedem gehört ein Bad, so dass man auf vier Bäder kommt und nicht auf fünf.

Von dem riesigen Wohnzimmer in der Dimension eines Großraumbüros kann man auf einen Balkon hinaustreten, der sich über die gesamte Rückseite des Hauses erstreckt. Vom Wohnzimmer führt eine breite Holztreppe hinab zu einer lang gestreckten, an einen Wintergarten erinnernden Küchengalerie, von der aus man einen herrlichen Blick über den Strand hat. Angrenzend an die Küche vervollständigen ein Arbeitszimmer, eine Sauna, ein Duschraum sowie eine Garage das Erdgeschoss.

Unser nächster Anlaufpunkt ist die Spitze des Leuchtturms, ein runder, rundum verglaster Raum, der auf dem Turm sitzt wie eine überdimensionale Laterne und den wir über eine steile Wendeltreppe erreichen, die sich an den Schlafzimmern vorbeischlängelt. Von der verglasten Leuchtturmspitze hat man einen spektakulären Blick aufs Meer, das zurzeit noch aufgewühlter ist als mein vor lauter Schwindel durcheinander gewirbelter Magen. Zu unserer Linken und hinter uns ist das Land, rechts von uns sieht man die Lichter von Brighton, die in der Ferne schimmern wie über die dunkle Landschaft verstreute goldene und silberne Sterne.

»Der Blick ist wirklich fantastisch«, stelle ich fest und beruhige meinen flauen Magen ein wenig, indem ich mich am Geländer festklammere.

»Freut mich, dass es dir gefällt.«

»Was für ein Luxus, statt eines Rasens den Strand vor der Tür zu haben. Gras sieht im Vergleich dazu geradezu trostlos aus.«

Ich sehe hinab auf den neun Meter unter uns liegenden, gelbbraunen Sandstrand und die verwitterten, hölzernen Wellenbrecher, die zwischen der Klippe und dem Meer in regelmäßigen Abständen emporragen wie verwahrloste Riesenzähne. »Wie hast du diesen Ort entdeckt?«

»Als ich das Grundstück gekauft habe, gab es nur den Leuchtturm. Den Rest habe ich im Laufe der Jahre hinzugefügt, wann immer ich es mir leisten konnte.«

»Gehört es dir schon lange?«

»Na ja, als ich es gekauft habe, habe ich noch studiert.«

»Wie, um alles in der Welt, hast du das denn fertig gebracht?«

»Damals ist mein Großvater gestorben und hat mir ein bisschen Geld vermacht. Nicht viel, aber genug, um von der Bank ein Darlehen loszueisen. Außerdem hatte ich neben meinem Studium einen Fulltimejob.«

»Während deines Jurastudiums?«

Er nickt.

»Wie alt warst du da?«

»Achtzehn.«

»Und obwohl du ein mittelloser Student warst, hast du es geschafft, der Bank eine Hypothek aus den Rippen zu leiern?«

»Na ja, ich hab bei dem Darlehensgesuch ein bisschen geschummelt. Ziemlich bedenklich, denn ich bin ja Anwalt geworden, um den Leuten bei ihrem Kampf um die Wahrheit zu helfen.«

Ich drehe mich um, lehne mich mit dem Rücken ans Geländer und sehe ihn an. »Dir liegt also viel an der Wahrheit?«, frage ich so beiläufig wie möglich.

»Ja, sehr«, erwidert er und kommt einen Schritt auf mich zu. »Warum fragst du? Verbirgst du etwa irgendetwas vor mir, Lucy O'Neill?«

Ich lächele ihn viel sagend an und unterdrücke ein nervöses Husten. »Es gibt eine Menge Dinge über mich, von denen du nichts weißt«, bringe ich schließlich hervor.

Er kommt näher an mich heran, umfasst mit den Händen das

Geländer links und rechts neben mir, so dass ich zwischen seinen Armen eingekeilt bin, und sagt mit sanfter Stimme: »Ich freue mich darauf, einige dieser Dinge zu erfahren. Am liebsten möchte ich alles über dich wissen.«

Dieser Moment schreit geradezu danach, dass ich es ihm sage. Ich wünschte, er würde mich küssen, doch gleichzeitig habe ich das Gefühl, es nicht zu verdienen. Nicht, solange er nicht die Wahrheit über mich weiß. Aber ich will jetzt nicht mit der Wahrheit rausrücken, noch nicht. Ich werde ihm alles erzählen, aber zum richtigen Zeitpunkt. Wir sind ja gerade erst angekommen. Schließlich stehe ich in der Spitze eines Leuchtturms, und bis nach unten ist es verdammt weit.

Ein verdammter Feigling bin ich.

So viele Ausreden.

Ich wende mein Gesicht ab, und seine Lippen berühren meine Wange. Wir stehen einen Moment so da, und obwohl ich seine Haut an meiner Wange nur ganz leicht spüre, verzehre ich mich vor Leidenschaft. Doch dann entwinde ich mich ihm.

Er lässt das Geländer los, und ich gehe ein paar Schritte zur Seite.

»Funktioniert das Leuchtfeuer noch?«, frage ich in einem verzweifelten Versuch, die Situation ein wenig zu entkrampfen.

Er nickt mit Nachdruck. »Willst du es mal sehen?«

»Darfst du das denn? Ich meine, wirst du nicht von der Wasserpolizei verhaftet … wegen unzulässiger Behinderung des Schiffsverkehrs oder so?«

Er lacht. »Ich hoffe nicht. Wenn wir hier Partys feiern, machen wir das immer.«

»Das kann ich mir vorstellen. Es ist ein großartiger Ort, um zu feiern.«

»Ehrlich gesagt, bringe ich nur äußerst selten mal jemanden mit hierher.«

»Ich bin also privilegiert?«

»Nein, du bist einfach anders.«

»Anders? Inwiefern denn?«

»Anders als die meisten Leute, die ich kenne.« Er sieht mich nachdenklich an. »Und anders, als ich dich in Erinnerung habe.«

»Da hast du Recht. Ich bin völlig anders als das kleine Mädchen, das du als Kind kanntest.«

Er mustert mich einen Moment und lächelt dann zu meiner großen Erleichterung wieder. »Komm, ich führe dich aus in ein nettes Restaurant.« Mit diesen Worten steigt er die erste Stufe der steilen Treppe hinab und hält mir die Hand hin.

»Können wir nicht einfach hier bleiben?«

»Wäre dir das lieber?«

»Lieber als alles andere. Und dir?«

Er strahlt über das ganze Gesicht. »Mir eigentlich auch, schließlich verbringe ich sowieso viel zu wenig Zeit hier. Aber in der Stadt gibt es ein paar wirklich gute Restaurants, die dir sicher gefallen würden.«

»Bestimmt kann keines von ihnen mit diesem fantastischen Blick mithalten.«

»Das stimmt, aber dafür ist da das Essen besser. Erst recht, weil ich im Moment wahrscheinlich absolut nichts im Haus habe. Zum Glück wolltest du keinen Tee vorhin, ich habe ja nicht mal Milch da. Okay, hier ist mein Vorschlag: Heute führe ich dich in ein Restaurant aus, und morgen gehen wir in einen Supermarkt, decken uns mit allem Nötigen ein, und dann koch ich dir was Feines.«

»Du kannst kochen?«

»Überrascht dich das?«

»Nicht wirklich. Mein Mitbewohner Cal ist auch ein hervorragender Koch. Hat eher was mit der Erziehung zu tun als mit Junge oder Mädchen.«

»Du meinst, ob man je gezwungen war, für sich selber zu sorgen.«

»Genau. Wahrscheinlich ist das Studium entscheidend. Man kann sich nicht ewig von Bohnen auf Toast ernähren, früher oder später drängt es einen, ein Kochbuch zur Hand zu nehmen.«

Während wir reden, führt er mich die Treppe hinab.

Eine Etage tiefer bleibt er vor einer Tür stehen und öffnet sie.

»Das ist das Gästezimmer.« Er lässt mir den Vortritt und bedeutet mir hineinzugehen.

Das Zimmer ist ganz anders als das übrige Haus. Es wirkt sehr feminin, vor den runden Bullaugenfenstern, die diesen Teil des Turms zieren, hängen geblümte Vorhänge. Auf dem Boden liegt ein dicker, weicher, minzgrüner Teppich, die Tagesdecke ist ein altmodischer Überwurf, der mit rosa und pflaumenfarbenen Blümchen gemustert ist. Es gibt eine Frisierkommode, die mit allen möglichen Cremes und Lotionen voll gestellt ist, und das ganze Zimmer riecht leicht nach der blumigen Duftnote von Anaïs Anaïs.

»Hier wohnt meine Mutter, wenn sie in England ist«, erklärt er, als ich mich nach allen Seiten umsehe. »Wie man unschwer erkennen kann, habe ich die Einrichtung dieses Zimmers ihr überlassen.«

»Es ist wirklich sehr schön«, murmele ich.

»Sie würde sich sicher freuen, das zu hören.« Er zeigt auf eine Tür an der anderen Seite des Zimmers.

»Da ist das Badezimmer. Nimm dir, was immer du brauchst. Reichen dir zehn Minuten, dich ein bisschen frisch zu machen? Dann bestelle ich ein Taxi, und wir lassen uns in die Stadt bringen.«

»Also gehen wir definitiv aus.«

»Du kannst es dir aussuchen – entweder ein Essen in einem Restaurant oder Bohnen auf Toast, wobei du den Toast eigentlich vergessen kannst, es ist keiner im Haus. Zur Wahl stehen also Bohnen auf Bohnen.«

»Wir könnten uns ja auch etwas von einem Take-away kommen lassen.«

»Ich möchte dich aber gerne ausführen.«

»Aber ich habe überhaupt nichts anzuziehen«, wende ich vorwurfsvoll ein.

»Du gefällst mir so, wie du bist. Ich mag dich in Jeans. Obwohl ich mich irgendwie schwach daran erinnere«, er beugt sich vor und küsst mich sanft auf die Stirn, »dass du mir ohne auch sehr gut gefallen hast.«

Wir gehen in ein kleines italienisches Bistro in der Altstadt, in dem es kleidungsmäßig zu meiner großen Erleichterung ziemlich locker zugeht. Es ist ein eher schlicht ausgestattetes Restaurant mit Fliesenboden und schlichten ockerfarben gestrichenen Wänden. Aus der Küche strömt ein köstlicher Duft, der für sich spricht, und die schweren Holztische sind voll besetzt – eine bunt gemischte, plaudernde und laut lachende Gästeschar.

Das gesamte Restaurantpersonal scheint Haydn zu kennen, und alle wirken hocherfreut, ihn zu sehen. Er wird wie ein alter Freund begrüßt, sofort an einen Tisch direkt am knisternden Kamin geführt, und ohne dass wir auch nur einen Blick in die Speisekarte geworfen haben, wird uns Wein und ein großer Teller Antipasti serviert.

»Kommst du oft hierher?«, frage ich.

»Hierher?«, fragt er zurück und tut verwundert. »Ich bin zum ersten Mal in meinem Leben hier.«

In diesem Moment kommt ein dunkelhaariger Mann Anfang vierzig aus der Küche, der über und über mit Mehl bestäubt ist. Bei Haydns Anblick klatscht er vor Freude in die Hände.

»Hallo! Claudio mir haben gesagt, dass du bist hier, aber ich konnte nicht glauben. Was machst du hier? Ich dich habe seit Monate nicht gesehen. Warum du bist so lange nicht gekommen? Du mal wieder hast zu viel gearbeitet, habe ich Recht? Immer nur Arbeit, Arbeit, Arbeit.«

Er geht um den Tisch herum, Haydn steht auf, und die beiden umarmen sich wie alte Freunde.

»Amico, come stai?«

»*Sto molto bene, e tu?*«

»*Bene, bene.* Es trifft sich gut, dass du gerade kommst heute. Ich bin ein bisschen knapp mit Personal und brauche dringend guten Kellner. Komm in Küche, dann gebe ich dir Schürze, ja?«

»Ich habe dir doch von meinem Studentenjob erzählt«, wendet Haydn sich an mich. »Ich habe in diesem Restaurant gearbeitet. Und es war Giovanni, der den Leuten bei der Bank erzählt hat, dass ich genug verdiene, um eine Hypothek abzahlen zu können.«

»Wir haben nicht gelogen.« Giovanni klopft Haydn auf die Schulter, wobei von seinem Ärmel eine weiße Mehlwolke aufsteigt und dann zu Boden schwebt. »Haydn arbeiten härter, als jeder Mann, den ich kenne. Der einzige Kellner, der kann tragen auf einmal zwölf Teller und großes Lehrbuch.« Giovanni tut so, als würde er Speisen auftragen und dabei lesen. Dann prustet er laut los, wobei sein gewaltiger Bauch kräftig schwabbelt. »Und wer sind Sie? *Come si chiama?* Los, Haydn, mach mich bekannt mit deiner Lady.«

»Giovanni, das ist Lucy.«

»Hallo, Lucy.« Er greift meine Hand und gibt mir zur Begrüßung einen feuchten Handkuss. »Sie mögen italienisches Essen, Lucy?«

Ich nicke mit Nachdruck.

»Dann Sie sind hier richtig. Wir machen bestes italienisches Essen. Sie können erzählen allen Ihren Freunden, Giovanni's ist bestes italienisches Restaurant in Brighton. Nein, bestes italienisches Essen in ganz Großbritannien.« Er zwinkert mir zu und wendet sich wieder Haydn zu. »*Sei molto fortunato, lei è una ragazza bellissima.*«

»Was hat er gesagt?«, frage ich Haydn, als Giovanni wieder in seiner Küche verschwindet.

Haydns Augen leuchten im Kerzenschein. »Dass er schon an deinem Hintern abgelesen hat, dass du auf italienisches Essen stehst.«

»Dieser Schuft!«

»Nein, das war nur ein Witz. Er hat mir gesagt, wie glücklich ich mich schätzen kann, so eine hübsche Freundin zu haben.«

»Aha.« Ich gucke verlegen auf die Scheibe Prosciutto, mit der ich herumspiele, und werde so rot wie die sonnengereifte Tomate, die neben dem Schinken liegt.

»He, fühl dich einfach wohl.« Er gießt mir ein Glas Wein ein. »Ich habe nicht vergessen, dass wir es langsam angehen lassen wollen. Das heißt, falls du das nach wie vor willst.«

»Was willst *du* denn?«, frage ich und nippe an meinem Glas.

»Na ja, das habe ich dir doch ziemlich klar zu erkennen gegeben, oder?« Er nimmt die Gabel und spielt abwesend damit herum. »Ich mag dich wirklich Lucy. Ich wusste sofort, dass wir zusammenpassen. Abgesehen von der ersten halben Stunde vielleicht. Und den ersten sieben Jahren.« Er lächelt. »Aber ich denke, wir sind uns einig, diese Jahre getrost zu vergessen. Was ich sagen will – ich glaube nicht, dass wir irgendwelche Spielchen spielen müssen. Es liegt doch klar auf der Hand, was ich für dich empfinde, und ich denke, dass es dir genauso geht, außer natürlich, du hast mir irgendetwas verschwiegen.«

Ich habe ihm jede Menge verschwiegen. Aber sosehr ich ihm endlich reinen Wein einschenken müsste, so unpassend erscheint mir der Ort. Umso mehr, weil genau in diesem Moment Giovanni erneut aus seiner Küche kommt und einen riesigen Tonteller voller kleiner Garnelen zwischen uns auf den Tisch stellt.

»Sie mögen?«, fragt er und sieht mich erwartungsvoll an.

»Sehr«, erwidere ich. Dabei sehe ich Haydn in die Augen, und wir wissen beide, dass ich nicht das Essen meine.

Und so essen wir Gamberi und Lasagne, trinken viel zu viel extrem trockenen Frascati und reden bis in die frühen Morgenstunden über jedes nur erdenkliche Thema unter der Sonne, außer über die eine Sache, die ich so dringend mit ihm besprechen muss. Doch je mehr Wein unsere Kehlen hinabfließt und je angeregter wir uns unterhalten, desto leichter fällt es mir, besagtes Thema in die hinteren Regionen meines Hirns zu verbannen, als ob es nicht weiter wichtig wäre.

Und als das Restaurant schließlich geschlossen wird, bringt das Personal Käse, Früchte und noch mehr Wein an unseren Tisch, alle setzen sich zu uns, und ich rede mit den Leuten, die Haydn schon so lange kennen und ihm mit so offensichtlicher Verbundenheit und solchem Respekt begegnen, und je mehr ich über ihn erfahre, desto mehr mag ich ihn und desto mehr verachte ich mich dafür, dass ich ihn so schamlos betrüge, und desto schwieriger erscheint es mir, auch nur in Betracht zu ziehen, mit der Wahrheit herauszurücken und ihm zu sagen, wer ich wirklich bin. Oder besser gesagt: wer ich nicht bin.

Haydn unterhält sich lange mit Giovanni, der in irgendeiner rechtlichen Angelegenheit seinen Rat sucht. Währenddessen sieht Haydn mich immer wieder an, und dann lächelt er. Er will sich vergewissern, dass es mir gut geht, und jedes Mal, wenn er es tut, macht mein Magen einen Salto vorwärts.

Als wir das Restaurant in den frühen Samstagmorgenstunden verlassen, sind wir beide ziemlich betrunken. Es ist bitterkalt, und es geht ein Nieselregen nieder, der zwar harmlos aussieht, der aber ziemlich heimtückisch ist. Ohne den Schutz der engen Straßen werden wir in Windeseile durchnässt sein, aber trotzdem – ich habe noch nie meinem Leben weniger Lust verspürt, mich in ein Taxi zu setzen und den Abend zu beenden. Wir schlendern Hand in Hand an den schicken, aber zum Glück geschlossenen Läden entlang und bleiben nur einmal stehen, damit ich mir am Karen-Millen-Schaufenster sehnsüchtig die Nase platt drücken kann, bis es von meinem Atem ganz beschlagen ist.

»Wir kommen morgen wieder. Dann kannst du Shoppen bis zum Umfallen.«

»Wenn du das erste Mal seit einer Ewigkeit frei hast?«

»Wenn wir zwischendurch in meinem Lieblingspub einkehren, kann ich es, glaube ich, ertragen.«

»Ist das deine Art zu entspannen? Trinken?«

»Nein, aber wenn mich etwas zum Trinken treibt, dann eine Einkaufstour. Oder Giovanni. Junge, Junge, der Mann verträgt einiges …«

»Es hat den Wein getrunken wie Wasser.«

»Für ihn ist Wein auch wie Wasser. Ich habe ihn noch nie etwas anderes trinken sehen, außer vielleicht mal eine Tasse Kaffee, und in der Küche ist es im Sommer so heiß wie in einem Hochofen.«

Wir gehen hinab zur Haupt-Uferpromenade. Wie befürchtet, gibt es hier keinerlei Schutz mehr vor dem eisigen Seewind, der uns so peitschend die Gischt ins Gesicht bläst, dass die Haut spannt und die Lippen brennen. Haydn zieht seine Jacke aus und hält sie schützend über uns.

Dann legt er den Arm um meine Schulter und zieht mich ganz nahe an sich heran. Ohne nachzudenken stelle ich mich auf meine Zehenspitzen und drücke meine Lippen auf seinen Mund. Und entgegen meinem festen Vorsatz, zuerst mit ihm zu reden, kann ich nicht anders und gebe mich einem langen, leidenschaftlichen Kuss hin.

Und wieder hocken auf meinen Schultern Engelchen und Teufelchen, nur dass es diesmal keine Lucy gibt, sondern zwei Mini-Judes. Heute Nacht hat eindeutig der Teufel die Oberhand.

Amüsier dich, redet er auf mich ein, genieß es. Das Einzige, was er nicht kennt, ist schließlich dein Name … und meine Familie, meinen ganzen Hintergrund, meinen Job, meine wahre Augenfarbe, im Grunde also meine ganze verdammte Identität, füge ich hinzu, aber das ist ja eigentlich nur ein unbedeutendes Detail.

Wenn man das Wort »wahr« nicht so eng fasst, habe ich ihm schließlich mein wahres Ich gezeigt. Denn was mein Herz fühlt, ist so wahr und real wie nur irgendwas. Und ich begehre ihn so wie er mich.

»Lass uns nach Hause fahren«, haucht er, die Lippen immer noch auf meinen Mund gepresst.

Jetzt, da wir gerne ein Taxi hätten, gibt es natürlich keins, und so landen wir schließlich auf dem oberen Deck eines Nachtbusses, der uns wenigstens bis zur östlichen Stadtgrenze bringt. Während der ganzen Fahrt bis zur Endstation knutschen wir herum wie frisch verknallte Teenager. Den letzten Weg bis zum Leuchtturm müssen wir zu Fuß gehen, immer am Strand entlang. Schließlich erreichen wir das Strandstück, das sozusagen seinen Garten bildet.

»Da sind wir wieder. *Home sweet home*.«

»Oh, dieser Strand … Wirklich schade, dass es nicht wärmer ist, aber wir könnten ja so tun, als ob wir an einem tropischen Strand wären, irgendwo auf den Bahamas …«

»Das könnten wir, aber ich bin eigentlich rundum glücklich – hier und jetzt.«

»Ich auch, aber was du mir vom Schwimmen im Meer erzählt hast …«

»Also, bei so einer Kälte war ich noch nie im Wasser.«

»Wir können es ja mal kurz testen.« Ich bücke mich und krempele die Hosenbeine hoch.

»Was machst du denn da?« Er schüttelt den Kopf. »So nicht. Wenn schon, dann richtig …«

Er zieht seinen Pullover aus, dann sein T-Shirt, das er darunter trägt, und knöpft sich seine Jeans auf.

Ich zögere kurz, aber dann spüre ich, wie mir der Frascati das Blut wärmt. Mutig, nein übermütig folge ich seinem Beispiel und ziehe mich aus, lasse meine Sachen achtlos in den Sand fallen, obwohl ich nichts zum Wechseln dabei und morgen früh nichts anzuziehen habe. Dann rennen wir Hand in Hand splitternackt und von Kopf bis Fuß nass und glitschig wie zwei auf einem Eisberg herumtollende Robben Richtung Wasser. Es regnet immer noch und ist so kalt, dass uns der Hintern abfriert, aber trotzdem plantsche ich nackt im Ärmelkanal herum. Eigentlich sollte ich mich kopfüber in die Fluten stürzen, schließlich bin ich ja nackt, aber das Wasser ist so kalt, dass ich befürchte, meine Nippel könnten beim geringsten Kontakt zusammenschrumpeln und abfallen.

Wir bleiben etwa zwanzig Sekunden im Wasser.

»Brrrrh, lass uns reingehen und uns aufwärmen.« Haydn umfasst meine vor Kälte blauen Hände und zuckt regelrecht zusammen, so eisig sind sie.

»Na ja, allmählich wird die Sache hier draußen doch ziemlich heiß, meinst du nicht auch?«, entgegne ich und sehe an ihm herunter.

»Ich bin die Wasserpolizei und muss Sie leider wegen unzulässiger Behinderung des Schiffsverkehrs festnehmen.«

Unsere Versuche, in seiner metallglänzenden High-Tech-Küche mit seiner metallglänzenden High-Tech-Cappuccino-Maschine Kaffee zu kochen, werden von einigen Low-Tech-Urinstinkten, die in einem archaischen, aber atemberaubenden Vorspiel münden, jäh unterbrochen. Irgendwie lande ich nackt auf dem kalten marmornen Küchenboden, ein Grinsen auf dem Gesicht und einen Becher Sahne in der Hand, und als wir schließlich die steile Wendeltreppe hinauftorkeln, um endlich zu schlafen, verschwende ich nicht einmal einen Gedanken an das Gästezimmer.

Obwohl es sehr, sehr spät geworden ist, wachen wir erstaunlich früh auf. Nach einem Frühstück in geliehenen Boxershorts und einem seiner T-Shirts starten wir zu der versprochenen Shoppingtour. In seiner marineblauen Jogginghose, die ich an den Knöcheln umschlagen muss, seinem cremefarbenen Pullover mit einem herrlich dicken, weichen, nach seinem Aftershave duftenden Rollkragen und meiner Jeansjacke sehe ich erstaunlich passabel aus. Eine coole Mischung eben.

Wir fahren nach Brighton, wo ich in den schicken Boutiquen,

die die kleinen Einkaufsstraßen säumen, viel zu viel Geld ausgebe. Obwohl er hartnäckig darauf besteht, weigere ich mich, ihn bezahlen zu lassen, und überziehe in der vagen Hoffnung auf das nächste Honorar mein Kreditkartenkonto.

Am Nachmittag schlendern wir durch einen Supermarkt wie ein altes Ehepaar, und in meiner Fantasie male ich mir aus, wie es wohl wäre, wenn wir tatsächlich schon seit Jahren verheiratet wären. Allerdings passen die Einkäufe, die Haydn in den Wagen stopft, nicht ganz zu dieser Vorstellung, alles Sachen, die man kauft, wenn man für jemanden kochen will, den man noch nicht lange kennt. Spargel, Erdbeeren, Austern, ein Riesenstück geräucherten Lachs, Champagner und fürs Frühstück frische Croissants und richtigen Bohnenkaffee. Mal etwas anderes als die übliche Schale Frosties.

Zurück in Haydns Haus macht er sich wie versprochen daran, für mich zu kochen. Inspiriert durch unser Essen am Abend zuvor, bereitet er als Hauptgericht eine Lasagne mit Hähnchenfilet und Spinat zu. Ich bin für den Nachtisch zuständig und mache wie immer Zitronenkuchen, die einzige etwas ausgefallenere Süßspeise, für die ich kein Rezept brauche.

»Ich wusste gar nicht, dass du kochen kannst«, tut er genauso überrascht wie ich am Tag zuvor.

Ich lege den kastenförmigen Kuchen zum Abkühlen auf einen Teller. »Ich kann es auch gar nicht richtig«, gestehe ich ein wenig verschämt.

Was das Kochen angeht, habe ich die linken Hände meiner Mutter geerbt; sie kriegt es nicht einmal hin, Bohnen auf Toast zuzubereiten, ohne dass die Bohnen anbrennen und das Brot verkohlt, aber das kann ich Haydn natürlich schlecht erzählen. Wir haben den ganzen Tag geredet, gelacht, Witze gerissen, über Politik diskutiert, und wir quasseln immer noch ohne Unterlass, als ob unsere Zungen geölt wären.

Und trotzdem habe ich es ihm immer noch nicht gesagt. Dabei ging es mir wie ein Mantra den ganzen Tag gebetsmühlenartig durch den Kopf… Sag es ihm endlich… Sag es ihm endlich… Ich bin ein solcher Feigling.

Ich drehe mich um und sehe ihn an. Er reibt Käse und bestreut die Lasagne. Er tut es mit voller Konzentration.

»Haydn?« Er blickt zu mir auf und lächelt.

»Ja?«

Dies ist der Augenblick.

»Das sieht aber gut aus«, ist alles, was ich hervorbringe. Und dabei bleibt es. Es bleibt die Enttäuschung über mich selbst.

In der Dämmerung setzen wir uns, in warme Decken gehüllt, auf die obere Terrasse. Wir sehen zu, wie die Sonne im Meer versinkt, trinken Champagner und essen dazu Erdbeeren. An diesem Abend gehen wir früh ins Bett, und Haydns sanftes gleichmäßiges Atmen vermischt sich mit dem leisen Rauschen der Meeresbrandung und lullt mich in einen unruhigen Schlaf.

Den Sonntagmorgen verbringen wir vor dem Kamin, die Sonntagszeitungen in einem großen Kreis um uns ausgebreitet. Er liest den Wirtschaftsteil, ich studiere voller Begeisterung den Autoteil, genauer gesagt die Verkaufsanzeigen für Sportwagen. Nach einer Weile legt er die Zeitung weg, räkelt sich wohlig, rückt näher an mich heran und drückt mir sein Kinn in den Nacken, um mir bei meiner Lektüre über die Schulter zu schauen.

»Ist eins dabei, das dir gefällt?«

»Jede Menge. Ich würde mir gern ein Auto kaufen, dabei brauche ich eigentlich gar keins. Ich wohne ja mitten in London, arbeite von zu Hause aus, und abgesehen vom Urlaub und davon, dass ich manchmal runterfahre, um meine Mutter zu besuchen, verlasse ich die Stadt so gut wie nie.«

»Runter? Ich dachte Hampstead sei oben, jedenfalls von uns aus gesehen.«

Ich hole tief Luft. »Meine Mutter lebt nicht in Hampstead«, platze ich heraus, bevor ich meine Meinung wieder ändere.

»Ach, ist sie umgezogen? Wohin denn, weit weg? Ich bin ehrlich gesagt ganz glücklich, dass meine Mutter nicht um die Ecke wohnt. Gemein, was? Ich finde es ja ganz nett, wenn sie mich gelegentlich besuchen kommt, aber wenn ich könnte, würde ich sie am liebsten immer nach einer Woche höchstpersönlich nach Spanien zurückfliegen. Wie das Sprichwort schon sagt: Seine Freunde kann man sich aussuchen, seine Eltern nicht. Auch wenn Blut bekanntlich dicker ist als Wasser, aber manchmal…«, er schüttelt den Kopf, »na ja, du kennst ja meine Mutter…«

Okay, ich habe es ernsthaft versucht, aber jetzt habe ich schon wieder kalte Füße. Deshalb lächle ich nur halbherzig, um ihm mein Mitleid zu bekunden, und zeige in dem Versuch, das Thema zu wechseln, auf einen Aston Martin.

»Hättest du nicht auch gerne so ein Schmuckstück?«

»Ja, der macht was her«, murmelt er.

»Aber der Preis! Der ist ja sündhaft teuer. So ein Auto könnte ich mir nur leisten, wenn ich im Lotto gewinnen würde, was vermutlich niemals passieren wird. Höchstens in meinen Träumen.«

»Erzähl mir von deinen Träumen, Lucy!«

»Von meinen Träumen oder meinen Zielen?«

»Gibt es da einen Unterschied?«

»Ich denke ja. Ich träume von Dingen, die sich in einer idealen Welt realisieren ließen; da würde ich mir zum Beispiel einen Aston Martin Vanquish kaufen. Und meine Ziele stecke ich mir so, dass ich sie hoffentlich tatsächlich irgendwann erreiche.«

»Aber wäre es nicht besser, sich hohe Ziele zu stecken und seine Träume zu seinen Zielen zu erklären?«

»Ich glaube nicht. Übertriebener Ehrgeiz führt dazu, dass man durchs Leben rast und das Wichtigste verpasst.«

»Da ist was Wahres dran. Ich habe oft keine Zeit, Dinge zu tun, die mir eigentlich Spaß machen. Andererseits liebe ich meine Arbeit, und ich habe so hart geschuftet, um dahin zu kommen, wo ich jetzt bin, dass ich mich über den Zeitmangel nicht beklagen will.«

»Und? Leidest du darunter, wenn du ehrlich bist?«

»Worunter?«

»Unter deinem Zeitmangel.«

»Ja, schon. Aber ich wusste ja spätestens seit Beginn meines Jurastudiums, wie der Hase läuft, also kann ich mich nicht beklagen, auch wenn alles andere in meinem Leben viel zu kurz kommt. Dieses Haus zum Beispiel«, er zeigt mit einem ausgestreckten Arm um uns herum, »gehört mir seit fast sechzehn Jahren, und ich habe es erst im vergangenen Jahr fertig gestellt. Oder Freundschaften und Beziehungen. Nimm nur uns beide: Wir sind seit knapp einem Monat zusammen und finden jetzt erst die Zeit für ein gemeinsames Wochenende.«

»Wir sind also zusammen«, greife ich seine Worte auf. »Siehst du das so?«

»Ja, so würde ich es gern sehen.« Er nimmt mein Kinn, dreht vorsichtig meinen Kopf zu sich und küsst mich. »Und wie siehst du es?«, fragt er mich und lässt mich los.

»Ich möchte, dass du mich kennen lernst, wie ich wirklich bin«, nuschele ich mit schlechtem Gewissen.

»Dann zeig es mir! Erzähl mir von dir! Ich habe zwar schon tausende Geschichten über dich gehört, aber bestimmt gibt es noch viel mehr Dinge, die ich nicht über dich weiß.«

Ich schweige unbeholfen.

»Okay, dann frage ich einfach drauflos. Was ist mit deinen früheren Beziehungen? Man hat mir zwar nie erzählt, dass du einen Freund hast, und es hieß immer, du seiest noch zu haben«, er lacht kurz auf, »aber das muss ja wohl eine Fehlinformation gewesen sein.«

Ich schüttele den Kopf. »Nein, der Richtige ist mir noch nicht über den Weg gelaufen.«

»Was mich angeht, ich habe eine Zeit lang mit einer Frau zusammengelebt. Aber ich dachte, das wüsstest du alles.«

»Vermutlich war das elterliche Radar zu der Zeit gerade in der Inspektion. Und? Was ist aus dir und deiner damaligen Freundin geworden?«

»Wir waren noch ziemlich jung, weit unter dreißig. Ich glaube, man sollte es grundsätzlich verbieten, unter dreißig zu heiraten. Zwischen zwanzig und dreißig wird man ein völlig anderer Mensch! Man wird erwachsen, ändert seine Lebenseinstellung. Wenn dein Partner oder deine Partnerin sich *mit* dir ändern und du auch nach dieser Verwandlung noch auf einer Wellenlänge liegst, ist es okay, aber ich glaube, dieses Glück haben die wenigsten.«

»Mhm, das ist wahrscheinlich so. Ich habe auch das Gefühl, noch vor, sagen wir, sechs Jahren ein komplett anderer Mensch gewesen zu sein.«

»Das sage ich doch schon die ganze Zeit, Lucy. Du hast dich total verändert, du bist ein völlig anderer Mensch als das kleine Biest, das ich in Erinnerung habe.«

Auch ohne die ganze Lucy-Geschichte meine ich das, was ich gesagt habe, total ernst; ich fühle mich tatsächlich ganz anders als mit Anfang zwanzig. Aber so hat er natürlich doppelt Recht. Ich muss es ihm sagen, ich kann unmöglich noch länger warten. Aber er fragt schon wieder.

»Erzähl mir von deiner Arbeit! Machst du deinen Job gern? Du redest ziemlich wenig darüber.«

»Stimmt, ich meide das Thema, so gut es geht«, erwidere ich wahrheitsgemäß.

»Bist du denn nicht glücklich mit deinem Job?«

»Doch, aber ich habe mein Ziel noch nicht erreicht.«

»Und das wäre?«

»Ich möchte einen Bestseller schreiben«, antworte ich, ohne nachzudenken.

»Oh, dann hast du also auch literarische Ambitionen!«

»Hat das nicht jeder?«, frage ich zurück und werde rot. »Wer hat noch einmal gesagt, in jedem von uns stecke ein Buch?«, stammele ich wie eine Idiotin.

»Weiß Judith schon von ihrer Konkurrenz?«

»Jude.«

»Natürlich, Jude.«

»Jude bestärkt mich sehr.« Wohl wahr, wohl wahr.

»Sie ist ja nicht übermäßig konkurrenzbewusst.«

»Stimmt«, entgegne ich. »Das ist überhaupt nicht ihre Art. Ich glaube, ihr Hauptziel im Leben ist es, glücklich zu sein.«

»Ein gutes Ziel.« Er nickt. »Wie lange kennt ihr euch schon?«

»Es kommt mir vor wie eine Ewigkeit«, erwidere ich und denke an Lucy. »Aber es sind jetzt ziemlich genau zehn Jahre. Wir sind uns auf dem College über den Weg gelaufen. Kennst du das, dass dir jemand begegnet und du weißt auf Anhieb, dass du dich mit diesem Menschen verstehst?«

»O ja, das kenne ich.« Er lächelt mich an, und ich weiß, dass er an unseren ersten gemeinsamen Abend denkt.

»Wir sind nicht nur Freundinnen, es ist mehr. Wahrscheinlich ist sie für mich wie die Schwester, die ich nie hatte. Sie bedeutet mir sehr viel, und ich würde alles für sie tun. Auch Dinge, die andere Leute vielleicht nicht nachvollziehen könnten …«

»Du hast dir also immer eine Schwester gewünscht.«

Ich nicke.

»Immerhin hast du Edwin.«

»Mmm«, grummele ich unverbindlich.

»Es ist bestimmt schön, Geschwister zu haben.«

Von Lucy weiß ich, dass Haydn keine Geschwister hat. Er scheint darüber ein bisschen traurig zu sein, und so vergesse ich – weil es ja so schön einfach und praktisch ist – wieder einmal, wohin ich unser Gespräch eigentlich lenken wollte.

»So toll ist es auch wieder nicht, das kannst du mir glauben«, versichere ich ihm. »Vor allem, wenn man einen großen Bruder hat.« Ich überlege, wann George mich das letzte Mal angerufen hat, doch es will mir beim besten Willen nicht einfallen. War es in diesem oder im letzten Jahr? »Hast du das Gefühl, dass dir etwas entgangen ist?«

»In gewisser Weise ja, aber meine Eltern wollten partout keine weiteren Kinder.«

»Vielleicht warst du der Schreck ihres Lebens«, ziehe ich ihn auf. Er legt seine Hände um meinen Kopf, zieht mich zu sich heran und drückt mir einen flüchtigen Kuss auf die Stirn.

»Ich glaube, dieser Schreck warst eher du«, stellt er klar. »Sie haben nämlich darüber geredet, wie es wäre, noch ein Kind zu haben, ein kleines Mädchen vielleicht, und dann haben sie dich kennen gelernt… und nie wieder ein Wort über die Sache verloren.«

»Ha ha! Was meinst du, warum die Leute überhaupt Kinder in die Welt setzen? Nur um jemanden zu haben, der sich im Alter um sie kümmert?«

»Ein anderer Grund fällt mir jedenfalls nicht ein. Warum sollte man sonst die besten Jahre seines Lebens damit vergeuden, sich von einem kleinen egozentrischen Monster quälen zu lassen?«

»Ich hoffe, damit hast du nicht wieder einmal auf mich angespielt, sonst kriegst du nämlich Ärger!«

»Ach, tatsächlich?«, witzelt er, doch dann wird sein Gesicht wieder ernst.

»Möchtest du Kinder haben?«

»Keine Ahnung«, antworte ich ehrlich. »Manchmal stelle ich es mir schön vor, doch wenn ich dann sehe, wie sich die Kinder anderer Leute danebenbenehmen oder total aus der Rolle fallen, ändere ich meine Meinung um hundertachtzig Grad – diese hysterisch schreienden Kleinkinder in Supermärkten oder die Bälger, die in den Restaurants Amok laufen…«

»Dann musst du dich ja selbst besonders abschreckend gefunden haben.«

»Wie bitte?«

»Na ja, genau so ein unausstehliches Balg warst du doch früher.«

»Ich war ein liebes kleines Mädchen.«

»Das ich nicht lache!«

»Also in Wahrheit war ich…«

»Vergiss nicht, ich weiß, wie du als kleines Mädchen warst.«

Ich falte eine der Zeitschriften zusammen, um ihm damit eins überzubraten. »Eben nicht, das ist ja gerade der Punkt. Du hast keine Ahnung, wie ich …«

»Ach so, verstehe, jetzt kommst du mir wieder damit, dass ich dich nie kennen gelernt habe, wie du wirklich bist. Dass ich nur nicht erkannt habe, wie süß und liebenswürdig du in Wahrheit warst.«

»Nein, so auch nicht.«

Jetzt muss ich es ihm sagen. Ich habe mir und den anderen geschworen, an diesem Wochenende reinen Tisch zu machen, und das Wochenende ist fast rum. Ich habe immer noch auf den richtigen Zeitpunkt gewartet, aber jetzt weiß ich, dass es den nie geben wird. Ich sollte es endlich hinter mich bringen.

»Ich kannte dich einfach zu gut, Lucy«, fährt er fort. »Wahrscheinlich haben wir uns deshalb nicht verstanden. Ich habe all deine Spielchen und Lügen durchschaut. Aber du musst dich deshalb wirklich nicht ärgern«, fügt er schnell hinzu, als er sieht, dass sich meine Miene verdüstert. »Ich weiß ja, dass du es damals nicht gerade leicht hattest. Schließlich war dein Vater einen Sommer zuvor gestorben. Meine Eltern hatten sich zwar voneinander getrennt, weil sie sich nicht mehr mochten, aber ich konnte meinen Vater wenigstens sehen, wann immer ich wollte. Es muss wirklich hart gewesen sein.«

»Es war furchtbar«, entgegne ich wahrheitsgemäß und denke an meinen eigenen Vater. »Ich vermisse ihn immer noch.«

Haydn nimmt meine Hand. »Er wäre bestimmt stolz auf dich.«

»Meinst du wirklich?«

»Aber ja, du hast doch glanzvolle Leistungen hingelegt, elf O-Levels, vier A-Levels, Collegeabschluss, abgeschlossenes Wirtschaftsstudium, und dann hast du dich bei Christian Bond von ganz unten zur Senior Account Executive hochgearbeitet …«

»Du weißt ja bestens über mich Bescheid.«

»Natürlich, seit du sechzehn bist, hat meine Mutter in ihren Briefen fast ausschließlich über dich und deine Karriere geschrieben, immer nur Lucy dies, Lucy das. Ich glaube, in den vergangenen zwölf Jahren bin ich zu sämtlichen bedeutenden Anlässen deines Lebens eingeladen worden, und ich habe immer gehofft, eine Einladung zu deiner Hochzeit zu erhalten, damit unsere Mütter endlich Frieden geben.«

»Oje, das tut mir so Leid.«

»Muss es nicht. Ich wünschte, ich hätte früher auf sie gehört.«

»Nein, so meinte ich es gar nicht … Ich meine … Ach, ich weiß auch nicht … Ich meine, was wäre gewesen, wenn ich meine A-Levels allesamt in den Sand gesetzt und das College geschmissen hätte, um wie Jude Schriftstellerin zu werden? Wäre mein Vater dann auch stolz auf mich gewesen?«

»Natürlich wäre er das, weil du ein großartiger Mensch bist, Luce.«

Ich komme mir so schäbig vor, dass mir ein paar bittere Tränen brennend in die Augen steigen. Er bemerkt sie sofort.

»Was ist los?«

»Ich bin ein furchtbarer Mensch.«

»Aber nein, überhaupt nicht.«

»Aber ich bin … Weißt du noch, was du mir bei unserem ersten Treffen gesagt hast?«

»Du meinst bei unserem ersten Dinner?«

»Ja und nein, also, du hast gesagt, dass wir uns nie verstanden haben, dass wir uns, als ich sieben war und du zwölf, gehasst haben wie die Pest …«

»Aber du hast ganz richtig darauf hingewiesen, dass Menschen sich ändern.«

»Das stimmt ja auch, aber sie mutieren nicht zu einem völlig anderen Wesen.«

»Wovon redest du Lucy?«

»Ich bin nicht diejenige, für die du mich hältst.«

»Ich weiß, dass ich dir immer erzählt habe, was für eine unausstehliche, verzogene Göre du bist, aber mindestens die Hälfte davon habe ich nur gesagt, um dich auf die Palme zu bringen. Wir haben uns gegenseitig aufgezogen. Schließlich waren wir Kinder, und so sind Kinder nun mal. Und soll ich dir noch etwas sagen?«, fährt er fort, um mich ein bisschen aufzuheitern. »In Wahrheit warst du sogar schon als Kind ausgesprochen hübsch. Irgendwo muss ich ein paar Fotos haben. Meine Mutter hat sie mir vor ein paar Jahren zu Weihnachten geschickt, als Köder sozusagen. Ein komplettes Album voller angeblicher Familienfotos, die sich, wenn ich mich recht erinnere, vor allem dadurch ausgezeichnet haben, dass du immer im Mittelpunkt standest und besonders gut getroffen warst. Wo, zum Teufel, habe ich sie nur hingelegt? Ich muss leider gestehen, dass sie mich nicht im Geringsten interessiert haben, deshalb habe ich sie mir nicht einmal richtig angesehen, sondern sie gleich irgendwo verschwinden lassen und völlig vergessen.«

»Ich möchte sie nicht sehen, Haydn.«

»Es ist bestimmt lustig. Du warst ein wunderhübsches Mädchen, und das weißt du ganz genau. Wahrscheinlich hast du es damals auch schon gewusst.«

»Sieh mal, Haydn«, rede ich auf ihn ein, »die Lucy … also die heutige Lucy ist absolut anders, und genau darüber muss ich mit dir reden …«

Doch er hört mir nicht zu. »Ich habe sie mir bisher noch nie richtig angesehen. Ich habe nur flüchtig die ersten Seiten des Albums durchgeblättert und es dann weggepackt, und zwar in … äh … ja, genau, hier in dieser Schublade müssten sie irgendwo sein.«

»Haydn, ich muss wirklich über etwas Wichtiges mit dir reden …«

Aber er hockt schon auf Knien und durchwühlt eine Schublade voller Papierkram.

»Haydn, bitte!«, flehe ich ihn an und reibe mir nervös die Augen. Gleich breche ich in Tränen aus.

»Hier ist es!« Er richtet sich wieder auf und wedelt triumphierend mit einem dicken Fotoalbum in einem cremefarbenen Einband. »Ich wusste doch, dass es hier irgendwo sein musste.«

Er blättert es durch und sieht lächelnd zu mir auf. Dann erstirbt sein Lächeln. Das Album ist aufgeschlagen, doch er sieht sich gar nicht die Fotos an. Er starrt mich an, und zwar mit einem Ausdruck des Entsetzens, als ob mir gerade ein zweiter Kopf gewachsen wäre.

»Was … Was ist denn? Was ist los Haydn?«

Er legt das Album wie in Zeitlupe auf die Armlehne des Sofas, legt mir die Hände auf die Schultern und dreht mich zum Spiegel.

»O mein Gott!« Aus dem Spiegel starren mich zwei Augen an. Ein blaues. Und ein braunes.

Wie ein schlechtes Omen rutscht das Fotoalbum von der Armlehne des Sofas auf den Boden. Ein einzelnes Foto ist zwischen den schweren Seiten herausgefallen und liegt jetzt neben dem Album auf dem Teppich.

Haydn lässt mich sprachlos vor dem Spiegel stehen, hebt das herausgefallene Foto auf, sieht es an, sieht mich an, mustert es erneut, dreht es um und liest, was Marjory in ihrer unverwechselbaren Handschrift auf die Rückseite geschrieben hat. ›Lucy in unserem Haus in Hampstead, Weihnachten 2001‹. Er sieht mich mit leerem Blick an.

»Wer, zum Teufel, bist du?«

Unfähig zu antworten, bleibe ich einfach so stehen, aber er ist ja nicht begriffsstutzig. Er braucht nur ein paar Sekunden, um unsere Gespräche noch einmal zu rekapitulieren und sich meine Versprecher in Erinnerung zu rufen, über die er bisher immer hinweggegangen ist.

»Du bist Jude, habe ich Recht?«, bringt er schließlich kühl hervor. Er ist fassungslos.

Ich nicke und blicke zu Boden, unfähig, ihn anzusehen. Ich kann die tiefe Enttäuschung, die in seiner Stimme mitschwingt, kaum ertragen. »Also hat Lucy dich an ihrer Stelle geschickt.«

»Ja.«

»Typisch Lucy. Auf so etwas kann auch nur sie kommen.« Er lacht, aber es ist ein gekünsteltes, trockenes, schrilles Lachen.

»Es tut mir so Leid …« Schließlich wage ich, ihm ins Gesicht zu sehen, doch er wendet sich von mir ab. »Ich wollte es dir sagen, glaub mir. Ich wollte es dir wirklich sagen.«

»Wann? Heute? Morgen? Nächstes Jahr? Nie?« Vor lauter Erregung oder vielleicht auch vor Wut sind seine Rückenmuskeln sichtlich verspannt.

»Meine Gefühle sind echt, ich habe dich nicht angelogen.«

»Ach, wirklich? Ich dachte immer, eine gute Beziehung fußt auf Vertrauen. Wie soll ich dir vertrauen, wenn unsere ganze Beziehung auf einer Lüge aufgebaut ist – aufgebaut war.«

»Gut, ich habe mich dir als Lucy vorgestellt, aber die Frau, mit der du in den vergangenen Wochen zusammen warst, war nicht Lucy, das war ich, Jude.«

»Tut mir Leid, aber wenn mir in einer Beziehung irgendetwas wichtig ist, dann ist es gegenseitiges Vertrauen. Mir geht es um die Wahrheit. Was meinst du, warum ich Anwalt geworden bin, warum ich fünf Jahre lang Jura studiert habe …«

»Aber meine Gefühle für dich sind echt, das musst du mir glauben. Bitte.«

Schließlich dreht er sich wieder zu mir um. Seine Augen sind voller Kummer und Enttäuschung. »Ich bin mir über meine Gefühle auf einmal nicht mehr im Klaren.« Und nach einer Pause fügt er hinzu: »Du solltest jetzt besser gehen, Lu …«

Als er sich mit dem Namen verhaspelt, wird mir schlagartig klar, dass er Recht hat. Egal, wie sehr ich mich zu ihm hingezogen fühle, ich sollte nicht hier sein. Weil der Mensch, in den er sich verliebt hat, nicht existiert.

Kapitel 7

Um drei Uhr morgens habe ich es geschafft; ich bin bei mir zu Hause gelandet. Da ich mich dem unvermeidlichen Verhör durch meine Mitbewohner im Moment auf keinen Fall gewachsen fühle, husche ich so leise wie möglich durch die Tür, um sie bloß nicht zu wecken, schlüpfe aus meinen Schuhen und schleiche auf Zehenspitzen über den Flur zu meinem Zimmer. Das Einzige, wonach mir der Sinn steht, ist, mich ins Bett zu legen und in einen tiefen Schlaf zu flüchten, der mich alles vergessen lässt und endlich diese nagende Stimme in meinem Kopf zum Schweigen bringt, die seit meiner Abfahrt aus Brighton unermüdlich auf mich einredet.

Warum, warum, warum, warum, warum?

Warum habe ich es ihm nicht sofort bei der Ankunft in seinem Haus erzählt? Warum habe ich es ihm nicht schon bei unserem ersten Treffen erzählt, damals in dem Club, als ich schon drauf und dran war und er mich mit seinem ersten Kuss zum Schweigen gebracht hat? Warum habe ich es ihm nicht erzählt, bevor er es selber herausgefunden hat? Schließlich hatte ich es ganz fest vor und hätte es auch getan, aber jetzt nimmt er mir das nicht mehr ab und hasst mich dafür.

Er hasst mich.

Ich unterdrücke einen Schluchzer.

Jetzt bloß nicht weinen. Wenn ich erst einmal anfange, kann ich nicht wieder aufhören. Ich habe immer noch sein Gesicht vor Augen, als er mich gebeten hat, nach Hause zu fahren.

Als ich die Tür zu meinem Zimmer öffne, lässt mich ein merkwürdiges Geräusch vor Schreck erstarren. Es ist leise und schwer identifizierbar, als ob ein Hund irgendwo wimmert. Ich verharre still und lausche angestrengt. Es scheint aus dem Wohnzimmer zu kommen. Im ersten Moment denke ich, dass es Victor sein muss, doch als ich meine Tür etwa fünf Zentimeter geöffnet habe, schiebt er seine feuchte Nase durch den Spalt, um mich zu begrüßen. Ich bücke mich, streichele ihn und lausche noch angestrengter.

Da ist es wieder. Irgendjemand weint. Und es kommt eindeutig aus dem Wohnzimmer. Victor auf den Fersen, taste ich mich ängstlich die Flurwand entlang zur Wohnzimmertür, wage mich dann hinein und knipse das Licht an.

»Wer ist da?«, flüstere ich mit erstickter, rauer Stimme und zucke erschreckt zusammen, als ich sehe, dass es Lucy ist. Sie hockt eingerollt in der Sofaecke und blinzelt mich verstört an. Ihre Augen müssen sich erst an das Licht gewöhnen. In der Hand hält sie ein riesiges Taschentuch, ihre Augen sind ganz rot, als ob sie schon länger geweint hätte.

»Lucy?« Ich stürze zu ihr. »Alles in Ordnung?« Was für eine dämliche Frage, sage ich zu mir selbst, als ich ihr verheultes, total niedergeschlagenes Gesicht sehe. »Nein, natürlich nicht …« Ich setze mich neben sie und nehme ihre Hand. Sie ist eiskalt. »Was, um Himmels willen, ist passiert?

Sie sieht mich mit tränennassen Augen an, doch in ihnen spiegelt sich zu meiner Überraschung kein Kummer wider, sondern blanke Wut.

»Dieser verfluchte Layton!«, faucht sie außer sich und reißt wütend ein frisches Taschentuch aus der Schachtel.

»Was hat er dir angetan?«, frage ich, angesichts ihres Zustands ziemlich aufgebracht.

Lucy wendet sich von mir ab, und zu meinem Erstaunen umspielt für einen flüchtigen Moment der Hauch eines Lächelns ihren Mund, das jedoch im nächsten Augenblick einer solchen Verzweiflung weicht, dass ich sie unvermittelt in die Arme nehme und fest an mich drücke. Sie nimmt die Umarmung dankbar an und schmiegt sich an mich.

»Ich sollte mir wohl eher Gedanken darüber machen, was *ich ihm* angetan habe«, nuschelt sie schließlich in meine Schulter.

»Wovon redest du, Lucy?«

»Ich habe ihn geschlagen.« Sie sagt es so ruhig, dass ich glaube, mich verhört zu haben.

»Wie bitte?«

»Du hast richtig gehört. Ich habe ihm eine reingehauen. Und zwar mit voller Wucht, Jude. Es würde mich nicht wundern, wenn er ein blaues Auge hat.«

Ich rücke von ihr ab und starre sie fassungslos an. Das verschlägt mir die Sprache.

»Er hat es verdient, Jude, das kannst du mir glauben …« Sie kocht innerlich, ihre Augen glühen geradezu vor Wut, doch dann fängt sie wieder an, bitterlich zu schluchzen. »O mein Gott, was habe ich bloß getan!«

»Es ist ganz egal, was du getan hast, Luce. Wenn du ihm eine Ohrfeige verpasst hast, hat er es bestimmt verdient, daran habe ich nicht den geringsten Zweifel. Aber was hat dich dazu gebracht? Ich hasse es, dich so zu sehen, das weißt du, also sag mir, was er dir getan hat. Und eins verspreche ich dir: Wenn er dir wehgetan hat, werde ich ihn mir höchstpersönlich vorknöpfen, darauf kannst du Gift nehmen.«

Lucy wischt sich schnell die Tränen ab und lächelt mich kurz und zaghaft an. »Tut mir Leid, dass ich so rumheule. Du musst dir keine Sorgen machen. Er hat mir nicht wehgetan, jedenfalls nicht körperlich. Ich bin vor allem wütend, aber du kennst mich ja: Wenn ich mich über irgendetwas ärgere, heule ich immer gleich los.«

»Jetzt sag endlich – was ist denn passiert?«, bedränge ich sie ungeduldig.

»Also, angefangen hat unser Abend wirklich nett, so nett, dass ich sogar noch auf einen Kaffee mit zu ihm gegangen bin …« Sie verstummt.

»Und dann?«

»Nach dem Kaffee haben wir Brandy getrunken …«

»Und!«

»Als wir den Brandy halb ausgetrunken hatten, hat er mich geküsst.«

»Na prima, und wie war es?«

»Schön, es war ein netter Anfang, aber nach einer Minute habe ich die Bremse gezogen, weil ich dachte, es wäre sicher besser, gleich klare Worte zu sprechen, ich meine, bevor es immer weitergeht. Also habe ich ihm gesagt, dass ich ihn wirklich mag, dass ich aber das Geschäftliche mit dem Privaten nicht vermischen möchte. Und dass wir vielleicht lieber warten sollten, bis der Spicer-Booth-Auftrag vergeben wäre, bevor wir uns näher kämen, du weißt schon, eben dass es einfach besser wäre, die beiden Dinge sauber voneinander zu trennen … das Berufliche und das …«

»Und? Was hat er dazu gesagt?«, unterbreche ich sie ungeduldig.

»Na ja, er hat von mir abgelassen und mit einem süffisanten Grinsen irgendwie angedeutet, dass …« Ihr versagt erneut die Stimme.

»Was hat er angedeutet? Was hat er gesagt, Luce?«

Lucy sieht mich an, verzieht erneut das Gesicht und bricht wieder in Tränen aus. »Also, ›angedeutet‹ ist vielleicht nicht das richtige Wort, er war schon ziemlich direkt. Er hat gesagt, er halte es *gerade* für eine gute Idee, das Geschäftliche mit dem Privaten zu vermischen, und dass er mir geben könne, was ich wolle, wenn ich ihm gebe, was er wolle«, bringt sie schluchzend hervor. »Du weißt schon, dass er den Spicer-Booth-Deal für mich unter Dach und Fach bringen könne, wenn ich nett zu ihm wäre. Ich wolle den Auftrag, und er wolle … Na ja, du kannst es dir ja vorstellen … er tat, als ob das Ganze eine Art Kuhhandel wäre!«

Mir fällt vor Abscheu die Kinnlade herunter. »Kurz gesagt, er wollte dich erpressen«, stelle ich aufgebracht fest. »Der Zuschlag für den Auftrag, wenn du als Gegenleistung mit ihm schläfst.«

»So ist es«, gibt sie schniefend zu und putzt sich mit einem frischen Riesentaschentuch die Nase. »Und das Traurige ist, dass ich bis zu diesem Zeitpunkt sogar mit schlafen *wollte*. Ich wollte nur noch ein bisschen warten, weil er auf keinen Fall denken sollte, dass ich es mit ihm treibe, bloß um den Auftrag zu kriegen.« Sie wischt sich mit dem Ärmel über ihre verweinten Augen.

»Dieser Schweinehund!«, zische ich.

»Bitte erzähl es nicht Cal, er wäre außer sich.«

»Nicht mehr als ich. Wenn dieses Arschloch von Layton jetzt hier wäre, würde ich ihm höchstpersönlich die Visage polieren, und zwar so, dass er nicht mit einem harmlosen blauen Auge davonkäme!«

»Ich habe so hart für diesen Auftrag gearbeitet, Jude, wirklich. Wochenlang habe ich für die Präsentation geschuftet, und was dabei rausgekommen ist, beruht einzig und allein auf harter Arbeit und guten Ideen und sonst gar nichts. Wir sollten den Spicer-Booth-Auftrag kriegen, weil wir ihn wirklich verdient haben, und jetzt hab ich alles vermasselt …«

»Wieso solltest du alles *vermasselt* haben?«

»Überleg mal, ich habe ihn geschlagen, das ist ein ziemlicher Hammer, oder? Natürlich wird er jetzt alles tun, damit wir den Auftrag auf *keinen Fall* kriegen, das ist sonnenklar. Warum war ich nur so blöd? Es ist, als ob ich all meine Kollegen verraten und im Stich gelassen hätte.«

»Er ist das Arschloch, nicht du Luce …«

»Eben nicht, Jude, verstehst du denn nicht? Es ist *mein* Fehler. Ich hätte nie und nimmer Geschäftliches und Privates vermischen dürfen. Der Auftrag ist ungeheuer wichtig für unsere Agentur. Ich hätte mich von Anfang an gar nicht mit Layton einlassen dürfen.«

»Du konntest ja nicht wissen, dass er sich als so eine miese Ratte entpuppt. Am besten redest du mit ihnen, Luce, erzähl ihnen, was passiert ist … bestimmt haben sie Verständnis.«

»Verständnis? Ich weiß nicht einmal, ob sie mir überhaupt glauben würden.«

»Warum, um alles in der Welt, sollten sie dir nicht glauben?«

»Layton kommt so charmant daher, so glaubwürdig und überzeugend. Er ist ein wichtiger Partner in ihren Kreisen. Ich mag ja in meinem Job ganz gut sein, vielleicht sogar sehr gut, wenn ich mal ganz unbescheiden sein soll, aber was nützt ihnen letzten Endes eine Kundenbetreuerin, die nicht die richtigen Aufträge an Land zieht, und glaub mir: Für sie *ist* der Spicer-Booth-Auftrag der Richtige.«

»Aber du machst seit acht Jahren für die Agentur den Rücken krumm.«

»Du bist immer nur so gut wie dein letzter Treffer, den du gelandet hast. Das ist doch mit deinen Büchern genauso.«

»Umso mehr musst du alle wissen lassen, was für ein Arschloch Layton ist.«

»Wenn ich mit der Geschichte komme, wäre meine Reputation genauso hinüber wie seine. Dann würde niemand mehr etwas mit mir zu tun haben wollen. Das wäre ja geradezu riskant, so nach dem Motto: ›Um Himmels willen, Lucy O'Neill, das ist doch die, die sich privat mit ihren Kunden einlässt, um nachher gnadenlos deren Namen durch den Schmutz zu ziehen, wenn sie nicht kriegt, was sie will.‹ Nein ehrlich, Jude: Ich habe die Sache vermasselt, und zwar absolut und total.«

»Du willst es also einfach auf sich beruhen lassen?«

»Was könnte ich denn schon tun?« Sie schüttelt den Kopf und sieht mich plötzlich unvermittelt an. »Entschuldige bitte, Jude, ich spreche wieder mal nur von mir, wie immer.«

»Quatsch, Lucy, red kein dummes Zeug, schließlich geht es um etwas wirklich Wichtiges.«

»Aber was ist mit dir? Warum kommst du zu dieser Nachtstunde nach Hause? Eigentlich wolltest du doch noch gar nicht wieder da sein, oder? Wie war dein Wochenende?«

»Mach dir darüber keine Gedanken, Lucy …« Ich frage mich

im Stillen, wer von uns beiden wohl die Egoistin ist. Mit Lucy zu reden, war für mich eine willkommene Ablenkung. Es hat meine Gedanken auf etwas anderes gebracht und mich davon abgehalten, ständig nur über die furchtbare Geschichte mit Haydn nachzudenken. Wenn es bloß nicht so schrecklich ernst wäre. »Ich kann gar nicht glauben, was dir passiert ist«, murmele ich und schüttele den Kopf.

»Ja, es ist furchtbar, aber jetzt will ich auf der Stelle wissen, was dir passiert ist. Warum bist du hier?«

»Nicht der Rede wert, Lucy, ehrlich.«

»Nun spann mich nicht so lange auf die Folter! Wie ist es gelaufen? Warum bist du schon zurück? Du hast es ihm gesagt, oder? Wie hat er es aufgenommen?«

Wie er es aufgenommen hat? Ich rufe mir Haydns Gesicht im Augenblick der Wahrheit in Erinnerung. Was ich gesehen habe, war totale Enttäuschung. Enttäuschung über mich. Und ich habe gesehen, wie bei ihm schlagartig die Jalousien heruntergegangen sind und er dichtgemacht hat. Ich habe seinen Respekt und seine Zuneigung verloren.

»Was ist los Jude?«

Ich sehe sie an und schüttele betrübt den Kopf. »Ich habe es nicht fertig gebracht, Lucy. Es war so schön mit ihm. Ich habe mir ständig gesagt, dass ich es ihm sagen muss, jede Minute, ich habe an nichts anderes gedacht, aber ich habe es einfach nicht über die Lippen gebracht.«

»Also weiß er es immer noch nicht?«, fragt sie überrascht.

Ich schüttele den Kopf. »Er weiß es.«

»O nein, hat Edwin etwa …«

»Es war nicht Edwin«, stelle ich ruhig klar, lange in meine Hosentasche, hole das Papiertaschentuch heraus, in dem ich die Kontaktlinsen eingewickelt habe, falte es auseinander und halte es Lucy hin. »Sie sind rausgefallen«, erkläre ich mit einem Achselzucken. »Besser gesagt, eine ist rausgefallen, so dass ich aussah wie David Bowie, ohne es zu wissen. Damit war das Spiel natürlich aus. Er musste nur noch einen Blick auf ein aktuelles Foto von dir werfen, und das war's … Es ist ihm ziemlich mies reingefahren. Tja, und dann hat er mich nach Haus geschickt, und hier bin ich.«

»O Jude!« Lucy starrt die Kontaktlinsen an und dann wieder mich. Wir sehen einander eine Weile mitleidsvoll an, fangen dann aber zu unserer beiderseitigen Überraschung unvermittelt an zu lachen und steigern uns schnell in einen von Tränen, Schluchzern und Schluckauf begleiteten hysterischen Lachanfall, der uns so durchschüttelt, dass wir uns Hilfe suchend aneinander festklammern.

»Was sind wir für doch für bemitleidenswerte Prachtexemplare?«, stellt Lucy halb lachend, halb schluchzend fest.

»Ein Bild des Jammers«, bestätige ich.

»Wenigstens hast du Haydn nicht geschlagen.«

»Dafür hat ihn mein blaues Auge getroffen wie ein Blitz aus heiterem Himmel.«

»Beziehungsweise dein braunes«, korrigiert Lucy mich und streicht mir behutsam eine verirrte Wimper unter dem Auge weg.

»Er hätte es aus meinem Mund erfahren müssen«, flüstere ich und zerdrücke unbewusst die verdammten blauen Kontaktlinsen in meiner Hand.

»Es tut mir so Leid, Lucy, ich habe es vollkommen vermasselt. Jetzt kannst du der Konfrontation mit deiner Mutter nicht länger aus dem Weg gehen. Da wollte ich dir wenigstens vorübergehend Kummer ersparen, und jetzt habe ich dir noch zusätzliche Probleme aufgeladen. Ich bin untröstlich.«

»Nein, Jude.« Lucy nimmt meine Hand und schüttelt entschieden den Kopf.

»Das ist völlig falsch. Wenn jemandem etwas Leid tun muss, dann mir. Ich habe mich nicht nur selber in einen furchtbaren Schlamassel geritten, sondern dich noch dazu. Und alles nur, weil ich so selbstsüchtig bin.«

»Das bist du überhaupt nicht, Luce«, versichere ich ihr und

drücke sie wieder fest an mich. »Du bist der liebenswerteste netteste Mensch, den ich kenne.«

»Spricht nicht gerade für deinen Bekanntenkreis. Ich habe mich so dämlich verhalten. Ich habe dir alles kaputtgemacht.«

»Das macht nichts«, lüge ich.

Lucy löst sich aus meiner Umarmung und sieht mich nachdenklich an. »Du magst ihn wirklich, habe ich Recht?«

»Das weißt du doch.«

»*Wirklich*, meine ich, von ganzem Herzen.«

Ich zögere einen Moment und nicke dann langsam.

»Oje, es tut mir so Leid«, wiederholt Lucy, und diesmal ist sie es, die mich tröstend in die Arme nimmt.

Dann wischt sie sich entschlossen die letzten Tränen aus den Augen. »Okay, mein eigenes Leben kann ich ja vermasseln, aber ich will verdammt sein, wenn ich auch deins verpfusche. Ich werde alles wieder in Ordnung bringen, Jude, das verspreche ich dir. Ich habe es verbockt, also werde ich es auch wieder gerade biegen. Gleich morgen früh rufe ich Haydn an und erkläre ihm alles. Ich sage ihm, dass es meine Idee war, dass ich dich dazu angestiftet habe und dir keine andere Möglichkeit gelassen habe ...«

»Ich weiß nicht, ob das wirklich eine gute Idee ist, Luce ...«

»Schlimmer machen würde es die Sache jedenfalls auch nicht, oder?«

Ich denke einen Moment nach. Würde sie mit einem Anruf noch mehr Unheil anrichten? Ich habe mich schon lange nicht mehr so entsetzlich gefühlt, und dass der intrigante Layton Lucy auf so eine miese Tour erpresst hat, gibt mir den Rest. »Vermutlich nicht«, erwidere ich schließlich.

»Abgemacht, dann rufe ich Haydn morgen an. Aber vorher«, sie hält inne, und ich kann sehen, wie sie sich innerlich einen Ruck gibt, »rufe ich besser meine Mutter an.«

Am Montagmorgen meldet sich Lucy erst einmal krank. Danach hängt sie eine geschlagene Stunde an der Strippe und redet mit ihrer Mutter in Hampstead. Wie erwartet ist Marjory außer sich. Sie staucht Lucy so laut zusammen, dass wir vermutlich auf das Telefon verzichten könnten, um ihr Gezeter zu hören. Gerade schwört sie, nie wieder ein Wort mit Lucy zu wecheln, eine Aussicht, über die Lucy sich im Moment eigentlich nur freuen dürfte.

Edwin ist wieder einmal unterwegs, diesmal in Italien, doch Lucy spürt ihn auf und lässt in stoischer Gelassenheit auch das zwanzigminütige Geschrei ihres Bruders über sich ergehen.

Und dann versucht sie Hadyn anzurufen, um sich für das Täuschungsmanöver zu entschuldigen, doch sie bekommt ihn nicht an den Apparat.

»Ich glaube, er will nicht mit mir reden«, stellt sie nach ihrem siebten Versuch mit einem resignierten Seufzer fest.

»Immer wenn ich mich mit meinem Namen melde, entsteht eine betretene Pause, und dann teilt mir seine Sekretärin mit, dass er im Moment leider verhindert sei.«

»Er will nicht mit *mir* reden, das ist es. Er befürchtet, dass ich es bin«, stelle ich betrübt klar.

Am Dienstag reißt Lucy sich zusammen und geht wieder arbeiten. Sie ist bereit, für alles geradezustehen. Ich selber stürze mich ebenfalls in die Arbeit und schreibe an meinem Roman weiter. Vielleicht kann ich meiner leidvollen Erfahrung ja wenigstens etwas Gutes abgewinnen. Zu meiner Überraschung komme ich ausgesprochen gut voran; triefende Herz- und Schmerzszenen ergießen sich geradezu nonstop auf meine Seiten. Julian hatte mehr als Recht: Mein selbst erfahrenes, inniges Liebeserlebnis hat zumindest meinem Schreiben gut getan.

Meine Begegnung mit Haydn ist nämlich genau das, ein inniges Liebeserlebnis. Ich spüre, dass ich in ihn verliebt bin, auch wenn ich mir das gar nicht eingestehen will. Was hätte ich auch davon, nachdem ich es komplett vermasselt habe? Es macht schließlich nicht den geringsten Sinn, einen Mann zu lieben, der dich selbst für den schlechtesten Menschen hält, der ihm je im Leben über den Weg gelaufen ist. So viel dazu. Dass es mit meinem Buch so gut vorangeht, ist aber nur ein schwacher Trost. Inspiration, die der Verzweiflung entwächst …

Cal arbeitet heute auch zu Hause. Wir hocken beide in unseren Zimmern, hacken mit Höchstgeschwindigkeit unsere Texte in den Computer, und das wetteifernde Geklapper der Tastaturen übertönt beinahe, aber nicht ganz den laufenden Fernseher.

Da Edwin unterwegs ist, hat sich Katrina wieder bei uns eingenistet, frisst uns die Haare vom Kopf und hängt ununterbrochen vor der Glotze.

Victor, den Katrina von seinem Stammplatz auf dem Sofa vertrieben hat, sucht unter meinem Schreibtisch Zuflucht und blickt mit seinem durchhängenden, schlaffen Hundegesicht noch verdrießlicher drein als sonst. Vor lauter Mitleid habe ich den Platz unter meinem Schreibtisch vorübergehend mit ein paar Kissen zu einem Hundekorb umgestaltet, zu seiner großen Freude sogar mit einem alten Pullover von Cal als Unterlage.

Gegen zwei Uhr verlasse ich mein Zimmer, um mir in der Küche ein spätes Mittagessen zuzubereiten. In der Hoffnung auf einen kleinen Snack folgt Victor mir auf den Fersen. Er hat sich daran gewöhnt, mit bunt gemischten Essensresten gefüttert zu werden, und dabei eine merkwürdige Vorliebe für dunkles Mischbrot mit Schinken und Marmelade, dünn mit Honig bestrichene Waffeln und vor allem für Erdbeeren entwickelt. Bedauerlicherweise teile ich seine Vorliebe. Wahrscheinlich steht er deshalb so auf mich. Ich habe eben ein weiches Herz.

Als weiterer sichtbarer Beweis meiner Großherzigkeit lümmelt sich Katrina wieder einmal auf unserem Sofa herum, sieht fern und widmet sich einer ausgiebigen Pediküre. Wie immer verzehrt sie sich vor Sehnsucht nach Edwin, trägt die Hemden, die er zum Schluss getragen hat, obwohl sie nach Entwickler und dem Parfum einer anderen Frau riechen, das sie offensichtlich für sein Aftershave hält, und isst uns unseren Kühlschrank leer. Zwei Tage vor seiner Rückkehr macht sie dann irgendeine merkwürdige Entschlackungsdiät, mit deren Hilfe man angeblich garantiert in achtundvierzig Stunden achtzig Prozent seines unerwünschten Körperfetts verliert. Während ihrer Blitzdiät und auch die ganze Woche danach muss man es allerdings tunlichst vermeiden, in der Nähe des Klos ein Streichholz anzuzünden oder überhaupt mit einer offenen Flamme zu hantieren. Erstaunlicherweise verwandelt sie sich aber tatsächlich pünktlich zu Edwins Rückkehr wieder in die bezaubernde, ganz normale, hinreißend lächelnde, schlanke Schönheit mit den glänzenden Haaren und den makellos weißen Zähnen. Wenn wir eine von Edwins High-Tech-Kameras aufstellen würden, könnten wir wie in einem Naturbeobachtungsfilm Bild für Bild zusehen, wie diese Frau innerhalb weniger Tage aufgeht wie ein Hefeteig und wieder in sich zusammenfällt.

Das einzig Erfreuliche an Katrina ist, dass sie mehr Kleider besitzt als Posh Spice, die sie jedes Mal in der ganzen Wohnung verstreut und im gleichen Moment vergisst. Lucy und ich raffen sie zusammen wie zwei Nüsse sammelnde Eichhörnchen, und inzwischen haben wir schon einen ganzen Kleiderschrank voller Secondhand-Designerstücke in Größe vierunddreißig. Leider passt uns nichts von alldem, außer vielleicht einigen wenigen, extrem dehnbaren Einzelstücken, aber so verrückt es klingen mag – schon der *bloße Besitz* einer herrlich weichen Vierhundert-Pfund-Nicole-Fahri-Lederhose kann eine Frau extrem glücklich machen. Lucy und ich haben diese Fundstücke schon unzählige Male sehnsüchtig bestaunt und uns wehmütig ausgemalt, wie toll wir uns kleiden könnten, wenn wir an den Hüften und am Hintern sechs bis zwölf Kilo weniger auf die Waage bringen würden.

Mein eigener Liebeskummer hat mich Gefühle kennen lernen lassen, deren Existenz mir bisher gar nicht bewusst war, jedenfalls nicht in dieser Tiefe und Tragweite. Es muss unerträglich für Katrina sein, so in Edwin verliebt zu sein, obwohl er ganz offensichtlich nichts von ihr wissen will. Nicht dass ich ihm seine mangelnde Liebe zu Katrina zum Vorwurf machen wollte, dafür ist sie viel zu psychotisch, aber ich denke, sie ist in einen Teufelskreis geraten: Je mehr er sie abblitzen lässt, desto vernarrter ist sie in ihn.

Als sie Edwin kennen gelernt hat, war sie vermutlich eine ganz normale, nette Frau. So normal und nett Models eben sein können.

Ich setze mich neben sie aufs Sofa und lächele sie freundlich an. Statt mein Lächeln zu erwidern, sieht sie nur kurz auf und widmet ihre Aufmerksamkeit umgehend wieder ihrer Pediküre. Ich nehme mein Truthahnbrötchen und picke angewidert den abgeschnittenen Nagel von Katrinas großem Zeh vom Belag; mit den lila Nagellackspuren ist er nicht zu übersehen. Ich schlucke schwer, um ihr nicht auf ihre frisch lackierten knallroten Nägel zu kotzen, und beschließe in Edwins Wohnung zu flüchten.

In dem sinnlosen Versuch, wieder in Edwins Gunst zu stehen, was sowieso hoffnungslos ist, da niemand wirklich in seiner Gunst steht, habe ich mich freiwillig bereit erklärt, seine Fische zu füttern, während er sich wieder mal auf einem Foto-Shooting in Mailand vergnügt.

In dem Zusammenhang fällt mir ein, dass Katrina noch einen Vorzug hat. Sie ist die Einzige von uns, die es wagt, Edwins gefräßige Bande Fleisch fressender Fische ohne Zuhilfenahme einer langgriffigen Salatzange zu füttern. Wahrscheinlich starren die Fische sie nicht so gierig an wie uns, weil sie so spindeldürr ist. Sie erinnern mich immer an einen kollektiven Hannibal Lecter, der ja bekanntlich die Innereien seiner Wärter am liebsten mit Chianti und Favabohnen verspeisen würde. Jedenfalls wäre Katrina für die Fische ein Twiglet und ich ein Big Mac.

Die Fische leben in einer fünf Zentimeter dicken Plexiglasröhre mit einem Durchmesser von einem Meter zwanzig, die sich wie ein spiralförmiger DNS-Faden durch die ganze Wohnung zieht – von der Küche ins Wohnzimmer, von dort durch die Decke in Edwins riesige offene obere Etage und und dann in sein Schlafzimmer. Vorher schlängelt sie sich noch durch seine Dunkelkammer, wo die Fische gerne verweilen, wenn sie wegen irgendetwas verstimmt sind, zum Beispiel weil sie ihre Ration geschnetzelte Leber noch nicht bekommen haben.

Im Moment tummelt sich die hungrige Meute gerade in dem Teil der Röhre, der durchs Wohnzimmer führt. Mit gierigen Augen starren die Fische mich an und warten ohne Zweifel nur darauf, dass ich ausrutsche. Mein Arm wäre ihnen natürlich lieber als die Maden, die ich ihnen vorsichtig in einem Glas hinhalte und die mich mit dem gleichen Ekel erfüllen wie Katrinas Zehnagel auf meinem Sandwich. Ich werfe es mit in die Futterluke des Aquariums, wo die Fische sofort über den Truthahnbelag herfallen und ihn innerhalb von fünf Sekunden restlos vertilgen, wohingegen sie das Brötchen verschmähen, das aufquillt, in der Röhre aufsteigt und in Edwins Schlafzimmer herumtreibt wie eine sich langsam auflösende Qualle.

Ich versuche, so selten wie möglich hier hoch zu kommen, und wenn, dann meistens in Lucys Begleitung, doch da Edwin bis mindestens nächste Woche in Mailand ist, kann ich dem Drang nicht widerstehen, ein bisschen herumzuschnüffeln.

Die ganze Wohnung wirkt wie eine Galerie für moderne Kunst. Während seiner College-Zeit hatte Edwin eine Phase, in der er ausschließlich abstrakte Fotos von Gebäuden gemacht hat, mit denen er jetzt fast alle Wände seiner Wohnung schmückt: riesige, kunstvolle, ein bisschen melancholische Schwarzweißfotos.

Es ist beeindruckend, wie er es hinbekommen hat, beliebige unscheinbare und trostlose Backsteinbauten geradezu aufregend und sexy aussehen zu lassen. Vom schiefen Turm von Pisa oder vom Eifelturm ein nettes Foto zu machen, ist ja kein Problem, aber was Edwin aus diesen völlig unästhetischen Scheußlichkeiten gemacht hat, die in den Siebzigerjahren in der Innenstadt hochgezogen wurden und jeder architektonischen Schönheit Hohn sprechen, ist atemberaubend. So wenig ich ihn auch mag, ich kann nicht umhin, sein außerordentliches fotografisches Talent anzuerkennen.

Victor schnüffelt sich niedergeschlagen durch die drei Etagen der Wohnung und sucht sein Herrchen. Er riecht Edwin, aber er ist klug genug zu wissen, dass er definitiv nicht da ist, doch solange er auch nur ein Fünkchen Hoffnung sieht, ihn doch noch aufzuspüren, lässt er es sich nicht nehmen, in jeder einzelnen Nische und in allen Ecken und Winkeln des Gebäudes nachzusehen. Es wundert mich immer wieder, dass ein mürrischer Mistkerl wie Edwin in einem so süßen Hund eine derartige Anhänglichkeit auszulösen vermag.

Victor verehrt Edwin, und in Sachen Menschenkenntnis hat Victor eigentlich einen äußerst treffsicheren Instinkt. Zum Beispiel hasst er Jonathan, was ein untrüglicher Beweis für seine Fähigkeit ist, den wahren Charakter von Menschen zu durchschauen. Katrina verehrt Edwin auch, allerdings ist sie auch ein bisschen irre.

Und was Lucy angeht, so ist sie zwar nicht gerade als die hingebungsvolle Schwester, aber ich weiß, dass sie ihn in Wahrheit ebenfalls liebt und verehrt. Da Lucy meine beste Freundin ist und ich *sie* wirklich für liebenswürdig halte, versuche ich mir einzureden, dass Edwin irgendwo auch seine guten Seiten haben muss. Nur dass ich sie leider noch nie entdeckt habe. Wenn ich einen Beweis fände, dass Edwin wirklich ein menschliches Wesen ist, hätte ich vielleicht nicht mehr so eine panische Angst vor ihm, und das wäre wirklich nett.

Seine Wohnung ist eine einzige Homage an die feinen Dinge des Lebens. Weine solch erlesener Jahrgänge, dass sie eingerahmt und wie alte Kunstwerke an den Wänden ausgehängt werden sollten. Designermöbel, die der Ingegriff von Stil und Eleganz sind. Prachtvolle Bang & Olufsen-Lautsprecher. Im Kühlschrank nichts außer drei Flaschen Champagner, natürlich Krug. Auf seinem riesigen Bett Laken und Bezüge aus ägyptischer Baumwolle. Selbst Victor schläft auf einer Kaschmirdecke, was natürlich erklärt, warum er immer so ungehalten ist, wenn er zu uns muss.

Am meisten jedoch beeindruckt mich die Kunst, mit der Edwins ganze Wohnung voll gestellt ist. Bunt durcheinander gewürfelte Exponate von seinen zahlreichen Reisen, handgeschnitzte Holzköpfe aus Afrika mit verlängerten Nacken und Rehaugen, wunderschöne türkische Murmeln, die so glatt und herrlich rund sind, dass sie ein wahres Fest für die Fingerspitzen sind, sowie hunderte einfach gerahmter Fotos, die genauso atemberaubend schön sind wie die zahlreichen Bleistiftzeichnungen und Aquarelle. Ich bin fast sicher, dass es sich bei der brillanten Aktzeichnung der auf dem Bett ruhenden Nackten um ein seltenes Original von Augustus John handelt.

Edwin umgibt sich mit wirklich außergewöhnlich schönen Dingen, und die Produkte seiner Arbeit sind von ebenso atemberaubender Schönheit. Eigentlich müsste das doch ein Zeichen dafür sein, dass sich hinter seiner abweisenden kalten Fassade ein Funken Güte und Freundlichkeit verbirgt.

Ich weiß nicht, ob er viele Freunde hat. Er ist immer weg oder reist irgendwo in der Weltgeschichte herum, und ich bin einfach davon ausgegangen, dass er immer nur dienstlich unterwegs ist, aber da liege ich vermutlich ziemlich falsch.

Wenn ich ehrlich bin, weiß ich kaum etwas über ihn. Zum ersten Mal bin ich ihm auf Lucys Geburtstagsparty begegnet, als sie siebzehn wurde. Er ist fünf Jahre älter als Lucy und ich, und ich erinnere mich noch, dass ich ihn damals attraktiv, aber zugleich auch abweisend fand. Ziemlich bald habe ich gemerkt, dass er nicht nur abweisend ist, sondern regelrecht herablassend, und seitdem wir hier wohnen, ist er noch eine Stufe weiter nach unten gerutscht; er ist uns gegenüber einfach unflätig.

Ich steuere Edwins Arbeitszimmer an.

Das Arbeitszimmer ist ein kuppelartiger Raum mit einer hohen, gewölbten Decke, in dem nichts weiter steht als ein riesiger Schreibtisch und ein zum Fenster ausgerichteter Lederstuhl, von dem man einen Blick auf die trübe dahinfließende Themse hat. An der Wand zu meiner Linken hängt ein zwei mal zwei Meter großes Gemälde, auf dem zwar außer ein paar Farbstreifen nichts zu erkennen ist, das aber vermutlich als moderne Kunst durchgeht.

Auf dem Schreibtisch steht das futuristischste Telefon, das ich je gesehen habe. Es hat mehr Funktionen als ein hochmoderner Computer und, wie ich vermute, ein gigantisches Nummern- und Adressverzeichnis.

Aus purer Neugierde blättere ich das Verzeichnis durch und bin vollkommen baff, wie viele Namen, Adressen und Telefonnummern er gespeichert hat; die meisten sind von Frauen. Genau genommen hat Edwins Adressverzeichnis mindestens den Umfang des New Yorker Telefonsbuchs. Kein Wunder, dass Katrina manisch-depressiv ist.

Obwohl ich weiß, dass Edwin in Italien ist, fahre ich beim leisesten Geräusch zusammen, als ob er jeden Augenblick nach Hause kommen und mich auf frischer Tat ertappen könnte. Ich habe ein schlechtes Gewissen, in seinen privaten Sachen herumzuschnüffeln, aber gleichzeitig reizt es mich ungemein. Ich will ihm heimzahlen, dass er mich so oft wie ein ungezogenes Schulmädchen behandelt hat.

Im Augenblick benehme ich mich tatsächlich wie ein ungezogenes Schulmädchen.

Für ein High-Tech-Gerät ersten Ranges ist Edwins Telefonanlage überraschend einfach zu bedienen. Während ich noch die Einträge in seinem Nummernverzeichnis durchzappe, drücke ich die Abspieltaste seines Anrufbeantworters und höre mir die Nachrichten an. Als Erstes ertönt eine endlose Folge von Klickgeräuschen von Anrufern, die wieder aufgelegt haben. Die meisten dieser Anrufe gehen wohl auf Katrinas Konto; ich habe sie mehrmals beim Telefonieren erwischt. Danach folgt ein endloser Sermon von seinem Agenten, der mich so langweilt, dass ich anfange, die Schreibtischschubladen unter die Lupe zu nehmen. Ich blättere gerade eine Mappe mit der Aufschrift »Korrespondenz« durch, in der sich ein Wust von Einladungen zu irgendwelchen Promipartys befindet, als mir Marjorys scharfe Stimme entgegendröhnt und mich vor Schreck zusammenfahren lässt.

Die Akustik in diesem gewölbeartigen Raum ist so unglaublich, dass ich das Gefühl habe, sie stünde direkt hinter mir und kreischte mir ins Ohr wie ein wütender Papagei.

»Edwin, du hast mich sehr enttäuscht. Du hast mir versprochen, ein Auge auf deine kleine Schwester zu haben. Sie lebt nur eine Etage unter dir, und nun sieh dir an, was für einen Mist sie baut, ohne dass du auch nur irgendetwas davon mitkriegst!«

Blabla blabla blabla. Sie findet kein Ende. Sie liest Edwin die Leviten, als wäre es seine Schuld, dass Lucy und ich Haydn Morland an der Nase herumgeführt haben. Plötzlich tut er mir zum ersten Mal im Leben Leid.

Ich blättere immer noch sein Nummernverzeichnis durch, doch als mir ein nur allzu vertrauter Name unter die Augen kommt, halte ich inne, und zwar unter M. Die Adressen und Telefonnummern kenne ich alle, es sind seine Büro- und seine Handy-Nummer, unter denen ich ihn angerufen habe. Aber da ist noch eine andere Nummer. Sein Haus in Brighton. Lucy hat ihn in seiner Wohnung, im Büro und auf seinem Handy vergeblich zu erreichen versucht. Die Nummer von seinem Haus in Brighton hat er mir nicht gegeben.

Vielleicht sollte ich mir die Nummer aufschreiben und ihm eine Nachricht hinterlassen, die er sich dann ungestört an einem Ort anhören kann, an dem wir etliche gemeinsame Stunden verbracht haben, die er, abgesehen von dem bitteren Ende am Sonntag natürlich, hoffentlich in guter Erinnerung hat.

Ich kritzele mit die Nummer auf die Hand und kriege plötzlich heftige Gewissensbisse, dass ich so unverfroren in Edwins Sachen herumschnüffele. Höchste Zeit, in meine eigenen vier Wände zurückzukehren und Edwins Privatleben in Frieden zu lassen.

Unten glotzt Katrina inzwischen eine dieser nervtötenden Gameshows, die tagsüber auf allen Satellitenkanälen hoch- und runterlaufen. Ihr Blick haftet am Bildschirm, und sie stopft mit ausdrucksloser Miene eine Großpackung Tortilla-Chips in sich hinein.

Mit ihren Fußnägeln ist sie fertig, aber die Pediküreutensilien liegen noch auf dem Beistelltisch verstreut. Zusammengeknüllte, nach Nagellackentferner stinkende und mit lila Klecksen verschmierte Papiertaschentücher türmen sich zwischen Nagelfeilen, Nagelscheren, Creme- und Pflegedöschen, Nagelhautentferner, abgeschnittenen Fußnägeln und einem harten grauen Bimsstein. Rund ums Sofa ist der Teppich mit schuppigen Hornhautfetzen und abgeschnittenen Nägeln gesprenkelt, als hätte jemand einen Konfettiregen niedergehen lassen, was mich, trotz meiner Putzallergie, sofort zum Staubsauger greifen lässt.

Es klingelt an der Tür. Cal kommt aus seinem Zimmer gestürmt. Er trägt immer noch seine gestreifte Schlafanzughose, und die Haare stehen ihm zu Berge, als ob er sich einfach nur aus dem Bett gerollt, die Augen aufgeschlagen und sich sofort an seine Arbeit gesetzt hätte.

»Ich gehe schon!«, ruft er und stürmt zur Tür, bevor ihm jemand zuvorkommen kann.

Er erwartet wohl irgendetwas oder irgendjemanden. Aufs Telefon hat er sich heute auch bei jedem Klingeln gestürzt. Ich höre Stimmen und dann Cal, der über den Flur zurückkommt. Ich stelle den Staubsauger zurück in den Besenschrank und gehe in die Küche, um mir etwas zu essen zu machen, das nicht mit Katrinas Fußnägeln durchsetzt ist.

»Blumen«, verkündet er und folgt mir in die Küche.

»Wie bitte?«

»Es ist ein Blumenstrauß für dich abgegeben worden, Jude.«

»Für mich? Du meinst wohl für Lucy.«

»Nein«, stellt er klar und schüttelt den Kopf. »Der Strauß ist definitiv an dich adressiert.«

Er reicht ihn mir. Zwei Dutzend rote und weiße Rosen, durchsetzt mit weißem Schleierkraut.

Ich gebe mich einen Augenblick der vagen Hoffnung hin, dass Haydn mir verziehen hat, doch dann lese ich die Karte, die den Strauß begleitet.

»Sie sind wunderschön«, stellt Cal mit einem Seufzer fest und vergräbt seine Nase in dem Strauß.

»Sie sind von Jonathan«, sage ich betrübt.

Cals Nase schießt aus dem Herz einer roten Rose empor. »Du machst Witze, oder?«

»Schön wär's.« Ich reiche Callum die Karte, damit er sich selbst überzeugen kann.

»Wollen wir es nicht noch einmal miteinander versuchen?«, liest er laut vor. »Was noch einmal versuchen?«, fragt er ungläubig mit gerunzelter Stirn. »Position dreiundzwanzig aus dem Kamasutra?«

»Ja, so ähnlich.« Ich seufze und werfe den Blumenstrauß achtlos auf den Tisch.

»Bis ich Dich verloren habe, war mir gar nicht bewusst, was ich an Dir hatte«, liest Callum weiter und rümpft vor Abscheu die Nase. »›Dein Dich immer liebender Jonathan‹... Es war ihm nicht bewusst, was er an dir hatte! Wie kann er es wagen, dir so etwas zu schreiben! Wieso überhaupt verlieren? Du hast ihm doch nie richtig gehört. Und von wegen ›Dein Dich immer liebender Jonathan!‹ Er hat dich doch nie ernsthaft geliebt!« Als er mein Gesicht sieht, hält er plötzlich inne. »Oje, es tut mir Leid, Jude. So habe ich es nicht gemeint. Natürlich *hätte* er dich lieben sollen, und wahrscheinlich hat der Vollidiot jetzt endlich kapiert, dass er einen Riesenfehler gemacht hat, aber das ist ja wohl ein eindeutiger Fall von ›*ein bisschen zu spät*‹.«

»Schon gut, Cal, ich weiß, was du meinst. Aber ich muss schon sagen, es verschafft mir doch eine gewisse Befriedigung, dass er sich wegen mir auf einmal so ins Zeug legt. Da sieht die Welt doch gleich anders aus.«

»Sag mir bitte nicht, dass du ihm verzeihen willst.«

»Das weiß ich noch nicht«, ziehe ich ihn auf und stelle, als er vor Entrüstung rot anläuft, schnell klar: »Natürlich nicht! Ich bin doch nicht idiotisch, für wen hältst du mich!«

»Wenn ich da so an die vergangenen Jahre denke…«, fängt er wieder an.

»Ich weiß, ich habe immer nach seiner Pfeife getanzt wie ein dressiertes Schoßhündchen. Aber die Zeiten sind vorbei. Es ist aus, Cal. Eigentlich hat es ja nie richtig angefangen. Wir haben uns nur gelegentlich getroffen, wobei die Betonung auf *gelegentlich* liegt.«

»Das brauchst du mir nicht zu sagen! Trotzdem seltsam, dass er plötzlich voll auf dich abfährt und sich ein Bein ausreißt, um dich nicht zu verlieren.«

»Das ist typisch Mann«, erwidere ich und grinse verschmitzt. »Wenn ihr eine Frau haben könnt, dann verschmäht ihr sie, und wenn sie sich verweigert, dann wollt ihr sie plötzlich.«

»Da fühle ich mich definitiv nicht angesprochen«, stellt Cal klar. »Wenn mich eine Frau haben wollte, würde ich sie sofort nehmen, und zwar mit Kusshand!«

»Armer Cal«, bemitleide ich ihn. »Pass auf, wir treffen eine Abmachung. Wenn wir mit fünfunddreißig beide noch Singles sind, tun wir uns zusammen.«

»Du und ich?«

»Es heißt doch immer, dass Freundschaft eine gute Basis für eine Beziehung ist.«

»Wohl wahr. Nicht schlecht, dein Vorschlag. Meinst du, Luce würde auch mit einsteigen?«

»So, so«, sage ich lachend, »du willst also zwei für den Preis von einer?«

»Klar, warum nicht? Du kennst mich doch. Ich bin immer auf Sonderangebote aus.«

»Oder besser gesagt auf einen flotten Dreier.«

Cal grinst mich breit an. »Da hast du es, es würde nicht funktionieren mit uns. Du kennst mich einfach zu gut.« Er stibitzt sich eine Scheibe Brot, die ich mir gerade getoastet habe, und bestreicht sie sich dick mit Butter. »Im Ernst, Jude, ich würde so gerne endlich die Richtige finden. Ich weiß ja, dass es heutzutage nicht mehr angesagt ist, sich mit der großen Liebe seines Lebens häuslich niederzulassen, ein paar Kinder in die Welt zu setzen und bis an sein Lebensende zusammenzubleiben, aber in Wahrheit ist es genau das, wonach ich mich sehne.«

»Du bist erst sechsundzwanzig, Cal, du hast doch noch jede Menge Zeit.«

»Ach ja? Wenn ich nach dir und Lucy gehe, habe ich noch genau achtzehn Monate bis zum Ausbruch der Torschlusspanik. Ihr jammert doch ständig herum, dass ihr euer Verfallsdatum schon überschritten habt.«

»Sind wir wirklich so schlimm?«

»O ja.« Er nickt mit Nachdruck. »Ihr redet, als ob euch mit dreißig die Brüste abfallen. Oder als ob ihr zur Zwangsentsorgung vorgemerkt wärt wie in *Flucht ins 23. Jahrhundert* oder den Rest eures Lebens in einem Kloster euer Dasein fristen müsstet...«

»Schon gut, Cal, es reicht, ich hab's kapiert... Aber keine Sorge. Du hast ein paar Jahre mehr Zeit als wir. In den meisten Beziehungen ist der Mann doch älter als die Frau.«

Cal nickt, scheint aber nur halbherzig überzeugt. »Nicht immer, aber meistens schon.«

»Siehst du! Dann hast du also noch Zeit, bis du dreißig, einunddreißig, zweiunddreißig bist, ja, sogar mit fünfunddreißig kannst du noch all die Frauen haben, die wie ich auf die dreißig zugehen und allmählich verzweifeln. Sie werden nach dir Schlange stehen.«

Cals Zweifel sind auf einmal wie weggeblasen, und er nickt begeistert. »Genau so mache ich es. Danke, Jude, du hast mir gerade sehr geholfen, mein Leben etwas klarer zu sehen.«

»Ehrlich?«

»Ja. Ich hätte nämlich nichts dagegen, wenn die Frau meines Lebens älter wäre als ich. Ich fände es sogar großartig: All die Reife und Lebenserfahrung, ganz zu schweigen von der Übung, die sie beim Blasen hätte«, zieht er mich auf.

Ich ignoriere seinen Chauvispruch. Cal macht sich gelegentlich einen Spaß daraus, mich mit sexistischen Sprüchen auf die Palme zu bringen, aber ich kenne ihn inzwischen gut genug, um mich davon nicht mehr provozieren zu lassen.

»Ehrlich, Jude«, fährt er fort. »Ich glaube, dass ich mich mit einer älteren Frau besser verstehen würde. Wir könnten mit Sicherheit besser miteinander reden – und du brauchst gar nicht die Augenbrauen hochzuziehen, Jude …«

»Ich glaube dir ja.« Ich lächele traurig und denke an Haydn.

»Anstatt also zu warten, bis *ich* älter bin, kann ich mir doch gleich hier und heute eine von diesen Frauen angeln, die verzweifelt auf die dreißig zugehen. Vielleicht finde ich eine, die froh und glücklich ist, sich einen einsamen Sechundzwanzigjährigen greifen zu können. Du bist ein Schatz, Jude!« Er drückt mir einen Kuss auf die Stirn. »Du hast mein Geschlechtsleben gerade vor einer weiteren Dürreperiode gerettet.«

»Freut mich, dass ich wenigstens dich glücklich gemacht habe«, entgegne ich mürrisch und starre Jonathans Blumen an.

»Und was wird aus denen?«

Ich erwäge kurz, den Strauß durch die Balkontür in die Themse zu werfen, aber dafür sind die schönen Blumen eigentlich viel zu schade. Da kommt mir eine Idee.

»Ich glaube, ich kenne jemanden, der sich über die Blumen freuen würde.«

Cal folgt mir ins Wohnzimmer, wo Katrina immer noch in finsterer Laune auf dem Sofa hockt.

»Katrina.«

Sie blickt auf und grunzt etwas Unverständliches.

»Dieser Strauß ist für dich gekommen.«

»Für mich?«, nuschelt sie mit vollem Mund.

»Ja.«

»Oh, er kann nur von Edwin sein …«

Ich schüttele den Kopf, und der Hauch eines Lächelns, das sich gerade auf ihrem verhärmten Gesicht abzeichnen wollte, erstirbt abrupt wieder. »Nein, er ist nicht von Edwin. Sonst wäre eine Karte dabei gewesen. Du musst einen heimlichen Verehrer haben.«

Für einen Moment befürchte ich, alles noch schlimmer gemacht zu haben, indem ich ihr erst Hoffnungen gemacht und sie dann wieder zerstört habe, doch schließlich erhellt sich ihre Leidensmiene ein wenig, und ein Lächeln breitet sich auf ihrem Gesicht aus.

»Einen heimlichen Verehrer?«, wiederholt sie genüsslich, als würde sie sich eine besonders leckere Süßigkeit auf der Zunge zergehen lassen. Sie schluckt die Chips herunter, die sie im Mund hat, und greift mit ihrer abgemagerten Hand nach dem Blumenstrauß. Sie sieht wirklich nett aus, wenn sie ausnahmsweise einmal lächelt.

»Wie schön sie sind«, murmelt sie.

Das Telefon klingelt. Cal und ich stürzen uns auf den Apparat, doch Cal ist deutlich schneller.

»Ja, o super!«, sagt er. Dann sieht er mich an, zwinkert geheimnisvoll mit den Augenbrauen und verschwindet in sein Zimmer.

Er telefoniert mindestens eine halbe Stunde. Ich gehe ebenfalls in mein Zimmer und versuche zu arbeiten, doch ich bin so neugierig, dass ich die ganze Zeit angestrengt die Ohren spitze, um etwas aufzuschnappen. Doch vergebens. Ich höre nichts außer dem nervtötenden Gebimmel des Countdown-Jingles, das aus dem Wohnzimmer herüberhallt. Am liebsten würde ich Katrina bitten, den Fernseher leiser zu stellen, aber ich kann mich ja schlecht beklagen, dass sie mich durch ihr Dauerglotzen daran hindert, Cals Telefonat zu belauschen.

Eigentlich bin ich gar nicht so neugierig, aber Cal tut normalerweise nicht so geheimnisvoll.

Ich hätte mir die Mühe schenken können. Ein paar Sekunden nach dem Piepston, der das Ende eines Gesprächs signalisiert, steht Cal bei mir in der Tür.

»Äh, Jude, ich weiß, du arbeitest gerade, aber darf ich dich trotzdem kurz stören? Es ist wichtig.«

»Natürlich, immer ...« Ich schwinge in meinem Stuhl herum und bedeute ihm, auf dem Bett Platz zu nehmen.

Cal kommt und lässt sich niederplumpsen.

»Was gibt's denn?«

Er sieht mich einen Augenblick nachdenklich an und kaut mit seinen makellosen Zähnen auf seiner vollen Unterlippe herum.

»Also«, legt er schließlich los, »ich hab Bruce erzählt, was Lucy passiert ist. Bitte nicht schimpfen, Jude, ich weiß ja, dass sie dich gebeten hat, es mir nicht zu sagen und du mir eingebläut hast, es bloß für mich zu behalten, aber ich hatte so eine Stinkwut, dass ich mich einfach bei irgendjemandem auskotzen musste. Und ich glaube, ich habe mir dafür genau den Richtigen ausgesucht. Bruce will uns helfen, die Sache in Ordnung zu bringen.«

»Bruce? Wie denn?«

»Die Details will er sich noch überlegen, aber ich bin sicher, dass wir mit seiner Hilfe Lucy aus dem Schlamassel ziehen können oder zumindest diesem Bastard Layton gehörig eins auswischen. Schließlich ist er an allem schuld.«

»Großartig. Aber wie? Was hat er vor?«

»Vertrau mir einfach, Jude. Morgen wirst du in unseren Plan eingeweiht. Wir treffen uns morgen Abend um acht mit Bruce im Audrey's. Also müssen wir uns eine Entschuldigung einfallen lassen, warum Lucy nicht mit kann.«

»Das dürfte kein Problem sein. Sie muss morgen bei Edwin vorsprechen – auf einen Drink, wie er es genannt hat, aber ich bin sicher, dass es sich eher um eine Art Gehirnwäsche handeln dürfte.«

»Du meinst, er will ihr die Leviten lesen. Wer sich die beiden ansieht, würde ihn eher für ihren Vater als für ihren Bruder halten.«

»Ich glaube, er will sich einfach nur um sie kümmern. Seit ihr Vater tot ist, hat er ein bisschen diese Rolle übernommen.«

»Was ist denn mit dir los? Seit wann verteidigst du Edwin?«

»Stimmt, ich kann es selbst kaum glauben«, entgegne ich, über mich selbst überrascht. »Arme Luce. Aber für unser Vorhaben trifft es sich gut, dass Edwin sie einbestellt hat.«

»Was hat Bruce denn nur vor?«

»Ist ein bisschen kompliziert. Am besten erklären wir es dir morgen.«

Edwin kehrt erst am Mittwochabend aus Italien zurück.

Lucy ist gerade vom Büro nach Hause gekommen. Um sieben geht sie hoch zu ihrem Bruder. Dass wir ohne sie in eines ihrer Lieblingsrestaurants gehen, hat ihre sowieso schon miese Laune noch einmal um einige Grade verfinstert. Wir haben ihr unter schwersten Gewissenbissen vorgelogen, dass Bernie einen Personalnotstand hat und wir für ein paar Stunden an der Bar aushelfen müssen, weshalb es leider dieser Abend sein muss.

Cal und ich sind nahezu identisch gekleidet, als wir in warmen Hosen, Stiefeln und dicken Mänteln durch die eisige Winternacht zur nächstgelegenen U-Bahn-Station trotten. Der Himmel hat diese eigenartige samtige, gräulich-violette Farbe, die ein kurz bevorstehendes Schneegestöber ankündigt.

»Alles wird gut«, versucht Cal mich aufzuheitern, als er meine verkniffene Leidensmiene sieht.

»Was genau meinst du?«

»Alles«, stellt er entschlossen klar und hakt sich bei mir unter.

Als wir Battersea erreichen und das gemütlich erleuchtete Audrey's betreten, erwartet uns Bernie bereits und begrüßt uns überschwänglich.

»Hallo, Jude, wie schön dich zu sehen! Was für eine Freude!« Er stürmt auf mich zu und drückt mir mit seinem kitzelnden Schnurrbart zwei dicke Schmatzer auf die Wangen. »Ich habe euch den besten Tisch reserviert, Sweetheart, gleich da drüben am Fenster.«

Er schüttelt Cal herzlich die Hand, nimmt meinen Arm und führt mich an unseren Tisch. Dabei beugt er sich zu mir herüber und flüstert mir verschwörerisch ins Ohr. »Deine Mutter hat mir erzählt, dass du diesen furchtbaren Jonathan endlich auf den Mond geschossen hast. Herzlich Glückwunsch! Darauf sollten wir anstoßen. Der Drink geht natürlich aufs Haus. Francesco!« Er winkt einen hinreißenden jungen Italiener an unseren Tisch und legt ihm einen Arm um die Schulter. »Ich möchte dir meinen Neffen Francesco vorstellen, Jude. Er ist der Sohn meiner jüngeren Schwester. Er ist gerade erst nach London gekommen, um bei mir zu arbeiten. Hat den ganzen weiten Weg von Manhattan auf sich genommen, bloß um seinem Onkel Bernie zur Hand zu gehen, nicht wahr, mein Junge?«

Francesco hat schwarzes Haar, große braune Augen, ein schmales kantiges Gesicht, volle rote Lippen und eine raue, leicht weiblich klingende Stimme. Er sieht genauso aus, wie ich mir Bernie auf dem Foto von ihm und meiner Mutter ohne Bart vorstellen würde.

»Francesco, das ist Jude. Sie gehört quasi zur Familie, deshalb musst du sie unbedingt kennen lernen.«

Francesco strahlt und schüttelt mir enthusiastisch die Hand. »Endlich bekomme ich dich leibhaftig zu sehen, wie schön. Onkel Bernie hat mir schon so viel von dir und deiner Mutter erzählt.« Mit diesen Worten eilt er schnell davon, um uns eine Flasche Wein zu holen.

Bernie lässt sich auf dem noch unbesetzten Stuhl an unserem

Tisch nieder. »Francesco ist ein guter Junge«, sagt er liebevoll. »Du weißt ja, Jude, ich habe keine eigenen Kinder. Und ich brauche eines Tages einen Erben. Ich lasse ihn ganz unten anfangen, und wer weiß, wenn er hart arbeitet, gehört der Laden vielleicht eines Tages ihm.«

»Warum hast du eigentlich keine Kinder?«

»Ich habe nie die richtige Frau kennen gelernt«, erwidert er mit einem Achselzucken und einem etwas traurigen Lächeln. »Das heißt, einmal schon, aber sie hat mich verlassen …« Er legt mir den Arm um die Schulter und drückt mich erneut an sich. »Wenn ich mit deiner Mutter zusammengeblieben wäre, könntest du jetzt meine Tochter sein.«

»Warum seid ihr denn nicht zusammengeblieben?«

»Weil sie deinen Vater kennen gelernt hat. Sie hat sich Hals über Kopf in ihn verliebt. Sicher, mich hat sie auch geliebt, aber auf deinen Vater ist sie voll abgefahren, er war der große Traum, der absolute Schwarm, Liebe auf den ersten Blick und alles was dazugehört, da war ich natürlich abgeschrieben.«

»Und? Hast du sie geliebt?«

»Und wie! Deshalb habe ich mich ja kampflos zurückgezogen und deinem Vater das Feld überlassen – damit sie glücklich wird.«

Cal sieht aus, als würde er jeden Moment in Tränen ausbrechen.

»Im Moment ist sie Single …«, schwindele ich Bernie vor und unterschlage den mysteriösen Eddie.

»Ach ja? Dann ist sie also seit vierzig Jahren zum ersten Mal alleine.«

»Ihr könnt doch mal einen Abend zum Essen bei mir vorbeikommen«, schlage ich vor. Die Vorstellung, die beiden zu verkuppeln, entzückt mich. Bernie würde einen großartigen Stiefvater abgeben. Vielleicht würde es ihm sogar gelingen, Mum wieder nach London zu locken. Ich weiß ja, dass es ihr in Somerset gefällt, weil sie da die Muße für ihre künstlerische Arbeit findet. Ich verstehe sie ja, wenn ich dran denke – die sanften

Hügel, die goldgelben Wälder im Herbst, die absolute Ruhe, die kaum jemals gestört wird, und der verwilderte Garten, in den sich gelegentlich eine Schar Fuchshunde verirrt, wenn die Jagdgesellschaft mal wieder vom Weg abgekommen ist–, aber es wäre trotzdem schön, sie wieder in der Nähe zu wissen. Wenn sie mit Bernie zusammen wäre, würde ich mich sogar dazu hinreißen lassen, gelegentlich zum Sonntagslunch bei ihr vorbeizuschauen und ihr ein bisschen unter die Arme zu greifen. Denn die kreative Magie, die aus ihren Bildern spricht, hat ihre Kochkunst leider nie beflügelt.

In diesem Moment beginnt Cal, hektisch zu winken. »Da ist Bruce ja endlich. He, Bruce, komm hier rüber!«

In der Eingangstür steht ein Mann und sieht sich etwas ratlos um. Cal springt auf und winkt ihn überschwänglich an unseren Tisch, woraufhin Bruce' suchender Blick einem breiten Grinsen Platz macht. Er sieht gut aus und ist in gewisser Hinsicht eine markante Erscheinung. Er muss Anfang dreißig sein, hat funkelnde blaue Augen, die jeweils von einem breiten Fächer Lachfältchen umgeben sind, und sein Haar wäre vermutlich hellbraun, wenn er sich den Kopf nicht kahl rasiert hätte. Sein gebräuntes Gesicht hebt sich markant von seinem cremefarbenen dicken Pullover ab, die Knie unter dem Saum seines blaugrün gemusterten Schottenrocks sind ebenfalls tiefbraun.

Als er unseren Tisch erreicht, steht Cal erneut auf, schüttelt Bruce überschwänglich die Hand und wendet sich dann mir zu. »Jude, das ist Bruce, Bruce, das ist meine liebe Mitbewohnerin Jude.«

»Wie schön, dich endlich kennen zu lernen, Jude«, begrüßt er mich in breitestem Glasgower Dialekt. »Cal hat mir schon jede Menge von dir und Lucy erzählt.«

»Nur Gutes, will ich hoffen.«

»Überwiegend ja.« Er lacht und tauscht mit Cal einen Blick, der unmissverständlich erkennen lässt, dass wohl auch die ein oder andere unangenehme Geschichte dabei war.

»Hauptsache, du hast nicht über unseren Tagesausflug nach Frankreich geplaudert«, zische ich Cal zu.

»Du meinst, als dir dein Minirock und dein Schlüpfer in das Loch in der Bodentoilette gefallen sind …«, mischt sich Bruce ein.

»Mistkerl!«, zische ich Callum zu.

»… und du in Cals Union-Jack-Boxershorts nach Hause fahren musstest …«, fährt Bruce gnadenlos fort.

»Und das auf einem Schiff voller schottischer Rugbyfans!«, prustet Cal.

Ich schüttele ungläubig den Kopf. »Dann werde ich heute Abend wohl zur Abwechslung mal ein paar schmutzige Geschichten aus Cals Leben zum Besten geben.«

»Nicht heute Abend, Jude. Heute haben wir wichtigere Dinge zu besprechen.«

Wir nicken alle ernst.

Als Nächstes mache ich Bernie mit Bruce bekannt, doch zu meiner Überraschung kennen sich die beiden bereits. Bruce entpuppt sich als ein ebenso begnadeter Anekdotenerzähler wie Bernie, und er ist ebenfalls in der Gastronomie tätig, wenn auch in deutlich größerem Rahmen. Sie tauschen sich ein paar Minuten über gemeinsame Bekannte aus, dann zieht Bernie sich diskret in die Küche zurück, da er mitbekommen hat, dass wir etwas Wichtiges zu besprechen haben.

Cal, der die ganze Zeit unruhig auf seinem Stuhl herumgerutscht ist, als Bruce und Bernie über Weine, Lieferanten und Konkurrenten gefachsimpelt haben, kann es kaum noch abwarten. Er lässt Bruce bestellen, nippt einmal an seinem Gin-Tonic und kommt dann zur Sache. »Wir wissen alle, dass das, was Lucy erlebt hat, völlig unakzeptabel war.«

Ich nicke grimmig.

»Nun gut, Benjamin, der Ex von Bruce – also, die beiden sind zwar nicht mehr zusammen, aber sie verstehen sich immer noch gut …«

»Wir sind schon zusammen in die Schule gegangen«, mischt sich Bruce ein. »Und bevor es zwischen uns gefunkt hat, waren wir schon ewig gute Freunde.«

»Gut, und Bens neue Freundin …«, fährt Cal fort.

»Er ist bisexuell«, fällt Bruce erklärend ein, als er meinen verwirrten Blick sieht. »Deshalb verstehen wir uns auch nach wie vor. Wenn er mich wegen eines anderen Typen verlassen hätte, wäre das was anderes …«

»Jedenfalls arbeitet Bens neue Freundin für Drugstore, du weißt schon, diese riesige amerikanische Drogeriekette, die gerade auf dem britischen Markt Fuß zu fassen versucht. Sie ist dort Corporate Events Managerin, und als sie einen geeigneten Veranstaltungsort für eine riesige Promotionparty gesucht haben, die nächsten Samstag stattfinden soll …«

»… hat Ben ihr natürlich sofort meinen Club ans Herz gelegt«, beendet Bruce mit einem Lachen den Satz. »Es sei *der* Ort in London, wo man hingeht, um zu sehen und gesehen zu werden. Wir versuchen uns immer gegenseitig Kunden zuzuschanzen. Die alte Seilschaft aus Schulzeiten funktioniert bestens.«

»Aber was hat das alles mit Lucy zu tun?«

»Ganz einfach, als ich Bruce erzählt habe, was ihr passiert ist, und er es Ben erzählt hat, der es wiederum seiner Freundin …

»Sie heißt Saffron«, fällt Bruce ihm ins Wort.

»Es hat sich herausgestellt, dass Saffron viel mit Spicer Booth zu tun hat und nicht nur mit Spicer Booth, sondern mit Layton Berrick höchstpersönlich. Und jetzt halt dich fest, Jude«, Cal macht eine theatralische Pause, »er ist *verheiratet*.«

»Er ist *verheiratet*!«, wiederhole ich entsetzt.

Cal nickt ernst.

»O nein.«

»O doch.«

»Glaubst du, Lucy weiß das?«, fragt Bruce.

»Niemals«, stellt Cal entschieden klar und schüttelt den Kopf. »Lucy hat keinen blassen Schimmer.«

»Dann hätte sie mit Sicherheit nicht mit ihm angebändelt«, bestätige ich. »Sie hat mir erzählt, dass er geschieden sei. Und dass sie ihr Verhältnis *ihretwegen* nicht an die große Glocke hängen wollten, um kein Gerede zu provozieren, falls Christian Bond den Zuschlag für den Spicer-Booth-Auftrag bekommen sollte.«

»Es *ihretwegen* nicht an die große Glocke hängen!«, schnaubt Bruce.

»*Ihretwegen*, das ich nicht lache! Nicht etwa, weil er nach wie vor in festen Händen ist, sondern vor allem deshalb, weil seine Frau zufällig die einzige Tochter des Geschäftsführers der amerikanischen Muttergesellschaft von Spicer Booth ist.«

»Jetzt willst du mich auf den Arm nehmen.«

»Aber nein.«

»Wir sollten seine Oberchefs wissen lassen, was er für ein Arschloch ist.«

»Das haben wir doch schon überlegt, aber Lucy hat wahrscheinlich Recht: Warum sollten sie es glauben? Wir müssten Layton schon dazu bringen, sich selbst zu entlarven …«

»Das würde er nie im Leben tun.«

»Eben. Deshalb brauchen wir einen Beweis, der eindeutig zeigt, was er für eine miese Ratte ist. Etwas, womit wir ihn unter Druck setzen und zwingen können, Lucy in Ruhe zu lassen.«

»Und wie stellt ihr euch das vor?«

»Nun, an dieser Stelle kommst du ins Spiel.«

»Ich?«

Cal nickt ernsthaft. »Bruce wird uns Zutritt zu dieser Promotionparty verschaffen.«

»Als VIPs sozusagen«, erklärt Bruce mit einem Lächeln.

»Und wir müssen Lucy dazu bringen, uns zu begleiten.«

»Warum?«

»Als Köder.«

»Geht es ein bisschen genauer, bitte?«

»Ganz einfach: Wir wollen, dass er Lucy auf der Party sieht. Aber nach allem, was passiert ist, wollen wir natürlich nicht, dass sie mit ihm reden muss, deshalb ist es an dir …« Cal hält inne und sieht Bruce an, um sich rückzuversichern, dass er fortfahren soll. Bruce nickt ihm aufmunternd zu.

»Was ist an mir?«, dränge ich.

»Na ja …« Bruce und Cal tauschen wieder einen Blick aus. Da Cal zögert, übernimmt Bruce das Wort.

»Also Folgendes …«

»Verstehe ich euch richtig?«, frage ich fassungslos, nachdem ich Bruce fünf Minuten mit offenem Mund zugehört habe.

»Ich soll Layton Bussard unter dem Vorwand, mit mir und Lucy einen flotten Dreier zu schieben, in dein Büro locken, wo aber nicht Lucy auf uns wartet, sondern *Cal*…«

»Mit einer Perücke und in in einem abgedunkelten Raum«, wirft Cal schnell ein, »so dass er auf keinen Fall sehen kann, dass es nicht Lucy ist.«

»Und dann soll ich ihn, bevor er Lunte riecht und kapiert, dass die vermeintliche Lucy in Wahrheit ein Typ in Frauenkleidern ist, in eine kompromittierende Position bringen, damit Bruce mit einem Fotoapparat hinter seinem Faxgerät hervorspringen und ein paar Fotos schießen kann, die beweisen, was für ein Arschloch er ist.«

»Genau, im Großen und Ganzen soll es so laufen.«

Cal und Bruce grinsen mich hoffnungsvoll an.

»Ihr seid völlig durchgeknallt«, stelle ich schließlich fest.

»Ich weiß«, entgegnet Cal, »aber was hältst du von unserem Plan?«

»Das wird nie und nimmer funktionieren.«

»Und warum nicht?«

»Erstens, weil du keine besonders überzeugende Lucy abgibst …«

»Mag sein, dafür spielst du sie umso besser –…«

»Ja, aber genau das hat mich schon genug in Schwierigkeiten gebracht.«

»Du sollst ja auch gar nicht so tun, als wärst du Lucy. Er kennt sie ja viel zu gut, um darauf hereinzufallen, es sei denn, er wäre wirklich sternhagelvoll.«

»Und was genau soll ich tun?«

»Na, ein bisschen mit ihm herumflirten. Lucy zufolge ist sein Ego größer als unsere Staatsverschuldung. Wenn du es richtig einfädelst, ist er Wachs in deinen Händen.«

»Wieso bist du dir da so sicher? Meine Erfolgsbilanz ist nicht gerade großartig.«

»Komm schon, Jude, so wie er auf Lucy abgefahren ist, springt er ganz bestimmt auch auf dich an. Du musst nur dein Haar richtig zurechtmachen und deine magischen Kontaktlinsen einlegen – aber diesmal beide.«

»Angenommen, er findet mich tatsächlich attraktiv genug für einen Flirt – was, um Himmels willen, soll ihm erzählen?«

»Denk dir irgendwas aus. Schlepp ihn einfach in Bruces Büro, den Rest erledigen wir.«

»Auch das mit der kompromittierenden Position?«

»Wenn es sein muss, knutsche ich auch mit ihm rum, ja«, stellt Cal klar.

»Wir tun es schließlich für Luce. Sie steckt wirklich im Schlamassel.«

»Ja«, seufze ich.

»Wenn ihr wollt, kann ich ihn auch abknutschen«, bietet Bruce grinsend an.

»Das wäre eine wirklich kompromittierende Position.«

»Aber ich würde es genau wie ihr nur für Lucy tun. Auf Zungenküsse mit aalglatten amerikanischen Ekeltypen stehe ich nun wirklich nicht.«

»Also, was hältst du von unserem Plan?«, fragt Cal.

»Was ich davon halte?« Ich bin unschlüssig und taxiere erst Cal, der vor Einsatzfreude strotzt, und dann Bruce, der gerade zu träumen scheint. Offenbar stellt er sich soeben bildlich vor, die Situation zu retten, indem er einen appetitlich aussehenden

Fiesling abknutscht. »Ich glaube, ihr seid verrückt«, stelle ich fest.

Cal macht ein langes Gesicht.

»Aber meinetwegen, ich tue es.«

»Oh, Jude!« Cal springt auf, stürzt sich auf mich zu und umarmt mich. »Danke.«

»Hurra! Darauf sollten wir anstoßen.« Bruce ist aus seinen Knutschfantasien erwacht und füllt unsere Gläser mit kaltem Weißwein. Er hebt sein Glas und prostet Cal und mir zu. »Auf dass wir Layton Berrick Manieren beibringen!«

Die beiden trinken zufrieden, und auch ich nippe an meinem Glas. Ihr Enthusiasmus ist ansteckend, also rede ich mir ein, dass ihr verrückter Plan funktionieren könnte.

Das heißt aber noch lange nicht, dass ich mich auf die Aktion freue.

Im Gegenteil.

Ich muss nur an all den Ärger denken, den ich mir im Laufe der Jahre eingehandelt habe, indem ich mich immer wieder von Lucy habe überreden lassen, bei ihren verrückten Plänen mitzumachen. Unsere jüngste Eskapade war nur der Gipfel ihrer Schnapsideen. Ich trinke meinen Wein und versuche mir ein Beispiel an Cals und Bruces Optimismus zu nehmen.

»Auf dass wir Luce damit aus der Klemme helfen!«, proste ich ihnen zu.

»Und nicht in den Knast wandern!«, fügt Cal hinzu und stößt mit mir an.

»Willst du unbedingt, dass ich es mir noch einmal anders überlege?«

»Nein, mach dir keine Sorgen, Jude, es wird funktionieren, ich verspreche es.«

»Du willst die Nummer ja nur durchziehen, um dich endlich mal so richtig schön als Frau herausputzen zu können«, zieht Bruce ihn auf.

»Das kann ich auch so«, entgegnet Cal und zieht lasziv die

Augenbrauen hoch. »Wenn ich Lust habe, in einen Seidenslip zu schlüpfen, tue ich es einfach.« Bei diesen Worten wackelt er mit dem Hintern auf seinem Stuhl herum und tut so, als trüge er auch jetzt etwas in der Art.

Bruce beugt sich zu ihm herüber und flüstert ihm etwas ins Ohr. Ich gehe davon aus, dass es irgendetwas Anzügliches ist, bis Cal schließlich sein Glas abstellt und mich verschmitzt angrinst. Gleichzeitig wird Bruce rot wie eine Tomate.

»Sag mal, Jude, könntest du uns vielleicht noch einen kleinen Gefallen tun?«

»Was wollt ihr denn jetzt schon wieder?«, frage ich misstrauisch.

»Bruce findet unseren Kellner absolut schnuckelig. Kannst du wohl Bernie mal fragen, ob er noch Single ist?«

Als wir aus dem Taxi steigen, kommt Lucy gerade aus Edwins Wohnung. Ihr Gesicht ähnelt dem von Victor, wenn man ihn ausgeschimpft hat, weil er sich Essen stibitzt hat. Zu meiner Überraschung und meinem großen Unbehagen zitiert Edwin mich auf seine herrische Art ebenfalls zu sich. Ich steige die Treppen zu seiner Wohnungstür hinauf wie ein französischer Edelmann auf dem Weg zum Galgen.

»Ich habe es Lucy schon gesagt, aber du sollst es auch ruhig wissen! Was ihr gemacht habt, war absolut bescheuert! Haydn Morland ist ein total netter Kerl, und ihr zwei seid totale Vollidiotinnen.« Mit diesen Worten knallt er mir die Tür vor der Nase zu.

»Nett, mit dir gesprochen zu haben, Edwin«, murmele ich dem Holz entgegen, das mir beinahe das Gesicht zerschlagen hätte.

»Das war eine nette, kurze und prägnante Zusammenfassung dessen, was er mir dreieinhalb Stunden lang an den Kopf geworfen hat«, stellt Lucy trocken fest. »Zum Glück fährt er morgen wieder weg, dann hat er Zeit zum Abkühlen. Hoffentlich hattet ihr einen schöneren Abend als ich«, fügt sie hinzu, während wir in unsere Wohnung flüchten.

»Das kann man wohl sagen«, entgegnet Cal.

»Ich kann es immer noch nicht fassen, dass ihr einfach ohne mich ins Audrey's gegangen seid.«

»Dafür haben wir dir eine Portion von Bernies genialem Pudding mitgebracht«, versuche ich sie zu trösten und wedele mit einer Riesenschachtel vor ihrer Nase herum.

»Und am Samstag nehmen wir dich mit auf eine Party.« Cal legt einen Arm um ihre Schultern.

»Wirklich? Auf eine gute?«

»Auf eine supergute.« Cal zwinkert mir zu. »Auf eine echte Superparty.«

»War Edwin sehr wütend?«

»Er hat regelrecht gekocht.« Lucy sieht mich betrübt an.

»Offenbar hat er mit Haydn gesprochen«, rückt sie vorsichtig heraus.

»Ach, ja?«, entgegne ich und spüre, wie sich mein Magen zusammenzieht. »Und wie geht es ihm?«

»Na ja, besonders glücklich ist er wohl nicht gerade«, gesteht sie mir taktvoll.

»Kein Wunder. Er war einfach nur liebenswert, charmant und sympathisch, und ich war das größte Miststück, das die Welt je gesehen hat. Was soll ich bloß tun, Luce? Ich muss ihm unbedingt sagen, wie Leid mir alles tut, aber er weigert sich, mit mir zu reden.«

»Du musst mit ihm reden.«

»Aber wie denn?«

»Keine Ahnung. Ruf ihn einfach immer wieder an, schreib ihm einen Brief. Hauptsache, du gibst nicht auf, Jude!«

Kapitel 8

Ob Lucy Recht hat?

Oder soll ich nicht lieber doch aufgeben? Soll ich mich etwa noch einmal erniedrigen und ihn wieder anrufen, obwohl er sowieso nicht drangeht und auch nicht zurückruft? Soll ich Haydn anflehen, uns noch eine Chance zu geben und noch einmal von vorn anzufangen? Ich weiß nicht, ob ich mich dazu überwinden kann. Schließlich bin ich schon Jonathan ewig hinterhergerannt, und wohin das geführt hat, sieht man ja.

Doch am nächsten Morgen, als ich ausnahmsweise einmal ganz allein in der Wohnung bin, kein Cal, keine Lucy, keine Katrina und kein Victor, hole ich die Nummer aus Edwins Adressverzeichnis hervor, die ich sorgfältig auf die Rückseite meines Notizbüchleins geschrieben habe.

Bevor ich es mir anders überlege, fasse ich mir ein Herz, steuere das Telefon an und wähle. Obwohl ich Haydn so dringend sprechen will, um mich bei ihm zu entschuldigen, würde ich bestimmt kein Wort über die Lippen bringen, wenn ich ihn tatsächlich dran hätte. Deshalb hoffe ich trotz allem, wieder nur den Anrufbeantworter anspringen zu hören.

Als ich seine Stimme höre, zucke ich zusammen.

»Hi, Sie haben die Nummer von Haydn gewählt. Ich bin im Augenblick nicht da, aber Sie können mir gern eine Nachricht hinterlassen, ich rufe dann zurück.«

Ich muss mich mit aller Gewalt zwingen, etwas zu sagen und nicht sofort wieder aufzulegen.

»Hi, hier ist, äh …« Was soll ich sagen? Hi, hier ist Lucy, ich meine Jude, die du für Lucy gehalten hast? Schließlich bringe ich heraus: »Hi, ich bin's. Ich wollte dir noch einmal sagen, wie Leid es mir tut, dass ich dich belogen habe. Ich war drauf und dran, dir die Wahrheit zu sagen, aber du bist mir zuvorgekommen. Ich hoffe so sehr, dein Herz ist groß genug, dass du mir meinen Fehler verzeihen kannst. Ich, äh … ich möchte nur, dass du weißt, wie mies ich mich fühle. Ich finde es furchtbar, dass alles in einem solchen Fiasko geendet ist.«

Eigentlich will ich ihm auch noch sagen, wie sehr ich ihn vermisse, aber ich traue mich nicht. Ich will mich nicht so weit aus dem Fenster hängen. Ihm meine Gefühle so ehrlich zu offenbaren, würde mich viel zu verletzlich machen. Also nuschele ich ein Tschüss in den Hörer und lege auf.

Fünf Minuten nachdem ich aufgelegt habe, klingelt es. Mir rutscht das Herz erst in die Hose, dann spingt es wieder hoch, und so geht es weiter wie auf einem Trampolin. Ich kann kaum sprechen, als ich den Anruf schließlich entgegennehme.

»Hallo«, krächze ich.

»Hallo, Jude, ich bin's George.«

Ich weiß auch nicht, warum ich gedacht habe, dass Haydn mich womöglich zurückruft. Schließlich ist ein ganz normaler Arbeitstag, weshalb er heute wohl kaum in Brighton sein dürfte. Einzig aus diesem Grund habe ich es ja gewagt, weil ich zu neunundneunzig Prozent sicher sein konnte, dass er nicht abnehmen würde. Leider kann ich fast ebenso sicher sein, dass er mich nicht zurückrufen wird. Ich schlucke den schweren Kloß der Enttäuschung herunter, der mir die Kehle zuschnürt, und verarbeite den Schock.

Ein Anruf des Papstes hätte mich weniger überrascht, als am anderen Ende der Leitung die Stimme meines Bruders zu hören. George ruft mich normalerweise nie an.

Er schickt mir höchstens hin und wieder eine E-Mail. Oder eine SMS. Eine Pflichtmitteilung, um zu zeigen, dass er an mich denkt, wie es Geschwister eben normalerweise tun, ohne dass er gleich mit mir sprechen muss. Telefongespräche erfordern ja richtigen persönlichen Kontakt. Man muss denken, sprechen und zuhören, und auf all das steht George überhaupt nicht. Er wohnt zwar gerade mal einen Katzensprung von mir entfernt in St. John's Wood, aber er könnte genauso gut auf dem Mond leben.

George ist so anders als der Rest meiner Familie, dass ich meine Mutter schon öfters verdächtigt habe, dass sie aus Versehen das falsche Baby aus dem Krankenhaus mitgebracht hat. Aber Mum besteht darauf, dass George tatsächlich von ihr ist. Außerdem sagt sie, dass sie, wenn sie sich tatsächlich ein Baby hätte aussuchen können, auf jeden Fall eins genommen hätte, das Sinn für Humor hat. George ist Buchhalter. Vermutlich hat er seinen Sinn dafür von unserem Vater geerbt. Leider hat er von dessen herzlichem, mitfühlendem Wesen überhaupt nichts abbekommen. George ist wie Mr. Spock. In seinem Hirn der Logik und der Zahlen ist kein Platz für so etwas Irrationales wie Emotionen.

Deshalb überrascht es mich umso mehr, dass er ganz aufgebracht klingt. »Jude, was zum Teufel, hast du bloß angerichtet?«

»Wovon redest du?«

»Jonathan war bei mir. Er war in Tränen aufgelöst.«

»Jonathan und Tränen?«

»Ja, Jude, er ist völlig am Boden. Wie konntest du ihm einen solchen Tritt verpassen, noch dazu auf so kaltherzige Weise!«

»Was redest du denn da? Was hat er dir für einen Unsinn erzählt?«

»Dass du ihn ohne jeden Grund verlassen hast, und noch dazu auf eine ziemlich miese Tour.«

»Wie bitte?«

»Du hast schon richtig gehört. Ich hätte nie gedacht, dass du so *herzlos* sein könntest.«

Einen Moment lang komme ich mir richtig mies vor. Der bloße Gedanke, jemandem einen solchen Herzschmerz zuzufügen, wie ich ihn selbst gerade erleide, vermittelt einem schon das Gefühl, ein herzloses Miststück zu sein, auch wenn dieser Jemand ein rücksichtsloses egoistisches Arschloch ist. Zum Glück dauert dieses Gefühl nicht lange an.

Ich erkunde die verborgenen Winkel meines Herzens und komme zu dem Schluss, dass ich, was Jonathan angeht, keine zweite, dritte oder gar vierte Chance zu vergeben habe. Und dass ich auf Brüder, die sich ungebeten einmischen, erst recht keinen Wert lege.

»Jetzt hör mir mal zu, George! Du hast mich das letzte Mal an Weihnachten angerufen, du ignorierst meine Briefe, du rufst mich nie zurück, du hast in diesem Jahr sogar meinen Geburtstag vergessen. Jetzt rufst du mich zum ersten Mal in diesem Jahr an und machst mir Vorwürfe, dass ich endlich kapiert habe, was für ein erbärmliches Arschloch dein bester Freund ist und dass jede Sekunde meines Lebens, die ich ihm gewidmet habe, pure Zeitverschwendung war. LASS MICH GEFÄLLIGST IN RUHE!« Mit diesen Worten lege ich auf. Eigentlich sollte ich mich jetzt besser fühlen, aber das ist leider nicht der Fall. Na ja, vielleicht ein ganz kleines bisschen. Ein kurzes, aufwallendes Hochgefühl, das aber sofort wieder verblasst.

Was für ein Scheißtag. Was für ein Scheißmonat! Ich gebe jeden Versuch auf, heute auch nur eine Zeile zu Papier zu bringen, mache mir eine Flasche Rotwein auf und lasse mich aufs Sofa fallen. Nach zehn Minuten klingelt das Telefon erneut. Diesmal nehme ich nicht ab. Bestimmt ist es wieder George, der außer sich ist, dass ich es gewagt habe, einfach aufzulegen, aber ich habe nicht die geringste Lust, mich mit ihm auseinander zu setzen. Doch es ist gar nicht George.

»Hallo, Jude, ich bin's, Mum. Ich hatte gerade deinen Bruder an der Strippe, und er hat geschlagene fünf Minuten auf mich eingeschrien, es war ein ziemlich zusammenhangsloses Zeug. Immerhin habe ich so viel verstanden, dass er irgendwie wütend auf dich ist. Was hast du bloß angestellt? Also, das Einzige, was ich dazu sagen kann, ist: Bravo, gut gemacht! Weiter so! Ich kann es kaum erwarten, dich nächste Woche zu sehen, dann können wir mal so richtig zusammen vom Leder ziehen. Ich hab dich lieb, Darling.«

Dem Himmel sei Dank, dass ich so eine Mutter habe. Ich fülle mein Glas nach und proste ihr schweigend zu.

Als Lucy zwei Stunden später nach Hause kommt, findet sie mich immer noch auf dem Sofa vor. Die Weinflasche ist leer, mein Kopf brummt immer noch vor lauter chaotischen Gedanken. Sie sieht schwer mitgenommen aus, doch ihr erster Gedanke gilt mir.

»Was ist denn mit dir los?«, fragt sie, nimmt die leere Weinflasche in die Hand und mustert sie besorgt.

»Nichts Besonderes. Mach dir keine Sorgen. Die Flasche ist zwar leer, aber ich bin stocknüchtern – leider.«

»Komm schon, Jude, was ist los? Abgesehen von …« Sie lächelt mich mitleidig an.

»Mein Bruder hat mich angerufen und mich niedergemacht, weil ich Jonathan abgeschossen habe, dein Bruder zeigt mir nach wie vor die kalte Schulter, Haydn will immer noch nichts von mir wissen, und Jonathan läuft hinter mir her wie ein liebeskranker Teenie. Es ist ein einziger Albtraum.«

»Und all das ist meine Schuld. Es tut mir so Leid, Jude. Wenn ich dich nicht gebeten hätte …«

»Ja«, falle ich ihr ins Wort, »und wenn *ich* das Spiel nicht zu weit getrieben hätte, viel weiter als es je beabsichtigt war … Das Copyright auf diese Geschichte haben wir beide, Lucy. Jude und Lucy, Laurel und Hardy. Nimm dir auch ein Glas Wein und erzähl mir, wie dein Tag gelaufen ist … Bitte, das bringt mich auf andere Gedanken.« Ich will ihr aus meiner leeren Flasche ein Glas einschenken.

»Und du sagst, du bist nicht betrunken«, weist Lucy mich zurecht und nimmt mir die leere Flasche aus der Hand.

»Vielleicht bin ich ein bisschen beschwipst, aber nein, ich bin definitiv nicht so betrunken, wie ich es anlässlich dieser ganzen Misere am liebsten wäre.«

»Du musst deine Probleme nicht im Suff ertränken, Jude, du weißt doch, dass du jederzeit mit mir reden kannst.«

»Ich weiß, Luce, du bist wirklich eine gute Freundin … Also hol uns noch eine Flasche, und wenn ich dann genügend Vino rosso im Kopf habe, heule ich mich an deiner Schulter aus.«

»Darf ich mich erst noch umziehen? Dieses Kaschmirzeug ist für Tränen etwas ungeeignet.«

Fünf Minuten später kommt sie in einem bequemen Sweatshirt und mit einer Flasche Wein zurück.

»Und? Wie ist es bei der Arbeit gelaufen?«, frage ich zögernd, als sie mein Glas auffüllt.

Bevor sie antwortet, schenkt sie sich selber ein und genehmigt sich einen großen Schluck. »Wir sind endlich eingeladen worden«, sagt sie schließlich und zieht die Augenbrauen hoch.

»Von Spicer Booth?«

»Ja. Heute Morgen ist der lang erwartete Brief gekommen. Am nächsten Freitag ist die Präsentation, also morgen in einer Woche.« Sie seufzt nachdenklich.

»Das ist doch eine gute Nachricht. Also seid ihr immer noch im Rennen. Sonst hätten sie euch ja nicht eingeladen.«

Lucy zuckt mit den Achseln. »Das wäre schön, aber ich glaube, der Grund ist ein anderer. Bestimmt käme Layton in Erklärungsnöte, wenn er darauf bestehen würde, dass Spicer Booth uns einfach so ohne Angebot fallen ließe. Aber nach der Präsentation kann er uns immer noch genug Steine in den Weg legen. Er kann sagen, dass ihm unsere Idee nicht gefällt, dass er unser Team für inkompetent hält … Er kann alle möglichen Einwände erfinden.«

»Hat er sich nicht mehr bei dir gemeldet?«

»Nein. Nicht dass ich scharf darauf wäre, mit ihm zu reden, aber diese totale Funkstille macht mich allmählich nervös. Ich habe keine Ahnung, was er im Schilde führt, aber er hat geschworen, dass ich den Auftrag nicht kriege, dafür würde er Himmel und Hölle in Bewegung setzen.«

»Es kann genauso gut alles nur Gerede sein. Er wird doch nicht der Einzige sein, der in dem Laden etwas zu sagen hat. Oder glaubst du, er trifft die Entscheidung allein?«

»Nein, das glaube ich nicht, aber er wird alles tun, mich nicht zum Zug kommen zu lassen, darauf kannst du Gift nehmen. Er war so außer sich, du hättest sein Gesicht sehen müssen, als ich ihn geschlagen habe.«

»Ich wünschte, ich hätte es gesehen. Jedenfalls hat er es nicht besser verdient.«

»Und wenn er mich geschlagen hätte?«

»Lucy!«, schrecke ich hoch. »Er hat dich doch nicht etwa geschlagen, oder?«

»Nein, aber was, wenn er es getan hätte?«

»Dann hätte ich ihn umgebracht.«

»Siehst du?«

»Worauf willst du hinaus, Lucy?«

»Ich hätte es nicht tun sollen. Ich hätte ihn nicht schlagen sollen.«

»Aber er hat dich aufs Äußerste provoziert.«

»Das ist trotzdem keine Entschuldigung. Sieh nur, wie du allein auf die Vorstellung reagiert hast, dass er mich geschlagen haben könnte. Ich bin die Erste, die für die Gleichbehandlung von Männern und Frauen ist. Wenn ein Mann eine Frau schlägt, ist das, unabhängig von den Umständen, völlig indiskutabel, und andersherum sollte das auch so sein …« Sie legt mir einen Finger auf die Lippen, um meine energischen Einwände, die ich vorbringen will, zu unterdrücken.

»Und unabhängig von den Umständen«, wiederholt sie, »habe ich den Zuschlag für diesen Auftrag vielleicht sowieso nicht verdient.«

»O Lucy«, flehe ich sie an, »jetzt prügel dich doch nicht auch noch selbst!« Mir wird bewusst, wie unpassend die Wortwahl war, und ich schlage mir die Hand vor den Mund, aber zu meiner großen Erleichterung fängt Lucy an zu lachen. »Es war pure Notwehr«, fahre ich fort und nutze den Moment der Entspannung, um ihr zu versichern, dass sie sich wegen des Zwischenfalls mit Layton keinen Kopf machen muss.

»Meinst du wirklich?«

»Natürlich. Was machst du, wenn dich eine Mücke sticht?«

»Normalerweise spüre ich sie auf und schlage sie mit einer Espadrille tot. Willst du damit sagen, ich hätte ihm die Absätze meiner Stilettos ins Gesicht rammen sollen?«

»Zum Beispiel.«

»Ich sollte Layton also als lästige Mücke betrachten.«

»Ja, als einen lästigen Parasiten.«

»Na ja, kurz vor dem Zwischenfall hat er ungebeten unter meinen Rock gegrapscht.«

»Siehst du. Also hat er es verdient, wie eine Mücke verscheucht zu werden.«

Zu meiner Erleichterung zeichnet sich auf Lucys Gesicht ein schwaches Lächeln ab, obwohl sie ganze Sache immer noch ungeheuer mitnimmt. Sie ist völlig durcheinander und trinkt, obwohl sie sich gerade ein Glas Wein eingeschenkt hat, abwesend aus der Flasche. Ich nehme ihr die Flasche aus der Hand und reiche ihr das Glas.

Sie lächelt mich verlegen an. »Tut mir Leid, ich bin im Moment ein bisschen durch den Wind.«

»Das sehe ich.«

»Was soll ich bloß tun, Jude?«

Am liebsten würde ich ihr von unserem Vorhaben erzählen, aber das ist natürlich ausgeschlossen. Zum einen habe ich Cal versprochen, sie nicht einzuweihen, weil er glaubt, dass es besser ist, zum anderen vermute ich beinahe, dass sie versuchen würde, uns davon abzubringen, wenn sie Bescheid wüsste. Ihre moralischen Grundsätze sind nicht zu unterschätzen, auch wenn sie in der Werbebranche arbeitet. Also bleibt mir nichts anderes übrig, als ihr zu versichern, dass am Ende alles gut ausgehen wird, was mir natürlich nicht ganz leicht fällt, da ich in dieser Hinsicht selber von beträchtlichen Zweifeln gequält werde.

»Sieh mal, Lucy«, erwidere ich schließlich und nehme beruhigend ihre Hand. »Er mag zwar denken, dass er dir eins auswischen kann, aber wenn es drauf ankommt, wirst du ihn ausstechen.«

»Ist es nicht erstaunlich, wie sehr einen die Probleme seiner Mitmenschen von den eigenen ablenken?«, fragt Lucy mit einem verlegenen Lächeln.

»Ich weiß. Ich schlage dir einen Deal vor: Du bringst für mich die Sache mit Haydn in Ordnung, und ich schaffe dir Layton vom Hals.«

»Wenn es doch bloß so einfach wäre«, entgegnet Lucy mit einem Seufzer.

Es ist Freitagmorgen, und Lucy ist schon im Büro. Cal hat sich einen Tag freigenommen. Ich höre ihn in der Küche schief herumträllern.

»Der Cal nur in die Küche kam, Küche kam, Küche, kam – der Cal nur in die Küche kam … Küche kam. Da war schon alles weggefressen, weggefressen, weggefressen, da war schon alles weggefressen … weg-ge-fressen. Katrina wohl als Erste kam, Erste kam, Erste kam, la la la la la la la la … la, la, la. Sie stopft sich ständig alles rein, alles rein und kauft doch niemals selber ein … sel-ber ein.«

Er versucht, sich aus der allerletzten Scheibe Brot, die so dünn geschnitten ist, dass sie in der Mitte ein großes Loch hat und deshalb sogar von Katrina verschmäht wurde, ein Sandwich zu machen. Für den Belag nimmt er ein Stück Käse aus dem Kühlschrank, an dessen Rand sich ein unappetitliches Gebiss abzeichnet.

»Welcher Vielfraß hat wohl diesen Abdruck hinterlassen …«, frage ich provozierend, nehme das Käsestück mit spitzen Fingern in die Hand und mustere es angewidert.

»Ich glaube, du irrst dich«, entgegnet Cal und dreht sich grinsend zu mir um. »Diesmal ist Katrina ausnahmsweise unschuldig, das sind meine Zähne. Ich habe sozusagen mein Territorium markiert, um Katrina von dem Stück fern zu halten, und sieh da: Es hat funktioniert.« Er nimmt mir den Käse aus der Hand, schneidet ihn mitsamt dem Gebissabdruck in Scheiben, belegt sein Brot und schaltet den elektrischen Grill an. »Willst du die Hälfte abhaben?«

Ich schüttele den Kopf. »Ich gehe einkaufen. Ich bin sowieso dran.«

»Vielleicht möchte *sie* sich ja auch mal an unserem neuerdings so exorbitant expandierenden Nahrungsmittelbudget beteiligen«, zischt Cal und deutet mit dem Kopf Richtung Wohnzimmer, in dem Katrina sich wie immer auf dem Sofa breit gemacht hat. »Schließlich ist sie dafür verantwortlich, dass es in so Schwindel erregende Höhen geschnellt ist. Kannst du nicht mal herausfinden, ob es irgendetwas gibt, das sie absolut nicht mag? Dann essen wir nur noch das, bis Edwin zurückkommt.«

»Ich fürchte, sie mag einfach alles. Selbst Victor hütet seine Hundekuchen noch argwöhnischer als sonst.«

Cal schiebt das Sandwich in den Grill. »Wenn du solange wartest, bis ich es aufgegessen habe, begleite ich dich und helfe dir beim Tütentragen.«

»Nur zu, es dürfte ja nicht besonders lange dauern«, entgegne ich lachend mit einem Blick auf seinen Mitleid erregenden Minisnack.

»Jetzt weißt ich, warum ich fast vom Fleisch falle«, stellt er grinsend fest und stopft sich sein Schrumpf-Sandwich mit einem Bissen in den Mund.

»Los, lass uns einkaufen gehen. Ich habe so einen Kohldampf, dass ich sogar einen räudigen Hund verspeisen könnte!« Bei diesen Worten blinzelt er Victor zu.

Cal schiebt im Supermarkt gerne den Einkaufswagen. Genau genommen fährt er gerne mit dem Einkaufswagen, indem er kräftig Anschwung nimmt, sich hintendrauf stellt und durch die Gänge düst, während ich voll gepackt hinter ihm hertrotte und die Sachen nicht loswerde, die ich zusammengesucht habe.

»Morgen ist also der große Tag«, stellt er grinsend fest, als ich ihn endlich eingeholt habe und eine Ladung Konservendosen abstelle.

»Ich weiß. Vielleicht sollten wir noch beim Alkohol vorbeigehen und uns etwas Passendes aussuchen, damit wir uns Mut antrinken können.«

»Am besten holst du Champagner, und ich besorge Erdbeeren, dann können wir hinterher richtig schön feiern.«

»Woher nimmst du nur die Gewissheit, dass es funktioniert?«

»Es muss funktionieren, und das wird es auch.«

»Ich wünschte, ich könnte auch alles so rosig sehen wie du.«

»Man nennt es die Dinge positiv sehen.«

»Kannst du mir nicht beibringen, wie das geht?«

»Gerne. Als Erstes könntest du zum Beispiel mal lächeln. Ich glaube, ich habe deine Zähne seit einer Woche nicht gesehen.«

»Das könnte damit zu tun haben, dass unsere Zahnpasta alle ist.«

»Vielleicht isst Katrina die auch?«

»Es wäre ihr jedenfalls zuzutrauen. Ich hole schnell neue, bevor ich es vergesse.«

»Bring doch auch gleich noch den Champagner mit. Wir treffen uns dann bei den Erdbeeren.«

Während ich das Regal mit den Weinen abgehe, fällt mir siedend heiß ein, dass ich das letzte Mal mit Haydn in einem Supermarkt war, und da haben wir ebenfalls Champagner und Erdbeeren gekauft. Und am Samstagabend haben wir dann gemeinsam in eine Decke gehüllt auf der Terrasse gesessen, die Erdbeeren gegessen und der untergehenden Sonne zugeprostet. Es war ein unvergleichlicher romantischer Augenblick. Tja, und am nächsten Abend stand ich dann genau zur gleichen Zeit schwer beladen mit Einkaufstüten und kummervollem Herz auf dem Bahnhof von Brighton und habe auf den Zug nach London gewartet.

Aber was habe ich erwartet?

Wir hätten ein wirklich tolles Liebespaar werden können, wenn ich es nicht total vermasselt hätte. Warum konnten wir uns nicht unter anderen Umständen begegnen? Mit mir als *Jude*?

Ich bleibe kurz stehen und reiße mich zusammen. Was bin ich bloß für ein Jammerlappen! Ich habe nicht die geringste Lust, wie ein wandelnder Trauerkloß durch die Welt zu schleichen, gebeugt von der Last des Bedauerns und des Selbstmitleids.

Wir sind uns nun einmal nicht unter normalen Umständen begegnet, und ich kann nichts daran ändern. Wenn mein Dad mir eines mit auf den Weg gegeben hat, dann dass es nicht lohnt, sein Leben mit irgendwelchen Was-wäre-wenn-Überlegungen zu vertun. Was passiert ist, ist passiert. Ich kann das Vergangene nicht mehr rückgängig machen. Das Einzige, worauf ich Einfluss nehmen kann, ist die Zukunft.

Also werde ich mich voll und ganz auf Cals Plan konzentrieren, um Lucy aus ihrer Misere zu helfen, und mir mein eigenes Leben erst danach vorknöpfen. Wie das genau aussehen wird, weiß ich im Moment auch noch nicht

Cal erwartet mich, mit zwei Honigmelonen jonglierend, in der Obst- und Gemüseabteilung.

»Was ist denn mit dir los?«, fragt er.

»Warum?«

»Na ja, ein Bild sagt ja bekanntlich mehr als tausend Worte, und dein Gesicht gleicht im Moment einem ziemlich trübsinnigen Kunstwerk.«

»Sag nicht, dass ich ein Picasso bin. Ich hätte heute Morgen ein bisschen Make-up auflegen sollen.«

Cal legt sich einen Finger auf die Lippen und tut so, als würde er mich aufmerksam studieren. »Eher ein Chagall, würde ich sagen, du wirkst irgendwie völlig aus dem Gleichgewicht und verstört.«

»Besten Dank. Aber mein Leben kommt mir im Moment tatsächlich ein bisschen surreal vor.«

»Jetzt aber mal im Ernst, wie geht es dir denn?«

»Willst du das wirklich wissen?«

»Ja.«

Bevor ich in Tränen ausbreche, rufe ich mir gerade noch rechtzeitig in Erinnerung, dass ich mich nicht in Selbstmitleid ergehen wollte. »So weit ganz gut«, erwidere ich schließlich, entschlossen, es auch tatsächlich so zu meinen.

»Es ist wirklich furchtbar, wenn es einem ›so weit ganz gut‹ geht, ich weiß. Großartig oder wunderbar oder in Ekstase wäre besser, nicht?« Er wirft die Melonen in den Einkaufswagen, wo sie direkt auf einer Tüte mit gemischtem Salat landen.

»Wie schön, dass du mich verstehst.«

»Er wird darüber hinwegkommen und dir verzeihen, Jude«, versichert er mir, legt mir den Arm über die Schultern und dirigiert mich an Konservendosen und Vollwertkost vorbei in den Gang mit dem Gebäck.

»Meinst du?«

»Wenn nicht, wäre er ein ziemlicher Idiot, denn dann wäre ihm sein Stolz wichtiger als sein Glück. Da habe ich es schon einfacher…« Er hält ein Päckchen Halbbitterschokokekse hoch. »Allein diese hier versetzen mich schon in einen ekstatischen Glückszustand.« Er reißt die Packung auf, schiebt sich einen Keks in den Mund und schließt verzückt die Augen. »Glaubst du denn, dass du Haydn glücklich machen würdest?« fragt er und bietet mir auch einen Keks an. »Nein, vergiss die Frage. Würde er dich glücklich machen? Du denkst immer zuerst an die anderen, Jude. Vielleicht solltest du zur Abwechslung mal als Erstes an dich denken. Also, würde Haydn Morland dich glücklich machen?«

»Im Moment macht er mich bestimmt nicht glücklich.«

»Na bitte, da haben wir's.«

»Aber nur, weil er sich mir entzieht. Du glaubst gar nicht, wie sehr ich ihn vermisse. Dabei kenne ich ihn gerade mal vier Wochen.«

»Oje. So schlimm? Vielleicht sollte ich froh sein, dass ich noch nie verliebt war.«

»Im Ernst? Du warst noch nie verliebt?«

»Nein. Abgesehen natürlich von den zwei Stunden, in denen ich *Teuflisch* gesehen und mich nach Liz Hurley verzehrt habe. Weißt du eigentlich, wie oft sie sich in dem Film umzieht? Ach, hätte ich doch bloß ihre Ankleidehilfe sein können! Komm, Liz, ich helfe dir in diesen engen Catsuit. Miau...«

»Wie kommst du eigentlich darauf, dass ich verliebt bin?«, frage ich gereizt.

»Willst du es etwa bestreiten?«

»Wieso nicht! Es gibt nichts, aber auch gar nichts, was darauf hindeutet.«

»Ist ja schon gut, Jude. Wenn sich die Sache mit Haydn nicht klärt, findest du einen anderen, da bin ich absolut sicher.«

»Warum bist du da so sicher?«

»Na, du bist eine großartige Frau, du bist witzig, du bist nett.«

»Das Gleiche kann ich auch über dich sagen.«

Cal hält einen Augenblick inne. »Und trotzdem bin ich immer noch ewiger Single«, sagt er mehr zu sich selbst als zu mir.

»Das ist doch deprimierend, oder?«

Cal verzieht nachdenklich das Gesicht. »Es kann deprimierend sein, ja, aber nur, wenn man es an sich heranlässt. Warum soll man sich den Kopf über Dinge zerbrechen, die man nicht vorhersagen kann?«

»Meinst du, wir bleiben den ganzen Rest unseres Lebens allein?«

»Wir werden nie allein sein, Jude. Wir haben doch uns. Solange man Freunde hat, kann man alles überstehen. Sogar eine sexlose Durststrecke von...«, er hält inne und rollt beim Zählen angestrengt mit den Augen, »...fünfzehn Monaten, zwei Wochen und drei Tagen.«

»Wahnsinn! Und ich habe schon nach fünf Tagen unter Entzugserscheinungen gelitten.«

»Siehst du, es gibt immer jemanden, dem es noch dreckiger geht als einem selbst.«

»Was glaubst du, Cal – warum hast du noch nie die richtige Frau getroffen?«

Er nagt eine Weile auf seinem Daumennagel herum. »Du weißt ja, ich klage immer, dass mich keine will, aber wenn ich ehrlich bin, will mich nur die nicht, die ich will.«

»Von wem redest du, Cal?« Doch er schüttelt den Kopf, als hätte er sowieso schon zu viel gesagt. »Das spielt doch keine Rolle. Komm her.« Er zieht mich zu sich, nimmt mich in die Arme und lässt sein Kinn für einen Moment auf meinem Kopf ruhen. »Alles wird gut, Jude, für uns alle, für dich, für mich und für Lucy. Hab nur ein bisschen Geduld, dann wirst du schon sehen. Und jetzt«, sagt er und tritt einen Schritt zurück, »lass uns wenigstens kurzfristig ein bisschen Freude in unser Leben bringen.«

Er nimmt mich bei der Hand und tippt einer vorbeikommenden Verkäuferin auf die Schulter. »Entschuldigen Sie bitte, wo geht es zu den Sahnetorten?«

Katrina fällt über die Einkaufstüten her wie ein Aasfresser über totgefahrene Tiere. Ich muss mich zwingen, nicht laut loszulachen, als ich sehe, wie Cal seine Schokokekse ganz hinten im Schrank in einem leeren Waschpulverkarton versteckt. Doch als ich sehe, dass sie sich meine Tüte Käse-Doritos schnappt, vergeht mir das Lachen, und ich stürme hinter ihr her ins Wohnzimmer, dicht gefolgt von Cal, der soeben gemerkt hat, dass sie zum Dippen auch seinen Becher Sour Cream hat mitgehen lassen.

»Ich lenke sie ab, und du holst uns die Sachen zurück«, zischt er mir ins Ohr.

»Wie willst du sie denn ablenken?«

Er knöpft sein Hemd auf.

»Natürlich mit meinem Prachtkörper«, witzelt er und lässt die Hüften kreisen.

»Ich weiß zwar, dass du es nicht ernst meinst, aber es scheint zu funktionieren«, flüstere ich ihm zu, und tatsächlich – Katrina sieht uns an, anstatt wie üblich in die Glotze zu starren.

»Gut so! Ich schleiche mich von hinten an!« Auf Zehenspitzen gehe ich hinten um das Sofa herum.

»Heute hat ein Mann nach dir gefragt.«

Der Klang von Katrinas Stimme lässt mich abrupt innehalten. Sie redet so selten, dass ihre Worte fast wie ein Schock wirken.

»Redest du mit mir?«

Sie nickt.

»Ein Mann?«

Sie nickt wieder. »Er hat das hier für dich dagelassen.« Sie steht auf und hält mir eine geöffnete Schachtel Pralinen hin, die neben ihr auf dem Sofa gelegen hat.

»Er hat mir eine halb leer gegessene Schachtel Pralinen dagelassen?«

Cal unterbricht seinen Strip und begutachtet die Schachtel.

»Ich habe ein paar probiert.« Sie zuckt nicht mal mit der Wimper, als wäre es das Normalste von der Welt, geschenkte Pralinen wegzufuttern, bevor der andere auch nur Gelegenheit hatte, an der Packung zu schnuppern.

Sie hält mir immer noch die Schachtel hin. Ich nehme sie widerwillig entgegen und mustere sie misstrauisch wie eine Flasche mit unbekanntem Inhalt, bei der man nicht weiß, mit welcher Absicht der Absender sie gefüllt hat.

»Hatte der Mann auch einen Namen?«

Sie sieht mich ausdruckslos an.

»Der Mann, der die Pralinen abgegeben hat. Hat er dir seinen Namen genannt?«

»Er hat gesagt, er sei dein Freund, aber das kann ja nicht sein. Du hast doch gar keinen, oder?« Sie sagt es, als würde mir das Herz fehlen oder etwas anderes Lebensnotwendiges, als würde es an ein Wunder grenzen, dass ich überhaupt noch atme.

»Äh … nein … aber egal, wie sah er denn aus?« Sie denkt so angestrengt nach, dass sie schielt. »Blondes Haar, blaue Augen, blauer Mantel, blauer Schal …«

»Blaue Wildlederschuhe?«, schaltet Cal sich ein. »Oh, mein Gott, Jude! Es war Elvis! Elvis wollte dich besuchen und dir eine halb aufgegessene Schachtel Pralinen schenken. Ruf schnell beim Fernsehen an, das muss unbedingt in die Nachrichten!«

»Er sah irgendwie vornehm aus«, fährt Katrina fort und ignoriert Cals Einwurf. »Du weißt schon, was ich meine, er hat hochgestochen dahergeredet, hatte eine perfekte Frisur und trug einen teuren Anzug – Armani oder so.« Sie lässt sich zurück ins Sofa plumpsen, lümmelt sich mit angezogenen Beinen in die Ecke und zündet sich eine dicke, selbst gedrehte Zigarette an.

»Und? Wirkte er irgendwie depressiv?«, fragt Cal.

»Wie bitte?«, fragt Katrina und seufzt. »Ja, ich würde sagen, er wirkte ein bisschen niedergeschlagen.«

»Dann war es Jonathan, keine Frage«, stellt Cal bestimmt fest und nickt mir zu.

Katrina dreht sich zu Cal um und glotzt ihn an. »Kann sein, ich glaube, sein Name fing mit ›Jon‹ an.«

»Na, großartig«, seufze ich.

»Wir haben uns lange unterhalten«, fährt Katrina fort und klimpert mich mit ihren dunklen Jade-Augen an.

Ich glaube meinen Ohren nicht zu trauen, denn nach meinem bisherigen Wissensstand sind sowohl Jonathan als auch Katrina absolut unfähig, ein längeres Gespräch zu führen. Katrina sagt grundsätzlich nichts, und Jonathan hält pausenlose Monologe. Die Vorstellung einer normalen Unterhaltung zwischen den beiden ist absurd.

»Ich glaube, er fühlt sich vernachlässigt«, erklärt sie mir und zieht an ihrer Zigarette.

Jonathan? Vernachlässigt? Ich soll Jonathan vernachlässigt haben? Die Vorstellung erscheint mir so fremd wie die komplizierten Feinregeln beim Golf. Wenn hier jemand vernachlässigt wurde, dann doch wohl *ich*, und zwar jahrelang! Und plötzlich soll alles anders sein? Meine Welt steht Kopf. Ich sehe Cal Hilfe suchend an, doch er ist genauso perplex wie ich. Auf einmal verspüre ich Heißhunger auf eine Trost spendende Praline und werfe voller Hoffnung einen Blick in die geöffnete Schachtel. Von den Pralinen mit Cremefüllung ist keine einzige mehr da. Es gibt nur noch welche mit Nüssen. So ähnlich verhält es sich derzeit mit meinem Leben.

»*Lucy!*« Ich rufe sie schon zum dritten Mal, bis sie endlich nur in Unterwäsche und mit einem geschminkten und einem ungeschminkten Auge aus ihrem Zimmer kommt. Der Lockenstab hängt ihr noch im Haar, Kabel und Stecker baumeln über ihren Schultern.

»Was ist?«, ruft sie zurück.

»Oh, tut mir Leid«, entschuldige ich mich, als ich sie sehe. »Ich wusste nicht, dass du gerade verkabelt bist.«

»Sehr witzig! Was ist los, Jude?«

»Ich kann mein Kleid nicht finden.«

»Welches?«

»Mein neues. Das rosa Seidenkleid.«

»Seltsam. Ich kann nämlich meine Schuhe nicht finden. Meine nagelneuen, die mit den hohen Absätzen und den schmalen Perlen-Riemchen.«

»Ich habe sie nicht. Hast du dir zufällig mein Kleid ausgeliehen?«

Sie schüttelt den Kopf. »Hast du es nicht in die Reinigung gebracht?«

»Ja, aber Cal hat es letzte Woche für mich abgeholt.«

»Bist du sicher? Er ist manchmal ein bisschen vergesslich.«

»Wer ist vergesslich?«, platzt Cal dazwischen.

»Äh … keine Ahnung.« Lucy grinst ihn an.

Cal ist ausgehfertig angezogen und sieht in seinem beigebraunen Armani-Anzug (von der Stange) und einem dazu passenden John-Smedley-Pulli mit V-Ausschnitt sehr elegant und gut aus.

»Du siehst klasse aus«, stellt Lucy fest.

»Nicht so klasse wie du.« Er schürzt bewundernd die Lippen. »Ich hoffe, du gehst so, wie du bist.«

In dem Moment fällt Lucy siedend heiß ein, dass sie nichts am Leib hat außer ihren gewagten Dessous und ein bisschen elektrischem Haarschmuck. Sie schnappt sich meinen auf dem Bett liegenden Bademantel und zieht ihn sich hastig über.

»Jude sucht ihr Kleid«, berichtet sie mit errötenden Wangen.

»Das scheint ja mein Glücksabend zu werden«, entgegnet Cal und nimmt mich grinsend ins Visier – beziehungsweise meinen Körper, der immer noch in ein Handtuch gehüllt ist.

»Im Ernst«, beharrt Lucy.

»In vollem Ernst sogar.«

Lucy zieht eine Grimasse und gibt Cal einen Klaps auf den Arm. »Benimm dich, Cal!«

»Ich werde geschlagen!« Er verdreht entzückt die Augen. »Zwei leicht bekleidete Frauen treiben mit mir neckische Sadomaso-Spielchen. Ich muss im Himmel sein.«

Er dreht sich um, stützt sich mit den Händen auf dem Bett ab, bückt sich und hält Lucy seinen Hintern hin.

»Schlag mich noch einmal, grausame Herrin, bitte!«

»Cal, jetzt reiß dich mal zusammen!«

»Ja, meine Domina«, witzelt er. »Ganz wie du befiehlst.«

Lucy gibt ihm einen Schubs, woraufhin er auf meinem Bett landet.

»Aber wo ist Judes neues Kleid denn nur?«

»Nicht schuldig«, ruft Cal und wirft sich mit hochgereckten Armen auf den Rücken, als wollte er sich von Lucy Handschellen anlegen lassen.

»Ich leihe mir nur deine Kleider aus, die von Jude kneifen mir am Hintern.«

»Kein Wunder bei den Bergen von Schokolade, die du in dich hineinstopfst!« kontert Lucy.

»Apropos Schokolade. Im hintersten Winkel des Kühlschranks liegt noch ein Marsriegel, auf dem mein Name steht. Den brauche ich, damit mir heute Abend nicht die Energie ausgeht.« Er zwinkert mir zu.

»Ich dachte, Katrina hätte alle weggeputzt?«

»Einen hat sie übersehen«, entgegnet er sichtlich selbstzufrieden. »Ich habe ihn in einer leeren Fertiggerichtpackung versteckt, Leber mit Kartoffelbrei. Ich glaube, sie steht nicht auf Innereien. Und jetzt beeil dich ein bisschen, Jude, zieh dir irgendwas anderes an! Das Taxi steht jeden Augenblick vor der Tür!«

»Ich hab nichts anderes.«

»Wenn du mir mit den Haaren hilfst, leihe ich dir ein Kleid«, bietet Lucy an.

»Abgemacht.« Cal geht in die Küche, um sich seinen letzten Marsriegel einzuverleiben. Genau dreißig Sekunden später, als ich gerade gewaltsam den Lockenstab aus Lucys Haar entferne, erscheint sein Gesicht erneut in der Tür.

»He, ihr beiden, ich glaube, ihr solltet mal rüberkommen und einen Blick ins Wohnzimmer werfen.«

»Was ist denn los?«

»Kommt, und seht es euch an.«

Gemeinsam folgen wir ihm über den Flur und spähen durch den offenen Türspalt.

»Ich glaub, ich träume!«, zischt Lucy bei dem Anblick, der sich uns bietet.

Katrina hat tatsächlich unser Sofa verlassen und geduscht. Ihr Make-up ist perfekt und ihr langes dunkles Haar gekonnt gestylt. Sie sieht aus wie das Cover-Girl eines Hochglanzmagazins. Gerade verspeist sie Cals letzten Marsriegel und schlüpft in Lucys neue Christian-Laboutin-Sandaletten. Und sie trägt mein neues Kleid.

Ich bin fassungslos.

Dabei schockiert mich weniger, dass sie sich einfach mein Kleid genommen hat, ohne auch nur im Mindesten um Erlaubnis zu fragen – das ist typisch Katrina –, nein, mich haut um, dass sie darin absolut umwerfend aussieht. Sensationell, um genau zu sein. Viel besser als ich. Es ist furchtbar, wenn man überzeugt ist, in einem Kleid richtig gut auszusehen, und dann zieht es jemand anders an und sieht darin so toll aus, dass man sich selber vorkommt wie eine graue Maus.

Lucy starrt auf Katrinas Füße. »Meine neuen Schuhe!«, jammert sie, als ob gerade vor ihren Augen ein Kätzchen überfahren worden wäre.

Katrina hört uns, blickt zur Tür und verkündet: »Ich gehe mit einem Freund aus.«

Lucy und ich sehen uns mit hochgezogenen Augenbrauen an.

»Ich dachte, sie hätte niemanden außer uns?«, zische ich Lucy zu.

»Soll das etwa heißen, wir sind jetzt auch noch ihre Freunde?«, fragt Cal.

»Meine neuen Schuhe«, wiederholt Lucy und zeigt entsetzt auf Katrinas große Füße, die sich gerade in Schuhgröße achtunddreißig quetschen.

Bevor irgendjemand von uns die Sprache wieder findet, tänzelt sie, eine Coco-Chanel-Duftwolke hinter sich herziehend, aus der Haustür und steigt in ein wartendes Taxi. Zufällig ist Coco Chanel das Parfum, das ich benutze. Erst als sie weg ist, wird uns bewusst, dass sie nicht nur mein Kleid, Lucys Schuhe und Cals letzten Marsriegel eingesackt hat – sie hat uns auch noch unser bestelltes Taxi vor der Nase weggeschnappt.

»Jetzt reicht's!«, braust Lucy auf und sieht dem Taxi hinterher. »Da ist man nett, hilft ihr, weil man glaubt, dass sie es nötig hat, und wird zum Dank für blöd verkauft.«

»Aber es ist doch gut, dass sie einen Freund hat«, werfe ich in dem Versuch ein, dem Ganzen ausnahmsweise mal etwas Positives abzugewinnen.

»Allerdings. Dann kann sie die nächsten Wochen nämlich in seiner Bude kampieren statt bei uns. Und ihre Schuhe woanders klauen.«

Mit einer halben Stunde Verspätung erreichen wir schließlich den Club. Bruce erwartet uns bereits nervös im Foyer, das Gewicht von einem Fuß auf den anderen verlagernd, als ob ihm der Teppich die Füße versengen würde.

»Gott sei Dank!«, seufzt er, als er uns sieht.

»Ich dachte schon, ihr hättet gekniffen und würdet gar nicht mehr kommen.«

»Gekniffen?«, fragt Lucy verwirrt. »Wovor denn?«

»Äh… äh…« Cal macht eine bestürzte Miene, woraufhin Bruce ihm wild gestikulierend bedeutet, dass er kapiert hat und die Sache wieder gerade biegt.

»Cal hat eine Wette verloren und sollte eigentlich im Schottenrock kommen. Und jetzt seht ihn euch an. Er hat gekniffen…« Er schielt mich verwegen an. »Schäm dich, Callum. Schäm dich.«

»Na ja, meine Knie waren noch nie das Vorzeigestück meines Körpers, sie sind einfach zu knubbelig«, schwafelt Cal.

»Ähm… ich habe euch ja noch gar nicht miteinander bekannt gemacht. Luce, das ist Bruce, Bruce, das ist Luce. Und das ist Jude. Jude, Bruce.«

»Schön, dich kennen zu lernen«, sage ich und werde rot, als ich nach seiner ausgestreckten Hand greife. Es ist gar nicht so einfach, so zu tun, als hätte ich den vor Temperament übersprudelnden Bruce noch nie gesehen, erst recht, als er mich nach dem Händeschütteln auch noch freudestrahlend umarmt.

»Komm, wir gönnen uns erst mal einen schönen Drink, Darling«, flüstert er mir ins Ohr. »Ich weiß ja nicht, wie es dir geht, aber ich kann heute einen doppelten vertragen – wobei ich auch sonst kein Kostverächter bin…« Er lässt mich los und nimmt mich in Lucys Kleid in Augenschein. »Du siehst super aus.«

Bruce trägt einen umwerfenden gelb-rot gemusterten Vivienne-Westwood-Kilt, Bikerboots und ein ärmelloses T-Shirt.

»Du siehst auch nicht schlecht aus«, flüstere ich zurück. »Du hast dich ganz schön aufgebrezelt.«

»Natürlich«, erwidert er und wirbelt mich herum. »Schließlich bin ich ein scharfer Hecht.«

Ich kommentiere die Bemerkung mit einem Stöhnen.

»Komm, ich stelle euch ein paar meiner Freunde vor.«

Er hakt sich bei mir und Lucy ein und führt uns an eine der Theken. Dem Club ist ein Restaurant angegliedert. Jenseits des Foyers mit dem Einlass und der Garderobe gibt es einen riesigen Raum mit drei Theken, zwei Sitzbereichen – einen davon zum Essen und einen zum Herumhängen – und einer erhöhten Tanzfläche.

Wir wollen auf keinen Fall, dass Lucy von unserem Vorhaben Wind bekommt. Unser Plan sieht vor, sie irgendwie bei Bruce' Freund Ben und seiner Freundin Saffron abzuladen, die sie dann ablenken und dafür sorgen, dass sie sich amüsiert. Sobald sie uns nicht mehr in die Quere kommen kann, wollen wir zur Tat schreiten.

Die beiden sitzen an der Theke auf der linken Seite des Clubs. Ben ist ein nicht mehr ganz junger Typ, Ende dreißig vielleicht, mit grau meliertem Haar und einem freundlichen Gesicht. Er redet gerade auf eine hübsche rothaarige Frau ein, das heißt er beugt sich zu ihr hinüber und brüllt ihr ins Ohr, um die laut wummernde Dance-Musik zu übertönen.

Bruce macht uns miteinander bekannt. »Luce, Jude, Cal«, schreit er, »das ist Ben, und das ist Saff, die Frau, die mir den Mann meiner Träume geraubt hat.«

»Ach, hör doch auf!« Die Rothaarige verpasst ihm einen freundschaftlichen Klaps auf den Arm. Dann umarmt sie ihn herzlich und küsst ihn mit ihren großen roten Lippen auf den Mund.

»Wie schön, euch endlich kennen zu lernen«, sagt sie zu uns

gewandt. »Bruce hat schon von euch erzählt. Wir haben gerade Wein bestellt. Habt ihr auch Lust auf ein Gläschen?«

Der Barkeeper hat ihnen drei Flaschen Weißwein hingestellt. Wie vereinbart, schenken Ben und Saffron Lucy immer wieder nach und entführen sie dann auf die Tanzfläche.

»Komm, lass uns ein bisschen tanzen«, fordert Saffron sie auf, hält ihr die Hand hin und lächelt mich an. »Ich tanze für mein Leben gern, aber mit Ben, diesem alten Fossil, kann ich das vergessen. Für ihn ist der Ententanz das höchste der Gefühle.«

Lucy erzählt ihr beim Tanzen irgendetwas, aber ich kann kein Wort verstehen, sondern erkenne im Stroboskoplicht der aufblitzenden Laser nur ihre Lippenbewegungen.

Bruce bestellt mir einen großen Wodka nach dem anderen, damit ich mir ordentlich Mut antrinke. Normalerweise verzichte ich auf harte Getränke und genehmige mir allenfalls nach der Arbeit hin und wieder ein paar Gläser Wein. Zwar ist es herrlich, sich in fröhlicher Geselligkeit zu betrinken, aber es ist schwer, den Punkt abzupassen, ab dem die Geselligkeit plötzlich umschlägt in volltrunkene Unausstehlichkeit. Ganz zu schweigen von dem Kater am Morgen danach. Als ich noch auf dem College war und die Hälfte meines Lebens im Bett verbringen konnte, war das kein Problem, aber inzwischen kann ich es mir einfach nicht mehr leisten, meine Tage mit dem Auskurieren schwerer Alkoholexzesse zu vergeuden. Doch heute kann ich mir das Zeug anscheinend bis zum Abwinken runterkippen, ohne dass es eine Wirkung zeigt. Jedenfalls fühle ich mich immer noch stocknüchtern.

Cal hat sich zu Lucy und Saffron auf die Tanzfläche gesellt, und sein ungelenker Körper schwingt in seltsamem Einklang mit der Musik hin und her. Der Schweiß läuft ihm in Strömen herunter und verklebt seine goldbraunen Locken zu kleinen filzigen Zotteln. Lucy schmiegt sich von hinten an ihn, und die beiden schießen im Takt der Musik vor und zurück wie zwei sich rhythmisch hin und her biegende Löffel in den magischen Händen eines epileptischen Uri Geller. Obwohl man meinen könnte, dass Cal sich ganz der Musik hingibt, sehe ich ihn ständig nach allen Seiten argwöhnisch den Raum absuchen wie ein Erdmännchen in Alarmbereitschaft. Ich bedeute den beiden, dass ich kurz auf die Toilette verschwinde.

Die Damentoilette ist gerammelt voll, und zwar nicht nur mit Frauen. Es sind mindestens zwei Männer da, einer küsst in einer der Ecken leidenschaftlich ein blondes Mädchen, ein anderer steht vor dem Spiegel und zieht sich mit Eyeliner, den er sich von einer schrillen Punkerin mit Igelfrisur ausleiht, die Augen nach. Ich habe mir extra für diesen Abend noch einmal frische Strähnchen machen lassen und Lucy mit der Erklärung abgespeist, dass ich den dunklen Haaransatz einfach nicht ertragen könne. Ein bisschen erschöpft reihe ich mich in die Pinkelschlange ein und zwänge mich danach neben die Punkerin, die mit einem Lächeln zur Seite tritt und mir auch ein wenig Platz vor dem Spiegel macht.

Vor lauter Aufregung habe ich mir den ganzen Lippenstift von den Lippen geleckt, und obwohl ich mich mit Unmengen Make-up wieder lucymäßig gestylt habe, wirke ich ziemlich blass. Ich ziehe mir behutsam die Lippen nach, trage noch etwas Rouge und Wimperntusche auf und stelle zufrieden fest, dass ich jetzt eher wieder wie ein menschliches Wesen aussehe.

Leider fühle ich mich nicht so. Nach außen hin mag ich ja cool und gefasst wirken, aber mein Inneres gleicht einem siedenden Fonduetopf, in dem meine Nerven brodeln und von einem eingetunkten Spieß wild durcheinander gerührt werden. Ich muss mich regelrecht zwingen, die Toilette wieder zu verlassen, denn ich werde auf einmal von dem unwiderstehlichen Drang befallen, mich den Rest des Abends in einer der Klokabinen zu verstecken.

Ich reiße mich zusammen, dränge mich durch die Tür, kollidiere dabei mit einer hereinkommenden Frau, entschuldige mich mit einem Lächeln, gehe zurück in den Raum mit den Bars und der Tanzfläche und stehe plötzlich Haydn gegenüber.

Für einen Moment sehen wir uns betreten an. Wie wenn man in freudiger Erwartung guter Freunde die Haustür aufreißt und als böse Überraschung den Zeugen Jehovas gegenübersteht, die einen erwartungsvoll anstrahlen. Dann werde ich von diesem Kribbeln aufsteigender Freude erfasst und kann nicht anders, als ihn anzulächeln.

Er erwidert mein Lächeln nicht.

Woraufhin mein Lächeln erstirbt und einer peinigenden Verlegenheit weicht.

Und dann reagiert Haydn doch noch auf mein anfängliches Strahlen. Seine düstere Miene hellt sich zu meiner großen Überraschung auf, und irgendwie bin ich plötzlich auf irrationale Weise erleichtert, dass ich nicht wie geplant mein rosa Kleid anhabe, da Haydn mich schon darin gesehen hat.

»Was machst du denn hier?«, fragt er schließlich.

»Und du?«

»Geschäftlich.«

»Ich bin mit Freunden hier.« Wir antworten beide gleichzeitig.

Dann sehen wir uns einen Moment schweigend an.

»Schön, dich zu sehen«, sage ich schließlich.

»Wie geht es dir?«

Ob es mehr ist als eine pure Höflichkeitsfloskel? Hoffnungsvoll suche ich in seinem Gesicht nach einem Zeichen, dass er seine Frage ernst meint. Er muss doch auch irgendetwas von diesem flauen Gefühl spüren, das meinen Magen bei seinem Anblick erfasst hat. Es kann doch nicht nur mir so gehen, dass ich mich fühle, als wäre ich ohne Fallschirm aus einem Flugzeug gesprungen.

»Es ist mir schon besser gegangen«, erwidere ich schließlich und versuche bedauernswert zu lächeln, doch ich fürchte, der Versuch misslingt, und mein Gesicht verzieht sich stattdessen zu einer verkrampften Grimasse.

»Sieh mal …«, beginnt er, doch eine Hand auf seinem Arm und eine scharfe Stimme, die ihn mit Nachdruck bei seinem Namen nennt, unterbricht ihn mitten im Satz. »Haydn, Darling, da ist jemand ungeheuer Wichtiges, mit dem ich dich unbedingt bekannt machen möchte.«

Sie ist schon etwas älter, aber sehr attraktiv. Sie hat ein bisschen mehr Geld für ihre blonden Strähnchen ausgegeben als ich, hat braune Augen, ist stark geschminkt, wenn auch dezent, und sie trägt ein schickes schwarzes Kostüm von schlichter Eleganz.

Très chic.

Sie ist mir sofort unangenehm.

»Nur eine Minute, Natalie.«

»Ich fürchte, wir haben keine Minute. Er ist schon auf dem Sprung, will dich aber vorher unbedingt noch kurz sprechen. Du kannst die Unterhaltung mit deiner Bekannten doch sicher auf später verschieben …« Sie nickt mir unterkühlt und abschätzig zu und zieht Haydn von mir weg.

Es hat ganze sechs Sekunden gedauert, ihn mir direkt vor der Nase wegzuschnappen, und das mit beneidenswerter Dreistigkeit. Ich verrenke mir den Hals, um zu sehen, zu wem die mysteriöse Blonde ihn lotst. Gleichzeitig überfällt mich furchtbare Eifersucht, als hätte mir jemand einen Schlag aufs Zwerchfell verpasst, und dann legt sich eine Hand auf meinen Arm und lässt mich herumwirbeln.

Es ist Cal. Seine Augen funkeln vor Aufregung. »Da bist du ja, Jude. Das Spiel beginnt. Wir haben ihn gefunden.«

»Layton?«

Er nickt. Wenn ich Haydn doch bloß für einen Moment vergessen könnte! Warum bin ich nicht auf der Toilette geblieben? Tatsächlich müsste ich dort jetzt dringend hin. Vermutlich gibt es gegen Verstopfung kein wirksameres Mittel als einen kräftigen Adrenalinschub.

»Weiß Lucy, dass er hier ist?« Meine Stimme ist auf einmal ganz schrill und piepsig.

Cal schüttelt den Kopf. »Wir haben es geschafft, sie abzuschirmen. Ben und Saffron füllen sie an der hinteren Theke ab. Sie hat schon so viel Wein intus, dass sie nicht mehr weiter sehen kann als bis auf den Boden ihres Glases. Bruce ist schon in sein Büro hochgegangen. Er hat mich geschickt, dich zu suchen. Bist du bereit?«

Widerstrebend sehe ich Haydn hinterher. Die blonde Frau stellt ihn gerade einem Mann in einem teuren Anzug und mit einem gewaltigen Taillenumfang vor. Es erfüllt mich mit einer gewissen Genugtuung zu sehen, dass Haydn, als er mit einem höflichen Lächeln die Hand seines Gegenübers schüttelt, nicht den Mann ansieht, sondern mich. Vielleicht wäre dies die passende Gelegenheit, ihm alles zu erklären und zu versuchen, alles wieder gutzumachen.

»Jude?«, reißt Cal mich aus meinen Gedanken. »Bist du bereit?« Ich habe mir vorgenommen, zuerst Lucys Leben wieder in Ordnung zu bringen. Haydn muss warten.

»Nein«, erwidere ich mit zittriger Stimme. »Aber lass es uns hinter uns bringen.«

Cal nimmt mich in die Arme und drückt mich herzlich.

»He, Jude, Kopf hoch, du kannst es«, flüstert er mir ins Ohr. Dann lässt er mich los. »Also, packen wir's an.«

Ich nehme ihn am Arm und halte ihn zurück. »Cal, was tun wir bloß hier?«

»Wir helfen Lucy, klar?«

Ich hole tief Luft. »Also gut.«

Cal nimmt meine Hand und führt mich in die Nähe der großen Bar. Links daneben und jenseits der Tanzfläche stehen mehrere Tische, die allesamt mit Gästen besetzt sind, die sich rege unterhalten, trinken, essen, miteinander streiten oder sich gegenseitig anbaggern, was das Zeug hält.

Cal deutet auf einen Tisch ganz in der Nähe. »Saffron sagt, das ist er.« Er hat braunes Haar, das an einigen Stellen aufwändig mit goldblond getönten Strähnchen durchsetzt ist, ein hübsches

Gesicht mit Adlernase. Er ist stark gebräunt, trägt jede Menge geschmackvollen Goldschmuck, einen sehr eleganten grauen Anzug und darunter ein Hemd, das so weiß ist, dass es in den aufblitzenden Discostrahlern regelrecht leuchtet. Neben ihm sitzt eine Brünette, die sich gerade herüberbeugt und ihm etwas ins Ohr flüstert. Er bricht in schallendes Gelächter aus, nimmt dann ihre Hand. Erst als ein Mann hinzukommt, der sich auf der anderen Seite neben der Frau niederlässt, reißt er die Hand im letzten Moment weg. Jetzt erst fällt mir der Ehering ins Auge.

»Der Schuft spielt schon wieder seine Spielchen«, raunt Cal missbilligend.

»Na ja, ist ja nur noch eine Frage der Zeit, bis sein Schwanz ihm zum Verhängnis wird. Wir schlagen ihn sozusagen mit seiner eigenen Waffe.« Cal dreht sich entschlossen zu mir um. »Geh einfach an dem Tisch vorbei und achte darauf, dass er dich zur Kenntnis nimmt.«

»Und wie soll ich das, bitte schön, tun?«

Er streicht mir eine Haarsträhne aus dem Gesicht und legt sie hinter mein Ohr. »Hör zu, Jude, du siehst umwerfend aus. Außerdem siehst du aus wie Lucy. Glaub mir, er wird dich zur Kenntnis nehmen. Viel Glück.«

Mit Glück kenne ich mich nicht aus. Ich bräuchte etwas Greifbareres, Verlässlicheres. Ein Maschinengewehr, zum Beispiel. Es wäre viel einfacher, ihn im Vorbeischlendern einfach abzuknallen. Von mir aus kann mich auch jemand abknallen, ich weiß im Moment nicht einmal, welche Variante mir lieber wäre.

Ich bin so von der Fantasie meines Maschinengewehr-Massakers eingenommen, dass ich gar nicht realisiere, dass ich bereits an Layton Berrick vorbeigegangen bin.

War doch gar nicht so schwer, mache ich mir selber Mut.

Er braucht einen Moment, bis es bei ihm Klick macht, doch er reagiert wie erhofft, und zu meiner großen Überraschung muss ich ihn nur einmal kurz anlächeln, und schon steht er auf und folgt mir an die Bar. Ich wende ihm den Rücken zu und bestelle mir einen doppelten Wodka, um meine Nerven zu beruhigen. Doch ich kann nur einmal schnell nippen, da tippt er mir schon auf die Schulter.

»Ich habe vorhin schon einmal gedacht, dass du das bist!«, sagt er mit gedämpfter Stimme. Er klingt wütend. »Was, zum Teufel, hast du hier zu suchen?«

Deshalb ist er mir also so breitwillig gefolgt. Er hält mich offenbar für Lucy. Aber vielleicht redet er auch mit allen Frauen so. Ich drehe mich wortlos zu ihm um und sehe, wie sein wütender Ausdruck sich in pures Entsetzen verwandelt.

»O mein Gott, es tut mir wirklich Leid… ich meine, entschuldige bitte. Ich bitte wirklich um Entschuldigung. Es ist mir so peinlich, aber ich habe dich wirklich für jemand anders gehalten…«

»Dann kann ich mich ja glücklich schätzen, dass ich nicht dieser jemand anders bin, du scheinst wütend zu sein.«

»Ich weiß, es ist unverzeihlich, dich so anzufahren, es tut mir wirklich Leid«. Er hält inne und nimmt mich näher in Augenschein. »Hm, ich weiß, dass es entsetzlich klischeehaft klingt, aber sind wir uns schon mal irgendwo begegnet? Du kommst mir irgendwie bekannt vor.«

Ich unterdrücke den Drang, diesem Mistkerl sofort eins überzubraten und setze stattdessen ein falsches Lächeln auf. »Ich heiße Jude.«

Zugegeben, er hat ziemlich schnell die Fassung zurückgewonnen. Diesmal wirkt sein Lächeln sogar richtig charmant.

»Schön, dich kennen zu lernen, Jude.«

»Ach wirklich? Eben klang das aber noch ganz anders«, stichele ich mit leicht schriller Stimme.

»Kann schon sein, aber, wie gesagt – ich habe dich wirklich verwechselt.«

»Na gut, aber nachdem wir nun geklärt haben, wer ich nicht bin, hättest du vielleicht die Güte, mir zu verraten, wer du bist.«

»Layton Berrick«, stellt er sich mit einem schmeichlerischen Lächeln vor und hält mir eine Hand hin. »Bist du sicher, dass wir uns nicht schon mal begegnet sind?«

Das ist mein Stichwort. »Bisher noch nicht, aber ich kenne dich trotzdem…« Ich muss mich mit aller Kraft zusammenreißen, nicht giftig zu fauchen und statt dessen verführerisch zu klingen.

»Tatsächlich?« Sein Lächeln wird immer breiter.

»Ja, meine, äh…« – ich hoffe auf eine Eingebung –, »meine Schwester hat mir alles über dich erzählt.«

»Deine Schwester?«

»Lucy O'Neill.«

Sein strahlendes Lächeln gefriert, und sein Ausdruck wird schlagartig kalt und abweisend. »Ich habe zwar keine Ahnung, welches Spiel ihr spielt, aber du kannst mich getrost außen vor lassen. Ich spiele auf keinen Fall mit.«

»Sie ist meine Zwillingsschwester«, fahre ich unbeeindruckt fort. »Natürlich sind wir keine eineiigen Zwillinge. Sie hat mich gebeten, mit dir zu reden. Insofern trifft es sich richtig gut, dass du dich bereits selbst vorgestellt hast.«

»Dann war sie das vorhin auf der Tanzfläche also doch. Wie auch immer, richte ihr aus, dass ich ihr absolut nichts mehr zu sagen habe. Du verschwendest deine Zeit.«

»Ach ja? Und was ist mit dem kleinen ›Geschäftsdeal‹, den du ihr in Mayfair angeboten hast, pikanterweise auch noch in einer Firmenwohnung? Ich dachte, dass du darüber vielleicht gerne reden würdest…«

Er beugt sich ganz nah zu mir heran, so dass sein Gesicht nur wenige Zentimeter von meinem entfernt ist und mir von seiner Whiskey-Fahne ganz übel wird. »Richte ihr aus, dass ich alles abstreiten werde«, zischt er hasserfüllt. »Sie hat nichts in der Hand, gar nichts.« Mit diesen Worten dreht er sich um und will davonstürmen, doch ich fasse ihn am Arm und halte ihn zurück.

»So siehst du die Sache vielleicht. Aber vielleicht solltest du wissen, dass Lucy das Ganze ziemlich Leid tut. Sie bereut inzwischen, dich zurückgewiesen zu haben. Sie hat sich einfach Sorgen gemacht, das ist alles. Aber sie mag dich so sehr, dass sie auf keinen Fall deiner Karriere schaden wollte.«

»Hat sie mir deshalb ein blaues Auge verpasst?« Er betastet es vorsichtig. »Weil sie mich so sehr mag?«

»Na ja, sie ist eben manchmal etwas impulsiv, aber es tut ihr sehr, sehr Leid, wirklich, was ich verstehen kann, wenn ich mir dich so anschaue …« Vor lauter verlogener Speichelleckerei würde ich am liebsten kotzen, aber mein Herumgesäusel scheint Wirkung zu zeigen. »Sie hat mich geschickt, dich zu ihr zu bringen.«

»Tatsächlich?« Er klingt nicht mehr ganz so feindselig.

»Ja, sie erwartet dich oben im Büro des Geschäftsführers.«

Er sieht zweifelnd nach oben. Natürlich ist er immer noch auf der Hut, schließlich hat Lucy ihm ein blaues Auge gehauen, das immer noch deutlich sichtbar ist. Wie er es wohl seiner Frau und seinen Kollegen erklärt hat? Bestimmt hat er ihnen erzählt, dass er gegen eine Schranktür gelaufen ist.

Er braucht noch einen letzten Anstoß.

Ich unterdrücke meinen Ekel, fahre mit einem Finger seinen Kieferknochen entlang bis zu seiner Lippe und lasse ihn dort ruhen. »Sie dachte, nachdem sie dich so mies behandelt hat, hast du eine ganz spezielle Entschuldigung verdient«, hauche ich und gehe so nah an ihn heran, dass mein Atem sein Ohr und seinen Nacken kitzelt.

»Lucy hat mir nie erzählt, dass sie eine Schwester hat.« Er ist immer noch unsicher, aber anstatt sich loszureißen und sich von mir zu entfernen, kommt er mir wieder ein bisschen näher.

»Das kann schon sein, sie zieht es in der Regel vor, mich nicht zu erwähnen. Unter uns gesagt«, ich sehe ihn mit gesenktem Blick an, »liegt es vielleicht daran, dass sie sich ein bisschen für mich schämt. Lucy ist ziemlich anständig, und ich … na ja, sagen wir, ich kann mitunter eine ganz schön unanständige Ader haben.«

Und dann setze ich auf die hirnzerstörende Kraft des männlichen Testosterons und locke ihn mit der ultimativen Versuchung. »Da Lucy so gemein zu dir war, dachten wir, wir könnten es vielleicht gemeinsam wieder gutmachen.«

Nun hat er fast die Hose schon unten.

Um Cal in Alarmbereitschaft zu versetzen, klopfe ich wie vereinbart an die Tür. »Lucy, Darling, ich bin's Jude. Layton ist bei mir und bereit, alles zu vergeben und zu vergessen. Ich hoffe, du bist auch für uns bereit.«

Ich öffne die Tür und vergesse beim Anblick von Cal, der mit einer blonden Perücke auf dem Schreibtisch sitzt und uns den Rücken zukehrt, beinahe weiterzuatmen. Es ist zwar stockdunkel, aber ich kann deutlich sehen, wie Layton sich vorfreudig die Lippen leckt, als Lucy alias Cal sich vom Schreibtisch erhebt und mit übertriebenen Stöckelschritten auf uns zugetippelt kommt. Cal stakst ziemlich unbeholfen daher wie ein betrunkenes Kamel.

Er sieht aus wie ein Transvestit. Alles eine Spur überzogen. Er trägt eins von Lucys gewagtesten Kleidern, einen winzigen gerüschten roten Lycra-Fummel mit einem tiefen Vorderschlitz. Auf seine Lippen hat er eine fingerdicke Schicht fuchsiafarbenen Lippenstift aufgetragen, der überhaupt nicht zu dem roten Kleid passt. In dem Raum ist es zwar ziemlich dunkel, aber so wie Cal aussieht, längst nicht dunkel genug. Es kann nur eine Frage von Sekunden sein, bis das Ganze auffliegt.

Verzweifelt fange ich an zu improvisieren.

»Jetzt schließ bitte die Augen«, hauche ich so verführerisch wie möglich, streiche ganz sanft mit den Fingerspitzen über Laytons Gesicht und schließe ihm die Augenlider. »So ist es gut, noch nicht öffnen.«

Cal hält mir einen hochgereckten Daumen hin und stellt sich hinter Layton, der immer noch mit geschlossenen Augen dasteht und vor Vorfreude und Erregung bebt, als Cal ihn von hinten umfasst und anfängt, ihm das Hemd aufzuknöpfen. Während ich beobachte, wie er sich Knopf für Knopf vorarbeitet, muss ich mir mit aller Gewalt auf die Zunge beißen, um nicht laut loszulachen. Als Cal den vorletzten Knopf über Laytons Hosenbund erreicht, bedeutet er mir, die Plätze zu tauschen.

Er befeuchtet sich die Lippen, hält mir erneut den hochgereckten Daumen hin und haucht übertrieben affektiert: »Jetzt mach die Augen auf und küss mich, du Scheusal.« Beim Klang von Cals Stimme reißt Layton die Augen auf, allerdings nicht in vorfreudiger Erregung sondern in blankem Entsetzen, das sich noch steigert, als Cal mit seinen kräftigen Männerhänden seine Wangen packt, seine Lippen zu einem übertriebenen Schmollmund zusammendrückt und seine eigenen, schreiend pinken Mick-Jagger-Lippen langsam auf ihn zu bewegt. In dem Moment, in dem sich die beiden Münder beinahe berühren, kommt Bruce hinter einem Aktenschrank hervorgesprungen, und Laytons Lippen entweicht ein erstickter Schrei.

»Und jetzt bitte ›cheese‹ sagen«, fordert Cal den völlig verstörten Layton mit einem breiten Grinsen auf. Doch in dem Moment, in dem das Blitzlicht erlischt, wird die Bürotür aufgerissen, und eine mir bekannte Stimme peitscht wütend durch den spannungsgeladenen Raum wie schnelles Maschinengewehrfeuer.

»Was, zum Teufel, geht hier vor?«

Es ist, als ob das Blitzlicht uns alle für einen kurzen Moment zu einem Standbild hätte erstarren lassen. Und dann bricht das Chaos aus. Jeder schreit jeden an. Layton schreit auf Bruce ein, Cal schreit auf Layton ein, und die beiden ringen miteinander, da Cal versucht, Layton von Bruce wegzuzerren, auf den Layton sich gestürzt hat wie ein freigelassener Windhund. Er hält ihn im Schwitzkasten und versucht mit aller Kraft, ihm den Fotoapparat zu entwinden. Ich selber schreie Layton an, dass er Bruce und Cal sofort loslassen solle. Und Haydn steht einfach nur schweigend da und sieht dem Treiben fassungslos zu, sein Blick voller Abscheu und Geringschätzung verzogen.

»Dazu hat euch dieses Miststück angestiftet, habe ich Recht?«, schreit Layton, während er Cal in den Würgegriff nimmt.

»Sie ist kein Miststück, und sie hat von all dem keine Ahnung!«, schreit Cal zurück, stößt Layton zwei Finger in die Nasenlöcher und drängt ihn zurück.

»Lass ihn sofort los, du Scheißkerl!« Bruce wirft mir den Fotoapparat zu, stürzt sich auf Layton und packt ihn wie ein Rugby-Spieler an den Fußknöcheln. Als Layton mich die Kamera auffangen sieht, lässt er mit einer Hand Cals Hals los und langt nach dem Fotoapparat, um ihn mir abzunehmen, wodurch die drei ineinander verkeilten Streithähne auf mich zutaumeln.

In diesem Moment erkennt Haydn, dass offenbar der Fotoapparat der Zankapfel ist, schreitet zielstrebig auf uns zu und entreißt ihn geschickt unseren Händen.

Ohne die Kamera verliert die erbitterte Schlacht an Schwung.

»Hört auf der Stelle mit dem Unsinn auf, und zwar alle!«

Ich weiß nicht, ob es an Haydns beherrschter, aber sehr bestimmter Stimme liegt, oder einfach nur daran, dass die drei Jungs gegen Bruce' lederbespannten Schreibtisch krachen und zu Boden gehen – sie hören jedenfalls auf, miteinander zu kämpfen und sehen alle Haydn an.

»Okay, will mir jetzt vielleicht mal jemand erzählen, was zum Teufel hier vorgeht?«

Es folgt ein langes betretenes Schweigen, und dann legen wir alle auf einmal los. Oder besser gesagt, ich versuche zu reden, Bruce schwingt sich zu einem Nonstop-Sermon auf und spult Haydn die komplette Geschichte ab, ohne auch nur einmal Luft zu holen, Cal und Layton schreien nur erneut aufeinander ein.

»RUHE JETZT! Haltet auf der Stelle alle den Mund!«

Zu meiner Überraschung ist es sofort still.

Hadyn sieht Layton an. »Sie sind Layton Berrick, stimmt's?«

Layton befreit sich von Cals Bein, richtet sich mühsam auf, klopft sich die Hose ab und nickt zögernd. »Sie arbeiten für Spicer Booth.«

Layton kneift die Augen zusammen und nickt erneut.

»Ich bin Haydn Morland.«

Das hat gesessen. Laytons entsetzter Ausdruck lässt erkennen, dass er weiß, wen er da vor sich hat.

»Würden Sie mir bitte erzählen, was hier vorgeht?«

Bruce, der im Schneidersitz auf dem Boden hockt, hebt die Hand wie ein schüchterner Schuljunge, der sich unbedingt für sein ungezogenes Verhalten entschuldigen will. Aber Haydn bedeutet zu schweigen. »Sie kommen auch noch an die Reihe.« Dann wendet er sich wieder Layton zu. »Also?«

»Die sind alle komplett verrückt, das ist doch offensichtlich, oder?« Er schwingt den Arm herum, zeigt auf Cal und fegt ihm um ein Haar seine verrutschte Perücke vom Kopf, doch Cal duckt sich gerade noch rechtzeitig.

»Wag es bloß nicht, dich hier auch noch als Opfer hinzustellen!«, schreit Cal ihn an, reißt sich die Perücke selber vom Kopf und zerknüllt sie wütend.

»Ich bin reingelegt worden! Von einer miesen Bande hinterlistiger, betrügerischer …«

»Ha! Das musst du gerade sagen, du miese Ratte! Hinterlistig und Betrügerisch sollten deine zweiten Vornamen sein, vielleicht sind sie das ja auch, ich meine, was ist Layton überhaupt für ein Name? Oder ist es das texanische Wort für Arschloch?«

Cal muss sich erneut ducken, denn Layton holt ein weiteres Mal aus. Zum Glück schlägt er daneben. Dann landet er auf Bruce' Schreibtischstuhl und versucht, die Fassung zurückzugewinnen.

Zum ersten Mal, seit er in Bruce' Büro gekommen ist und gesehen hat, wie ich mich an Laytons Hemd zu schaffen gemacht habe, sieht Haydn mich an.

»Jude?«

Oh. Er hat mich noch nie bei meinem eigenen Namen genannt. Warum konnte es nicht an einem anderen Ort und unter anderen Umständen dazu kommen?

»Kannst du mir vielleicht erklären, was hier vorgeht?«

Ich nicke langsam und schaffe es über ein Sperrfeuer von Beleidigungen und Unterbrechungen seitens Layton hinweg, ihm mehr oder weniger umfassend auseinander zu setzen, was all dem zu Grunde liegt. Wider alle Vernunft gebe ich mich der Hoffnung hin, dass die Wahrheit wahrscheinlich immer noch besser ist als alles, was er sich möglicherweise zusammenreimen könnte.

Er hört mir ruhig und aufmerksam und mit ernster Miene zu. Als ich mit meinem atemlosen, von einigen Tränen begleiteten holprigen Bericht zu Ende bin, wendet er sich Layton zu.

»Haben Sie wirklich getan, was hier behauptet wird?«

»Natürlich nicht!«, ereifert sich Layton. Vor lauter Aufregung beginnt in seinem Mundwinkel ein Muskel zu zucken.

Hadyn kneift die Augen zusammen. »Aber Sie haben Lucy O'Neill mehrfach zum Essen ausgeführt.«

»Aber ja, natürlich, ich gehe ständig mit allen möglichen Geschäftspartnern essen ...«

»... und versuchst es wahrscheinlich bei allen Frauen auf diese miese Tour!«, fahre ich ihn an. Sein beharrliches Abstreiten macht mich rasend, denn ich weiß genau, dass er lügt. »Du drohst ihnen damit, ihre Karriere zu ruinieren und sie um ihren Job zu bringen, wenn sie nicht mit dir ins Bett gehen! So läuft es doch, gib es endlich zu!«

Ich wende mich mit flehendem Blick Haydn zu. »Was ich dir gesagt habe, entspricht der Wahrheit. Ich weiß, dass ich dir bisher nicht viel Anlass gegeben habe, mir zu vertrauen, aber du musst mir glauben, bitte.«

Er sieht mich eine Weile nachdenklich an. Dann wendet er sich wieder Layton zu. »Es ist ganz einfach herauszufinden, wer die Wahrheit sagt«, stellt er ruhig fest.

Wir sehen ihn alle gebannt an, Cal, Bruce und ich hoffnungsvoll, Layton eher beklommen.

»Wie Sie ja sicher wissen, Mr. Berrick, vertritt meine Kanzlei die Firma Spicer Booth.«

Layton nickt.

»Einer meiner Kollegen ist vor kurzem in einer Angelegenheit um Rat gebeten worden, die bei den Gesellschaftern Ihrer Firma Anlass zu einiger Besorgnis gegeben hat. Dabei ging es im Besonderen um den widerrechtlichen Umgang mit Firmeneigentum, genauer, um die Wohnung in Mayfair, die Spicer Booth angemietet hat. Die Firma, die mit der Betreuung des Objekts beauftragt ist, hat festgestellt, dass in letzter Zeit bestimmte Einrichtungsgegenstände abhanden gekommen sind, unter anderem bereitgestellte alkoholische Gertränke, Toilettenartikel und andere Verbrauchsgegenstände dieser Art. Woraufhin die Gesellschafter zu dem Verdacht gelangt sind, dass womöglich ein Unberechtigter die Wohnung nutzt. Auf unseren Rat hin wurden in der Wohnung im vergangenen Monat Überwachungskameras installiert. Die aufgezeichneten Bänder sind in unserer Kanzlei hinterlegt, sie müssen nur gesichtet werden…«

Ich sehe Layton an, dem der Mund offen stehen bleibt.

»Wollten Sie noch irgendetwas sagen, Mr. Berrick?«, fragt Haydn an Layton gewandt und nimmt ihn ins Visier.

»Äh… es könnte sein… ich wollte sagen, ich habe Miss O'Neill tatsächlich in die Firmenwohnung mitgenommen.«

»Ach ja?«

»Und vielleicht habe ich ihr… Na ja, wie soll ich sagen, vielleicht habe ich ihr den falschen Eindruck vermittelt… Sie kennen solche Situationen bestimmt, man sollte eben nie Geschäftliches mit Privatem vermischen. Und Sie wissen sicher auch, wie Frauen manchmal sind… Sie verstehen doch, was ich meine, oder?«

»O ja, ich verstehe nur zu gut.«

Sein scharfer missbilligender Ton und sein Blick lassen mich innerlich erbeben, dabei sind sie einzig und allein an Layton gerichtet, zumindest vorerst.

Schließlich senkt Layton den Blick.

»Sie sollten jetzt wohl besser gehen.«

»Aber was ist mit …« Layton zeigt auf den Fotoapparat.

»Darum kümmere ich mich. Aber ich glaube, wir beide sollten uns noch einmal unterhalten. Vielleicht wären Sie so nett, bei mir in der Kanzlei vorbeizukommen, sagen wir Montagmorgen gegen neun Uhr?«

»Selbstverständlich. Montagmorgen um neun bei Ihnen in der Kanzlei.«

Zum Abschied wirft er mir noch einen giftigen Blick zu, und dann huscht er wie eine flüchtende Ratte aus der Tür.

Das Schweigen, das seinem Abgang folgt, ist geradezu ohrenbetäubend.

Cal ist der Erste, der etwas sagt. »Wow. Das war ein starker Auftritt. Besten Dank.« Er geht zu Haydn und will ihm die Hand schütteln. »Sie waren unsere Rettung. Aber wer sind Sie eigentlich?«

»Cal«, kläre ich ihn ein wenig zitternd auf, »das ist Haydn.« Ich nicke bedeutungsvoll.

»Sie sind wirklich genau im richtigen Moment hier aufgekreuzt. Mensch, wenn wir von diesen Aufzeichnungen gewusst hätten, wäre das ganze Affentheater nicht nötig gewesen. Mann, Jude, kannst du dir das vorstellen? Alles ist auf Band …«

»Ist es gar nicht«, fällt Haydn ihm ins Wort.

»Was soll das heißen?«, frage ich ihn.

»Es ist nicht auf Band.«

»Willst du damit sagen …«

»Ja«, entgegnet er mit einem angedeuteten Lächeln. »Ich gebe es zu, ich habe gelogen, aber nur in der Hoffnung, dass meine Halbwahrheit die ganze Wahrheit aus ihm herausbringt.«

»Also sind Halbwahrheiten gelegentlich doch erlaubt«, stelle ich fest, »wenn sie dazu dienen, etwas Richtiges zu tun.«

Er sieht mich an, doch er antwortet nicht. Stattdessen wandert sein Blick weiter zu Bruce, der gerade seine geprellte Hand verarztet, und dann zu Cal. Schließlich entspannt sich seine strenge Miene und macht fast einem Lächeln Platz.

»Was, zum Teufel, habt ihr euch eigentlich dabei gedacht? Ich weiß ja, dass ihr nur Lucy helfen wolltet, aber was für eine vollkommen übergeschnappte Art, das Problem anzugehen.«

»Uns ist nichts Besseres eingefallen.«

»Aber was ihr vorhattet, ist nichts anderes als eine schäbige Erpressung!«

»Eine Gegenerpressung«, wendet Callum ein. »Er hat Lucy erpresst, indem er ihr ziemlich klar zu verstehen gegeben hat, dass sie den Spicer-Booth-Auftrag vergessen kann, wenn sie nicht mit ihm ins Bett geht. Wir wollten nichts Ungebührliches von ihm. Wir wollten nur, dass Lucys Arbeit unvoreingenommen und einzig und allein aufgrund ihrer Qualität beurteilt wird.«

»Das ist alles? Eine faire Chance für Lucy bei der Präsentation?«

»Ja.«

Er sieht mich ein Weile ruhig und mit ausdrucksloser Miene an. »Dann werde ich sicherstellen, dass das passiert«, stellt er schließlich bestimmt klar.

»Wirklich? Kannst du das denn?«

Er nickt bedächtig. »Überlasst das einfach mir.«

Am liebsten würde ich mich auf ihn stürzen und ihn küssen, aber ich halte mich natürlich zurück. Noch ist nicht klar, wie Haydn auf einen solchen Überfall reagieren würde.

Cal hat keine derartigen Vorbehalte. »Sie hat der Himmel geschickt!«, ruft er laut, zieht Haydn zu sich heran, drückt ihm einen lauten Schmatzer mitten auf die Stirn und hinterlässt damit einen riesigen kirschfarbenen Lippenabdruck, der uns anleuchtet wie ein unheimliches drittes Auge.

Wir starren ihn alle bestürzt an, woraufhin Cal zurücktritt und sich mit der Hand die letzten Spuren des Lippenstiftes wegwischt.

Hadyn zieht ein Taschentuch aus seiner Jacketttasche, putzt sich die Stirn und zieht die Augenbrauen hoch. Dann dreht er den Fotoapparat um, öffnet die Klappe und nimmt vorsichtig den Film heraus.

»Der ist bei mir wohl am besten aufgehoben.« Mit diesen Worten dreht er sich um, um zu gehen.

Ich stürme zu ihm und fasse ihn am Arm.

Er hält inne.

»Können wir einen Augenblick reden?«, flüstere ich.

Er sieht mich einen Moment schweigend an. Dann verlässt er wortlos das Zimmer.

Cal sieht ihm nach. »Ein starker Abgang, findet ihr nicht?« stellt er fest, als die Tür sich hinter Hadyn schließt, und wischt sich den verschmierten Lippenstift vom Mund.

Bruce nickt mit Nachdruck.

Cal stößt einen tiefen Seufzer aus. »Als Nächstes muss ich dringend eine Freundin finden.«

»Und ich einen Freund«, seufzt Bruce.

»Wer war das eigentlich?«

»Seine Kanzlei vertritt Spicer Booth«, belehrt Cal ihn.

»Also ist er Anwalt?«

»Sogar einer, der vor höheren Gerichten plädieren darf.«

»Oha! Ich kann ihn mir lebhaft in einer dieser ulkigen schwarzen Roben vorstellen, die sie vor Gericht tragen.«

»Bruce!«, weist Cal ihn zurecht.

»Bestimmt steht ihm eine Perücke noch besser als dir.«

»Bruce!«

»Aber wenn er gar nichts anhat, sieht er bestimmt am besten aus.«

Cal sieht mich ein bisschen betroffen an. »Das weiß Jude sicher am besten. Sie hatte bereits das Vergnügen.«

»Wirklich? Ach, jetzt kapiere ich! Bin ich blöd! Natürlich – das ist ja er. Besagter Haydn! Jetzt verstehe ich, warum er es dir so angetan hat. Er ist wirklich sexy. Und so souverän, wie er mit uns fertig geworden ist …«

»Bruce!«

Wir verlassen das Büro und gehen wieder nach unten in den Club. Irgendwie scheinen wir alle in einer Art Adrenalinrausch zu sein, denn wir quasseln aufgeregt durcheinander, während wir die Treppen hinunterstürmen. Erst am Ausgang merken wir, dass wir Lucy ganz vergessen haben. Also kehren wir um und gehen noch einmal zurück an die Bar.

Ben und Saffron haben ganze Arbeit geleistet. Lucy ist sternhagelvoll, und das ist gut so, sie hat von unserer Einlage offenbar nichts mitbekommen.

»He, Leute, wo zum Teufel seid ihr gewesen?«, ruft sie, als sie sieht, wie wir uns über die volle Tanzfläche einen Weg zu ihr bahnen. Sie lässt sich gegen Cal plumpsen und schlingt ihre Arme um seinen Nacken, damit sie, auch ohne sich auf dem Barhocker abzustützen, aufrecht stehen kann.

»Komm, Cal, lass uns noch etwas trinken«, lallt sie, »oder nein – tanz noch mal mit mir!«

Cal hakt sich bei ihr ein und führt sie über die Tanzfläche. »Luce, es ist Zeit, nach Hause zu gehen.«

»O nein! Das geht nicht, der Abend ist so nett.«

»Ich weiß, aber es ist schon ziemlich spät. Lass uns ins Bett gehen.«

»Saffron sagt, dass ›Bett‹ für zwei Dinge steht.«

»Tatsächlich? Welche denn?«

»Begeisternder Endloser Traumerfüllter Tiefschlaf oder Begeisternde Extrem Tolle Triebbefriedigung. Bei mir bleibt's wohl bei der ersten Kategorie, oder?«

»Ich fürchte, ja. Aber bei mir sieht es auch nicht anders aus, falls dich das tröstet.«

»Vielleicht sollte ich mir eine Wärmflasche mit ins Bett nehmen. Oder einen Vibrator. Oder noch besser eine Mischung aus beidem, einen Wärmevibrator oder eine vibrierende Flasche, was meinst du, Cal, was wäre besser?«

Bruce hat sich in unserem Namen von Saffron und Ben verabschiedet. Er kommt Cal zu Hilfe, hakt sich auf der anderen

Seite bei Lucy ein, und so bugsieren die beiden sie über den überfüllten Dancefloor ins Foyer, wo Bruce an der wartenden Schlange vorbei in die Garderobe geht, um unsere Mäntel zu holen. Als er gerade zurückkommt, taucht eine nur allzu vertraute Gestalt vor uns auf, die zielstrebig auf die Tür zueilt. Offenbar hat Layton sich nach dem peinlichen Zwischenfall irgendeine Ausrede einfallen lassen und ergreift jetzt panikartig die Flucht.

Cal versucht, Lucy abzulenken, doch es ist bereits zu spät. Als Layton an uns vorbeistürmt, sieht sie ihn.

»Verdammte Scheiße!«, schreit sie so laut, dass die Türsteher sich besorgt umdrehen, weil sie befürchten, dass im nächsten Moment eine Schlägerei losbricht.

»Was, zum Teufel, macht der denn hier?«

»Ignorier ihn einfach und geh weiter.«

»Aber ich will ihm noch mal meine Meinung sagen! Dieser Scheißkerl hat mir meine Karriere vermasselt, schon vergessen?«

»Natürlich nicht. Aber keine Sorge, es ist alles geregelt.«

»Was meinst du damit?«

»Frag jetzt nicht. Wir erzählen es dir zu Hause.«

»Was geht hier vor, Cal?«

»Gedulde dich einfach, bis wir zu Hause sind«, redet er auf sie ein und schiebt sie Richtung Tür.

»Ich will es jetzt wissen, auf der Stelle!« Sie entwindet sich ihm und sieht ihn sorgenvoll und mit großen Augen an.

Cal berührt ihre Wangen und zieht ihr verstörtes Gesicht zu sich heran. »Sieh mir in die Augen, Luce, vertraust du mir?«

»Ja, weißt du doch.«

»Dann lass uns jetzt nach Hause fahren.«

Sie wirft Layton noch einen Blick zu und sieht dann wieder Cal an. Es ist unverkennbar, dass sie am liebsten hinter Layton herrennen und ihm ihre Stiletto-Absätze in den Körper rammen würde, doch Cal hält ihr die Hand hin. Ihr Blick wandert noch einmal zu Layton, dann wieder zu Cal.

Schließlich zuckt sie mit den Schultern, lächelt und nimmt seine Hand. »Also gut.«

Zurück in der Wohnung, macht sich Bruce in der Küche zu schaffen, zaubert für alle ein paar kräftige Käsetoasts und braut eine Kanne unglaublich starken Kaffee, während Cal Lucy ruhig und besonnen in die Ereignisse der vergangenen Woche und des zurückliegenden Abends einweiht. Am Ende des Berichts ist Lucy wieder nüchtern, allerdings nicht wegen des starken Kaffees.

»O mein Gott!«, ruft sie, als Cal endet. »Ich kann es einfach nicht glauben, was ihr gemacht habt, und weiß nicht recht, ob ich euch dafür lieben oder hassen soll.«

Cal bringt sie zum Lachen, indem er die Augen schließt und ihr erwartungsvoll die Lippen hinhält, woraufhin Lucy sich tatsächlich vorbeugt und ihn sanft auf den Mund küsst. Überrascht schlägt Cal die Augen wieder auf.

»Du bist wirklich komplett verrückt«, stellt sie klar, »aber trotzdem, danke.«

Dann wendet sie sich mir und Bruce zu. »Das gilt auch für euch. Vielen Dank. Ich wüsste nicht, was ich ohne euch getan hätte.«

»Es war Cals Idee«, stelle ich klar.

»Aber ohne Jude hätte ich die Sache nicht durchziehen können«, wirft er schnell ein. »Und ohne Bruce natürlich auch nicht. Hoffen wir, dass es geklappt hat.«

»Und jetzt?«

»Jetzt gehen wir ins Bett. Ich weiß ja nicht, wie es euch geht, aber ich kann mich kaum noch auf den Beinen halten.«

»Für eine kleine Nummer würden meine Kräfte noch ausreichen«, witzelt Cal und fügt bedrückt hinzu: »Aber wie es aussieht, scheint keiner Lust zu haben.«

»Ich wünschte, ich hätte dich mit der Perücke gesehen«, stellt Lucy grinsend fest.

»Das steht dir immer noch offen«, entgegnet Cal und wackelt mit den Hüften. »Ich benutze sie neuerdings als Eierwärmer ... Guck mich nicht so an«, wendet er sich an mich. »Es ist ziemlich kalt, vor allem in diesem Fummel. Und irgendwie musste ich meine wertvollen Stücke ja vor der Kälte schützen, oder?«

Kapitel 9

Ich falle todmüde ins Bett und sinke sofort in einen traumlosen Schlaf, doch in den frühen Morgenstunden schreckt mich irgendetwas auf, und es ist keines der mir vertrauten Nebengeräusche unserer Wohnung wie das Summen des Kühlschranks, das Klopfen der Zentralheizung oder das allgemeine Quietschen und Knarren der Türen, Böden und Balken.

Ich reiße die Augen auf, werfe einen Blick auf meinen Wecker und stelle zu meinem Entsetzen fest, dass ich erst zwei Stunden geschlafen habe. Was ist bloß los? War der gestrige Tag nicht schon ereignisreich genug?

Ich stehe auf, schlüpfe in meinen Bademantel und gehe in die Küche, wo ich einen schlafwandelnden Cal erwarte, der sich gerade über den Inhalt des Kühlschranks hermacht, doch es ist niemand da.

Habe ich vielleicht doch geträumt? Ich spitze erneut die Ohren. Nichts. Es ist mucksmäuschenstill.

Ich schenke mir ein Glas Wasser ein und will in mein Zimmer zurückgehen, doch bevor ich die Küchentür erreiche, höre ich es wieder. Ein Geräusch, das mich vor Schreck erstarren lässt und mir so eine Angst einjagt, dass sich mir die Nacken- und Armhärchen sträuben. Ein wütendes Grollen, ein dumpfer Aufschlag und dann ein Schmerzensschrei, der sich beinahe anhört wie von einem Tier.

»Mist!«

Ich taste blind in der Dunkelheit umher, greife nach dem erstbesten Objekt, das sich notfalls als Selbstverteidigungswaffe einsetzen lässt, und zwinge mich mit aller Gewalt, das Wohnzimmer anzusteuern, aus dem die furchtbaren Geräusche gekommen sind, die mir das Blut in den Adern haben gefrieren lassen.

Ich suche an der Wand nach dem Lichtschalter, und erst als ich ihn gefunden habe, wage ich es, den Raum zu betreten. Panisch knipse ich das Licht an und glaube, meinen Augen nicht zu trauen.

Auf dem Boden liegt ein Mann, das Gesicht nach unten gedreht, der linke Fuß in Victor Meldrews Schnauze gefangen. Der Mann schreit jetzt wie am Spieß auf Victor ein, dass er ihn sofort loslassen solle, doch Victor denkt gar nicht daran.

Als Victors Opfer sich vor Schmerz hin und her windet, erkenne ich sein Gesicht.

»Jonathan!«, rufe ich und lasse die leere Milchflasche, die ich als potenzielle Waffe fest umklammert hatte, auf den Teppich fallen. »Was, um Himmels willen, hast du denn hier zu suchen?«

»Jude!«, jault er. »Schaff mir dieses Monster vom Hals!«

»Lass los, Victor, lass los!«, befehle ich unserem Beschützer. Victor sieht mich von der Seite an, als ob er mich erst um Erlaubnis fragen wollte.

»Lass los, habe ich gesagt.«

Schließlich lässt er widerwillig von Jonathans Fuß ab und kommt zu mir getrottet.

»Guter Junge.« Ich bücke mich und tätschele ihn.

Jonathan sieht mit schmerzverzerrter und fassungsloser Miene vom Fußboden zu mir auf. »Warum lobst du diese Bestie auch noch?« Er richtet sich auf und begutachtet seinen Knöchel. »Das Biest hat mich angefallen.«

»Genau dafür hat er das Lob verdient. Sag mal, spinnst du, Jonathan? Ich dachte, du wärst ein Einbrecher, der gerade einen meiner Mitbewohner umbringt. Was hast du hier mitten in der Nacht zu suchen?«

»Ich musste dich sehen.« Er rappelt sich mühsam auf, humpelt vorsichtig zum Sofa und lässt sich fallen.

»Um vier Uhr morgens.«

»Am Telefon sprichst du ja nicht mit mir.«

»Und du meinst, das gibt dir das Recht, mitten in der Nacht hier aufzukreuzen?«

»Was sollte ich denn tun? Ich war verzweifelt.«

»Das sieht man.«

»Ich musste dich unbedingt sehen«, wiederholt er. Er zieht sich seinen Schuh und seine Socke aus, die Victor beide einigermaßen zerfetzt hat, inspiziert seinen Knöchel auf klaffende Bisswunden und stellt ein bisschen enttäuscht fest, dass auf seiner leicht geröteten Haut nur ein paar harmlose Abdrücke von Victors Gebiss zu sehen sind.

»Aber warum? Als wir noch zusammen waren – falls man das überhaupt so nennen kann – wolltest du mich nie sehen. Wieso auf einmal jetzt? Das ist mir, ehrlich gesagt, ein Rätsel. Findest du mich plötzlich unwiderstehlich, oder wie soll ich das verstehen? Wohl kaum! Ich bin nämlich noch genau die Gleiche, die du so lange wie Dreck behandelt hast. Warum geht es dir nicht endlich in deinen Dickschädel, dass ich nichts mehr mit dir zu tun haben will?«

»Du kannst mich doch nicht einfach so abblitzen lassen, Jude.«

»Das tue ich gar nicht. Wir waren schließlich nie ein richtiges Paar, das weißt du so gut wie ich, Jonathan.«

»Vielleicht hatten wir eine etwas unkonventionelle Beziehung, das mag ja sein, aber es gab auch Zeiten, da kam uns das beiden ganz gelegen. Aber jetzt bin ich bereit, mehr zu geben.«

Mir schießt ein Liedtext von Alanis Morisette durch den Kopft. *Isn't it ironic*? Noch vor wenigen Wochen wäre ich überglücklich gewesen, wenn Jonathan mir das gesagt hätte. Doch jetzt macht es mich eher traurig und auch ein bisschen wütend.

Unsere so genannte Beziehung lief immer nach seinen Bedingungen: Er rief an, wenn er Lust hatte, er traf sich mit mir, wenn er Lust hatte, er schlief mit mir, wenn er Lust hatte, und jetzt will er etwas Engeres, Konventionelleres, weil er Lust darauf hat. Aber nicht mit mir. Denn jetzt habe *ich* keine Lust mehr.

»Vergiss es, Jonathan!«, stelle ich klar. »Deine so genannte unkonventionelle Beziehung kam *dir* vielleicht gelegen, *mir* nicht. Vielleicht hätte ich dein Angebot früher mit Kusshand angenommen, aber jetzt ist der Zug abgefahren. Ich lege keinen Wert mehr darauf.«

»Aber, Jude, das kann doch nicht dein Ernst sein!«

»Und wie das mein Ernst ist! Wir passen nicht zusammen, Jonathan. Wir mögen uns ja nicht einmal besonders.«

»Das stimmt nicht!« Er hört auf, sich den Knöchel zu reiben, und sieht mich mit großen treuen Kulleraugen an. »Ich liebe dich, Jude.«

Ich starre ihn schockiert an. »Nein, das tust du nicht.«

»Doch.«

»Nein, tust du nicht.«

»Doch!«, schreit er. »Das glaub ich einfach nicht! Ich gestehe dir meine Liebe, und du hast nichts Besseres zu tun, als mit mir zu streiten, ob es stimmt oder nicht!«

»Aber du liebst mich nicht, sonst hättest du mich ein bisschen anständiger behandelt, als wir noch… Ach, was weiß ich, wie man das nennen soll, was wir hatten. Und dann würdest du mich auch jetzt anständig behandeln und auf der Stelle verschwinden.«

»Das meinst du nicht ernst.«

Ich lasse mich verzweifelt in einen Sessel plumpsen und achte darauf, Victors Halsband gut festzuhalten.

»Pass auf, Jonathan, wenn ich ganz ehrlich bin, kam mir unsere lockere Beziehung eine kurze Zeit lang auch ganz gelegen, weil ich einfach noch nicht bereit war, mich fester an jemanden zu binden. Sonst hätte ich mich nie und nimmer auf eine derart einseitige Sache eingelassen. Wahrscheinlich hatten meine Bindungsängste mit dem Tod meines Vaters zu tun. Ich wollte nicht zulassen, mein Herz an jemanden zu verlieren und womöglich einen erneuten Verlust zu erleiden. Aber ich denke, darüber bin ich jetzt hinweg. Ich bin bereit für eine enge und feste Beziehung. Aber nicht mit dir – tut mir Leid, dir das so klar und deutlich sagen zu müssen. Wir passen nicht zusammen, und das weißt du genauso gut wie ich. Du bist es nur nicht gewohnt, zurückgewiesen zu werden, und deshalb hast du dich darauf versteift, dass du mich willst. Geh nach Hause, Jonathan, schlaf eine Nacht darüber, und wenn du morgen früh aufwachst, fragst du dich, was eigentlich gewesen ist. Ehrlich.«

Jonathan starrt mich mit aufgeblähten Nasenflügeln an. Plötzlich ist er wieder der alte überhebliche Jonathan, den ich nur allzu gut kenne.

»Du trägst die Nase ganz schön hoch, Jude! Ich wusste gar nicht, dass du so eine fiese herablassende Ziege sein kannst.«

»Ich bin keine fiese herablassende Ziege!«, fauche ich zurück. »Ich habe mich nur bemüht, nett zu sein.«

»Was ist denn hier los?« Lucy platzt in den Raum. Sie wirkt noch ganz verschlafen, aber gleichzeitig ernsthaft besorgt.

»Hat ja ganz schön lange gedauert, bis sich mal jemand von euch blicken lässt.« Ich drehe mich erleichtert zu meinen beiden Mitbewohnern um, denn inzwischen steht auch Cal in der Tür.

»Tut mir Leid. Ich dachte, Katrina wäre zurück und hätte den Fernseher an.«

»Und ich habe geträumt, dass jemand bei uns eingebrochen ist«, sagt Cal und reibt sich die Augen.

»Genauso ist es!«, entgegne ich und deute auf Jonathan.

»Oh, nein, nicht schon wieder der!«, stöhnt Cal.

»Wie bist du überhaupt hier reingekommen?«, fährt Lucy ihn wütend an. »Am besten verschwindest du auf gleichem Wege wieder, und zwar sofort.«

Jonathan ignoriert die beiden und sieht mich an.

»Lucy hat Recht. Geh jetzt bitte, Jonathan!«, fordere ich ihn auf.

Er verschränkt entschlossen die Arme vor der Brust. »Nicht, bevor wir unsere Probleme gelöst haben.«

»Es gibt keine Probleme mehr zu lösen, Jonathan, es ist vorbei.«

»Nicht, bevor ich es sage!«, schreit er. »Nicht, bevor ich es sage.«

Ich fixiere fassungslos sein wutverzerrtes Gesicht. »Habe ich also Recht gehabt. Du kannst es nicht ertragen, zurückgewiesen zu werden.« Ich seufze tief. »Also gut, wenn es dir so schwer fällt, dann mach du doch mit mir Schluss! Fühlst du dich dann besser? Schön, du hast mir den Laufpass gegeben. Einverstanden – ich posaune es mit Freuden in der ganzen Welt herum. Jonathan hat Jude den Laufpass gegeben! Ist es das, was du willst? Und wenn ja, lässt du mich dann endlich in Ruhe? Jonathan hat Jude den Laufpass gegeben!«, kreische ich. »Jonathan hat Jude den Laufpass gegeben!«

Victor, der schon die ganze Zeit an seiner Leine zerrt, um sich wieder über Jonathans Bein herzumachen, rastet beinahe aus, als ich die Stimme erhebe. Plötzlich reißt er sich mit einem heftigen Ruck los und stürzt sich auf Jonathan.

Jonathan schreit und rennt zur Haustür. Wir rennen alle hinter ihm her. Er sprintet vor uns die Stufen hoch, wirft sich in sein Auto, knallt die Tür zu und lässt den Motor an. Doch er hat den Gang drin gelassen, und so macht der PS-starke Wagen im gleichen Moment einen großen Satz nach vorn. Es folgt ein entsetzliches Knirschen, als vorne irgendetwas gegen das Auto kracht, und dann ein durchdringender Schrei, als ich registriere, dass Victor reglos unter der vorderen Stoßstange von Jonathans Wagen liegt.

Cal rüttelt mich vorsichtig wach. Er sitzt zwischen Lucy und mir auf einem unbequemen Plastikstuhl wie ein starker Fels zwischen zwei welken Blumen. Ich habe geschnarcht und ihm auf die Schulter gesabbert. Lucy ist kreideweiß, aber hellwach und lehnt auf seiner anderen Schulter.

Der Tierarzt hat die Notoperation beendet und steht jetzt vor uns. Er trocknet sich die Hände mit einem blauen Papiertuch, nimmt seine Brille ab, reibt sich die Augen und strahlt uns an.

»Gucken Sie mich nicht so ängstlich an! Ich habe gute Nachrichten, die OP ist gut verlaufen.«

»Gott sei Dank.«

»Das Bein konnten wir wieder richten, aber das Ohr ließ sich leider nicht mehr retten. Der arme kleine Kerl wird also ab jetzt einseitig gestutzt herumlaufen müssen, aber er ist lebendig und einigermaßen fit, und das ist ja die Hauptsache.«

»Er wird also wieder ganz gesund?«

»In null Komma nichts ist er wieder putzmunter. Das Bein ist gebrochen, aber es ist ein glatter Bruch, und da er sich ansonsten bester Gesundheit erfreut, wird er sich schnell berappeln. Am besten lassen Sie ihn heute noch zur Beobachtung hier in der Klinik und holen ihn morgen früh ab. Rufen Sie aber vorher kurz an, um sich zu vergewissern, dass es keine Komplikationen gegeben hat.«

»Darf ich schon heute Nachmittag anrufen und mich erkundigen, wie es ihm geht?«

»Es ist Sonntag, Jude«, erinnert mich Cal.

»Kein Problem«, entgegnet der Tierarzt. »Wir sind rund um die Uhr besetzt. An Sonntagen müssen Sie es nur ein bisschen länger klingeln lassen, bis jemand abnimmt. Aber keine Sorge! Ich bin sicher, dass nichts dazwischenkommt und Sie ihn morgen früh abholen können.«

Im Taxi auf dem Weg nach Hause merke ich plötzlich, dass mir die Tränen herunterkullern.

»Jude! Was ist denn los?« Lucy nimmt mich in den Arm.

»Edwin bringt mich um«, schluchze ich.

»Es ist doch nicht deine Schuld.«

»Aber ich weiß, wie sehr Victor Jonathan hasst. Ich hätte ihn besser festhalten müssen, dann hätte er nicht wie ein Wahnsinniger hinter ihm herjagen können.«

»Aber es geht ihm bald wieder gut, du brauchst dir darüber keinen Kopf mehr zu machen.«

»Aber er hat nur noch ein Ohr, Luce!«

»Besser ein Hund mit einem Ohr als gar kein Hund«, philosophiert sie und versucht, mich zu beruhigen.

Sie hat ja Recht, aber die Tränen, die ich vergieße, sind nicht nur für Victor oder aus Angst vor Edwins Reaktion auf den Unfall mit seinem Hund. Es sind die Tränen, die ich seit dem vergangenen Wochenende zurückzuhalten versuche, seit dem Zwischenfall mit Haydn am vergangenen Sonntag in Brighton. Außerdem stehe ich seit vierundzwanzig Stunden unter Dauerstrom. Ich kann einfach nicht mehr, und meine Tränen fließen in Strömen.

Zurück in unserer Wohnung, checkt Cal erst einmal die Lage.

»Was macht er?«, frage ich Lucy, als er mit aller Kraft an der Küchenbalkontür ruckelt.

Lucy reicht mir eine Tasse Tee. »Er will herausfinden, wie Jonathan reingekommen ist.«

»Ach so.« Ich lange nach unserer Keksdose und staune, dass sie noch halb voll ist. »Katrina muss krank sein«, sage ich zu Lucy und biete ihr einen Keks an.

»Vielleicht ist in ihrem jojoartigen Fresszyklus gerade die Hungerphase dran«, entgegnet sie und verzieht das Gesicht.

»Aber Edwin kommt doch erst Ende der Woche zurück. Normalerweise setzt sie sich immer erst unmittelbar vor seiner Rückkehr auf Nulldiät.«

»Vielleicht hat sie ja einen Neuen. Wer weiß, womöglich ist sie bei dem mysteriösen Freund gelandet, mit dem sie gestern ausgegangen ist.«

»Glaubst du wirklich?«, frage ich und nehme mir noch einen Keks. »So vernarrt wie sie in Edwin ist, kann ich mir das kaum vorstellen.«

»Du meinst, so besessen, wie sie von ihm ist.«

»Ich kann keine Spuren gewaltsamen Eindringens entdecken.« Cal schnappt mir den Keks weg, den ich gerade an meine Lippen führen will, und schiebt ihn sich komplett rein. »Wie ist Jonathan bloß reingekommen?«, fragt er mit vollem Mund.

»Wenn er nicht eingebrochen ist, muss er wohl einen Schlüssel benutzt haben«, stellt Lucy fest und sieht mich vorwurfsvoll an.

»Ich habe ihm nie einen gegeben«, stelle ich klar.

»Bist du sicher?«

»Absolut. Vielleicht hat Katrina ihm den magischen Trick beigebracht, mit dem sie sich immer bei uns hereinstiehlt.«

Cal schenkt sich eine Tasse Tee ein, setzt sich an den Tisch, nimmt zwei Löffel Zucker und rührt nachdenklich in seiner Tasse herum. »Das ist vielleicht gar nicht so abwegig wie es klingt«, meint er.

»Wie meinst du das?«

»Es kann doch sein, dass Katrina ihn reingelassen hat. Es wäre schließlich nicht das erste Mal.«

»Aber sie war doch gestern Abend gar nicht hier.«

»Und wie es aussieht, ist sie immer noch nicht zurück«, fügt Lucy hinzu.

»Aber es ist die einzige Erklärung. Die Türen sind alle unbeschädigt, und die Fenster waren alle zu.«

»Vielleicht hat er sich Katrinas Schlüssel einfach genommen, als er hier war und die Pralinen gebracht hat.«

»Was auch erklären würde, warum Katrina noch nicht wieder da ist – weil sie nämlich schlicht und einfach nicht in die Wohnung kommt.«

»Dann bleibt uns wohl nichts anderes übrig, als die Schlösser auszuwechseln.«

»Ich glaube nicht, dass er sich noch einmal blicken lässt, Cal.«

»Nein?«

Ich schüttele den Kopf. »Nicht nach dem, was wir uns letzte Nacht an den Kopf geworfen haben.«

»Vorsicht ist besser als Nachsicht.« Er erhebt sich und leert im Stehen seine Tasse. »Ich besorge neue Schlösser. Oder willst du ab jetzt ständig befürchten müssen, dass er plötzlich vor dir steht, wenn du gerade duscht oder sonst etwas tust? Stell dir vor, auf einmal steht er da und bietet dir an, dir den Rücken zu schrubben.«

Ist es nicht kurios, dass ich mich noch vor kurzem bei dieser Vorstellung vor Begierde verzehrt hätte und mich jetzt vor Abscheu schütteln muss? Wir Menschen sind schon seltsame Wesen, dass wir in der einen Woche noch total auf jemanden stehen und in der nächsten auf einmal nichts mehr von ihm wissen wollen. Ob wir irgendwo einen verborgenen Schalter haben, den versehentlich jemand drücken kann?

Bei Jonathan war es zweifellos sein schäbiges Verhalten mir gegenüber, das das Fass letztendlich zum Überlaufen gebracht hat, aber selbst als ich schließlich all meinen Mut zusammengenommen und ihm den Laufpass gegeben habe, waren meine Gefühle für ihn immer noch ziemlich stark. Dass ich so schnell über die Trennung hinwegkommen würde, hätte ich nie gedacht.

Insofern hatte meine durch Täuschung erschlichene Affäre mit Haydn wenigstens ein Gutes. Was ich ihm gegenüber empfunden habe, hat meine Gefühle für Jonathan als so unreal erscheinen lassen wie das vorübergehende alberne Verknalltsein eines Teenagers in einen unnahbaren Popstar. Es waren keine wirklich tief gehenden Gefühle. Nicht im Geringsten. Ganz anders als bei Haydn. Mit ihm war es, als ob ich plötzlich zum Leben erwacht wäre. Alles erschien mir auf einmal viel intensiver, selbst meine Sinne waren geschärft.

Als Schriftstellerin spielt sich bei mir das meiste nur im Kopf ab, doch die Zeit mit Haydn war reales Leben, obwohl die Geschichte aus seiner Sicht vermutlich jenseits aller Realität war.

»Kann eigentlich noch irgendetwas schief gehen?«, seufzt Lucy, als ob sie meine Gedanken lesen könnte.

Ich sehe sie besorgt an. »Eigentlich will ich morgen zu meiner Mutter fahren.«

»Ich weiß.«

»Wenn du mich brauchst, bleibe ich hier.«

»Kommt gar nicht in Frage, du hast es Alice versprochen. Ich komme schon klar.«

»Warum kommst du nicht einfach mit? Ein kleiner Tapetenwechsel würde dir sicher auch gut tun.«

»Ich würde dich liebend gern begleiten, aber das ist völlig unmöglich. Ich kann mir in dieser Woche auf keinen Fall freinehmen, am Freitag ist doch die Präsentation.«

»Ach, stimmt ja. Bei all dem Chaos hatte ich das ganz vergessen.«

»Ich wünschte, ich könnte es auch einfach vergessen«, seufzt Lucy und verzieht das Gesicht.

»Es wird schon klappen, Lucy, glaub mir. Haydn hat es versprochen.«

»Und? Vertraust du ihm?«

Darüber muss ich keine Sekunde nachdenken. »Ja«, erwidere ich wie aus der Pistole geschossen. »Ich vertraue ihm absolut.«

Ich verschiebe meinen geplanten Trip nach Somerset auf Dienstag und hole Victor am Montagmittag aus der Tierklinik ab. Die linke Seite seines massigen Kopfes ist mit einem blutverschmierten Verband bandagiert, sein Hinterbein ist eingegipst, und er wirkt ein bisschen angeschlagen. Aber er freut sich riesig, mich zu sehen. Als ich ihn hochhebe und nach draußen ins wartende Taxi trage, wackelt sein Stummelschwanz schneller hin und her als ein auf höchste Taktfrequenz eingestelltes Metronom.

Zu Hause erwartet mich auf dem Anrufbeantworter eine Nachricht von Julian. Er bittet um schnellstmöglichen Rückruf. Da ich in der vergangenen Nacht nicht schlafen konnte, habe ich quasi durchgearbeitet und ihm noch vor Tagesanbruch hundert weitere Seiten meines neuen Buches gemailt.

Ich lasse mich neben Victor auf meinem Bett nieder und rufe ihn an.

»Jude! Schön, dass du dich meldest! Ich habe die Kapitel gelesen, die du mir geschickt hast.«

»Das ging aber schnell! Und? Was meinst du?«

»Ich bin begeistert! Am besten hat mir der Part gefallen, als er ihr auf der Party aus der Patsche hilft. Super, wie er genau im richtigen Moment reingeschneit kommt und sie aus den Fängen dieses furchtbaren Mannes befreit.«

»Finde ich auch«, erwidere ich und denke daran zurück, wie großartig sich Haydn auf der Party verhalten hat.

»Jude, bist du noch dran?«

Julians Stimme holt mich zurück in die Realität.

»Erlaube mir eine Frage, Jude! Wie viel davon ist wahr?«

»Beruht nicht alle Literatur auf wahren Begebenheiten, die nur ein bisschen zurechtgebogen und verzerrt werden?«, erwidere ich ausweichend, da ich im Moment weder Lust noch Zeit habe, wieder einmal unser beider Liebesleben beziehungsweise die Nichtexistenz unserer Liebesleben zu diskutieren.

»Ausgenommen Sciencefiction. Aber denk an das Urheberrecht, Darling, und pass auf, dass deine Geschichte nicht in falsche Hände gerät. Wann kriege ich die nächsten Kapitel?«

»Sobald ich weiter bin, maile ich dir die Seiten. Viel mehr als du bereits hast, habe ich auch nicht.«

»Und wie, um alles in der Welt, endet die Geschichte? Ich brenne darauf, es zu wissen. Bitte, Jude, verrat es mir!«

»Ich weiß es ehrlich gesagt selbst noch nicht genau. Ich fahre für den Rest der Woche aufs Land, dann denke ich darüber nach.«

»Ich hoffe auf ein Happy End, Jude, sehr sogar.«

»Ich auch«, murmele ich traurig. »Ich auch.«

Dienstagmorgen. Meine Taschen sind gepackt. Ich will den Zug um ein Uhr mittags ab Bahnhof Euston nehmen. Zu Victors Ehren frühstücken wir heute im Wohnzimmer. Er liegt ausgestreckt auf Lucys Schoß und lässt sich mit gekochten Eiern und Toaststreifen füttern.

»Hört mal, ihr beiden!«, wende ich mich an meine Mitbewohner. »Ich habe eine Idee. Ich könnte Victor doch einfach mitnehmen zu meiner Mutter. Ihr habt sowieso keine Zeit, euch richtig um ihn zu kümmern, und vielleicht tut ihm ein kleiner Tapetenwechsel mal ganz gut.«

»Die Idee ist super!«, ruft Lucy begeistert und strahlt mich an. »Soweit ich weiß, war Victor noch nie auf dem Land. Edwin ist ja immer nur in der Stadt, wenn er nicht gerade im Ausland ist. Und er kommt frühestens am Wochenende zurück, also wäre Victor tagsüber immer allein in der Wohnung, abgesehen von Katrina natürlich.«

»Dann ist er bei mir auf jeden Fall besser aufgehoben. Apropos Katrina, wo ist sie überhaupt?«

»Keine Ahnung. Seitdem sie Samstagabend in unserem Taxi verschwunden ist, habe ich sie nicht mehr gesehen.«

»Glaubt ihr, dass sie seitdem gar nicht wieder hier war?«

»Da noch Essen im Kühlschrank ist, das ich am Samstagmorgen reingestellt habe, vermutlich nicht. Nein, sie war bestimmt nicht hier.«

»Wie merkwürdig.«

»Ich finde es herrlich. Hoffentlich bleibt sie ein für alle Mal verschwunden und frisst sich ab jetzt bei ihrem geheimnisvollen Freund durch.«

»Und stibitzt sich dort neue Kleider.«

»Oje, ich verstehe, worauf du hinaus willst.«

»Keine Katrina, kein rosa Seidenkleid.«

»Und keine Christian-Laboutin-Sandaletten.« Lucys Unterlippe bebt vor Empörung. »Aber egal. Ein bisschen Frieden ist mir ein Paar Schuhe wert.«

»Eben. Und nicht zu vergessen die tollen Sachen, die sie im Laufe der Jahre hier liegen gelassen hat.«

»Stimmt ja! Unseren geheimen Kleiderfundus hatte ich schon ganz vergessen. Glaubst du, nach dem ganzen Stress haben wir so viel abgenommen, dass uns inzwischen irgendetwas davon passt?«

»Durchaus möglich«, entgegne ich und gebe Victor den Rest meines Croissants, damit es sich nicht in Form von neuen Fettpölsterchen an meinen Hüften bemerkbar macht.

Dann stehe ich auf.

Lucy drückt Victor einen dicken Kuss auf seine feuchte Nase. »Wir probieren noch ein paar hübsche Sachen an, dann gehst du auf Reisen, VicVic. Du fährst mit Tante Jude aufs Land, wo du wie alle stinkenden Landhunde Schafe beschnuppern und Kuhfladen fressen kannst.«

Das letzte Mal habe ich London verlassen, als ich mit Haydn nach Brighton gefahren bin. Einerseits kommt es mir vor, als wäre es schon eine Ewigkeit her, anderseits habe ich das Gefühl, als wäre es erst gestern gewesen. Ich unterdrücke den sinnlosen Wunsch, dass er jetzt bei mir sein möge, und umarme stattdessen behutsam den guten alten Victor.

Trotz seiner gerade erst erlittenen Qualen ist er bester Laune. Dank seines verletzten Beines hat man ihm vorübergehend den Status eines Blindenhunds zugestanden, obwohl in seinem Fall nicht seine Begleitperson, sondern er selber der Behinderte ist, und so darf er neben mir auf einem der nylonüberzogenen, kratzigen British-Rail-Sitze hocken, wo er aufgeregt aus dem Fenster starrt und die vorbeisausende Landschaft bewundert. Immer wenn jemand durch unser Zugabteil geht, dreht er neugierig den Kopf.

Sein schlabberiges, samtenes Gesicht ist von seinem übrig gebliebenen Ohr bis zu seinem Verband zu einem breiten Hundegrinsen verzogen, seine nasse, dunkelrosa Zunge hängt die ganze Zeit draußen, so dass das Fenster in Windeseile voller Sabber ist. Einmal gibt es eine brenzlige Situation, als er zum ersten Mal im Leben eine echte Kuh sieht und so aus dem Häuschen gerät, dass wir Gefahr laufen, in den Gepäckwagen verbannt zu werden, doch mithilfe der Schokolade, die ich mir im Speisewagen gekauft habe, beruhigt er sich schließlich wieder, und der Rest der Reise verläuft ohne weitere Zwischenfälle.

Wenn man zwischen Sherborne und Dorchester auf den kleinen Dorfbahnhof hinaustritt, kommt man sich vor wie in einer vergangenen Zeit. Ich fühle mich, als sollte ich eigentlich in einem eng taillierten Vierzigerjahre-Kostüm und Pumps vorsichtig aus der von einer Dampflok getriebenen Eisenbahn auf den Bahnsteig hinabtreten und einem wartenden Gepäckträger meine farblich aufeinander abgestimmten Koffer übergeben, anstatt in Jeans und abgetragenen CAT-Stiefeln aus einem schmutzigen Intercity zu steigen und mich mit meiner ollen Reisetasche und Victor abzuschleppen.

Ich verfrachte Victor und mein Gepäck in ein Taxi, und wir fahren hinaus aufs Land. Meine Mutter wohnt in einem abgeschiedenen Bauernhaus, das am Ufer des Piddles liegt, was so viel heißt wie Pipi – Cal lacht sich immer tot darüber. Aus ihrem hinteren Garten hat Mum einen spektakulären Blick auf die Umrisse des hoch aufragenden Cerne Giant, jener in den weißen Kalkstein geritzten Riesenfigur, die von den Heiden einst als Wahrzeichen der Fruchtbarkeit verehrt wurde.

Als ich ankomme, dämmert es bereits. Die Fenster des Erdgeschosses sind hell und einladend erleuchtet. Das Haus wirkt wie das Motiv einer altmodischen Weihnachtskarte. Der Boden und die Pflanzen sind von einer hauchdünnen silbernen Reifschicht überzogen, vorne führt ein schmaler Pfad durch den vorderen Garten und trennt den quadratisch angelegten, in der Dämmerung golden schimmernden Rasen wie eine schwarze Linie in zwei Teile. Das Haus selbst ist ein lang gezogenes, niedriges Gebäude mit schräg abfallenden Giebeln, von denen die Fenster der oberen Etage wie Katzenaugen leuchten und in den dunklen Abend hinausstrahlen. Die roten Backsteinwände werden offenbar von uralten Eisenklammern und den zahlreichen Kletterpflanzen zusammengehalten, die an ihnen emporranken.

Als ich die Tür des Taxis zuschlage, wird die Haustür aufgerissen, und meine Mutter kommt herausgeschossen. Sie fegt wie ein Wirbelwind auf uns zu, und im nächsten Moment umarmt sie mich herzlich, und ich werde von kastanienbraunem Kaschmir umhüllt.

»Jude, Darling! Ich dachte schon, du kommst doch nicht! Warum hast du nicht vom Bahnhof angerufen? Dann hätte ich dich doch abgeholt!«

»Das Taxi stand direkt davor, also habe ich nicht lange überlegt… Ich wollte nicht, dass du an so einem Abend ins Auto steigen musst«

Ich vermeide es um jeden Preis, mit meiner Mutter Auto zu fahren, denn ihre Fahrweise ist genauso wie ihr Lebensstil: unbesonnen und leichtsinnig.

»Aber es ist doch ein herrlicher Abend, Jude.«

»Das schon, aber es ist so kalt. Brrr!« Ich tue so, als würde ich schlottern. »Und die Straßen sind ein bisschen vereist.«

Mum schüttelt den Kopf, und ihre roten Locken, die ich als Kind so hässlich fand, dass ich Gott gedankt habe, sie nicht geerbt zu haben, und um die ich sie heute so beneide, wippen wie wild. »Unsinn, Jude, es ist mild wie an einem lauen Frühlingsabend.« Sie holt tief und genussvoll Luft und ignoriert die Tatsache, dass sie beim Ausatmen angesichts der Kälte kleine Dampfwölkchen in die Luft bläst.

»Ich hoffe, du hast nichts dagegen, dass ich noch jemanden mitgebracht habe.«

»Nein überhaupt nicht, im Gegenteil… Du kennst doch mein Motto, je mehr umso besser…« Mit leuchtenden Augen versucht sie an mir vorbei einen Blick in das dunkle Innere des Taxis zu werfen und hält nach dem gut aussehenden Mann Ausschau, den ich ihrer Meinung nach im Schlepptau habe. »Sag ihm, er soll sich nicht so zieren und endlich aussteigen, um deine gute alte Mum zu begrüßen.«

»Er braucht ein bisschen Hilfe«, erkläre ich ihr und bemerke, wie sie bei dem Wörtchen »er« verzückt lächelt. »Er hatte am Sonntag einen kleinen Unfall und hat sich ein Bein gebrochen.«

»Oje, wir furchtbar, der Ärmste. Glaubst du, er schafft es die Treppen hoch? Ich meine, falls ihr in einem Zimmer schlafen wollt…«

»Normalerweise schläft er schon am liebsten bei mir, aber ich glaube, hier sollten wir ihm sein Bett besser in einem Korb im Wintergarten herrichten. Dann hat er es nicht so weit in den Garten, falls er mitten in der Nacht mal pinkeln muss.«

»Er pinkelt in den Garten?«

»Wir wollen doch nicht, dass er sein Geschäft im Haus erledigt, oder?«, entgegne ich. »Am besten helfe ich ihm mal schnell aus dem Taxi.«

Mit weit aufgerissenen Augen sieht sie zu, wie ich heimlich kichernd um das wartende Taxi herumgehe und die hintere Tür aufmache. Darauf bedacht, ihm nicht wehzutun und meinen Rücken nicht überzustrapazieren, hieve ich den ziemlich kräftig gebauten Victor vorsichtig vom Rücksitz.

»Mum, das ist Victor«, schnaufe ich und trage ihn zu ihr.

Als sie erkennt, dass es sich bei meinem Begleiter um einen Hund handelt, entspannen sich ihre Gesichtszüge, doch im nächsten Moment sieht sich mich missbilligend an, weil ich sie an der Nase herumgeführt habe. Dabei war es ihre eigene Fantasie, die sie in die Irre geführt und mir einen feschen neuen Freund angedichtet hat.

Als Victor sie jedoch so überschwänglich begrüßt wie sonst nur seine besten Freunde und sie mit seiner schleimtriefenden Nase abschnuppert wie ein Igel, dem gerade ein verlockender Duft in die Nase steigt, weicht ihr missbilligender Blick einem Lächeln.

»Ich glaube, er mag dich«, stelle ich fest, als Victor den Kragen ihres schicken kastanienfarbenen Umhangs mit einer breiten Rotzspur verziert.

»Was für ein süßer Hund«, murmelt sie und krault ihm seine weiche Stirn. »Gehört er etwa dir?«

Ich schüttele den Kopf. »Er gehört einem …« Ich wollte gerade sagen »einem Freund«, aber ich kann Edwin unmöglich als Freund bezeichnen. »Er gehört Lucys Bruder Edwin. Du erinnerst dich doch noch an Edwin, oder?«

»Natürlich. Ein nett aussehender Junge, der leider einen verdorbenen Charakter hat, aber man kann eben nicht alles haben: umwerfend gut aussehen, ordentlich verdienen und gleichzeitig auch noch die Gabe mitbringen, nett und zuvorkommend zu sein.«

»Ich weiß nicht …«, murmele ich geistesabwesend.

Ihre Augen scannen blitzschnell mein Gesicht und durchleuchten mich wie ein Röntgengerät. Sie kennt mich einfach zu gut; sie nimmt jede noch so kleine Veränderung meines Tonfalls wahr und vermag sie zielsicher zu deuten.

Ich will ihr nicht sagen, dass ich gerade an Haydn gedacht habe und dass ich glaube, endlich jemanden gefunden zu haben, der all das zu bieten hat, was ich von einem Mann erwarte.

Doch wie immer erkennt sie meine Gefühle und trifft sofort ins Schwarze. »Bring deine Sachen rein, Darling, und dann erzählst du deiner alten Mummy alles.«

»Was denn?«, frage ich und spiele die Ahnungslose, doch ihr Blick verrät mir, dass sie sich diesmal nicht für dumm verkaufen lässt.

Eigentlich wollte ich es Mum nicht erzählen, auf gar keinen Fall sogar, aber das Verlangen, mein Herz auszuschütten, und dann auch noch einer so teilnahmsvollen Zuhörerin, ist einfach zu groß. Als wir es uns in ihrer kuscheligen terrakottafarbenen Küche an ihrem robusten alten Holztisch bei Kaffee und selbst gemachten Rosinenküchlein, die so hart sind wie Granit, gemütlich gemacht haben, bricht die ganze traurige Geschichte aus mir heraus. Ich erzähle ihr von Lucy und Marjory, von Layton, Cal und Bruce und vor allem natürlich von Haydn, erzähle ihr die Geschichte in allen pikanten Details, na ja, jedenfalls beinahe in allen pikanten Details, bis zum bitteren Ende.

»Das bestätigt wieder einmal meine Theorie«, stellt Mum mit einem Seufzer fest, als ich fertig bin. »Man kann nicht alles haben: gutes Aussehen, einen scharfen Verstand und einen netten Charakter.«

»Aber er hat alles, Mum«, seufze ich.

»Zu dir war er aber nicht übermäßig nett, oder?«

»Aber ich habe es doch nicht besser verdient. Du kannst ihm doch nicht zum Vorwurf machen, dass er sauer auf mich ist.«

»Und warum nicht?«, nimmt sie mich knurrend in Schutz.

»Er ist ein toller Mann, Mum, er ist wahnsinnig nett und sympathisch. Allein wie er sich für Lucy ins Zeug gelegt hat, ist dafür doch Beweis genug, meinst du nicht auch? Und dass er nichts mehr von mir wissen will, kannst du ihm wirklich nicht vorwerfen, nicht nachdem wir ihn derart hinters Licht geführt haben.«

»Und wenn schon, du hast dich doch entschuldigt.«

»Na und? Meinst du, das macht alles wieder gut?«

»Hat deine Entschuldigung ihm nicht gereicht?«

»Offenbar nicht.«

»Meine arme kleine Jude.« Sie drückt mich an sich. Es ist die hundertdreiunddreißigste Umarmung in der vergangenen halben Stunde.

»Ich wünschte, Lucys Mutter wäre auch so verständnisvoll wie du«, murmele ich, den Mund voll mit Mums Haaren. »Sie macht Lucy das Leben wegen dieser Geschichte zur Hölle. Erst hat sie geschworen, nie wieder ein Wort mit ihr zu reden, doch stattdessen ruft sie jeden Tag an und putzt sie immer wieder aufs Neue runter.«

»Ich wäre auch nicht besonders scharf darauf, Marjory O'Neill zu begegnen«, grübelt meine Mutter laut. »Die gute Frau hat ein bisschen zu viel Testosteron im Blut. Auf jeden Fall mehr, als ihr Mann hatte. Kein Wunder, dass sie nicht wieder geheiratet hat.« Sie beugt sich verschwörerisch zu mir herüber, als wären wir nicht in einem Umkreis von fünf Kilometern die einzigen Menschen weit und breit. »Ich habe mich schon immer gefragt, ob sie nicht vielleicht ein Zwitter ist. Was meinst du?«

Apropos Wiederheirat. Ich sehe mich in der Küche um und suche vergeblich nach irgendeinem Hinweis auf die Anwesenheit eines Mannes. In ihrer Küche herrscht das übliche chaotische, aber gemütliche Durcheinander. Überall verstreut stehen Teile ihres bunt zusammengewürfelten mehrfarbigen Keramikgeschirrs, das Weinregal ist wie immer gut gefüllt, auf allen verfügbaren Flächen liegen Zeitschriften und Kochbücher, ihr Mantel hängt an der Tür an einem Haken, und ihre Schuhe stapeln sich in einer Ecke.

»Was ist eigentlich aus Eddie geworden?«

Mum zieht die Augenbrauen hoch und lächelt mich trocken an. »Der hat sich auch entschuldigt.«

»Und die Entschuldigung hat dir nicht gereicht«, beende ich ihren Satz.

»Genau.«

Wir prusten beide los.

»Ach, ja, Männer«, seufzt Mum. »Ich kann einfach nicht mit ihnen zusammenleben.«

»Aber ohne sie kannst du keine Videokassette in den Recorder einlegen ...«

Sie nimmt meine leere Teetasse, stellt sie in die riesige altmodische Porzellanspüle, geht zu der antiken walisischen Anrichte und holt uns zwei Gläser.

»Was hältst du davon, wenn wir auf den Kaffee verzichten und uns stattdessen etwas Besseres gönnen? Ich habe noch eine hervorragende Flasche Brandy, die Daddy nur zu besonderen

Anlässen hervorgeholt hat. Der gute Tropfen muss inzwischen achtzig Jahre alt sein.«

»Meinst du, dieser Anlass ist besonders genug?«

»Natürlich. Wenn du mich besuchst, ist es immer ein besonderer Anlass. Und nach all dem, was du in den vergangenen Wochen durchgemacht hast, können wir den Brandy, glaube ich, besser gebrauchen denn je.«

»Das kannst du wohl sagen.«

Ich höre, wie sie den großen Schrank unter der morschen Treppe durchstöbert, in dem sie alles aufbewahrt – von ihrer Medizin bis zu Maltwhisky, von Schrotflinten bis zu Sambuca.

Schließlich kommt sie mit einer verstaubten Flasche Brandy zurück an den Tisch und schenkt uns zwei ordentliche Portionen ein.

»Worauf sollen wir trinken?«, fragt sie und reicht mir eins der Gläser.

»Auf ein unkompliziertes Leben«, schlage ich vor. »Darauf, dass man nicht so viele Probleme am Hals hat, die einem das Dasein erschweren.«

»Du bist viel zu jung, um dich schon nach einem ruhigen Leben zu sehnen.«

»Ruhig muss ja nicht unbedingt langweilig heißen, aber ein bisschen weniger Stress wäre schon nett.«

»Nimm das Ganze einfach nicht so schwer, Jude. Du glaubst gar nicht, wie schnell so mancher Kummer verfliegt und Schnee von gestern ist.«

»Meinst du wirklich?«

»Glaub mir, es wird sich alles zum Guten wenden, ehe du dich versiehst, kehrt wieder Normalität in dein Leben ein.«

Mum mutiert für die Dauer meines Aufenthalts zu einer regelrechten Vollblutmutter. Andauernd umarmt sie mich, inzwischen ducke ich mich schon jedes Mal, wenn wir uns begegnen. In ihren Malpausen steht sie unentwegt am Ofen und bäckt, um mir in Form von süßem Gebäck weiteren Trost zu spenden. Und so entsteht in der Küche ein unerschöpflicher Nachschub an ziemlich harten Keksen, Kuchen und anderen Teigwaren, die ich, um nicht aufzugehen wie ein Luftballon und mir nicht die Zähne zu ruinieren, verstohlen an einen hocherfreuten Victor verfüttere.

Abends sitzen wir gemeinsam am Kaminfeuer und sehen uns irgendwelche Soaps an. Dabei strickt Mum wie eine Besessene, so dass die Nadeln aneinander klackern wie die Zähne eines aufgezogenen Scherzartikelgebisses. Während ihres Strickmarathons bin ich vorübergehend Luft für sie. Erst als sie mir nach zwei Tagen das Ergebnis ihrer Arbeit zur Begutachtung hinhält, sehe ich, was es ist: ein Pullover für Victor, oder besser gesagt eine Art Strickjacke, die jedoch der Einfachheit halber hinten, also auf Victors Rücken, zugeknöpft wird.

Als sie ihm das schmucke Stück anlegt, erwarte ich, dass er sich sträubt und sie beißt, doch statt dessen scheint es ihm zu gefallen, und er stolziert durch das Haus wie ein o-beiniges, ziemlich unförmiges Model über den Laufsteg.

»Na bitte!«, verkündet sie stolz, während sie ihm dabei zusieht. »Jetzt hat er es schön mollig und warm.«

Ich schüttele ungläubig den Kopf.

»Gefällt dir das Jäckchen etwa nicht?«, fragt meine Mutter, als sie meinen Blick sieht.

»Na ja, wenn der Tierschutzverein mitkriegen würde, dass du ihn in so ein Teil steckst, würden sie dich wegen Grausamkeit anzeigen.«

»Grausamkeit?«

»Aber ja, es entspricht nun mal nicht seinem Kleidungskodex.«

»Vielleicht ist die Jacke keine Augenweide, aber sie ist sehr praktisch, findest du nicht?«

»Praktisch?«

»Nach seinem Unfall muss er immer schön warm sein, erst recht, wenn wir nach draußen gehen.«

»Willst du mit ihm rausgehen?«

»Nein Jude, wir gehen mit ihm raus. Victor und ich machen einen kleinen Spaziergang, und du begleitest uns.«

»Hm, ich weiß ja nicht«, entgegne ich und schiebe meinen Hintern noch tiefer ins Sofa.

»Du hast seit zwei Tagen das Haus nicht verlassen, du brauchst doch mal ein bisschen frische Luft.«

»Ich hatte genug frische Luft.«

»Und Victor braucht auch ein bisschen mehr Bewegung, als nur mal schnell eine Runde durch den Garten zu drehen, während du auf einem umgedrehten Blumentopf hockst, dich mit Schokolade voll stopfst und Trübsal bläst.«

»Ich blase nicht Trübsal«, lüge ich.

»Na wunderbar, dann kannst du uns doch auf einen kleinen Spaziergang begleiten.«

»Im Prinzip ja, aber ich muss auf Victor Rücksicht nehmen.«

»Inwiefern?«

»In seinem Zustand kann er noch keine größeren Entfernungen zurücklegen.«

»Wenn das das einzige Problem ist, dann kann ich Abhilfe schaffen.« Sie verschwindet erneut im chaotischen Gewühl ihres Schranks und kramt irgendetwas hervor. Zuerst sehe ich nur ihren Hintern. Sie zieht etwas auf Rädern hinter sich her, und als sie schließlich ganz aus dem Schrank heraus ist, sehe ich, dass es ein alter Puppenwagen ist.

Bei seinem Anblick pruste ich laut los. »Da kriegst du ihn nie rein!«

Mum wirft mir einen verschmitzten Blick zu und schiebt den Wagen an mir vorbei in die Küche, wo Victor es sich vor dem Ofen auf dem Sitzkissen bequem gemacht hat, das sie ihm für die Dauer unseres Aufenthalts als Bett überlassen hat.

»Komm her, mein Schätzchen«, ruft sie und klopft auf den Nylonsitz des Puppenwagens. Victor öffnet ein Auge und mustert das Vehikel mit einem misstrauischen Blick.

»Siehst du, ich habe dir ja gleich gesagt, dass er von dem Ding nichts wissen will.«

»Das glaube ich nicht. Er hat nur keine Ahnung, wozu der Wagen gut ist.« Sie schiebt ihn direkt vor Victors Nase und klopft erneut auf den Sitz. »Hier rein, Schätzchen, dieses gemütliche Plätzchen ist nur für dich.«

Victor beschnuppert den Wagen neugierig und macht es sich dann zu meiner Riesenüberraschung mit einem Seufzer darin gemütlich. Bereitwillig lässt er sich durch die Küche schieben.

»Siehst du, er findet den Wagen großartig. Und jetzt genug der Ausreden, auf geht's!« Sie zwingt mich in ein Paar alte Gummistiefel von ihr und in eine wetterfeste Jacke, die nach feuchtem Gras muffft, und schiebt mich und Victor aus der Tür. »Du musst tief durchatmen«, weist sie mich an und holt selber tief Luft.

Ich versuche, ihrem Beispiel zu folgen und bekomme prompt einen solchen Hustenanfall, als würde ich täglich zwei Päckchen rauchen. Meine Mutter marschiert unbeirrt weiter und schiebt Victor im Wagen vor sich her. Sie schlägt den Pfad ein, der über eine kleine Brücke auf die andere Seite des Flusses und zum Cerne Giant hinaufführt. Ich folge ihr in einigem Abstand und schmolle, weil ich eigentlich zu Hause bleiben und *Mord ist ihr Hobby* sehen wollte.

»Du siehst aus wie eine von diesen alten Jungfern, die vor irgendwelchen Supermärkten einen Einkaufswagen voller Viecher auf und ab schieben und Geld für die Verteidigung der Tierrechte oder für das örtliche Katzenasyl sammeln!«, rufe ich spöttisch hinter ihr her.

Ohne sich umzudrehen, hält sie mir im Scherz den Stinkefinger hin und legt noch einen Schritt zu.

Schließlich hole ich sie ein. Ich keuche und schnaufe wie eine altersschwache Oma nach einem Dauerlauf. Sie steht am Fuß des Cerne Giants, jenem riesigen Bildnis eines Frühmenschen in seiner ganzen nackten Pracht, eingeritzt in weißen Kalkstein.

»Das ist alles, was die Männer ausmacht«, stellt sie fest und zeigt auf den überdimensionalen Phallus der Riesenfigur.

»Du meinst, dass sie alle am liebsten einen Schwanz hätten, der größer ist als ihr Kopf?«

»Das auch. Aber eigentlich meinte ich etwas anderes. Guck dir mal die Konturen des alten Knaben an. Er sieht doch aus, als ob sein Ding der eigentliche Körper wäre und der Rest des Mannes das Anhängsel. Sie sind nichts weiter als hormongesteuerte Triebtiere. Alle. Letztendlich sind sie nur auf Sex aus und auf sonst gar nichts.«

»Glaubst du wirklich?«

Sie nickt mit Nachdruck. »Genau an dieser Stelle sieht man übrigens häufig Paare, die es miteinander treiben«, fährt sie fort und zeigt erneut auf den Riesenphallus. »Die Legende sagt, dass es gegen Unfruchtbarkeit hilft.«

»Ach, deshalb liegt im Wintergarten ein Fernglas«, ziehe ich sie auf.

»Du weißt genau, dass ich damit Vögel beobachte.«

»Lieber als Paare *beim* Vögeln? Kaum zu glauben.«

»Ein bisschen mehr Respekt bitte, Jude. Ich bin zwar ein alter Hippie, aber ich bin immer noch deine Mutter.«

Ich versuche, rücksichtsvoll das Thema zu wechseln, indem ich auf einen mir unbekannten Vogel zeige, doch dann fängt sie selbst wieder mit dem Thema an.

»Hattet ihr guten Sex?«, fragt sie völlig unverblümt.

»Wie bitte?«, hüstele ich verlegen.

»Du und Haydn. Nun komm schon, erzähl mir, wie es war!«

»Mum, also ehrlich.« Ich merke, wie ich rot werde. »Hast du nicht eben etwas von Respekt gesagt?«

»Was nun? War euer Sex gut?«, insistiert sie.

»Mum! Es gibt ein paar Dinge, die eine Tochter grundsätzlich nie mit ihrer Mutter besprechen sollte, zum Beispiel wie oft sie als Kind die Schule geschwänzt hat oder ob sie raucht oder mit wie viel Jahren sie ihre erste Zigarette in den Fingern hatte – und nein, bevor du jetzt fragst, ich rauche nicht«, füge ich schnell hinzu, als sie den Mund aufmacht. »Es gibt so was wie die zehn Gebote für eine gute Mutter-Tochter-Beziehung. Und weißt du, an welcher Stelle auf dieser Liste das Thema Sex steht? Ich sage es dir: Es ist das erste Gebot. Du sollst deine sexuellen Erlebnisse niemals mit deiner Mutter besprechen.«

Sie sieht mich verschmitzt an, auf ihrem Gesicht zeichnet sich ein belustigtes Lächeln ab. »Und? War euer Sex nun gut?«

»Unglaublich gut«, murmele ich und ziehe den Kopf ein wie eine Schildkröte, um meine rote Birne zu verbergen.

»Gut. Dann wird er mehr davon wollen und zu dir zurückkommen.«

»Kannst du mir das garantieren?«

»Natürlich. Männer haben in etwa das gleiche Verhältnis zu Sex wie Frauen zu Schokolade.«

»Meinst du wirklich?«

»Absolut. Es ist ein unwiderstehliches Verlangen, gegen das sie wehrlos sind. Nimm nur mich und meine Sucht nach Marsriegeln. Wenn ich einmal abbeiße, bin ich schon verloren. Ich kann mir noch so sehr einreden, wie schlecht das süße Zeug für mich ist, aber es schmeckt so verdammt köstlich, dass ich nicht widerstehen kann.«

»Mag ja sein, aber dieser Mann hat etwas, das den meisten Männern fehlt.«

»Und was soll das, bitte schön, sein?«

»Einen Sinn für Moral. Und genau diesen Sinn habe ich leider schwer verletzt. Er wird mir nie vergeben, Mum. Würdest du jemandem vergeben, der dich angelogen hat, um dich ins Bett zu kriegen?«

»Aber das hast du doch gar nicht getan, Jude.«

»Na gut, nicht ganz. Ich habe ihn angelogen, und ich war mit ihm im Bett, ich habe ihn nicht angelogen, um ihn ins Bett zu kriegen. Aber ich bin sicher, das er das Ganze mehr oder weniger so sieht.«

»Aber das tun wir doch alle.«

»Was?«

»Lügen, um zu kriegen, was wir wollen. Uns irgendwie geben, wie wir eigentlich gar nicht sind, um jemanden zu beeindrucken, damit er uns attraktiv findet. Anderen Leuten nach dem Mund reden, damit sie uns mögen und unsere Freunde sein wollen, vielleicht sogar eine Beziehung mit uns anfangen oder mit uns schlafen. Nimm nur Jonathan …«

»Muss das sein?«

»Nur als Beispiel. Was hat dich beim ersten Mal dazu gebracht, mit ihm ins Bett zu gehen?«

»Oje.« Ich wühle in meiner Erinnerung. »Es ist schon so lange her.«

»Denk nach, Jude.«

»Muss das wirklich sein?« Ich verziehe das Gesicht. »Okay, okay. Also, es war auf jeden Fall eine Menge Alkohol im Spiel.«

»Also warst du besonders verletzlich.«

»Es war Georges Hochzeit, und ich war in einer sehr emotionalen Stimmung.«

»Also warst du noch verletzlicher«, wiederholt sie.

»Alle außer mir waren liiert, und ich habe mich gefühlt wie das armseligste Mauerblümchen der ganzen Stadt.«

»Da haben wir's wieder.«

»Ich glaube, er hat mir ins Ohr gesäuselt, dass er mich liebt.«

»Aha. Und?«

»Das war auf jeden Fall gelogen, das weiß ich genau.«

»Aha«, wiederholt sie. »Und die Beziehung ist zerbrochen, weil er von dir nur eins wollte: Sex. Aber soweit ich das beurteilen kann, verhält es sich mit diesem Haydn ein bisschen anders. Ihr habt euch wirklich zueinander hingezogen gefühlt, und der Sex war eher ein Nebenprodukt, nur ein kleiner Teil der ganzen Geschichte. Und auch wenn die Umstände ein bisschen ungewöhnlich und verworren gewesen sein mögen – eure Gefühle waren so ehrlich und aufrichtig, dass du trotz allem viel bessere Chancen auf einen guten Ausgang der ganzen Sache hast als die meisten anderen Paare.«

»Glaubst du das wirklich?«

»Ich kenne ihn ja nicht, aber nach allem, was du mir von ihm erzählt hast, glaube ich ja. Wenn er so anständig und aufrichtig ist, wie du sagst, wird er dich anhören und dir eine faire Chance geben, dich zu entschuldigen.«

»Aber wie soll ich diese faire Chance kriegen, wenn er nicht einmal mit mir redet?«

»Dass er im Moment nicht mit dir redet, muss noch lange nicht heißen, dass er dich nicht anhört. Du hast ihn reingelegt, Jude, und jetzt ist er in seinem Stolz verletzt. Es gibt keinen schwierigeren Gesprächspartner als einen Mann, dessen Stolz verletzt wurde und der das Gefühl hat, dass gegen seine Prinzipien verstoßen wurde. Wenn du ihn wirklich so liebst, wie du sagst, musst du die Hürde überspringen. Du darfst nicht aufgeben, sondern musst beharrlich am Ball bleiben.«

»Aber ich habe schon so oft versucht, mit ihm zu reden. Allmählich komm ich mir ein bisschen blöd vor, ständig hinter ihm herzulaufen.«

»Was spricht dagegen, ein bisschen von deinem Stolz zu opfern, wenn du dadurch seinen wiederherstellen kannst? Wenn er wirklich so wunderbar ist, dürfte er das wohl wert sein.«

Wie immer hat sie Recht. Ich nicke langsam. »Woher hast du nur deine Weisheit?«

»Ich bin nicht weise, höchstens welterfahren.«

»Man könnte meinen, du wärst schon mal in einer ähnlichen Situation gewesen. Hast du auch schon mal etwas von deinem Stolz geopfert?«

»Aber ja, ständig und immer wieder. Manchmal fällt es einem schwer dazuzulernen.«

»Was ist mit diesem Eddie, Mum?«

Sie zuckt mit den Achseln. »Er konnte deinem Vater nicht das Wasser reichen.«

»Das wird nie jemand können.«

»Und das ist genau das Problem.« Sie bückt sich und entfernt einen Brombeerast, der sich in Victors Wagen verheddert hat. »Vielleicht sollte ich mir einen Hund zulegen. Wenn man auf dem Land lebt, ist das ja beinahe ein Muss, aber bisher bin ich immer davor zurückgeschreckt. Ständig matschige Pfotenabdrücke, dann der Hundegeruch und überall Haare ... aber Victor ist ja wirklich pflegeleicht.«

»Er ist es gewohnt, mit Menschen zu leben. Er hat gelernt, sich als Gast zu benehmen.«

Wir gehen einen Moment schweigend weiter.

»Ich habe letzte Woche Bernie gesehen«, erwähne ich nach ein paar Minuten so beiläufig wie möglich.

»Bernie ist wirklich ein Prachtstück von einem Mann«, seufzt meine Mutter.

»Stimmt«, entgegne ich und nicke. »Ein Wunder, dass er nie geheiratet hat. Aber er hat mir erzählt, dass vor langer Zeit jemand sein Herz gebrochen hat, und darüber ist er, glaube ich, nie richtig hinweggekommen.«

Mum sieht mich an, doch ich beschleunige meinen Schritt ein wenig und gehe den Rest des Weges vor ihr zurück zum Haus.

Am nächsten Tag mache ich einen kleinen Spaziergang ins Dorf. Victor hoppelt auf drei Beinen neben mir her.

Dort angekommen schreibe ich eine Karte an Lucy, mit der ich ihr viel Glück wünsche, und suche – die Worte meiner Mutter klingen mir noch im Ohr – nach einer etwas weniger kitschigen Karte für Haydn, die ich ihm an seine Londoner Adresse schicke. Danach verprasse ich den größten Teil meiner mitgenommenen zwanzig Pfund für eine Großpackung belgischer Pralinen, damit Mum und ich uns einen gemütlichen Fernsehnachmittag machen können und ordentlich was zum Naschen haben.

Wer hätte je gedacht, dass die Inflation uns eines Tages auch noch unsere Naschgelüste vergällen würde? Als ich klein war, konnte man sich das süße Glück noch für die zehn Pence Taschengeld kaufen, die es jeden Sonntag gab, und sie haben immer für eine Riesentüte Süßigkeiten gereicht, die ich dann vor einem alten Schwarzweißfilm in mich hineinfuttern konnte. Im Grunde haben sich meine Gelüste in dieser Hinsicht nicht großartig geändert, nur dass ich für für einen rührseligen Fernsehnachmittag inzwischen deutlich mehr auf den Tisch legen muss.

Das ist der Beweis: Ich werde alt. Ich habe eine »Als-ich-jung-war-Geschichte« erzählt.

Zurück in Mums Haus lege ich eine CD von Pete Tong auf und tanze durch den Raum – ein verzweifelter Versuch, mich wieder jung zu fühlen. Ich rede mir ein, dass ich immer noch angesagt bin, erreiche aber leider das Gegenteil, denn ich stolpere über eine auf dem Boden herumliegende Handtasche und verstauche mir ziemlich übel den Knöchel, so dass ich mich deprimiert zum Sofa schleppe, mich niederplumpsen lasse und mich jetzt definitiv alt und klapprig fühle.

In dieser Pose findet Mum mich vor, als sie ihr Tagewerk beendet hat und sich zu mir gesellt, um sich mit mir einen Humphrey-Bogart-Film anzusehen.

»Musste es damals wirklich so zugehen?«, frage ich sie, als Bogey der Hauptdarstellerin zeigt, wer das Sagen hat.

»Was meinst du?«

»Es ist alles so schwarz-weiß.«

»Na ja, damals war der Farbfilm noch nicht erfunden«, erwidert sie im Scherz.

»Du weißt genau, was ich meine.«

»Du meinst, dass Männer sich wie Männer verhielten und Frauen wie Frauen? Ich denke ja, auch wenn es vielleicht ein bisschen verallgemeinernd ist. Aber das war vor meiner Zeit. Wie du ja weißt, haben mich eher die Sechziger geprägt.«

»Und du bist in Flatterkleidern umhergeschwebt, hast freie Liebe gepredigt und Marihuana geraucht.«

»Das ist auch etwas verallgemeinernd.«

»Mag sein. Schließlich hattest du auch damals schon eine ziemlich lange feste Beziehung … vor Dad, meine ich.« Ich sehe sie an, doch sie richtet ihren Blick stur auf den Bildschirm.

»Psst, Jude, ich will den Film sehen.«

Doch es dauert keine fünf Minuten, bis ihre Neugier siegt.

»Geht es Bernie gut?«

Ich grinse still in mich hinein. Wusste ich doch, dass ich nur die Saat auszulegen brauchte …

»Ja, ich denke schon. Ihr redet doch gelegentlich miteinander, oder?«

»Ja, ab und zu, aber ich melde mich nicht so oft bei ihm, wie ich sollte.«

»Warum nicht? Hast du vielleicht ein schlechtes Gewissen?«

Ihre hellbraunen Augen, die den meinen so ähneln, sehen mich besorgt an. »Meinst du, ich muss wegen irgendetwas ein schlechtes Gewissen haben?«

»Na ja, nach dem, was er mir erzählt hat, war es damals ein schwerer Schlag für ihn, als du ihn wegen Dad verlassen hast.«

»Wirklich?«, fragt sie ehrlich überrascht zurück. »Dabei wirkte er immer so gleichgültig. Vielleicht habe ich ihn völlig falsch eingeschätzt. Ich hatte immer den Eindruck, dass ihn unsere Trennung nicht weiter berührt hat.«

»Ich glaube, für ihn sah das Ganze so aus, als hättet ihr ihn vor vollendete Tatsachen gestellt. Er hat gesehen, dass du dich Hals über Kopf in Dad verliebt hast, und erkannt, dass es absolute Zeitverschwendung und vergebene Liebesmüh gewesen wäre, um dich zu kämpfen. Er hat dich so sehr geliebt, Mum, dass er nur wollte, dass du glücklich wirst. Deshalb hat er dich still und leise ziehen lassen.«

»Das klingt ja so herzerweichend wie ein alter Song von Sting«, macht sie sich lustig, doch ihre mitfühlenden Augen strafen ihre abschätzigen Worte Lügen.

Nach einigen weiteren Minuten fragt sie: »Glaubst du wirklich, dass er damals so empfunden hat?«

Ich nicke. »Er hat es mir selber erzählt.«

»Wenn ich ehrlich bin, fühle ich mich heute noch schlecht dafür, dass ich ihn für deinen Vater einfach so habe sitzen lassen. Ich habe ihn sehr gemocht.«

»Es ist nie zu spät, Dinge wieder gutzumachen.«

Mum dreht sich mit einem triumphierenden Strahlen zu mir um. »Ich bin ja so froh, dass du das so siehst. Genau das versuche ich dir schon die ganze Woche beizubringen.«

Kapitel 10

Den ganzen Freitag laufe ich im Haus hin und her wie ein nervöses Huhn.

Ich weiß, dass die Präsentation um Punkt zehn stattfindet. Nach dem, was Lucy mir erzählt hat, schätze ich, dass sie etwa eine Stunde dauert. Ihre Agentur ist die letzte, die in dieser Woche zur Präsentation eingeladen ist, genauer gesagt, ist sie überhaupt die letzte. Spicer Booth will die Entscheidung noch am gleichen Tag bekannt geben.

Ab elf starre ich nervös das Telefon an und erwarte, dass es jeden Augenblick klingelt und Lucy dran ist, um mir zu erzählen, wie es ausgegangen ist. Vier endlose Stunden schmore ich vor Mums museumsreifem schwarzem Apparat.

Um drei Uhr nachmittags klingelt es endlich. Ich hocke im Arbeitszimmer neben dem Telefon und tue seit einiger Zeit so, als ob ich in einem von Mums Kaminschmökern lesen würde, obwohl ich in Wahrheit unfähig bin, mich auf irgendetwas zu konzentrieren.

Bevor Lucy sich meldet, höre ich im Hintergrund Stimmengewirr, Gläsergeklirr und Gelächter.

»Jude?«

»Lucy, bist du's?«

»Ja, hi, Jude, alles okay bei dir?«

»Ja, sicher«, erwidere ich ungeduldig. »Wie ist es ausgegangen? Wo bist du?«

»Wir sind alle im Court Jester. Du weißt schon, die Kneipe gegenüber der Agentur.«

»Und?«, dränge ich und versuche, an ihrer Stimmlage zu erkennen, ob sie in Jubellaune ist oder total geknickt.

»Du meinst, ob wir dabei sind, unseren Frust zu ertränken oder etwas zu feiern haben?«

»Lucy! Jetzt spann mich nicht länger auf die Folter!«

»Also, wir lagen mit unserem Kostenplan ein bisschen weit oben…«

»Ach, Lucy, es tut mir so Leid…«, falle ich ihr ins Wort und mache ein langes Gesicht.

»…aber unsere Marketing-Ideen waren um Längen besser als alles, was unsere Konkurrenten zu bieten hatten«, fügt sie atemlos hinzu.

»Ihr habt den Zuschlag bekommen?«

Sie lässt mich noch einen Augenblick zappeln und platzt dann überglücklich heraus: »Ja, Jude, stell dir vor – wir haben den Auftrag! Wir haben ihn im Sack! Wir haben ihn im Sack!«

»Gott sei Dank!«, seufze ich und werfe vor Freude mein Buch auf den Boden.

»O Jude, es war furchtbar«, jammert Lucy. »Sie haben uns viereinhalb Stunden schmoren lassen, kannst du dir das vorstellen? Seit elf Uhr haben wir hier gehockt, nervös an unserem Mineralwasser genippt und Fingernägel gekaut. Und dann ist mir ein Riesenstein vom Herzen gefallen…«

»Das kann ich mir vorstellen. Ich war auch ein einziges Nervenbündel und habe den ganzen Tag vor dem Telefon auf heißen Kohlen gesessen.«

»Tut mir Leid, dass ich mich nicht früher gemeldet habe. Aber ich war nach der Bekanntgabe so aus dem Häuschen, dass ich kein Wort herausgebracht hätte.«

»Macht ja nichts. He, gut gemacht. Ich freue mich riesig für dich.«

Eine Frage liegt mir noch auf der Zunge. »War er auch da?«

»Layton Bastard? Keine Spur von ihm, und das war wirklich ein Segen. Ich glaube, wenn er da gewesen wäre, hätte ich die Präsentation niemals glatt über die Runden gebracht. Es geht das Gerücht herum, dass er nach Amerika zurückversetzt wurde. Wie es aussieht, war dein Liebster meine Rettung, Jude.«

»Mein Liebster?«, frage ich, wohl wissend, wen sie meint.

»Ja, Haydn. Er muss es geschafft haben, Layton kaltzustellen.«

»Vielleicht hat Haydn ein bisschen Schützenhilfe geleistet, aber letztendlich hast du dir den Erfolg selbst erarbeitet. Dass du den Zuschlag bekommen hast, ist ganz allein dein Verdienst.«

»Ja, ich glaube wirklich, dass meine Präsentation die beste war«, entgegnet sie. Doch es klingt nicht nach Eigenlob, ihre Stimmlage verrät eher, dass sie sich krampfhaft einzureden versucht, den Spicer-Booth-Auftrag tatsächlich durch eigene Verdienste an Land gezogen zu haben und nicht durch Vitamin B. »Aber ich glaube, ich habe es Haydn zu verdanken, dass ich objektiv beurteilt und nicht schon im Vorfeld abgeschossen wurde. O Jude, ich fühle mich so schuldig für das, was wir ihm angetan haben. Kaum zu glauben, dass er trotz der ganzen Misere so nett zu mir war.« Ihre Stimme wird weicher, und sie fügt leise hinzu: »Aber wem sage ich das. Und wie geht es dir so?«

Ich überlege einen Augenblick und will gerade »ganz okay« sagen, als mir meine Unterhaltung mit Callum über positives Denken einfällt. »Gut«, erwidere ich und meine es auch so.

»Das freut mich für dich, Jude. Und wie geht es deiner Mutter?«

»Sie ist der Grund, weshalb es mir so gut geht.«

»Sie ist wirklich ein Schatz! Ich wusste ja gleich, dass sie dich wieder aufheitern würde. Bestell ihr einen schönen Gruß von mir, und frag sie, ob sie nicht George enterben und mich stattdessen adoptieren will.«

»Da würde sie bestimmt keine Sekunde zögern.«

»Ach, und Jude, bevor ich es vergesse, ich muss dich vorwarnen … Warte mal einen Augenblick, bleib dran … Ja, Andy, ich komme sofort … Was? Mr. Bond persönlich? Ja, ich bin schon da. Jude, ich muss auflegen. Andy sagt, dass unser Managing Director mit mir reden will. Offenbar will er mir kräftig auf die Schulter klopfen. Hoffentlich lässt er seinen Worten auch Taten folgen und belohnt mich mit einer saftigen Gehaltserhöhung. Pass auf dich auf! Bis morgen, Jude. Ich freue mich. Tschüss.«

»Lucy? Lucy?«

Sie legt auf, ohne ihre geheimnisvolle Andeutung beendet zu haben. Vor was wollte sie mich bloß warnen? Besorgt rufe ich Cal an, doch er hat auch keine Ahnung.

»Hier ist alles bestens, Jude. Mach dir keine Sorgen. Luce hat uns die positive Nachricht auch schon überbracht, und jetzt feiern wir. Bruce ist da. Sag ›Hi‹, Bruce!«

Ich höre Bruce im Hintergrund »Hi, Bruce!« trällern und auf seine eigentümliche Art loskichern.

»Wir treffen uns gleich mit Lucy im Court Jester und haben schon mal eine Flasche Sekt geköpft, um nicht stocknüchtern auf der Siegesfeier zu erscheinen. Eigentlich müssten wir ja noch arbeiten, aber wir schwänzen heute.«

»Schwänzen ist mein Lieblingsspiel«, brüllt Bruce dazwischen, »abgesehen von Doktorspielen natürlich.«

Cal reißt den Hörer wieder an sich.

»Richte Bruce von mir aus, dass es ihm hier gefallen würde«, witzele ich. »Von meinem Schlafzimmerfenster aus sehe ich direkt auf einen Riesenpenis.«

Ich höre, wie Cal meine Nachricht weiterleitet, lautes Gelächter folgt. Kurz darauf ist Cal wieder dran.

»Bruce sagt, er springt in den nächsten Zug und kommt vorbei. Apropos – wie geht es meinem vierbeinigen Freund?«

»Dem geht's prima. Mum und er haben sich bis über beide Ohren ineinander verliebt und sind praktisch unzertrennlich. Ich glaube, er würde am liebsten hier bleiben.«

»Aber ihr müsst bald zurückkommen!«, kreischt Cal. »Wir vermissen euch!«

»Wir vermissen euch, schluchz!«, grölt Bruce im Hintergrund, woraufhin sie beide anfangen, mir durch die Leitung Kusshände zuzuwerfen.

»Verarschen kann ich mich selbst!«

»Nein, im Ernst, Jude, es ist hier so still ohne dich. Sogar Katrina bläst Trübsal und schleicht umher wie ein matschiges Eier-Sandwich. Dabei kommt Edwin heute Abend zurück, an ihm kann es also diesmal nicht liegen.«

»Sie ist also wieder aufgetaucht?«

»Ja, gestern. Unerhört, sich so lange herumzutreiben.«

»Ich komme morgen Nachmittag zurück.«

»Super. Ich kann es gar nicht erwarten. Dann koche ich morgen Abend zur Feier des Tages etwas Leckeres. Bis morgen, ciao, Jude.«

So gerne ich auch bei meiner Mutter bin – am liebsten würde ich mich jetzt auf der Stelle nach London beamen und mit den anderen Lucys Erfolg feiern.

»Ich glaube, es ist an der Zeit, dass wir auch ein bisschen feiern«, sage ich zu Victor, der mir den ganzen Tag beim Bewachen des Telefons Gesellschaft geleistet hat.

Irgendwo im hintersten Regal von Mums Vorratskammer muss noch eine verstaubte Flasche Sekt stehen. Ich weiß genau, dass sie da ist, denn es ist die letzte Flasche aus der Kiste, die Bernie mir mitgegeben hat, als ich Mum das letzte Mal besucht habe. Dass sie so lange unentdeckt geblieben ist, liegt an ihrem verborgenen Platz hinter einem fünf Jahre alten Literglas mit selbst eingelegtem Kohl. Ich staube die Flasche ab, nehme zwei Gläser von der Anrichte und steuere den Wintergarten an, um meine Mutter bei ihrem künstlerischen Schaffen zu unterbrechen.

»Hast du Lust, mit mir anzustoßen?«, frage ich und wedele mit der Flasche. »Es ist zwar kein Champagner, aber ich glaube, Sekt tut es auch.«

»Heißt das, Lucy hat den Zuschlag bekommen?«

Ich nicke begeistert. »Ja. Wir haben etwas zu feiern.«

»Oh, wie schön!« Sie wischt ihren Zobelpinsel an einem öligen Lappen ab und legt ihn auf den Rand ihrer Staffelei. Ich lasse den Korken knallen und schenke in meiner Begeisterung sogar ein wenig von dem golden sprudelnden Tropfen in Victors

Wasserschale. Wir stoßen auf Lucys Erfolg an, und dann zieht Mum mich zu sich heran und zeigt mir ihr Werk.

»Was hältst du davon?«, will sie von mir wissen. Sie hat Victor gemalt. Er sitzt in voller Montur auf dem Queen-Anne-Sessel. Mit seinen fröhlich funkelnden schwarzen Augen, seiner roten Strickjacke und seinem vor gespannter Erwartung beinahe menschlichen Gesicht erinnert er an einen der menschenähnlichen Spielerhunde von Arthur Sarnoff, nur ohne den Poolbillard-Tisch oder die Spielkarten.

»Es ist absolut genial.«

»Jetzt übertreib mal nicht!«, entgegnet sie, aber ich sehe an ihrem Lächeln, dass sie sich sehr über mein Kompliment freut.

»Dann haben wir ja doppelten Grund anzustoßen. Auf Lucy, weil sie den Spicer-Booth-Auftrag bekommen hat, und auf dich, weil du ein weiteres tolles Bild gemalt hast.«

Vor lauter Nervosität habe ich den ganzen Tag noch keinen Happen zu mir genommen. Als der kribbelnde Sekt in meinen leeren Magen strömt, fängt dieser bedrohlich an zu knurren, und zwar so laut, dass Victors Kopf hin und her schießt und er panisch nach dem feindlichen Hund sucht, der seiner Meinung nach gerade in den Wintergarten eingedrungen ist.

»Wir sollten was essen, bevor wir weitertrinken«, schlägt meine Mutter vor und nimmt mir das Glas weg. »Das heben wir für später auf. Ich mache uns einen Tee und hole den Rosinenkuchen aus dem Kühlschrank.«

Während sie in der Küche herumrumort, höre ich ein Auto vorfahren. Ich stürme zum Wohnzimmerfenster. Die Bottom Brook Farm befindet sich am Ende einer Sackgasse, weshalb jeder, den es hierhin verschlagen hat, entweder zu Mum will oder sich verfahren hat. Auf dem Grünstreifen vor dem Haus steht ein seehundgrauer, schnittiger Ferrari, dessen Karosserie über und über mit Schlamm bespritzt ist.

»Wer ist das, Darling?«, fragt meine Mutter und kommt ebenfalls ans Fenster.

»Keine Ahnung.«

Sie lugt über meine Schulter. »Also, ich kenne bestimmt niemanden, der so eine Luxuskarosse fährt. Du?«

Ich will gerade »Nein« sagen, doch in dem Moment entsteigt dem Ferrari ein großer, blonder, langbeiniger Mann, und Victor erhebt sich von seinem Kaminvorleger und hüpft aufgeregt auf seinen drei gesunden Beinen herum.

O nein! Plötzlich erkenne ich das Auto und den unerwarteten Besucher.

Es ist Edwin.

»Was, um Himmels willen, hast du meinem Hund angetan?«

Mum holt den Tee aus der Küche, und Edwin starrt Victor an, als ob ihm gerade Hörner und Flügel gewachsen wären.

»Ich dachte, Lucy hätte dir von dem Unfall erzählt.«

»Sie hat mir erzählt, dass er sich ein Bein gebrochen und ein Ohr verloren hat, aber sie hat nichts davon gesagt, dass er einen Heliumballon verschluckt und sich in das Michelinmännchen verwandelt hat.«

Dank Mums Backorgie sieht Victor in der Tat aus wie ein kleiner Buddha in einer roten Strickjacke. Edwin nimmt ihn etwas näher in Augenschein, und im nächsten Moment schießen seine Augenbrauen vor Bestürzung empor.

»Streng genommen kann er gar nicht als Michelinmännchen durchgehen«, plappere ich drauflos. Edwins wutverzerrtes Gesicht macht mich ziemlich nervös. »Höchstens als Michelinhund, aber den gibt es, glaube ich, gar nicht …«

Ich verstumme, da Edwin sein geliebtes Haustier noch genauer ins Visier nimmt und angewidert die Nase rümpft.

»Und was, zum Teufel, hat er da an? Oder besser gefragt, warum hat er überhaupt irgendwas an? Er ist doch ein Hund, und Hunde tragen, verdammt noch mal, keine Pullover!«

»Es ist eine Strickjacke …«, murmele ich kleinlaut. »Mum hat sie für ihn gestrickt. Er zieht sie gerne an …«

Den Puppenwagen erwähne ich erst gar nicht.

Zum Glück kommt Mum genau in diesem Moment mit dem Teetablett zurück ins Zimmer. Sie schnappt die letzten Worte unserer Unterhaltung noch auf, und ihr Lächeln verwandelt sich in ein Stirnrunzeln. »Ich hoffe, Sie haben sich bei meiner Tochter dafür bedankt, dass sie sich so liebevoll um Ihren Hund gekümmert hat, junger Mann.«

Edwin wendet ihr sein mürrisches Gesicht zu, und dann schmilzt sein Missmut zu meiner großen Überraschung dahin wie morgendlicher Raureif in der Sonne und macht dem breitesten Lächeln Platz, das ich auf seinem ansonsten immer so griesgrämigen Gesicht je gesehen habe.

»Sie haben vollkommen Recht. Tut mir Leid, wenn ich mich gerade im Ton vergriffen habe, Jude.« Mit diesen Worten wendet er auch mir sein Hundert-Watt-Strahler-Lächeln zu.

»Victor kann sich im Moment nicht so viel bewegen«, bringe ich völlig durcheinander hervor. »Wenn er erst mal wieder richtig auf den Beinen ist, nimmt er die zusätzlichen Pfunde bestimmt schnell wieder ab. Außerdem wirkt er in der Jacke dicker, als er wirklich ist …«

»Stimmt. Das kann sein.« Er wendet sich wieder meiner Mutter zu. »Warten Sie, ich helfe Ihnen.« Er nimmt ihr das Tablett ab und stellt es auf den Tisch. Die folgende Stunde kommt mir vor, als wären wir bei einem Teekränzchen mit der Königin. Als wäre das alte Scheusal Edwin weggebeamt und durch ein zuvorkommendes, äußerst unterhaltsames außerirdisches Wesen ersetzt worden.

Natürlich fällt meine Mutter dieser unerwarteten Charmeoffensive zum Opfer. Es dauert nur ein paar Minuten, und schon ist aus einer erbitterten Edwin-Hasserin eine Süßholz raspelnde Schmeichlerin geworden. In gewisser Weise kann ich das nur zu gut verstehen.

Irgendwie hat mich Edwin ja auch schon immer mit Ehrfurcht erfüllt. Lucys großer, unverfrorener, attraktiver älterer Bruder, in dessen Haus ich wohne. Sein unglaubliches, mit breitem Grinsen zur Schau getragenes Selbstbewusstsein und die Tatsache, dass er gleichzeitig mein Vermieter ist, vermittelt mir immer das Gefühl, dass ich speichelleckerisch vor ihm kriechen sollte. Dass er zu all dem auch noch ein ziemlich angesagter und erfolgreicher Fotograf ist, macht die Sache nicht gerade einfacher. Ich bilde mir ein, dass er mich im Vergleich zu den Schönheiten, die er auf so ansprechende Weise fotografiert und mit denen er die meiste Zeit seines aufregenden Lebens verbringt, einfach nur klein, dick und hässlich finden muss.

Obwohl er mich immer wie Dreck behandelt hat, bin ich stets nett und freundlich zu Edwin gewesen.

Dass er sich auf einmal so überaus charmant gibt, wirkt auf mich völlig entwaffnend. Natürlich begegne ich der plötzlichen Hundertachtzig-Grad-Wendung in seinem Verhalten mit äußerstem Argwohn. Es ist wie in der Schule, wenn der allgemeine Klassenliebling, der bisher keinen Hehl daraus gemacht hat, dass er dich als niederes Wesen betrachtet, dich plötzlich zu seinem besten Freund erklärt.

Edwin lobt sogar die verheerenden Kochkünste meiner Mutter und nimmt die Einladung an, zum Abendessen zu bleiben. Er lässt sich sogar ein zweites Mal nachschöpfen, obwohl das Rindfleisch völlig missraten ist und die Klöße im Grunde haargenau so schmecken wie die Rosinenküchlein, nur dass sie keine Sultaninen enthalten.

Er ist die Höflichkeit in Person. Der perfekte Gast. Nach dem Essen hilft er, das Geschirr abzuräumen, kocht uns allen Kaffee, schenkt uns jedem ein Gläschen Portwein ein und parliert die ganze Zeit ohne Unterlass.

Ich fliehe kurz nach draußen, um ein bisschen frische Luft zu schnappen und angesichts der surrealen Situation wieder einen klaren Kopf zu bekommen. Unglücklicherweise beschließt Edwin, ganz der Gentleman, mich zu begleiten. Er lehnt sich neben mir an die Außenwand der Küche, lässt seinen Blick über die dunklen Umrisse der vor uns liegenden Landschaft schweifen und zündet sich eine Zigarette an.

»Deine Mutter war so nett, mir anzubieten, die Nacht hier zu verbringen«, sagt er schließlich. Der aufsteigende Zigarettenqualm kräuselt sich so unheimlich vor seinem Gesicht, dass er fast ein bisschen dämonisch aussieht.

»Tatsächlich?« Dafür werde ich sie umbringen.

»Ja. Sie hat mir erzählt, dass du morgen abreisen willst, also dachte ich, dass ich, anstatt heute Abend noch nach London zurückzufahren, genauso gut bis Morgen bleiben und dich mit zurücknehmen kann.«

Der Gedanke an eine beinahe dreistündige Autofahrt mit Edwin ist alles andere als angenehm. Um genau zu sein, ist es eine Horrorvorstellung.

»Wirklich, äh … nett von dir, aber mach dir doch keine Umstände.«

»Red keinen Unsinn, Jude. Was für Umstände? Schließlich wohnen wir nicht gerade weit voneinander entfernt. Wir leben doch quasi zusammen.«

Ich frage mich, ob ich auch so verlegen aussehe wie er.

»Na, dann vielen Dank, das ist wirklich sehr nett von dir.«

»Keine Ursache.«

Diese plötzliche Höflichkeit ist mir entsetzlich unangenehm. Nicht nur, dass mir der nette Edwin noch unheimlicher ist als der furchtbare Edwin, an den furchtbaren Edwin bin ich gewöhnt und weiß mit ihm umzugehen. Dieser Edwin macht mir regelrecht Angst. Ich fühle mich wie in einem Horrorfilm. So harmlos die Ausgangsszenerie auch sein mag, es ist von vorneherein klar, dass sich etwas Unheilvolles zusammenbraut, aber man hat keine Ahnung, in welcher Szene es passiert.

Am nächsten Morgen erwache ich spät aus einem unruhigen Schlaf. In der Hoffnung, meinen trägen Körper mit ein bisschen Sonnenlicht zu überzeugen, dass es tatsächlich an der Zeit ist aufzustehen, ziehe ich die Vorhänge zur Seite. Es ist ein herrlicher Morgen. Einer dieser Wintertage, an denen die Sonne so schön golden scheint, dass man beinahe meinen könnte, es wäre Sommer. Einer dieser Tage, an denen die Schneeglöckchen vorzeitig aufblühen und die Vögel dazu verleiten, fröhlicher zu tirilieren als sonst.

Zwei Stockwerke unter mir sehe ich meine Mutter bereits in ihrem Wintergartenatelier an der Arbeit. Victor posiert, auf einem alten Schinkenknochen herumkauend, ein weiteres Mal in dem Queen-Anne-Sessel, und Mum ist gerade dabei, dem Portrait mit ein paar Tupfern den letzten Schliff zu geben.

Ich dusche, ziehe mich warm an und gehe nach unten, um mir einen Tee und ein Toastbrot zuzubereiten. Edwin ist in der Küche. Ich will mich gerade wieder unbemerkt zurückziehen, da ich sicher bin, dass seine gestrige Charmeoffensive einzig und allein meiner Mutter gegolten hat und er mich heute Morgen, wenn wir unter uns sind, wieder auf seine übliche Tour in die Mangel nehmen wird, doch er hat mich schon gesehen und lächelt mich derart überschwänglich an, dass ich gar nicht weiß, was ich tun soll, und nur ein nervöses »Guten Morgen« stammele.

Er winkt mir mit einem Becher Tee zu und bedeutet mir, mich zu ihm an den Tisch zu setzen.

»Ich habe dich aufstehen hören. Hier, ein Tee für dich.«

Er hält mir den Becher gerade so weit hin, dass ich nicht drankomme und weiter in die Küche hineingehen muss. Dann stellt er ihn auf den Tisch. Widerwillig setze ich mich ihm gegenüber. Er schiebt mir einen Teller mit mehreren Scheiben Toast hin.

»Bedien dich.«

Ich wünschte, ich hätte einen Vorkoster – für den Fall, dass das Essen vergiftet ist.

»Äh … danke, aber eigentlich habe ich gar keinen Hunger.«

»Unsinn. Jetzt iss was.«

Gehorsam nehme ich eine Scheibe und beiße unwillig hinein.

»Deine Mutter hat mir ihre Arbeiten gezeigt. Ich muss sagen, sie ist wirklich eine tolle Künstlerin. Ich hatte keinen Schimmer, dass sie so talentiert ist.«

»Ja, sie ist wirklich gut.«

Die Situation ist absolut untypisch für Edwin und mich. Höfliche Konversation am Frühstückstisch. Ein bisschen wie ein Frühstück nach einem One-Night-Stand, wenn man nicht genau weiß, ob man es mit seinem Gegenüber wirklich getrieben hat oder nicht. Nicht dass ich je einen One-Night-Stand gehabt hätte, na ja, jedenfalls nicht vor Haydn... Wieso lande ich immer wieder bei ihm? Ich versuche, mich wieder auf Edwin zu konzentrieren, aber ihn da sitzen zu sehen, wie er mich anlächelt und mir beim Essen zusieht, ist noch verstörender, als an Haydn zu denken.

Edwin lächelt eigentlich nie, jedenfalls lächelt er nie mich an. Ich muss ihn endlich fragen. Ihm die Frage stellen, die mir seit seiner Ankunft im Kopf herumgeistert, die mir aber aus Feigheit bisher nicht über die Lippen gekommen ist.

»Edwin, warum bist du hier? Du bist doch mit Sicherheit nicht bloß gekommen, um Victor abzuholen.«

Er rutscht unbehaglich auf seinem Stuhl herum, fasst sich geistesabwesend an die Nase, nimmt sich noch eine Scheibe Toast, von der er jedoch nichts abbeißt, und antwortet schließlich: »Also gut, Jude, es gibt etwas, worüber ich mit dir reden muss. Gestern Abend habe ich es nicht über mich gebracht, es dir zu erzählen. Und es ist tatsächlich der Hauptgrund, weshalb ich hier bin.«

»Es ist doch nichts mit Lucy, oder?«, frage ich, plötzlich besorgt wegen der Ernsthaftigkeit, die er auf einmal an den Tag legt. »Am Telefon hat sie mir gesagt, dass alles in bester Ordnung sei. Sie hat mich doch nicht etwa angeschwindelt, oder?«

»Nein, nein, es geht nicht um Lucy, obwohl manches auch meine Schwester betrifft.« Seine Augen blitzen mich an, und für einen Moment übernimmt seine gewohnte Schärfe wieder das Kommando. Merkwürdigerweise kommt Edwin mir dadurch auf so eigenartige Weise vertraut vor, dass ich mich entspanne.

»Ich muss mit dir über Katrina reden.«

»Über Katrina?«, entgegne ich entgeistert. Er nickt langsam. »Wie du ja sicher weißt, haben Katrina und ich eine ziemlich problematische Beziehung.«

Eigentlich wäre es jetzt an mir zu nicken, aber ich bin völlig verwirrt. Warum kommt er damit zu mir? Wenn er eine Schulter zum Ausheulen bräuchte, was ich sowieso stark bezweifle, würde er doch mit Sicherheit nicht ausgerechnet mich behelligen.

»Also gut, nachdem ich monatelang vergeblich versucht habe, Katrina loszuwerden, hat sie nun schließlich und endlich mich verlassen.«

Er will mit mir über sein Liebesleben sprechen? Das kann nicht sein, es verschlägt mir geradezu den Atem.

»Tut mir Leid für dich«, murmele ich schließlich. »Obwohl es mich nicht übermäßig überrascht.«

»Sie hat mich wegen eines anderen Mannes verlassen, Jude.«

»Das ist oft so. Aber du nimmst es dir hoffentlich nicht zu sehr zu Herzen, oder? Wie Lucy mir erzählt hat, versuchst du doch schon seit einer Ewigkeit, mit ihr Schluss zu machen.«

»Nein, mir geht es gut, danke der Nachfrage, aber … Was ich dir leider sagen muss: Katrina hat mich wegen Jonathan verlassen.«

»Das gibt es doch nicht!« Ich stelle meine Tasse so hart auf den Tisch, dass der Tee überschwappt.

»Es tut mir so Leid, Jude.« Bei diesen Worten rückt er mit seinem Stuhl an mich heran, nimmt meine Hand und drückt sie, vermutlich, um mich zu trösten.

Ich sehe ungläubig auf unsere Hände hinab. Ich weiß gar nicht, was mich mehr schockiert – dass Katrina mit Jonathan zusammen ist oder dass Edwin aus genau diesem Grund so nett zu mir ist.

»Katrina hat mir eine Art Abschiedsbrief hinterlassen«, fährt er fort und sucht in meinem Gesicht nach irgendwelchen Anzeichen von Erschütterung. »Offenbar ist Jonathan ein paar Mal bei euch vorbeigekommen, um dich zu besuchen. Doch du warst nicht da, und auf diese Weise hat er Katrina kennen gelernt. Sie haben sich letzten Samstag auf einen Drink getroffen, und der Rest, sagen sie, ist Geschichte ... Nach dem, was Katrina sagt, sind sie total ineinander verliebt.«

Plötzlich merke ich, dass ich lache, und zwar aus vollem Halse. Ich lache so laut, dass Mum, gefolgt von dem humpelnden Victor, aus dem Wintergarten herbeigeeilt kommt, um den Anlass der Heiterkeit zu erfahren.

»Was ist denn hier los?«

»Sie hat einen hysterischen Anfall«, erklärt Edwin besorgt.

»Nein, überhaupt nicht«, versichere ich ihnen und versuche, mich zu fassen. »Mir geht es bestens, wirklich, aber es ist einfach zum Totlachen.«

»Was ist zum Totlachen?« Mum sieht fragend zwischen mir und Edwin hin und her und kneift die Augen zusammen, als sie sieht, dass Edwin meine Hand tätschelt. »Jetzt sagt schon!«

»Jonathan ...«

»Was hat der Taugenichts denn jetzt schon wieder angestellt?«, fällt mir Mum ins Wort.

»Er ist mit Edwins Freundin durchgebrannt.«

»Die Ärmste«, schnaubt Mum.

»Wie es aussieht, hat sie sich in ihn verliebt, Mum.«

»Dann muss sie unter Wahnvorstellungen leiden«, faucht sie. »Ach je, und was ist mit Ihnen, Edwin? Armer Junge.« Sie eilt zu ihm und schließt ihn fest in ihre mütterlichen Arme. »Das tut mir wirklich Leid. Seine Liebste an so einen erbärmlichen Wurm zu verlieren! Was muss das für ein Gefühl sein! Ich habe ja schon immer gesagt, dass dieser Kerl nichts als Unheil bringt.«

»Ist schon gut, Mum. Edwin versucht Katrina schon seit einer Ewigkeit loszuwerden.« Mit diesen Worten wende ich mich wieder Edwin zu. »Mach dir um mich keine Sorgen. Soll sie doch mit ihm glücklich werden.«

»Heißt das, es ist dir ganz egal?«, fragt er scharf.

»Warum sollte es mir nicht egal sein? Ich wünsche ihnen von Herzen, dass sie miteinander glücklich werden.«

»Aber ich dachte, du wärst mit Jonathan zusammen?«

Jetzt ist mir auf einmal alles klar. Deshalb war er so nett zu mir.

»Ich? Nein! Ganz und gar nicht … Jedenfalls nicht mehr, ich meine, wir waren sowieso nie richtig …«

»Nein?«

»Nein, absolut nicht«, versichere ich ihm schnell. »Wir hatten eine höchst seltsame Beziehung, eher ein undefinierbares Etwas als eine richtige Beziehung, aber was auch immer es war, es ist seit Wochen aus und vorbei.«

»Dann hast du ja mehr Verstand als ich gedacht habe.«

»Wie schön, dass du das endlich merkst«, entgegne ich. Seine neue, mir bisher unbekannte, umgängliche Art hat mich mutig gemacht. Außerdem hält er, wie ich gerade bemerke, immer noch meine Hand. Es fällt ihm im gleichen Moment auf wie mir, und zu meiner Erleichterung zieht er sie schnell weg.

»Gott sei Dank sind wir den los«, murmelt meine Mutter und geht wieder zurück an ihre Arbeit

Edwin wartet, bis sie außer Hörweite ist. »Da ist noch etwas, worüber ich mit dir reden wollte.«

»Sag nicht, dass ich auf ihrer Hochzeit die Brautjungfer spielen soll«, entgegne ich glucksend und unterdrücke einen weiteren Kicheranfall.

Edwin sieht mich mit einem Blick an, der mich zum Schweigen bringt. »Ich wollte dir sagen, dass ich mich lange mit Lucy unterhalten habe. Und ich meine, wirklich unterhalten.«

»Du meinst, du hast auch mal zugehört?«

»Genau. Mag ja sein, dass ich nicht immer der geduldigste Gesprächspartner bin. Aber wie dem auch sei – ich wollte dir sagen, dass ich bis heute nicht begreife, warum ihr das getan habt. Du weißt schon, dass du dich als sie ausgegeben hast. Natürlich wolltest du ihr nur aus einer schwierigen Situation heraushelfen, aber Haydn Morland ist ein wirklich netter Typ, und es war absolut unfair von euch, ihn derart zu täuschen und hinters Licht zu führen.«

»Ich weiß.« Ich lasse den Kopf hängen, wie ein ungezogenes Schulmädchen, das gerade vom Schulleiter zurechtgewiesen wurde.

»Und dass du so weit gegangen bist, macht das Ganze noch schlimmer.« Es steht ungesagt im Raum, aber wir wissen beide, worauf er anspielt.

»Edwin, ich will ehrlich sein …«

»Gute Idee. Ein bisschen Ehrlichkeit hat noch nie geschadet.«

»Ich bin wirklich zu weit gegangen, da hast du völlig Recht, aber das war definitiv nicht Teil meines Täuschungsmanövers. Ich habe es nur so weit kommen lassen, weil ich ihn wirklich mag. Ich wollte ihn wieder sehen, wollte mit ihm zusammensein, und ich wusste, dass ich ihm nicht weiterhin vorspielen konnte, vorspielen durfte, ich wäre Lucy. Ich war gerade dabei zu überlegen, wie ich ihm reinen Wein einschenken könnte, ohne dass er mich für meine Lügen hasst, doch genau in dem Moment hat er es selber herausgefunden und hasst mich jetzt natürlich erst recht.«

Edwin kaut auf seiner abgenagten Nagelhaut herum und sieht mich nachdenklich an. »Du magst ihn wirklich, nicht?«

Ich sehe ihn an und hoffe wider alle Vernunft, dass er in meinen Augen lesen kann, wie ehrlich ich es meine. »Sehr sogar.«

Er schüttelt den Kopf, steht auf und wendet sich ab. Ich starre seinen Hinterkopf an, seine breiten Schultern, sein gesamtes Selbstbewusstsein verströmendes Erscheinungsbild und fühle mich ein bisschen an Haydn erinnert.

»Ich glaube, ich habe mich in ihn verliebt, Edwin.«

Er dreht sich wieder zu mir um, und in seinem Gesicht zeichnen sich zu meinem Erstaunen ehrliche Überraschung und Reue ab.

»Wirklich?«

»Wirklich. Bis über beide Ohren. Ich liebe ihn von tiefstem Herzen.« Ich zucke kläglich mit den Achseln.

»Dann muss ich mich wohl bei dir entschuldigen.«

»Bei mir? Warum?«

»Weil ich dir, fürchte ich, einen Bärendienst erwiesen habe.«

»Und warum meinte er, dass er sich bei dir entschuldigen muss?«

Mum und ich sitzen im Wintergarten und kauen die gesamte Unterhaltung mit Edwin noch einmal durch. Ich habe ihr gerade eine Tasse Tee gebracht, und während wir reden, mampfen wir mit einer erstaunlichen Geschwindigkeit eine Packung Schokoladen-Hob-Nobs in uns hinein. Victor hockt zwischen uns und sieht hoffnungsvoll zwischen Mum und mir hin und her. Offenbar ist er nicht ganz sicher, wer von uns beiden das weichere Herz hat, was das Abtreten von Leckereien angeht.

»Nach unserem zufälligen Aufeinandertreffen im Club hat Haydn Edwin angerufen und ihn gefragt, was er von mir halte. Er wollte wissen, ob ich es Edwins Meinung nach ernst meine, und Edwin hat ihm gesagt, dass er das nicht glaube.«

»Er hat Edwin angerufen?«

»Sie sind alte Freunde. Ich vermute, er wollte einfach eine weitere Meinung.«

»Und Edwin hat ihm erzählt, dass du keine ernsten Ambitionen hättest?«

»Nicht ganz, aber so ähnlich. Edwin hat ihm die ganze Geschichte noch einmal aus seiner Sicht erzählt. Wie ich eingewilligt habe, mich an Lucys Stelle mit Haydn zu treffen und wie ich das Theater noch ein bisschen weitergespielt habe, um Lucy Marjory vom Leib zu halten, solange sie wegen der Präsentation bis zum Hals in Arbeit steckte. Außerdem hat er ihm erzählt, dass ich immer noch mit Jonathan zusammen bin! Er hat überhaupt nicht mitbekommen, dass zwischen uns Schluss ist. Kein Wunder, dass Haydn glaubt, nach Strich und Faden von mir betrogen und für dumm verkauft worden zu sein. Natürlich will er jetzt nichts mehr von mir wissen.«

»Aber er kann doch nicht ernsthaft glauben, dass du nur wegen deines Täuschungsmanövers mit ihm ins Bett gegangen bist.«

»Warum nicht? Schließlich hat er auch geglaubt, mich zu kennen, und dann wurde ihm ziemlich brutal beigebracht, dass er mich ganz und gar nicht kennt. Woher soll er wissen, dass ich mir meinen sexuellen Kick nicht immer durch solche abgekarteten Täuschungsmanöver verschaffe?«

»Oje!«

»Tja, so sieht es aus. Aber ich kann Edwin keine Vorwürfe machen. Wenigstens ist er ehrlich gewesen, und ich wünschte, das könnte man von mir auch sagen, und zwar von Anfang an.«

»Im Moment ist er übrigens im Arbeitszimmer.« Sie beugt sich verschwörerisch zu mir vor. »Er hat gefragt, ob er mal telefonieren darf. Sein Handy scheint hier keinen Empfang zu haben. Er ist schon seit einer Ewigkeit da drin.«

»Hast du eine Ahnung, mit wem er telefoniert?«

»Nein.« Sie zuckt mit den Achseln. »Allerdings hat er irgendwas von Wiedergutmachung gefaselt. Ich war ja ernsthaft versucht zu lauschen, habe aber der Versuchung widerstanden.«

»Kaum zu glauben.«

»Na ja, stimmt auch nicht ganz. Ich habe die letzten zwanzig Minuten mit meinem Ohr am Schlüsselloch geklebt, aber er redet so leise, dass ich kein Wort verstanden habe.«

»Das klingt schon eher nach dir.«

Auch ich kann der Versuchung zu lauschen nur mit Mühe widerstehen, aber wenn das, was Edwin zu besprechen hat, irgendetwas mit mir zu tun hat, werde ich es sowieso früher oder später erfahren.

»Ich wollte mit Victor noch einen letzten Spaziergang machen, bevor wir fahren. Kommst du mit?«

»Nein, Darling, ich würde euch liebend gerne begleiten, aber ich muss noch ein Bild beenden.« Mit diesen Worten nimmt sie ein Seidentuch von ihrer Staffelei und bindet sich ihre unbändigen Locken zusammen, damit sie freie Sicht hat. »Der Vorsitzende des örtlichen Fuchsjagdvereins hat ein Porträt seiner Frau in Auftrag gegeben, und sie kommt gegen Mittag vorbei, um mir ein letztes Mal Modell zu sitzen.« Sie stöbert in einer Kiste mit Farben herum. »Warum fragst du nicht Edwin, ob er mitkommt?«

»Weil ich ein Feigling bin und er mich immer so einschüchtert«, erwidere ich mit einem trockenen Lächeln.

»Also, ich muss schon sagen, ich habe meine Meinung über ihn radikal geändert.«

»Nach einem einzigen Abend?«

»Er war so charmant«, entgegnet sie verzückt. »Ich glaube, unter seiner harten Schale verbirgt sich ein weicher Kern.«

»Edwin und ein weicher Kern?«, pruste ich.

»Ja, davon bin ich überzeugt.«

»Klaro, und Victor ist eine Katze.«

»Eine große Schmusekatze«, murmelt Mum liebevoll, streichelt Victor den Kopf und bietet ihm einen halben Keks an.

»Victor mag ja ein gutmütiger Softie sein, aber sein Herrchen – niemals.«

»Seit seiner Ankunft ist er jedenfalls sehr nett zu dir gewesen. Und er ist extra geblieben, um dich mitnehmen zu können.«

»Du hast ja Recht. Er war netter, als ich es je für möglich gehalten hätte. Aber woher hätte ich wissen sollen, dass er auch eine freundliche Seite hat? Bis gestern Abend hat er mir gegenüber immer nur das Scheusal herausgekehrt.«

»Es wundert mich überhaupt nicht, dass man aus ihm nicht so leicht klug wird. Denk doch mal an seine Mutter, dafür ist aus ihm sogar ein überraschend anständiger Kerl geworden. Sie ist ja die eigentliche Schuldige. Also wirklich«, mokiert sie sich, »das kommt eben dabei heraus, wenn man seine Kinder auf Biegen und Brechen zu etwas drängt, das sie gar nicht tun wollen. Jetzt frag Edwin doch, ein bisschen frische Luft würde ihm sicher auch gut tun.«

Zum Glück hat Edwin sich immer noch im Arbeitszimmer abgeschottet, so dass es mir erspart bleibt, ihn zu fragen. Und warten kann ich nicht, weil Victor dringend sein Geschäft erledigen muss.

Wir gehen den Hügel hinauf, um uns vom Giant zu verabschieden. Es ist ein herrlicher Tag mit reichlich strahlendem Sonnenschein, einer dieser Tage, an denen trotz der frischen Luft und der kalten Brise Frühlingsgefühle aufkommen.

Es ist zum Schreien komisch, einem männlichen Hund beim Pinkeln zuzusehen, dessen eines Hinterbein in einem Gipsverband steckt. Da er völlig unfähig ist, ein Bein zu heben, hat Victor die ziemlich ausgeklügelte Technik entwickelt, seinen Hintern in eine Hecke zu schieben und sein Geschäft sozusagen zwischen den Blättern abzulassen. Aber von diesem Handicap abgesehen, hüpft er heute ziemlich flink neben mir her. Sicher können wir seinen schweren Gipsverband bald gegen eine leichtere Bandage austauschen.

Wir brauchen nicht lange für den von Bäumen gesäumten Pfad, der sich vom Haus meiner Mutter den Hang zum Hügelriesen hinaufschlängelt. Ich stehe an seinem Fuß, blicke zu ihm hinauf und frage mich, ob seine Fruchtbarkeitskräfte nur dazu bestimmt sind, die Zeugung von Babys zu begünstigen, oder ob er auch bewirken kann, dass ein ganz bestimmter Mann mich liebt.

Wenn ich Edwin von meinen ehrlichen Absichten überzeugen kann, könnte es mir doch vielleicht auch gelingen, Haydn zu überzeugen. Ich rufe mir mein Gespräch mit Mum in Erinnerung und denke an ihre Worte. Es ist nie zu spät, hat sie gesagt. Ob das stimmt? Ich hoffe es inständig.

Edwin glaubt mir. Da bin ich sicher. Er weiß, dass meine Gefühle für Haydn echt sind. Was also spricht dagegen, auch Haydn zu überzeugen? Na ja, er hat wesentlich mehr zu verlieren als Edwin. Wenn ich nur daran denke, einen weiteren Korb einstecken zu müssen, wird mir ganz mulmig zumute, aber der Gedanke, es nicht einmal zu versuchen, ist noch viel schlimmer.

»Einen Versuch wage ich noch«, vertraue ich dem Giant an.

Er antwortet mit weisem Schweigen.

Ich widerstehe dem Drang, ihm für den Fall, dass es tatsächlich Glück bringt, über die Eier zu streichen, und verabschiede mich stattdessen mit einem ›Dann bis zum nächsten Mal‹.

Als wir uns auf den Rückweg machen und uns eine Rolle Rolo teilen, die ich in der Tasche von Mums Jacke gefunden habe, beginnt es bereits zu dämmern. Auf der Veranda ziehe ich mir meine geliehenen Gummistiefel aus und wundere mich, wie früh es im Winter dunkel wird.

Edwin sitzt in der Küche und isst ein Sandwich.

»Wo ist Mum?«, frage ich ihn und gehe um ihn herum.

»Im Wintergarten«, erwidert er und gibt Victor ein Stück Schinken.

»Okay, danke.«

»Ich würde mich da lieber nicht blicken lassen«, ruft er hinter mir her, als ich schon auf dem Flur bin. »Sie malt gerade eine fette nackte Alte. Kein schöner Anblick.« Er schüttelt sich und legt sein Sandwich zurück auf den Teller, als ob ihm der Gedanke an das Nacktmodell den Appetit verdorben hätte.

»Der Vorsitzende des Fuchsjagdvereins hat das Porträt bei meiner Mutter in Auftrag gegeben«, erkläre ich ihm.

»Die Frau sieht aus wie einer der Vereinsköter«, kommentiert Edwin abfällig und grinst mich halbherzig an.

»Sie nennen sie Jagdhunde«, korrigiere ich ihn. »Sei nicht so gemein.«

»Würdest du dich in dem Alter vielleicht noch im Evaskostüm malen lassen?«

»Ich würde mich auch jetzt nicht nackt malen lassen. Und wenn du es genau wissen willst: Ich finde die Frau sehr mutig.«

»Na, wenn du meinst… Ich möchte so gegen vier los. Ist das okay?«

»Ja, ich richte mich nach dir. Hauptsache, du nimmst mich mit.«

»Natürlich, Jude. Was für eine Frage!«

Ich zucke mit den Achseln.

»Bin ich denn so Furcht erregend?«, fragt er grinsend.

Ich lächele unentschlossen zurück. »Ja.«

Er sieht mich wortlos an.

»Dann packe ich jetzt«, verkünde ich entnervt.

»Nein, warte! Lass uns reden.«

Ich setze mich widerwillig auf den Stuhl ihm gegenüber, aber obwohl der Vorschlag, sich zu unterhalten, von ihm gekommen ist, sagt er keinen Mucks. Stattdessen spielt er mit einem runden Untersetzer herum, klopft ihn immer wieder auf den Tisch und sieht mich nicht einmal an. Schließlich legt er den Untersetzer zurück und sieht mir in die Augen.

»Mir ist klar geworden, dass ich dich ungerecht behandelt habe, Jude. Es tut mir Leid, aber ich habe es mit der Fürsorge für Lucy ein bisschen übertrieben. Seit dem Tod meines Vaters fühle ich mich für sie verantwortlich, vielleicht hat es damit zu tun, dass sie so viel jünger ist als ich. Ich dachte immer, du hättest einen schlechten Einfluss auf sie. Aber in letzter Zeit ist mir aufgegangen, dass es sich vielleicht eher andersherum verhält.«

»Nein, nein, schieb bloß nicht alles auf Lucy! Wir bringen uns immer gegenseitig in die Bredouille«, verteidige ich sie.

»Und dann helft ihr euch gegenseitig wieder heraus. Sie hat mir den Zwischenfall mit Layton Berrick gebeichtet. Warum seid ihr damit nicht zu mir gekommen? Dann hätte ich mich um die Angelegenheit gekümmert.«

Jetzt fange ich an, mit dem Gedeck herumzuspielen.

»Äh… ich weiß nicht recht, wie ich es sagen soll, ohne dir zu nahe zu treten, aber du bist nicht gerade der zugänglichste Mensch, Edwin.«

»Ach, nein?«, fragt er und scheint ehrlich überrascht.

Ich sehe ihm in die Augen und stelle erleichtert fest, dass er eher verletzt als wütend wirkt.

»Na ja, du hast doch gesagt, dass du das Gefühl hast, in gewisser Weise die Vaterrolle für Lucy übernehmen zu müssen.«

Er nickt unsicher.

»Also, sagen wir so – so wie du sie an die Kandare nimmst, kommst du rüber wie die Personifikation der strengen viktorianischen Vaterfigur. Nach dem Motto ›Besser gleich beim kleinsten Widerstand die Peitsche geben‹.«

»Hm, ich verstehe.« Er grübelt einen Moment und sagt dann: »Danke für die offenen Worte.« Er nippt an seinem Tee und fährt fort: »Wie ich gehört habe, hat Haydn euch aus einer ziemlich prekären Situation befreit.«

Ich nicke. »Er war großartig. Ich weiß wirklich nicht, was wir ohne ihn getan hätten.«

»Und wie geht es dir, Jude?«

»Wie meinst du das?«

»Was machst du ohne ihn?«

Ich denke einen Augenblick nach und häufe ein paar auf dem Tisch verstreute Salzkörner zu einem kleinen Berg auf. »Ich versuche, mein Leben weiterzuleben. Meinst du, er wird mir je verzeihen?«

»Er ist ziemlich stolz.«

»Das hat meine Mutter auch vermutet.«

»Deine Mutter ist eine kluge Frau«, stellt er fest, und in seiner Stimme schwingt eine Nuance zu viel Bewunderung mit.

»Es wäre schön, wenn Haydn und ich wenigstens wieder Freunde sein könnten.«

»Würdest du dich damit zufrieden geben?«

»Wahrscheinlich nicht«, erwidere ich und lache halbherzig.

»Und wir zwei?«

»Was soll das denn heißen?« Ich sehe ihn scharf an.

»Könnten wir zur Abwechslung auch Freunde sein?«

»Wir?«

»Wir könnten es doch zumindest versuchen.«

»Lucy zuliebe?«

»Auch.«

»Um deines lieben Friedens willen?«

»Das auch. Aber vor allem, weil ich wirklich glaube, dass wir uns verstehen könnten. Also abgemacht?«

Er hält mir die Hand hin, und ich ergreife und schüttele sie.

Als ich zum Packen nach oben gehe, bietet sich mir ein bizarrer Anblick: Meine Mutter trinkt mit einer Frau Mitte fünfzig Sherry, die nichts am Leib hat außer einer Reitkappe und Jagdstiefeln. Also gut, Edwin und ich sind Freunde, und meine Mutter betrinkt sich mit einer Nackten. Wie es aussieht, scheint mein Leben im Moment noch verrückter zu werden, als dass endlich Ruhe einkehrte.

Als ich mit meiner gepackten Reisetasche nach unten komme und sie neben der Haustür abstelle, säubert meine Mutter gerade ihre Pinsel. Die eben noch nackte Frau ist inzwischen wieder anständig gekleidet. Edwin hockt immer noch in der Küche.

»Du kannst rauskommen. Die nackte Venus hat sich angezogen«, teile ich ihm mit.

»Gut, dann packe ich jetzt auch meine Sachen zusammen.«

Ich warte, bis meine Mutter sich von ihrem Aktmodell verabschiedet hat, und gehe dann in den Wintergarten. Ihr noch feuchtes, halb fertiges Gemälde von der Gattin des Vorsitzenden des örtlichen Fuchsjagdvereins steht in all seiner rubensschen Pracht auf der Staffelei. Mum hüllt gerade das Bild von Victor in seiner roten Strickjacke in ein Öltuch.

»Es gefällt Edwin so gut, dass er es mir abkaufen wollte«, erzählt sie mir.

»Und du wolltest kein Geld von ihm, stimmt's?«

»Es ist schließlich sein Hund!«

»Na und? Du hast ein viel zu weiches Herz.«

»Er kann es als Ausstellungsstück verwenden. Wer weiß, vielleicht bringt er mir dadurch sogar ein paar neue Kunden.«

»Wir fahren jetzt, Mum. Vielen Dank noch mal für alles.«

Sie nimmt mich in die Arme. »Ich werde dich vermissen, Liebes. Komm bald wieder.«

»Ganz bestimmt. Aber noch besser fände ich es, wenn du mich und Luce und Cal mal in London besuchen würdest. Es wäre doch nett, ein bisschen auf alten Pfaden zu wandeln und in Erinnerungen zu schwelgen. Wir könnten shoppen und anschließend im Audrey's essen gehen. Bernie würde sich riesig freuen, dich wieder zu sehen.«

»Meinst du wirklich?«

»Aber ja«, erwidere ich enthusiastisch.

»Ich habe eine Superidee. Das letzte Mal, als ich Bernie gesehen habe, wirkte er ziemlich ausgelaugt und abgearbeitet. Ich glaube, ein Wochenende auf dem Land täte ihm richtig gut. Warum lädst du ihn nicht einfach mal ein?«

»Du wirst staunen, Jude, genau das werde ich tun.«

»Bist du so weit?« Edwin steht in der Tür.

Mum dreht sich um, seufzt einmal tief und stürzt sich auf Victor, um ihm zum Abschied ein paar dicke Schmatzer auf sein Hundegesicht zu drücken.

»Dich werde ich auch vermissen, du lieber süßer Kuschelmops.« Und an Edwin gewandt, fügt sie hinzu: »Sie wissen ja, wo Sie mich finden, wenn Sie mal einen Hundesitter brauchen.«

»Darauf komme ich bestimmt zurück. Tschüss, Alice. Danke für alles.« Edwin beugt sich zu ihr runter und gibt ihr auf jede Wange ein herzliches Küsschen. »Also bis zum fünfzehnten dann.«

»Ich freue mich schon«, entgegnet meine Mutter.

»Bis zum fünfzehnten?«, hake ich neugierig nach, als wir Edwins Wagen ansteuern.

»Edwin hat mich zum Dinner eingeladen.«

»Er hat was?«

»Er hat mich zum Dinner eingeladen. Du weißt schon, zum Abendessen.«

»Ich weiß, was ein Dinner ist, aber warum Edwin?« Ich deute mit dem Daumen über meine Schulter auf Edwin, der es Victor gerade auf einer Decke in einem der Schalensitze auf der Rückbank gemütlich macht.

»Was ist daran so ungewöhnlich? Er steht auf ältere Frauen, und weißt du, was er mir noch gesagt hat? Er ist ja so süß! Er hat mir gestanden, dass er in jungen Jahren in mich verknallt war und mich wahnsinnig toll fand. Seit unserer ersten Begegnung auf deiner Geburtstagsparty an deinem Achtzehnten wisse er, wie seine zukünftige Traumfrau aussähe.«

»Du machst Witze, oder?«

Sie mustert mich einen Augenblick und bricht in lautes Gelächter aus, als sie meinen fassungslosen Gesichtsausdruck sieht. »Ja doch, Jude, es war nur ein Scherz.«

»O Mum!«

»Da habe ich dir aber einen gehörigen Schrecken eingejagt, was? Dummes Mädchen! Er führt mich zum Dinner aus, weil er mir jemanden vorstellen will, der vielleicht daran interessiert sein könnte, ein paar meiner Bilder zu kaufen.« Sie drückt mir auf jede Wange ein liebevolles Küsschen und wiederholt die Prozedur noch zweimal. »Beeil dich, Edwin wartet schon.« Sie dreht sich um und geht Richtung Haus. »Aber dass ich so bin, wie er sich seine Traumfrau vorstellt, stimmt«, ruft sie mir kokett über die Schulter zu, bevor sie sich an der Türschwelle umdreht und uns zuwinkt.

Kapitel 11

Während ich mich in den tiefen Beifahrersitz sinken lasse, schaltet Edwin die Stereoanlage ein. Aus den Boxen dröhnt laute Rockmusik, die sofort Gelüste in dir weckt, dich in eine enge Lederkluft zu zwängen, ein schweres, supergeiles Motorrad zu besteigen und loszudüsen nach Deutschland, um dort die Autobahnen unsicher zu machen.

Auch wenn ich staune, wie verhältnismäßig wohl ich mich neben ihm fühle – jedenfalls wohler als sonst immer –, bin ich erleichtert, dass wir dank der lauten Musik keine Konversation betreiben müssen. In meinen Ohren klingen immer noch die Worte meiner Mutter nach. Aus irgendeinem seltsamen Grund fühlst du dich steinalt, wenn du erfährst, dass jemand in deinem Alter auf deine Mutter steht. Es ist, als hättest du von einer Sekunde auf die andere die Rollen getauscht. Ich gehe plötzlich auf die sechzig zu, und Mum ist noch keine dreißig. Ich presse die Lippen zusammen, um bloß nichts zu sagen, weil ich mich sonst fühlen würde wie eine komplette Idiotin, aber andererseits brennt mir die Sache so auf den Nägeln, dass ich mich kaum zurückhalten kann.

Bis ich meinen Mut zusammennehme und den Mund aufmache, vergehen beinahe zwei Stunden.

»Stehst du auf meine Mutter?«, platze ich schließlich heraus. Bisher haben wir gelegentlich ein bisschen über die Musik hinweg geplaudert. Meine unverblümte Frage muss ihm den Atem verschlagen. Mensch, Jude, weise ich mich selbst zurecht, musst du denn immer so direkt sein? Hast du denn aus den vergangenen Wochen nicht die Lehre gezogen, dass man mit Takt und Diplomatie oft viel mehr erreichen kann?

»Wie bitte?« Er drückt einen Knopf im Armaturenbrett, und die Musik wird deutlich leiser.

»Ich habe gefragt, ob *du* auf *meine Mutter* stehst?«, grummele ich und frage mich im gleichen Moment, ob es besonders klug war, die Frage zu wiederholen.

Er sieht mich an, als ob ich ihn gerade gefragt hätte, ob er Schafe bumst und speziell für diesen Zweck grüne Gummistiefel trägt.

»Natürlich nicht!«

»Aha.« Ich werde wieder mal rot wie eine Tomate. »Mehr wollte ich nicht wissen.«

»Obwohl sie zweifelsohne eine unglaublich attraktive Frau ist. Sie hat sich wirklich gut gehalten.«

»Du redest über sie wie über Marmelade aus Biofrüchten.«

»Und du, als ob ich mich an ihr vergreifen wollte.«

»Edwin!«

»Du hast angefangen!« Er sieht mich kurz von der Seite an und widmet seine Aufmerksamkeit wieder der Straße. »Sie ist eine sehr liebenswürdige, großartige Frau, und wir kommen bestens miteinander klar. Aber keine Sorge, Jude, ich stehe auf ihre Kunst, nicht auf sie. Ihre Bilder sind einfach fantastisch.«

»Ja, sie malt richtig gut.«

»Du bist stolz auf sie, nicht wahr? Mit Recht. Du musst deine kreative Ader von ihr haben.«

»Du meinst meine Bücher?«

»Na ja, bestimmt nicht die Geschichten, die du mit Luce ausheckst. Natürlich deine Bücher. Ich muss demnächst mal eins lesen.«

»Das hast du noch nicht?«, frage ich und tue pikiert. »Ich bezweifel, ehrlich gesagt, dass sie deinen Geschmack treffen. Es geht darin hauptsächlich um Weiberkram, du weißt schon, Liebe und Herzschmerz und so weiter.«

»Schreibst du gerne über Liebe und Herzschmerz und so weiter?«

»Im Moment bereiten mir meine erfundenen Romanzen jedenfalls mehr Freude als mein richtiges Liebesleben.«

»Ja«, seufzt er, »das kann ich verstehen. Dass Jonathan ausgerechnet mit Katrina durchgebrannt ist, tut mir irgendwie Leid.«

»Das braucht dir wirklich nicht Leid zu tun. Du kannst doch nichts dafür. Und überhaupt – vielleicht werden die beiden ja miteinander glücklich.«

Edwin nickt. »Man hat ja schon Pferde kotzen sehen.«

»Schließlich hätte auch niemand erwartet, dass wir uns zur Abwechslung mal verstehen. Ich hätte jedenfalls nicht gedacht, dass ich diesen Tag noch erlebe.« Ich mustere ihn vorsichtig von der Seite und staune, dass er meinen Spruch nicht böse aufnimmt, sondern lacht.

»Wir verstehen uns tatsächlich, nicht wahr?«, wiederholt er so ungläubig wie ich.

»Und? Findest du es komisch?«

»Nein, ist doch super. Jedenfalls solange du nicht glaubst, dass ich deswegen mit der Miete runtergehe.«

»Auf die Idee würde ich nie kommen.« Ich schüttele den Kopf und bemühe mich um einen entschlossenen Gesichtsausdruck. »Nicht im Traum.«

»Dann ist ja alles klar. Von jetzt an sind wir Kumpel.«

»Gebongt. Alles klar, Kumpel.«

»Dann fällt es mir jetzt auch viel leichter, mit dir zu reden.«

»Oje – was kommt denn jetzt?«, frage ich besorgt.

»Keine Sorge.«

»Sag nicht, dass du eigentlich schwul bist und willst, dass ich dich mit Cal verkuppele.«

Zu meiner Erleichterung kann er über meinen Witz lachen. Dann wird er wieder ernst. »Nein, ich bin nicht schwul, aber wenn ich es wäre, wäre Cal bestimmt meine erste Wahl. Er ist ein absolut netter Kerl.«

Wow, Edwin hat tatsächlich Sinn für Humor. »Was ist es dann?«, frage ich und grinse ihn an.

»Wir fahren nicht nach London.«

Mein Grinsen vergeht mir. Jetzt ist es passiert. Das ist der Moment in dem Horrorfilm, in dem der nette Edwin sich in das Monster verwandelt. Und wie immer passiert es genau in dem Moment, in dem du am wenigsten darauf gefasst bist. »Was soll das heißen?«

»Aufmerksam bist du nicht gerade, Jude James. Hast du nicht aufgepasst, wo wir entlangfahren?«

»Na ja, wir sind auf der Autobahn.«

»Stimmt, aber auf welcher?«

»Keine Ahnung, normalerweise komme ich immer mit dem Zug.«

»Wir sind auf der M27.«

»Aha.« Ich nicke, als ob mir das irgendetwas sagen würde. »Und warum?«

»Die M27 mündet direkt in die A27.« Edwin wirft mir einen kurzen Blick von der Seite zu, und ich sehe, dass ihm der Schalk im Nacken sitzt. »Und die führt nach Brighton.«

»Oje!«

»Das ist alles, was du dazu zu sagen hast?«, entgegnet er höhnisch und äfft mich nach. »Oje? Sehr eloquent, Jude.«

»Warum fahren wir nach Brighton, Edwin?« Ich muss es fragen, obwohl ich die Antwort kenne.

»Weil ich glaube, dass du in deinem Leben ein bisschen Glück verdient hast.«

»Und du glaubst, in Brighton finde ich es?«

»Ja, das glaube ich.«

»Warum bist du auf einmal so nett zu mir?«

»Weil ich bisher so furchtbar zu dir war.«

»Das stimmt allerdings.« Ich nicke ernst.

Er grinst mich an.

»Und weil du so gut zu meiner Schwester bist. Das ganze Fiasko rührt schließlich allein daher, dass du Lucy so gerne magst.«

»Tun wir das nicht alle?«

»Und sie mag dich genauso gerne, Jude. Ich habe nur ein bisschen gebraucht, um zu kapieren, warum.«

»Lange genug«, platze ich heraus.

Für einen Moment schweigen wir beide.

»Bisher habe ich dich immer für furchtbar gehalten.« Ich finde als Erste die Sprache wieder. »Und für gemcin. Aber ich habe mich offenbar geirrt«, füge ich schnell hinzu. »Eigentlich bist du richtig nett.«

»Äh … danke.«

Und dann sagt er schnell: »Aber du musst mir versprechen, es niemandem zu sagen. Ich habe schließlich einen Ruf zu verlieren.«

Eine Stunde später nähern wir uns Haydns Haus in Brighton. Ich bin wahnsinnig aufgeregt, und mein Herz schlägt beim Anblick der vertrauten steilen Kurven und des vor uns aufragenden Leuchtturms immer schneller.

Ich weiß ja, dass ich mir noch an diesem Nachmittag selber versprochen habe, einen letzten Entschuldigungsversuch bei Haydn zu starten, aber ich habe bestimmt nicht erwartet, dass es so schnell dazu kommen würde. Eigentlich bin ich innerlich noch gar nicht darauf vorbereitet, und ich frage mich, ob ich die Kraft habe, es wirklich zu tun.

Edwin stellt den Wagen ab und wendet sich mir zu. »Dir ist doch klar, warum ich dich hierher gebracht habe?«

Ich nicke und beiße mir so fest auf die Unterlippe, dass sie weiß wird.

»Will er mich überhaupt sehen?«

»Er sagt nein, aber ich weiß, dass das nicht stimmt.«

Mein Herz, das gerade ein bisschen höher schlagen wollte, rutscht mir schlagartig in die Hose.

»Erwartet er uns?«

»Er erwartet mich. Du bist die Überraschung.«

»O nein … Edwin.«

»Er wird sich darüber freuen, Jude. Komm schon, du machst das!«

»Wieso bist du dir da so sicher?«

»Ich kenne ihn. Los! Du weißt ja – frisch gewagt ist halb gewonnen, und nur wer wagt, gewinnt.«

Er steigt aus, geht um den Wagen herum und öffnet mir die Tür.

»Ich kann es nicht, Edwin.« Ich bleibe reglos sitzen.

»Natürlich kannst du«, entgegnet er, hält mir eine Hand hin und zieht mich aus dem Auto.

»Komm schon, es wird nicht gekniffen. Wenn du es Lucy zuliebe sogar mit einem fiesen Mistkerl aufnimmst, kannst du dir zur Abwechslung auch mal selber aus der Patsche helfen.«

Als ich mich immer noch nicht vom Fleck rühre, versucht er es auf eine andere Tour. »Du würdest es doch bereuen, wenn du es nicht wenigstens versucht hättest, oder?«

»Ja, wahrscheinlich hast du Recht.«

»Ich habe immer Recht«, entgegnet er grinsend. »Das solltest du allmählich wissen. Nun komm schon!«

Er zerrt mich Richtung Haustür, ohne meine Hand loszulassen. Auf halbem Wege geht sie plötzlich auf. Haydn muss das Auto gehört haben.

»Edwin, wie schön …« Er verstummt, als er merkt, dass Edwin nicht allein ist. Genau genommen verschluckt er das »schön« und bringt nur ein perplexes Zischen hervor. Verlegen verstecke ich mich hinter Edwin.

Haydn sieht mich für den Bruchteil einer Sekunde an, was in mir sofort einen Hoffnungsschimmer aufkeimen lässt, doch dann wendet er seinen Blick wieder Edwin zu und funkelt ihn wütend an. »Was soll das hier werden, Edwin?«

Bevor Edwin antwortet, wendet dieser sich an mich und lächelt mir beruhigend zu.

»Pass auf Haydn, bevor *du* irgendetwas sagst, will *ich* eins loswerden: Wenn du zu sturköpfig bist, eine von Herzen kommende Entschuldigung anzunehmen und dir etwas entgehen lässt, das dein Leben verdammt viel schöner machen würde, bist du ein Vollidiot. Und bisher habe ich dich noch nie, ich wiederhole, *noch nie* für einen Idioten gehalten.«

Schließlich sieht mich Haydn doch noch einmal an. »Auch wenn Edwin mich nicht für einen Vollidioten hält – du hast geschafft, dass ich mir wie einer vorkomme.«

»Es tut mir Leid«, murmele ich. »Ich habe es nicht darauf angelegt.«

»Aber du hast es darauf angelegt, mich reinzulegen.«

»Anfangs ja, aber ich wollte dich nicht zum Idioten machen. Wenn ich irgendjemanden zum Vollidioten gemacht habe, dann doch mich.«

»Darüber sind wir uns ja zum Glück alle einig«, wirft Edwin ein, reibt sich die Hände und strahlt uns beide an.

»Warum bist du gekommen, Jude?«

»Um mich zu entschuldigen.«

Haydn schweigt, woraufhin Edwins Lächeln auf einmal ein bisschen angestrengt wirkt.

»Ich auch«, sagt Edwin schließlich. »Ich bin auch gekommen, um mich zu entschuldigen. Du hast mich in dieser verzwickten Angelegenheit um meine Meinung gebeten, und ich habe dich schlecht beraten. Deshalb bin ich hier, um dir – und auch Jude – zu sagen, dass es mir ebenfalls Leid tut.«

Haydn sagt immer noch nichts.

»Da haben wir's. Das Ganze ist pure Zeitverschwendung«, brause ich auf, weil mir sein beharrliches Schweigen allmählich auf die Nerven geht.

»Wenn du das so siehst, solltest du vielleicht besser wieder gehen«, entgegnet er ruhig, wendet sich ab, nimmt den Weg, der an seinem Haus vorbeiführt, und verschwindet. Es ist der Weg zur Terrasse, das weiß ich noch von meinem letzten Besuch.

»Na ja, das ist immerhin ein Anfang«, stellt Edwin fest und reibt sich erneut die Hände. »Nicht unbedingt ein guter, aber besser als gar nichts. Es wird schon klappen.« Mit diesen Worten dreht er sich um und geht die Zufahrt hinab zu seinem Wagen.

»Was hast du vor?«, frage ich panisch und renne hinter ihm her.

»Ich muss jetzt nach Hause.«

»Aber …«

»Du weißt doch, ich habe einen kranken Hund im Auto.«

»Aber du kannst mich doch nicht einfach hier zurücklassen!«

»Ich bin sicher, dass du in guten Händen bist.«

»Und wie soll ich nach Hause kommen?«

»Darüber würde ich mir an deiner Stelle erst Gedanken machen, wenn ihr euch ausgesprochen habt.«

»Und wenn es gar nicht dazu kommt?«

»Das halte ich für ausgeschlossen.«

»Aber er hat gerade gemeint, dass ich besser gehen sollte.«

»Das stimmt nicht ganz. Er hat gesagt, wenn du es für eine Zeitverschwendung hältst, wäre es besser, wenn du gehst.« Er nimmt meine Hand, um mich zu beruhigen. »Pass auf, Jude, ich kenne Haydn verdammt gut, und du kannst mir glauben, dass er ein hochanständiger Kerl ist. Er wird deine Entschuldigung annehmen, du darfst nur nicht so schnell aufgeben. Das heißt, natürlich nur, wenn du hundertprozentig überzeugt bist, dass es die Mühe wert ist. Bist du das?«

»Natürlich.«

»Na also. Dann geh zu ihm und rede mit ihm. Du kannst mich jederzeit anrufen. Ich verspreche dir, sofort zurückzukommen und dich abzuholen, aber vertrau mir, Jude, mein Gefühl sagt mir, dass du mich nicht anrufen wirst.« Er beugt sich vor und drückt mir zu meiner Überraschung einen flüchtigen Kuss auf die Stirn. »Jetzt geh, und rede mit ihm!«

»Aber ich habe keine Ahnung, was ich ihm noch sagen soll, Edwin. Ich habe mich doch schon tausendmal entschuldigt.«

»Dass es dir Leid tut, weiß er. Du musst ihm sagen, was du für ihn empfindest.«

Ich sehe Edwin nach, als er davonfährt, und wünschte, er hätte die Schmetterlinge mitgenommen, die in meinem Bauch Purzelbäume schlagen. In Wahrheit sind es gar keine Schmetterlinge, Schmetterlinge sind viel zu zart. Was da in meinem Bauch rumort, sind riesige, fette, herumhopsende Kröten, die mir mit jedem Sprung gegen das Zwerchfell treten. Ich nehme all meinen Mut zusammen und gehe seitlich um das Haus herum. Haydn sitzt mit gesenktem Kopf auf der Terrasse und starrt hinaus auf die endlose See. Als er meine Schritte hört, blickt er auf.

»Ich dachte, du wärst weg.«

»Edwin ist allein gefahren. Willst du, dass ich verschwinde? Wenn ich gehen soll, kann ich ihn jederzeit anrufen. Edwin hat gesagt, dass er sofort zurückkommt und mich abholt.«

Haydn schüttelt den Kopf. Doch er rührt sich nicht und sagt kein Wort. Ich gehe zu ihm und setze mich neben ihn, und zwar bewusst so nah, dass mein Bein seines berührt. Er rückt nicht von mir ab, sondern lässt den Köperkontakt zu.

Dann wendet er sich mir zu und sieht mir in die Augen.

»Schön, dich wieder zu sehen«, sage ich ruhig.

»Ganz meinerseits«, entgegnet er mit einem angedeuteten Lächeln, und für einen Moment erkenne ich in ihm den Mann wieder, der es mir so angetan hat.

Dann schweigen wir beide, sehen hinaus in die Ferne und betrachten die weißen Schaumkronen der sich brechenden Wellen, die sich gegen den dunklen Hintergrund des Ozeans abheben.

»Ich glaube, im tiefsten Inneren meines Herzens wusste ich von Anfang an, dass du nicht Lucy warst«, bricht er auf einmal unvermittelt das Schweigen.

»Was?«

»Irgendwie war ich nicht so überrascht, wie es eigentlich hätte sein müssen.«

»Du warst vor allem enttäuscht, nicht wahr?«

»Ja. Weil du mich angelogen hast. Ich finde es gar nicht mal schlimm, dass du nicht Lucy bist; was mir wirklich zu schaffen macht, ist, dass ich mit jemandem zusammen war, den es in Wahrheit gar nicht gibt.«

»Aber es gibt mich doch. Was wir miteinander erlebt haben, war völlig real. Du hast mich vielleicht mit einem falschen Namen angesprochen, aber der Mensch, mit dem du zusammen warst, war ich, ganz allein ich, ich schwöre es.«

Er sagt nichts.

»Ich wollte schon im Club mit dir reden.«

»Ich auch. Ich wollte gerade zu dir kommen, aber dann bist du auf einmal Händchen haltend mit diesem Idioten Berrick verschwunden. Das hat mich ziemlich vor den Kopf gestoßen.«

»Und warum bist du uns trotzdem gefolgt?«

»Was glaubst du wohl, warum? Weil dieser Kerl in den Kreisen, in denen ich verkehre, bekannt ist wie ein bunter Hund, und er verdankt seinen Ruf bestimmt nicht seinem beruflichen Können. Kannst du dir vorstellen, was ich gedacht habe, als ich reinkam und du und dein Transvestitenfreund wie die Kletten an ihm hingt? Ich weiß wirklich nicht, was es da zu lachen gibt.«

»Cal ist kein Transvestit.«

»Und warum hat er dann in Frauenkleidern gesteckt und wollte mit dir und Layton Berrick einen Dreier schieben?«

»Das gehörte eben zu unserem Vergeltungsplan, die Geschichte kennst du ja.«

Haydn starrt mich an. »Macht Lucy eigentlich auch irgendetwas selbst, oder unterhält sie eine ganze Armee Doppelgängerinnen, die ihr die unangenehmen Dinge ihres Lebens abnehmen?«

Zu meiner Erleichterung lacht er jetzt.

»Das geht nicht auf ihre Kappe, sie hatte keinen blassen Schimmer von dem Ganzen. Oje! Du musst mich wirklich für absolut furchtbar halten. Erst ertappst du mich dabei, dass ich dich angelogen habe, und dann auch noch bei unserer peinlichen Darbietung…« Ich schäme mich.

Er sieht mich eine Weile nachdenklich an und kaut auf seiner

Unterlippe herum. »Trotzdem war ich irgendwie erleichtert, als du mich da oben in dem Büro in euer merkwürdiges Treiben eingeweiht hast.« Er zögert kurz und fährt dann schnell fort: »Das hieß immerhin, dass du ihn nicht ernsthaft geküsst hast.«

Ich sehe ihn hoffnungsvoll an. »Du warst also eifersüchtig?«

»Kann schon sein …«, erwidert er vorsichtig.

»*Ich* war jedenfalls eifersüchtig, als ich dich mit dieser Frau gesehen habe.«

»Mit welcher Frau?«

»Mit dieser blonden Schnepfe, die dich von mir weggezerrt hat.«

»Blonde Schnepfe?« Er denkt einen Moment nach. »Ach die. Das war Natalie Bremner, die Frau eines meiner Partner in der Kanzlei. Sie wollte für uns Kontakte knüpfen und mich mit einem dicken Fisch bei Spicer Booth bekannt machen. Manchmal ist es ja hilfreich, in den oberen Etagen die entsprechenden Leute zu kennen – falls man einmal in die Verlegenheit kommt, um einen Gefallen bitten zu müssen …«

Ich weiß natürlich, worauf er anspielt. »Ich habe dir noch gar nicht dafür gedankt. Ich hatte es zwar unbedingt vor, aber dann war ich unsicher, ob du auf meinen Dank überhaupt Wert legst. Lucy hat den Zuschlag für den Auftrag bekommen.«

»Ich weiß.«

»Vielen Dank, das war sehr nett von dir«, bekunde ich lahm.

»Keine Ursache. Ich habe ja nur dafür gesorgt, dass Layton von dem Auswahlverfahren fern gehalten wurde, damit er ihr keine Steine in den Weg legen konnte.«

»Hast du dafür gesorgt, dass er in die USA zurückversetzt wurde?«

»Ich habe ihm lediglich nahe gelegt, dass es vielleicht angebracht wäre, wenn er seinem so genannten Geschäft eine Zeit lang irgendwo anders nachgeht.«

»Und ›irgendwo anders‹ war dann gleich ein anderer Kontinent?«

Er nickt langsam.

»Empfindest du denn gar nichts mehr für mich?«, bringe ich zögernd hervor.

Zu meiner Überraschung seufzt er und sieht fast ein bisschen beleidigt aus. »Erzähl mir nicht, dass du nicht ganz genau weißt, was ich für dich empfinde. Von meiner Seite war es nie ein Spiel. Ich habe dir nichts vorgemacht, im Gegenteil: Ich habe meine Gefühle von Anfang an offen vor dir ausgebreitet, weil ich dachte, dass wir am Beginn von etwas ganz Besonderem, wirklich Schönem stehen. Ich habe mich dir mehr geöffnet als jemals irgendjemandem zuvor, und ich habe nie einen Hehl daraus gemacht, dass ich mein Herz an dich verloren habe. Und was habe ich davon gehabt?«

»Jetzt weißt du alles, ich schwöre es. Es gibt keine weiteren Geheimnisse.«

»Ich weiß nicht, ob ich so viel Schauspielerei und Täuschung auf Dauer ertragen kann.«

»Bitte, Haydn, ich bin nicht immer so, glaub mir. Eigentlich gibt es diese Art von Action nur in meinen Büchern. Im Vergleich dazu ist mein eigenes Leben stinklangweilig ... Jedenfalls normalerweise.«

Er lacht gekünstelt auf. »Das habe ich noch nie erlebt – dass mich jemand davon zu überzeugen versucht, eigentlich stinklangweilig zu sein.«

»Keine Sorge, ich würde dich schon nicht langweilen, zumindest hoffe ich das, aber ich verspreche dir, dich nie wieder anzulügen ...«

»Vorsichtig, Jude! Das ist ein ziemlich kühnes Versprechen.«

»Du willst, dass ich vor dir zu Kreuze krieche, habe ich Recht?«

»Wenn du es genau wissen willst, ja! Ich bin immer noch ziemlich wütend auf dich. Du hast mich angelogen, Jude. Und es war nicht irgendeine alberne kleine Notlüge, sondern eine ungeheuerliche, empörende Hinterhältigkeit!«

»Und ich habe schon tausendmal gesagt, wie Leid es mir tut«, entgegne ich flehentlich. »Lucy hat gesagt, du würdest ...«

»Lucy!«, fällt er mir aufgebracht ins Wort. »Was hat die reizende Lucy dir diesmal wieder über mich erzählt? Als ob ausgerechnet *sie* irgendetwas über mich wüsste! Sie hat mich seit ihrem siebten Lebensjahr weder gesehen noch gesprochen! Und nach den jüngsten Ereignissen zu urteilen, ist sie immer noch genauso verzogen und egoistisch wie früher.«

»Du irrst dich. Sie ist einer der wunderbarsten Menschen, die ich kenne.«

»Dann kennst du offenbar nicht viele *wunderbare* Menschen«, schnaubt er beinahe gehässig.

Ich sehe ihn überrascht an. »Vielleicht hatte Lucy doch Recht. Sie hat gesagt, du seist stolz und arrogant.«

»Hat sie das? Das sieht ihr ähnlich!«

»Und unverschämt…«

»Ich? Unverschämt?«

»Und scheinheilig… und selbstgerecht…«

»Selbstgerecht, ha! Und was ist mit dir? Du bist unaufrichtig, unzuverlässig, hinterlistig…«

»Und du bist ganz schön überheblich und viel zu schnell mit deinem Urteil!«, schreie ich zurück.

»Und du hinterhältig, heimtückisch, doppelzüngig…«

»Und du nachtragend… selbstgerecht…«

»Selbstgerecht hattest du schon«, höhnt er.

»Man kann es gar nicht oft genug wiederholen!«, schreie ich.

Er starrt mich mit seinen wütenden blaugrünen Augen durchdringend an, und dann entspannen sich seine Gesichtszüge und machen einem Lächeln Platz. »Ich habe schon immer mehr auf braune Augen gestanden als auf blaue.«

Das bringt mich mehr aus der Fassung als jede noch so gemeine Beleidigung, und als er auch noch die Hand ausstreckt und mit den Fingerspitzen sanft über meine Wangen bis zu meinem Mund fährt und sie dort lässt, bin ich vollends dahin.

»Sollen wir noch einmal von vorne anfangen?«, fragt er mich ruhig.

»Du meinst von Anfang an?«, flüstere ich heiser.

»Na ja, wie wär's, wenn wir es noch einmal mit ›Nett, dich wieder zu sehen‹ versuchen und es diesmal ernst meinen?«

Wir sitzen nackt, in eine Decke gehüllt auf dem Balkon vor seinem Schlafzimmer und trinken Champagner. Diesmal gibt es zwar keine Erdbeeren dazu, doch das Leben könnte nicht süßer sein. Ich hätte nie gedacht, dass wir noch einmal so beieinander sitzen würden.

Haydn schmiegt sich mit seinem Kopf an mich und sieht mich an.

»Keine weiteren Lügen?«, fragt er schließlich.

»Ich verspreche es.«

»Gut.« Er drückt mir ein Küsschen auf die Stirn und schenkt mir nach. »Wenn wir noch einmal von vorne anfangen, musst du mir erst mal von dir erzählen, damit ich erfahre, wer du wirklich bist.«

»Verstehst du denn nicht, Haydn?«, entgegne ich ernst. »Das ist gar nicht nötig. Du hast mich lediglich unter einem anderen Namen kennen gelernt, aber die Frau, mit der du zusammen warst, war ich und bin ich, Jude. Du hast mir bei einem unserer Treffen erzählt, dass du noch nie mit einer Frau zusammen warst, bei der du das Gefühl hattest, einfach du selbst sein zu können. Auch wenn es verrückt klingt – tief in deinem Herzen musst du die ganze Zeit gewusst haben, dass es mir mit dir genauso geht …«

Er lächelt. »Ja, jetzt, wo du es sagst.«

»Okay. Dann ist es, glaube ich, an der Zeit, dass du die echte Lucy kennen lernst.«

Seine Augen weiten sich vor Panik. »Meinst du, das ist eine gute Idee?«

»O komm, sag nicht, dass du immer noch sauer auf sie bist. Wenn du mir verzeihst, musst du ihr auch vergeben.«

»Aber als wir uns das letzte Mal begegnet sind, haben wir uns nicht besonders gut verstanden.«

»Sie ist wirklich total nett und sympathisch. Auch wenn alles, was du in letzter Zeit erlebt hast, dagegen spricht – ich bin ganz sicher, dass ihr euch versteht.« Ich grinse ihn verschmitzt an. »Allerdings hoffe ich, dass ihr euch nicht ineinander verliebt, wie es eigentlich vorgesehen war.«

»Wie sollte ich?«, fragt er und küsst mich. »Mein Herz ist doch bereits vergeben.« Und schließlich stellt er fest: »Ich glaube, du hast Recht. Ich sollte sie tatsächlich mal treffen.«

»Wirklich?«

»Ja. Ich muss mich noch bei ihr bedanken. Ohne ihr Zutun hätte ich dich schließlich nie kennen gelernt.«

»Und? Bist du froh darüber?«

Er umfasst zärtlich meine Handgelenke und zieht mich erneut zu sich heran. »Was für eine Frage!«

»Jude! Na endlich! Wo, um Himmels willen, steckst du denn? Ich habe mir schon wahnsinnige Sorgen um dich gemacht. Ich dachte, du kommst mit Edwin nach Hause, und dann kommt er einfach ohne dich vorgefahren… Du glaubst ja gar nicht, was mir alles durch den Kopf gegangen ist. Und als ich ihn zur Rede gestellt habe, hat er nur geheimnisvoll geantwortet, du hättest noch etwas zu erledigen…«

»Mach dir keine Sorgen, es geht mir gut. Und Edwin hat mich auch nicht auf dem Standstreifen der Autobahn aus dem Wagen geschmissen. Im Gegenteil – ich habe deinem Bruder eine Menge zu verdanken, Luce.«

»Wie bitte?«, hakt sie ungläubig nach.

»Du hast richtig gehört. In Edwin steckt mehr, als es auf den ersten Blick den Anschein hat.«

»Ich weiß, aber ich hätte nie gedacht, dass ihn dir das sympathischer machen würde. Wo bist du eigentlich?«

»Das erzähle ich dir ein anderes Mal. Mir ist kurzfristig etwas dazwischen gekommen. Morgen bin ich wieder bei euch.«

»Aber wir gehen heute Abend ins Audrey's. Bernie ist für ein paar Tage weg, auf einem Last-Minute-Trip oder etwas in der Art. Zum Glück hat Francesco einen Tisch für uns klargemacht.«

»Ich dachte, Cal wollte zur Feier des Tages ein Festmahl zubereiten.«

»Wollte er auch, aber er ist so sternhagelvoll, dass er nicht einmal mehr weiß, wie man den Herd anmacht. Aber keine Sorge, sobald wir ihm etwas feste Nahrung zuführen können, wird er in null Komma nichts wieder auf dem Damm sein.«

»Ich feiere morgen mit euch. Wir können ja zusammen zu Mittag essen, ja? Da kann Cal dann gleich seine übliche Anti-Kater-Therapie machen.«

»Super Idee. Trotzdem schade, dass du heute Abend nicht dabei bist.«

»Ich weiß. Es tut mir auch Leid, dass ich die Party verpasse, aber ich habe hier noch etwas Wichtiges zu erledigen.«

»Ach, Jude, ich hasse es, wenn ich nicht weiß, wo du bist, das weißt du genau. Ich mache mir Sorgen.«

»Das musst du nicht, wirklich nicht. Mach dir einen netten Abend, und morgen erzähle ich dir alles.«

»Dann sag mir wenigstens, ob du okay bist.«

Ich überlege einen Moment. »Nein, Luce«, antworte ich schließlich. »Ich bin nicht okay. Okay ist die passende Bezeichnung für billige Schuhe oder eine mäßige Fernseh-Show, und okay ist man vielleicht, wenn man sich einredet, dass man immer noch besser dran ist als ein Specht inmitten einer Betonwüste. Ich bin nicht okay, ich schwebe im SIEBTEN HIMMEL!«

Am Sonntag treffen Haydn und ich mit zweistündiger Verspätung bei mir zu Hause ein, aber wir strotzen nur so vor Befriedigung darüber.

Wie es aussieht, habe ich eine Megaparty verpasst. Die Wohnzimmervorhänge sind noch zugezogen, der Boden ist mit leeren Flaschen, zerdrückten Bierdosen, überquellenden Aschenbechern, halb vollen Pizzaschachteln und leeren Chipstüten übersät.

Dazwischen liegen achtlos hingeworfene Spielkarten, zerknülltes Schokoriegelpapier, und auf dem Fernseher thront zu meinem Entsetzen ein Leitkegel. Es muss wirklich eine Megaparty gewesen sein, denn Cal und Lucy haben seit mindestens fünf Jahren keinen Leitkegel mehr von einer Baustelle mitgehen lassen.

»Normalerweise sieht es hier etwas anders aus«, entschuldige ich mich bei Haydn für das Chaos, während wir uns einen Weg durch das Wohnzimmer bahnen. »Sie müssen gefeiert haben bis zum Umfallen.«

Auf dem Sofa liegt ein schlafender Mann, den ich bei näherem Hinsehen als Francesco identifiziere. Er liegt da in voller Montur. Seine rechte Hand hängt vom Sofa herab und hält eine leere Weinflasche umklammert; sein Mund steht offen, und er schnarcht wie eine Säge. Die Tür zu Cals Zimmer ist weit geöffnet, quer über dem Bett liegt ein schlafender Scheintoter, das Gesicht in der Matratze vergraben. Offenbar haben sie das ganze Wochenende durchgefeiert.

»Sollen wir vielleicht lieber später noch einmal wiederkommen?«, fragt Haydn zögernd.

Ich werfe einen Blick auf die Uhr. Es ist schon nach Mittag.

»Ich fürchte, sie würden es mir nicht danken, wenn ich sie weiterschlafen lasse. Dann können sie in unserem Stammpub kein Essen mehr bestellen. Cal hat bestimmt einen schlimmen Kater, und wenn er dann nicht gleich nach dem Aufwachen Unmengen an Essen in sich reinstopfen kann … Ich sehe mal nach Lucy, sie erscheint normalerweise immer als Erste wieder auf der Bildfläche.«

Wir gehen über den Flur zu Lucys Schlafzimmer. Ihre Tür steht ebenfalls weit offen, aber aus ihrem Zimmer ist nichts zu hören. Sie liegt noch im Bett. Ich will sie gerade wecken, als ich bemerke, dass sie nicht alleine im Bett liegt. Leider sehe ich nur zwei Paar Beine, sonst nichts. Genauer gesagt zwei Beinpaare, die in postkoitaler Stellung ineinander verschlungen sind. Wahnsinn! Lucy hat jemanden abgeschleppt!

»Vielleicht hast du doch Recht«, flüstere ich und schleiche rückwärts wieder raus. »Vielleicht sollten wir euer Wiedersehen doch auf ein anderes Mal verschieben.«

Ich bin schon fast draußen, als mich etwas innehalten lässt. Beziehungsweise gehe ich geradewegs noch einmal ins Zimmer zurück, um genauer hinzusehen. Irgendwie kommen mir diese langen Beine, die sich so schützend um Lucy gelegt haben, bekannt vor.

»Ich glaube, ich spinne!«, rufe ich ungläubig und so laut, dass mein schockierter Aufschrei Tote zum Leben erwecken könnte. Auf jeden Fall reißt er sämtliche Bewohner unseres Hauses aus dem Schlaf.

Die Beine regen sich, Zehen und Waden werden gestreckt und einen Moment behaglich aneinander gekuschelt, und dann kommen zwei verlegene, aber freudig funkelnde Augenpaare zum Vorschein. Sie grinsen wie zwei Schwachsinnige – so glückselig und verzückt, dass ich plötzlich nicht anders kann, als genauso schwachsinnig zu grinsen.

Haydn wartet immer noch im Flur. »Und? Sollen wir später wiederkommen?«

Ich schüttele den Kopf. »Wir bleiben. Es ist alles okay«, erwidere ich. »Oder besser gesagt, es ist alles super!«

Ich fasse einen verlegenen Haydn am Handgelenk und ziehe ihn ins Zimmer.

»Darf ich vorstellen: Lucy, das ist Haydn, Haydn, das sind Lucy… und Cal.«

Epilog

Die Sonne glitzert hell auf dem Wasser, goldene Strahlen spielen auf den Wellenkämmen der sanft gegen die Küste rollenden Wogen. Möwen segeln durch die seichte Brise und gleiten mit ausgebreiteten Flügeln durch die Luft wie kleine Segelflugzeuge. Außer ihren klagenden Schreien und dem leisen Rauschen des Meeres ist ist nichts zu hören – ein perfekter Sommertag.

Die Ruhe wird nur von Musik, Gelächter und fröhlichem Geplapper unterbrochen.

Auf der Terrasse sitzt ein heiteres Grüppchen um einen langen Holztisch. Bruce trägt einen seiner farbenprächtigen Schottenröcke und schält für einen über das ganze Gesicht strahlenden Francesco Langusten. Edwin ist mit seiner neusten Eroberung Nancy da, die Gott sei Dank überhaupt keine Macken zu haben scheint und darüber hinaus sogar richtig nett ist. Lucy sitzt auf Cals Schoß und hat einen Arm um seine Schulter gelegt, während er mit beiden Armen ihre Taille umschlingt, damit sie nicht herunterrutscht. Meine Mutter unterhält sich angeregt mit dem Mann zu ihrer Rechten, dessen Haar in der Sonne golden schimmert und der mit seinen wunderschönen blaugrünen Augen voller Zuneigung zu dem Fenster aufblickt, an dem ich stehe, und mir einen Kuss zuhaucht. Er bedeutet mir, endlich wieder nach unten zu kommen und mich zu ihm und den anderen Partygästen zu gesellen.

Bernie hat die Küche gerade schwer beladen mit Schälchen, Löffeln und einer großen Schüssel Sahne verlassen und ist auf dem Weg nach unten. Mir hat er eine Riesenschüssel mit seinem Spezialpudding zum Runtertragen dagelassen, und der köstliche

Duft von Zartbitterschokolade, Kirschen und Brandy steigt mir in die Nase. Was für eine Verlockung. Ich bin versucht, mir einen Löffel zu schnappen und die ganze Schüssel allein aufzuessen, aber ich fürchte, dann würde mich die Meute unten lynchen.

Ich bin gerade auf halbem Weg zur Tür, als das Telefon klingelt. Mit der Puddingschüssel in der Hand mache ich einen Umweg durch das Arbeitszimmer.

»Hallo?«

»Jude, Darling!« Eine vertraute und stets willkommene Stimme, die ich schon viel zu lange nicht gehört habe.

Ich habe mein neues Buch vor zwei Wochen beendet, zehn Monate nachdem ich angefangen habe und zwei Monate später als vereinbart. Julian hatte mir versprochen, es sofort zu lesen und sich innerhalb weniger Tage bei mir zu melden, doch stattdessen ist er erst mal in den Urlaub gefahren und hat nichts von sich hören lassen, so dass ich vor lauter Nervosität meine Fingernägel abgekaut habe und allen um mich herum mit meiner Unruhe auf die Nerven gegangen bin.

»Julian, Gott sei Dank! Endlich! Die Warterei hat mich schier um den Verstand gebracht. Und? Was hältst du davon?«

Er lässt mich noch ein bisschen zappeln, um die Spannung zu erhöhen.

»Es ist großartig, Jude!«

»Puuh, da fällt mir ein Stein vom Herzen.«

»Es ist wirklich große Klasse. Ich habe es verschlungen, und die Verleger sind auch begeistert.«

»Ich bin ja so froh, Julian. Ich hatte schon befürchtet, es würde dir nicht gefallen.«

»O doch, das hat es. Und wie! Und die Verleger sind, wie gesagt, der gleichen Meinung. Sie halten es für so *authentisch*... als ob das alles wirklich passiert wäre«, zieht er mich auf. »Sie bitten nur um eine kleine Änderung. Eine klitzekleine Sache.«

»Das tun sie ja immer«, entgegne ich und strahle hocherfreut, dass mein vierter Roman, der mir natürlich von all meinen Büchern am meisten am Herzen liegt, so gut angekommen ist.

»Sie möchten das Ende noch ein bisschen romantischer haben.«

»Aber es gibt doch ein Happy End, Julian. Sie kriegt den Mann ihrer Träume.«

»Das stimmt, und es ist auch wunderbar so, aber sie hätten es gerne *noch* romantischer.«

»Noch romantischer?«, frage ich und betrachte mit einem Lächeln die idyllische Szenerie unten vor dem Fenster.

»Na ja«, entgegnet Julian, hält kurz inne und hüstelt gekünstelt. »Sie finden, er sollte ihr einen Heiratsantrag machen.«

»Einen Heiratsantrag!«

»Genau. Nach all dem, was passiert ist, wäre es doch wirklich das schönste Ende, wenn er sie auf Knien bitten würde, seine Frau zu werden – um ihr und der Welt zu beweisen, wie sehr er sie liebt.«

»Ist das nicht ein bisschen zu kitschig?«

»Natürlich ist es das, Darling, aber jeder liebt doch ein wirkliches Happy End, oder?«

»Ja, vielleicht.«

»Na großartig. Du machst das schon. Schick mir den neuen Schluss so schnell wie möglich, Darling, sagen wir, spätestens bis zum Ende des Monats. *Ciao, bella.*«

»Jude! Wo bist du denn?«

»Tschüss, Julian.« Ich lege auf. »Im Arbeitszimmer!«

Haydn kommt ins Zimmer. Von den langen Sommerwochenenden, die er statt in seinem Büro am Strand verbracht hat, ist er leicht gebräunt, und sein Gesicht wirkt entspannt und strahlt jene innere Ausgeglichenheit und Zufriedenheit aus, die man nur ausstrahlt, wenn man glücklich ist. Sehr glücklich. Ich meine jene Art von Glück, von dem die Leute glauben, dass es nur in Liebesromanen existiert. Und von dem auch ich selber bisher geglaubt habe, es existiere nur in meinen Büchern.

Er lächelt mich freudestrahlend an. »Hier steckst du also. Alle schreien nach dem Pudding und dachten schon, du hättest dich mit der Schüssel in eine stille Ecke verzogen, um ihn allein zu verputzen …«

»Ich war tatsächlich in Versuchung, aber wie du siehst, habe ich ihn nicht angetastet.« Ich zeige auf die Schüssel, die ich auf dem Schreibtischrand abgestellt habe.

»Wer war denn am Telefon?«

»Julian.«

»Und? Sag schon! Du hast doch schon ewig auf diesen Anruf gewartet.«

»Sie finden es großartig.«

»Das ist ja super!« Er kommt zu mir und umarmt mich freudig. »Also war deine Sorge völlig unbegründet. Ich habe dir ja gleich gesagt, dass sie begeistert sein werden.«

»Sie bitten mich nur, das Ende ein bisschen abzuändern.«

»O nein, gerade das Ende hat mir so gut gefallen …«

»Wirklich?«

»Ich fand es einfach perfekt. Wie sie Hand in Hand über den Strand der untergehenden Sonne entgegenspazieren. Danach kann doch nur noch der obligatorische Satz kommen ›Und sie lebten glücklich und zufrieden bis an ihr Lebensende …‹ Wie hätten sie das Ende denn gerne?«

»Sie wollen einen Heiratsantrag, und zwar mit allem Drum und Dran, du weißt schon, er auf Knien und mit Hochzeitsringen und so weiter. Julian meint, romantischer gehe es nicht.«

»Und? Was sagst du dazu?«

»Na ja, ich bin es gewohnt, dass sie kleine Änderungen verlangen, aber wenn ich das Ende schon dramatisiere, dann richtig. Vielleicht indem er sie entführt oder sich eine rasante Autoverfolgungsjagd mit ihr liefert, begleitet von ein oder zwei Explosionen, etwas in der Art«, witzele ich.

»Oder indem das Ganze in einer gewaltigen Szene endet, in deren Verlauf mehrere Teller zu Bruch gehen, die Schwiegermutter aufs Gröbste beleidigt wird und am Schluss wieder beide Singles sind, was die realistischere Variante wäre.«

»So einen Zynismus hätte ich dir gar nicht zugetraut! Glaubst du etwa, dass es mit uns so enden wird?«

»Nein, auf keinen Fall«, erwidert er zuversichtlich.

»Und warum bist du dir da so sicher?«

»Weil deine Mutter viel zu nett ist, um von mir beleidigt zu werden. Außerdem haben wir es doch schwarz auf weiß.« Er klopft auf mein mit handschriftlichen Anmerkungen voll gekritzeltes Manuskript, das neben mir auf dem Schreibtisch liegt. »Die Geschichte *muss* ein Happy End haben.«

»Nach dem neuesten Stand der Dinge muss sie sogar mit einem Heiratsantrag enden«, korrigiere ich ihn.

»Also gut, wir wollen sie doch nicht enttäuschen, oder?« Er sinkt vor mir auf die Knie.

»Was, zum Teufel, machst du da unten?«, frage ich und lache, als er sich untertänig verbeugt. »Willst du mir unter den Rock gucken?«

»Kein schlechter Grund, hier unten herumzurutschen. Nein, ich will mir nur den Schuh zubinden«, erwidert er und zeigt auf seinen rechten Nike, dessen Schnürsenkel sich gelöst hat.

»Das lasse ich schon eher gelten, obwohl ich gerne wüsste, was das da für eine verdächtige Ausbuchtung in deiner Hosentasche ist«, ziehe ich ihn auf.

»Also, Jude, du lebst jetzt seit fast sechs Monaten mit mir zusammen, und du weißt bis heute nicht, was es mit dieser Ausbuchtung auf sich hat?«

»Na ja, ich dachte, du wolltest mir gerade mit etwas ganz Romantischem kommen…«

»Wie Julian schon sagte, es gibt nichts Romantischeres als einen Antrag… Und weißt du, was ich jetzt für einen Antrag stelle?«

»Keine Ahnung. Sag schon!«

Er bindet sich den Schuh zu und grinst mich an. »Dass

wir uns hier einschließen und den Pudding ganz allein aufessen.«

»Das ist der beste Vorschlag, den mir je einer gemacht hat.«

»Ich sprühe eben über vor guten Ideen.«

Ich beuge mich zu ihm hinab und küsse ihn auf die Stirn. »Ich weiß. Das ist ja einer der Gründe, weshalb ich dich so liebe.«

»Ach, Jude, noch etwas«, fährt er fort und nimmt meine Hand, als ich nach der Schüssel lange.

»Ja?«

»Wenn wir uns den Bauch voll geschlagen haben …«

»Ja?«, wiederhole ich abwesend, picke eine Kirsche aus der Schüssel und schiebe sie mir in den Mund.

»… gehen wir besser runter und eröffnen allen …«

»Mmmmm.«

»… dass ich dich gerade gefragt habe, ob du meine Frau werden willst … Jude? … Jude! Du hast dich doch jetzt nicht an der Kirsche verschluckt, Jude? Oh, verdammt! Schnell! Hilfe, Hilfe! Jude droht zu ersticken …«

Manchmal trägt das Schicksal ein Hundehalsband

*Cover- und Preisänderungen vorbehalten

Sarah Harvey
Gib Pfötchen!
Roman
Aus dem Englischen von
Marieke Heimburger
Piper Taschenbuch, 368 Seiten
€ 9,99 [D], € 10,30 [A], sFr 14,90*
ISBN 978-3-492-30493-1

Als Theodora mit ihrem Verlobten nach Cornwall zieht, lässt sie in London nicht nur ihr altes Leben, sondern auch ihren gesunden Menschenverstand zurück. Denn kaum angekommen, erweist sich ihr Liebster als emotionale Eintagsfliege und verlässt sie für seine alte Flamme Gemma. Trotz Liebeskummer bleibt Theodora in Cornwall – zu schön ist das malerische Dorf an der Küste. Sie richtet sich in einem hübschen Cottage ein, da stellt ein liebenswerter Vierbeiner ihr Leben plötzlich völlig auf den Kopf.

Leseproben, E-Books und mehr unter **www.piper.de**